La joven del pelo rojo

Buzzy Jackson

La joven del pelo rojo

Traducción de
Gabriel Dols Gallardo

Papel certificado por el Forest Stewardship Council®

Penguin
Random House
Grupo Editorial

Título original: *Die Beautiful*
Primera edición: abril de 2023

Printed in Spain – Impreso en España

ISBN: 978-84-9129-680-5
Depósito legal: B-2874-2023

Compuesto en Blue Action

Impreso en Rodesa,
Villatuerta (Navarra)

SL 9 6 8 0 5

Para Rhoda y Leon F. Litwack,
vidas consagradas al amor y la justicia

Durante cinco años me senté a su lado en clase. Era muy callada, nunca participaba ni asistía a las fiestas del instituto. Nunca se reía, y sonreía poco. Pero luego, una vez, alguien le provocó y reaccionó con mucha fiereza. Y entonces fue cuando me di cuenta: si le buscas las cosquillas a esta gatita, más te vale llevar guantes.

CORNELIUS MOL, sobre su compañera
de instituto Hannie Schaft

Siento mucho respeto por los pacifistas. No me refiero a las personas que simplemente dicen amar la paz. Me refiero a las que dan la cara por sus creencias, porque el mundo hoy en día está ebrio de guerra.

HANNIE SCHAFT, extracto de su redacción para
el instituto «Personas a las que admiro»

Íbamos a crear una especie de ejército secreto […] y nosotras éramos las únicas chicas.

FREDDIE OVERSTEEGEN, sobre su incorporación a la
Resistencia Neerlandesa a los catorce años
junto con su hermana Truus

ÍNDICE

Apunte histórico

La Alemania nazi invadió los neutrales Países Bajos el 10 de mayo de 1940, destruyó gran parte de la ciudad histórica de Róterdam en un ataque relámpago y tomó el poder cinco días después. Arthur Seyss-Inquart, un fanático antisemita austriaco que había sido cómplice de Adolf Hitler en el *Anschluss* y la Noche de los Cristales Rotos de 1938, fue nombrado Reichskommissar (comisionado del Reich) para los Países Bajos, lo que dio inicio al terror que estaba por llegar.

Ana Frank es la víctima más famosa del Holocausto neerlandés. Su historia —de resistencia, ocultación, traición y asesinato— no fue un suceso aislado. En los Países Bajos se asesinó a más judíos que en cualquier otro país europeo ocupado por los nazis: se calcula que un 75 por ciento de ellos (alrededor de 102.000 personas) no sobrevivieron a la guerra. Para explicar estas cifras, supervivientes e historiadores sostienen que la geografía llana y densamente poblada de la nación hacía difícil esconderse en ella; no había extensos bosques o sierras en los que desaparecer. Otro factor dentro de la experiencia neerlandesa podría haber sido la relativa lentitud con la que los nazis implantaron allí las medidas antijudías, lo que retrasó el desarrollo de un movimiento de Resistencia.

Aun así, los Países Bajos también fueron el lugar donde se produjo la extraordinaria huelga de febrero de 1941, la primera y única protesta masiva llevada a cabo por no judíos contra las políticas antisemitas nazis en Europa. Bajo la organización del Partido Comunista Neerlandés, unos trescientos mil ciudadanos de los Países Bajos declararon una enorme huelga general nacional y se manifestaron durante tres días, hasta que los ocupantes nazis la reprimieron con violencia y mataron a docenas de los organizadores del movimiento.

A medida que la guerra se prolongaba, los ciudadanos neerlandeses empezaron a practicar variedades de resistencia pasiva, como exhibir el color nacional, el naranja, leer periódicos clandestinos de la Resistencia y escuchar Radio Oranje, la emisora con sede en Londres del Gobierno neerlandés en el exilio. Entre la población general de los Países Bajos, se estima que un 5 por ciento colaboró de forma abierta con los nazis. Se calcula que otro 5 por ciento participó en la resistencia activa, acogiendo a judíos, espiando a los alemanes para los aliados o alzándose en armas en confrontación directa contra los ocupantes nazis. De esos resistentes armados, solo un puñado fueron mujeres.

PRÓLOGO

Prisión de Amstelveenseweg, Ámsterdam

Puedes pasar caminando toda la vida por delante de tu destino y no verlo, pero las cárceles están hechas para que la gente no se fije en ellas. La prisión de Amstelveenseweg ocupa una manzana entera y está labrada en bloques de rugosa piedra gris, como si la hubieran levantado para un faraón. Debo de haber visto el edificio mil veces de camino a la universidad, y aun así nada de esto me suena.

Cuando me acompañan hasta el atrio central, el aire se enfría y la acústica se vuelve más nítida. El eco de los susurros más quedos resuena en las altas vigas de acero. Si aquí dentro hay presos varones, yo no los veo. Lo que sí hay es mujeres de todas las edades, desde adolescentes desgarbadas hasta ancianas encorvadas, agrupadas por parejas y tríos en sus celdas, hablando o rezando, intentando dormir.

Muchas alzan la cabeza de golpe al oírme pasar, y siento sus miradas en mi nuca. Entonces es cuando empiezan los murmullos. Los guardias que me acompañan, uno a cada lado, me agarran con más fuerza con sus dedos ávidos engarfiados en torno a la parte superior de mis brazos.

—*Mach* —dice un guardia. «Camina».

Eso hacemos, pero los susurros nos envuelven como si fueran una niebla que se hubiera levantado para entrar en los centenares de celdas minúsculas y frías que se amontonan en las cuatro plantas del edificio. Con cada paso que doy, el ruido se vuelve más fuerte, más denso, más intenso.

El arrastrarse de pies de las mujeres que se acercan a los barrotes de la celda para mirar; el golpeteo de una puerta zarandeada, metal contra metal; algo se está cociendo. En algún punto, muy por encima de mí, oigo aplausos…

—*Ruhe!* —ordena un guardia desde una planta superior. «Silencio».

Y se hace el silencio, por un momento. Después, al otro lado del atrio y a otra altura, dos almas inspiradas emiten un discreto grito de ánimo. La niebla se extiende por todas partes y se arremolina en torno a nosotros en un tumulto quedísimo, una calima flotante y creciente de justa indignación. El sonido de la esperanza. Incluso aquí, en este sitio.

Para cuando llego al final del corredor, las mujeres me aclaman por mi nombre.

Hannie, Hannie. Het meisje met het rode haar. Hannie Schaft.

«La joven del pelo rojo. Hannie».

No me doy por aludida.

Cuando paso por delante de la última celda, me detengo para mirar adentro. Una anciana, con los ojos hundidos y el cabello largo y despeinado, yace en un camastro, con un hombro nudoso apoyado en la fría pared de la celda. Tiene la piel cenicienta y, con los ojos cerrados, parece muerta. Los abre poco a poco.

Me ve. La veo. De algún modo, ese cadáver levanta la garra temblorosa que tiene por mano. No he coincidido nunca con ella, pero la conozco.

Demasiado débil para levantarse, alza un puño huesudo a modo de saludo.

—*Verzet!* —susurra.

«Resiste».

Eso pretendo.

PRIMERA PARTE

OZO

1940-1943
Ámsterdam

1

Otoño de 1940

No siempre fui hija única.

Posado en el descascarillado lavabo, el pajarillo de plata espera, paralizado en pleno vuelo, una silueta como un bombardero con las dos alas extendidas y la cola curvada en una coqueta espiral. Un gorrión. Me lo puse la última vez que fui a un concierto; hace meses.

Era el broche de Annie, por supuesto. Mi padre se lo regaló después de que el gorrión de verdad se escapara. Yo era pequeña, tendría unos cuatro años entonces, de manera que Annie tenía nueve. Fue pasada la medianoche, y yo estaba dormida cuando Annie me clavó el dedo en el brazo.

—Johanna, mira. —Con una vela en la mano, señaló con la otra hacia el suelo, junto a la cama que compartíamos. Había un pajarito marrón y gris que nos miraba con la cabeza ladeada como si escuchara las palabras de Annie. Pio. Emití un grito ahogado y Annie estiró la mano hacia mí—. Chis.

—Deja que salga volando por la ventana —le pedí.

—Ya lo he probado. Pero ha vuelto a entrar enseguida.

No la creí. Miré por encima del hombro de mi hermana y vi cabecear y pavonearse a aquella bola de pelusa, cuyas garritas susurraban sobre los tablones del suelo. Al final, voló hasta la ventana abierta y salió al exterior.

—¿Lo ves? —dije—. Se ha ido.

Pero al cabo de medio segundo el pájaro volvía a estar en la ventana, aleteando contra el cristal en un zigzag de pánico hasta colarse dentro, posarse y avanzar dando saltitos hasta su lugar favorito junto a nuestra cama. Volvió a piarnos.

—¿Qué hacemos con él? —pregunté.

—Nos lo quedamos —respondió Annie, que siempre conocía la respuesta.

Y nos lo quedamos, durante un tiempo. Cuando al final se marchó de verdad, mi padre regaló a Annie el broche del pájaro de plata, una herencia de nuestra *oma*. Yo estaba celosa, pero tenía sentido: Annie recordaba a un gorrión por su energía, su chispa, su curiosidad. Contaban que Oma también había sido así. Unos meses más tarde, mi padre me regaló mi propio broche: un pequeño zorro de plata. Era nuevo.

—*Mijn kleine vos* —dijo—, para ti. —«Mi pequeño zorro».

—Pero yo no encontré ningún zorro —señalé, confundida—. Annie encontró un pájaro.

Él se rio.

—Es por tu pelo rojo, tontina. —Me cogió en brazos y hundió la cara en mis rizos.

Fue la primera vez que comprendí que había una diferencia entre quien yo sabía que era, por dentro, y quien los demás creían que era.

«No le des tantas vueltas y póntelo ya». Con un gesto brusco agarré el gorrión que estaba en el borde del lavabo y atravesé con su alfiler la solapa de lana de hilo doble de mi abrigo, con lo que me pinché al instante el pulgar que tenía al otro lado.

—Joder.

—Por eso advierten a las jóvenes inocentes sobre los peligros de la gran ciudad —comentó Nellie—. Ya suelta palabrotas como un pirata. —Ella y Eva se revolcaron por el suelo de la buhardilla que compartíamos, desternillándose.

—Joder, joder. —Había intentado quitarme el broche con el pulgar ensangrentado y había manchado la lana beige. La metí bajo el grifo.

—Dame, déjame a mí —dijo Eva, la madre de nuestro grupo. Las tres habíamos estudiado juntas en Haarlem, aunque entonces no éramos amigas. Me habían escogido porque me conocían: la chica tímida que hacía todas las tareas opcionales que la profesora le encomendaba; la que llevaba dos suéteres en primavera porque su madre estaba segura de que moriría de un resfriado común. No era de las que causan problemas.

—Vaya, vaya, ¿de dónde ha salido esto? —Nellie levantó el broche, que centelleó bajo la tenue luz—. Es bonito.

—De mi hermana —contesté mientras se lo quitaba de las manos—. Gracias, me tengo que ir, llego tarde.

—Perdona —dijo Nellie.

—No pasa nada, es solo que llego tarde —aseguré, ya desde el rellano, camino de las estrechas escaleras. Tenía las mejillas encendidas y las pestañas húmedas. Annie ya llevaba trece años muerta. Estúpido gorrión.

Era experta en no ser nadie; llevaba años practicando. De modo que aquella noche ocupé mi puesto en el majestuoso salón de baile de la universidad en el punto en el que siempre me había sentido más segura: el fondo de la sala. Me aseguré de aceptar una copa de agua de Seltz cuando me la ofrecieron, para tener algo que hacer con las manos, y le fui dando sorbos mientras el salón se llenaba de estudiantes y me envolvía el murmullo de sus conversaciones. Las chicas del comité de fiestas de la AVSV, la Asociación de Estudiantes Femeninas de Ámsterdam, se agrupaban en bandada junto a la puerta, con sus vestidos brillantes y sus voces melodiosas. Daban la bienvenida a los recién llegados, sobre todo a los chicos, cuyos brazos y hombros tocaban al hablarles. A veces hasta les abrazaban y les daban besos en las mejillas. ¿Qué se sentiría al poder mostrarse tan relajada con los chicos? ¿O debería llamarlos hombres? Parecían tan juveniles.

—Perdona —dijo uno en ese momento, un alumno que topó de espaldas contra mí mientras buscaba a sus compañeros.

—Perdonado —repliqué. «Estos jóvenes son como bebés gigantes, pisoteando el mundo allá adonde van».

—¿Tienes fuego?

Di un respingo, sobresaltada, pero la que había hablado era una joven de más o menos mi edad.

—No pretendía asustarte —me dijo.

Me sacaba varios centímetros de altura, por lo que debía de medir un metro setenta, pero tenía tanta presencia que parecía más alta incluso. Una melena castaña oscura le caía ondulante hasta los hombros desnudos, y la medianoche del cabello contrastaba con el firmamento celeste de su vestido de fiesta de crinolina. Tenía los ojos ambarinos, con las pestañas largas y curvadas y una mirada de sorprendente inocencia. Llevaba los labios pintados de un tropical rosa coralino. Parecía una estrella de cine. Con mi falda beige y mi sencilla blusa blanca, me sorprendía que hubiese reparado siquiera en mí. Siguió sonriendo y parpadeó.

—Lo siento —contesté—. No llevo.

Lo sentía de verdad porque no quería que se fuese todavía. Había intentado fumar, pero me daba tos. Sin embargo, en ese momento decidí que volvería a probarlo. Quizá eso hiciera más llevaderos estos trances.

—¿El qué, mechero? —preguntó ella—. ¿O tabaco?

—Las dos cosas —repuse, y luego me corregí—: Ninguna de las dos cosas.

Soltó una risilla melodiosa que expresaba simpatía, y no crueldad.

—¡Philine! Ven aquí. —Hizo señas a otra chica morena que se acercaba a través del gentío. La nueva, Philine, era un poco más alta que yo y algo menos espectacular que su amiga. Era guapa, pero con una belleza más próxima. Castaña, de ojos marrones y sonrisa relajada. Su vestido daba la impresión de que le habían metido y sacado el dobladillo unas cuantas veces, según marcara la moda. Con el mío pasaba lo mismo. Al igual que su amiga, Philine desprendía una confianza natural. Me las podía imaginar a las dos en una pantalla de cine. Yo, en cambio, quizá pudiera aspirar al papel de amiga inteligente pero feúcha de la heroína. La sensata.

—¿Qué haces aquí escondida en el fondo, Sonja? —preguntó Philine a su amiga—. ¿Intentas escapar de tus pretendientes?

—Algo así —contestó Sonja—. Pensaba que las de la AVSV nos cuidábamos unas a otras, pero esta no quiere darme fuego. —Me guiñó un ojo y me puse colorada de vergüenza. Tenía veinte años; a esas alturas ya tendría que haber aprendido a fumar.

La recién llegada me sonrió.

—Me llamo Philine. ¿Tú quién eres?

—Hannie —respondí, para mi propio asombro. Todo el mundo me llamaba desde siempre Johanna o Jo, pero me había planteado adoptar una nueva identidad al empezar en la Universidad de Ámsterdam, un año antes. Al final, no lo había intentado hasta ese momento; el nombre me parecía pretencioso, demasiado atrevido. Además, no estaba segura de haberme ganado el derecho a verme como otra persona.

—Hannie —repitió ella, aceptando el nombre sin pestañear. Como haría cualquiera; mi madre siempre decía que pensaba demasiado.

Philine me estrechó la mano.

—Y ya has conocido a la princesa Sonja. —Abrí mucho los ojos—. No es una princesa de verdad —aclaró Philine, sonriendo y sin soltarme la mano.

—Bueno, estoy emparentada con los Habsburgo por parte de madre —dijo Sonja con un deje de orgullo.

—Cuando te cases con un príncipe, ya hablaremos —replicó Philine—. ¿Y qué hay de ti? ¿Eres una princesa? ¿O una aburrida estudiante de Derecho normal y corriente como nosotras?

Las miré pletórica. Eran tan elegantes, guapas y garbosas que estaba desesperada por seguir hablando con ellas. Había llegado a la universidad con la esperanza de hacer más amigas que en el instituto, pero estaba cometiendo los mismos errores una y otra vez, como rechazar invitaciones para tomar un café aduciendo que tenía demasiados deberes. No es que tuviera más que cualquier otra estudiante, pero la idea de relacionarme con desconocidos hacía que me sudaran las palmas de las manos; de hecho, ya las sentía húmedas. Si estaba en aquella fiesta era solo porque unos días antes había hecho voto de que iría y me quedaría al menos treinta minutos. Aún me faltaban ocho.

—Una aburrida estudiante de Derecho —contesté, sintiéndome algo más relajada ante la presencia radiante de aquel par, lo que era toda una novedad—. Soy de Haarlem.

—Precioso —comentó Philine.

—No he estado nunca —observó Sonja.

—¡Sonja! —exclamó Philine.

—¿Qué?

—¿Has estado en París y Roma, pero nunca en Haarlem? Si está a quince kilómetros.

—Bueno, París tiene el Louvre y Roma el Coliseo. ¿Qué tiene Haarlem?

—¡Sonja! —Philine le dio un palmetazo en la mano.

—Perdón, perdón —dijo Sonja volviéndose hacia mí—. Estoy segura de que es precioso. Iré este fin de semana.

—No, no irás. —Philine también se puso de cara a mí—. Ya habrás visto por qué la llamamos la princesa.

—¿Princesa? —Una voz grave irrumpió en nuestro círculo cuando se nos acercó un joven rubio y alto vestido con un traje azul marino almidonado—. ¿Sonja? Aquí estás. Te andaba buscando.

Con su pelo alisado e impecable y su sonrisa confiada, tenía la clase de apostura que me ponía nerviosa. Demasiado guapo. Demasiado seguro. Evitaba a los hombres como él porque ¿cómo iba a hablarles alguna vez? Por fortuna, en presencia de Sonja, Philine y yo parecíamos invisibles.

—¡Piet! —exclamó Sonja a la vez que lo envolvía en el elegante abrazo, informal pero coqueto, que las chicas del comité de fiestas habían perfeccionado. Qué natural le salía—. ¿Cómo estás?

Piet relajó la mandíbula cuadrada para esbozar una amplia sonrisa, satisfecho como un niño que ve llegar su tarta de cumpleaños.

—Ayer te estuve esperando en la biblioteca —dijo.

—¿De verdad? —Sonja le susurró algo al oído y a él se le iluminaron las facciones. Intenté imaginar qué podría decirse para obtener tal efecto, pero no se me ocurrió nada. Sonja se desprendió de sus brazos y nos presentó—. Piet, a Philine ya la conoces.

El chico asintió, asió la mano de la aludida y la besó con exagerada formalidad. Ella le hizo una breve reverencia, por seguirle el juego.

—Y esta es nuestra amiga Hannah.

—Hannie —la corrigió Philine.

—Hannie. —Piet fue a cogerme la mano y yo la retiré de golpe, por miedo a que también me la besara. Pareció abochornado.

—Lo siento —dijo, echando un vistazo a Sonja para ver si la había ofendido.

—No, yo lo siento —balbucí, avergonzada y enfadada conmigo misma.

—¿Qué le has hecho a la pobre chica? —preguntó Sonja para chincharlo. Yo sabía que era una broma, pero aun así sentí un brote de satisfacción al verla defenderme—. ¿Sabes qué, Piet? Estábamos a punto de irnos —prosiguió Sonja—, pero me alegro mucho de haberte visto justo antes. —Le dio un beso en la mejilla que le dejó un capullo de rosa perfecto y luego nos agarró de la mano a Philine y a mí—. Tenemos que acompañar a Hannie a casa —dijo mientras tiraba de nosotras hacia la salida—. Mañana le espera un gran día; la reina le ha organizado un homenaje.

La confianza de Piet se vino abajo.

—Pero si el baile acaba de empezar —protestó.

—Lo sé, sin embargo... —Sonja apretó el paso, como si la gravedad la atrajera hacia la puerta contra su voluntad—. Es la reina. —Le lanzó un beso y nos arrastró por delante de las chicas de la AVSV que cercaban el umbral y que se la quedaron mirando mientras salía, no muy apenadas de ver partir a aquella estrella.

—¡Los abrigos! —exclamó Philine, que giró sobre sus talones y tiró de nosotras con un efecto de látigo. Sonja chilló y yo me deslicé por el suelo embaldosado hasta el guardarropa. Salimos al trote hasta el patio, donde por fin paramos y nos reímos de nuestra boba aventura.

—¿Quién era ese? —preguntó Philine.

Sonja puso los ojos en blanco.

—Pieter Hauer. Llevo semanas evitándolo.

—Parece simpático —observó Philine—. Y guapo.

Sonja me miró.

—¿Tú qué crees?

Intenté dar con un comentario ingenioso sobre su pretendiente, pero no lo logré. Era más sencillo decir la verdad, sin más.

—No me ha hecho mucha gracia.

—¡Ja! —Sonja me abrazó—. Sabía que eras de las buenas —dijo—. Aunque no quieras darme fuego.

—¿Qué es eso? —preguntó Philine al verme recolocándome el abrigo. Me había puesto el broche de Annie—. Qué bonito, ¿es un estornino?

—Un gorrión —aclaré.

—Igual que tú —comentó Sonja con una sonrisa generosa—, dulce y echado para adelante. ¿Lo ves?, es lo que te decía el otro día —añadió mirando a Philine—. Me aburren estos bailes de sociedad; tenemos que ampliar nuestro círculo. ¡Es justo lo que decía! Y entonces va y aparece Hannie. Como un gorrioncillo.

Estaba entre las dos, muda de incredulidad pero animada. Sonja me tocó un mechón de pelo y lo acarició.

—Mataría por tener el pelo así.

—¿Esto? —Me llevé la mano a la cabeza y estiré un mechón de pelo hasta dejarlo recto. Al soltarlo retrocedió como un resorte y volvió a formar un tirabuzón. El *kleine vos* de mi padre… y mi maldición, como sabría cualquiera que preguntara a los niños que se burlaban de mí por el color.

—¿Recuerdas cuando te pusiste agua oxigenada? —preguntó Philine a Sonja con una mueca.

—Puaj, marrón cucaracha. Pero esto —dijo Sonja mientras me recolocaba un tirabuzón para que me cayera sobre un ojo— hay que tenerlo de nacimiento. Es tu gloria.

Había recibido más cumplidos en aquellos diez minutos que en los veinte años anteriores de mi vida, o por lo menos esa era la impresión que me daba. Siempre me había ruborizado con facilidad, y se me puso la cara rosa de vergüenza. Y felicidad.

—Vamos a tu casa a ponernos unos discos —dijo Philine a Sonja.

—No le hagas caso —me indicó esta bajando la voz hasta reducirla a un susurro cómplice—. Vamos a mi casa a poner Radio Oranje y beber vino.

¿Ir con ellas, yo, con aquellas muchachas glamurosas y urbanitas que escuchaban la radio de la Resistencia que emitía desde Londres? Pensaba que Nellie y yo éramos las únicas estudiantes que la sintonizábamos para enterarnos de las últimas nuevas sobre nuestra reina exiliada. ¿Y encima beber?

No estaba muy segura de cómo había pasado, pero aquellas chicas estaban interesadas en mí. No sabían que era un pequeño zorro tímido que pasaba las noches en soledad, pensando y soñando. Creían que era un gorrión, atrevido y «echado para adelante». Aún mejor, para ellas era simplemente Hannie.

Y, gracias a Sonja y Philine, todas esas cosas se convirtieron en realidad.

2

Invierno de 1941

Quizá nunca me habría unido a la Resistencia si no me hubiese bajado la regla aquel martes por la mañana. Al despertarme, vi un rastro de sangre color óxido en las sábanas.

Tenía un rincón para mí sola en nuestra minúscula buhardilla, que era una única habitación distribuida de forma ingeniosa, con techos inclinados como los de mi dormitorio de la infancia en Haarlem. Las camas de Nellie y Eva ocupaban las dos esquinas del fondo, mientras que la mía estaba encajonada en un hueco cercano a la chimenea. Todo lo que a los Países Bajos les faltaba en montañas, lo compensábamos con edificios altos y estrechos. Éramos maestros en sacar dos o tres habitaciones de donde solo había una, encontrando espacios libres allá donde, técnicamente, no existían. Como país, nos enorgullecíamos de nuestras soluciones prácticas, de ser una nación chiquita pero matona de gente sensata que sabía que el éxito de un reino minúsculo y populoso dependía de la buena educación y el respeto a las reglas.

—Buenos días —dijo Nellie estirándose por encima del lavabo de agua fría para mirarse en el espejo. Rubia y de ojos azules, una belleza neerlandesa clásica, igual que Eva. Del tipo que siempre me habría gustado ser.

—Puaj —exclamé—, está birria de cinturón higiénico. —Di unos tirones a la cinturilla para sujetarla de nuevo con alfileres. Como la mayoría de las chicas que conocía, usaba un cinturón que me había hecho mi madre y que empezaba a descomponerse sin su presencia para remendarlo. Me había negado a aprender a coser, una expresión de rebeldía poco propia de mí, pero no quería verme obligada a pasar mis horas libres zurciendo, como hacía ella.

—Es probable que puedas conseguir uno mejor en el sitio donde trabaja de voluntaria mi tía —observó Nellie—. Tienen lo mejorcito. Cinturones elásticos, Kotex, todo lo más moderno.

—¿En serio? —Me levanté y contemplé mis sábanas. Como el escenario de un asesinato—. ¿Y te lo dan sin más?

—Eso creo —dijo ella—. Tienen montañas de cosas. —Recogió su abrigo y su bolso, dispuesta a marcharse.

Noté mi raído cinturón higiénico escurrirse por mis caderas, bajo mi camisón ya echado a perder.

—¿Me das la dirección?

Aunque seguía estudiando en la facultad de Derecho, nada de cuanto me enseñaban sobre la justicia parecía aplicable al mundo exterior, que estaba cambiando muy deprisa. Yo había nacido en 1920, dos años después de «la guerra que acabaría con todas las guerras». Nadie se imaginaba que fuese a haber una segunda. Y, cuando Alemania nos invadió, quise luchar o por lo menos ayudar en algo. Pero ¿qué podía hacer? Las minúsculas fuerzas armadas neerlandesas se habían disuelto tras la invasión, y en cualquier caso no había mujeres soldado. ¿Huir del país? No quería abandonar mi casa. Quería quedarme y hacer... algo. Había caminado hasta la oficina de la alianza de refugiados en busca de un cinturón higiénico mejor... y había acabado acudiendo como voluntaria dos veces por semana.

El personal de la alianza lo formaban un puñado de mujeres políticamente activas que rondaban la edad de mi madre, bajo la batuta de nuestra formidable supervisora, la enfermera Dekker, que proporcionaba acceso a los suministros médicos de los hospitales. Esas mujeres llevaban trabajando como voluntarias en pro de los refugiados —en su mayor parte judíos polacos y alemanes huidos de los nazis— desde los primeros compases de la guerra civil española. No era nada espectacular, doblar sábanas y envolver paquetes de emergencia para las familias necesitadas, pero servía de algo. Era algo que valía la pena hacer.

Además, era otra manera de ayudar a mis nuevas amigas Sonja y Philine. A las pocas semanas de conocerlas, todo el alumnado, personal de servicios y profesorado judío fue expulsado de los centros de enseñanza públicos, incluida la Universidad de Ámsterdam. Yo intentaba ser de utilidad asistiendo a las clases por la mañana y repitiendo las lecciones a Sonja y Philine por la tarde. Aparecí en una de nuestras sesiones de estudio con una caja llena a rebosar de lo último en artículos de higiene femenina, con reservas para Sonja y Philine, y ya fue el broche ideal. Nada cimenta la amistad femenina como la solidaridad en torno a las manchas de sangre.

—La enfermera Dekker dice que ahora vamos a necesitar el doble de paquetes de socorro —comenté mientras paseábamos una tarde por el barrio de Sonja. Habían transcurrido ocho meses desde la invasión alemana y dos desde que había conocido a las chicas.

—No se quejarán del rendimiento que te están sacando —repuso Sonja. En mis primeros días de voluntaria, el trabajo me había parecido casi un entretenimiento: sentarme ante una larga mesa de madera para envolver productos de higiene personal, juegos de afeitado y carne enlatada en pulcros paquetes. La clase de actividad que había hecho de pequeña con mi madre para algún proyecto de la iglesia. Sin embargo, en las últimas semanas cundía cierta sensación de urgencia, y el ritmo de trabajo aumentaba de un día para otro.

—¿Adónde mandan todos esos paquetes de socorro? —preguntó Philine mientras nos abríamos paso por la acera entre la gente que había salido de compras por la tarde.

—A Westerbork, sobre todo —respondí. Se trataba de un campamento de barracones, con una parada de tren, que se hallaba unos ciento cincuenta kilómetros al nordeste de Ámsterdam, construido antes de la guerra para albergar a los refugiados judíos que ya empezaban a huir de Alemania. Había oído rumores de que los nazis iban a transformarlo en un emplazamiento para encarcelar a los judíos neerlandeses, pero me parecían exagerados. Circulaban entre susurros toda clase de teorías sobre lo que podría sucederles a los judíos, los gitanos o cualquiera que les prestase ayuda, pero estábamos en los Países Bajos, hogar de Erasmo, Spinoza y siglos de tolerancia religiosa. Intenté quitarme de la cabeza las preocupaciones…, tal y como había descartado la posibilidad de una segunda guerra mundial.

—¿Por qué están tan llenas todas las mesas? —preguntó Sonja. Nuestro plan era parar a tomar un café, pero Sonja tenía razón: todas las cafeterías por las que pasábamos estaban abarrotadas de gente. Ya nos habíamos acostumbrado a ver las calles invadidas de soldados alemanes. Los jóvenes, con sus gorras de plato y sus guerreras cortas, eran los que se mostraban más simpáticos, sin duda encantados de haber conseguido un destino en la bella e indefensa Ámsterdam.

—Qué asco —comentó Philine en voz baja cuando vimos a una ristra de soldados al otro lado de la calle. Les lanzaban caramelos alemanes, envueltos en papeles de colores brillantes, a un grupo de colegiales. Los niños chillaban, emocionados y temerosos, mientras se abalanzaban sobre aquellos inusuales tesoros.

—Qué majos, con sus uniformes espantosos —dijo Sonja.

—*Feldgrau.* —Escupí la palabra como si dejara mal sabor de boca; y así era. «Gris de campaña». El color básico de la mayoría de los soldados alemanes, un gris verdoso nauseabundo que silenciosamente se había integrado en el paisaje de Ámsterdam, cubriendo sus cuerpos, sus camiones y sus controles militares.

—Casi no puede ni llamarse color —terció Philine—. Como la suela de un zapato.

—La parte de debajo de un sofá —añadió Sonja.

—O el linóleo que usan en los manicomios —zanjé yo.

—¡Eso! —exclamó Sonja con una carcajada.

—*Hallo!* —gritó un alemán haciendo señas a Sonja.

—No le hagas caso —advirtió Philine.

—Vamos a buscar un sitio para sentarnos —dijo Sonja, que tenía mucha práctica en evadir atenciones masculinas indeseadas. Doblamos la esquina, con la esperanza de cobijarnos en alguna de las cafeterías de la plaza, y nos quedamos de piedra. La plazoleta estaba tomada por un quiosco de música recién montado, un escenario elevado con un techo de lona bajo el que unas dos docenas de músicos esperaban frente a sus atriles vacíos, todos de uniforme y con el instrumento en la mano. El director, también uniformado, dio unos golpecitos de batuta para llamar la atención de la banda. Una pancarta tendida de lado a lado por encima del escenario anunciaba: *Musikkorps der Ordnungspolizei.*

—¿La Orpo tiene banda?

—¿Dónde aprendes todo esto? —preguntó Philine, que todavía intentaba descifrar las letras del cartel.

—En la alianza para los refugiados —respondí. Mis compañeras de allí lo sabían todo.

Nos quedamos en la periferia de la plaza, mirando cómo se preparaban los músicos. La banda estaba apretada en el pequeño escenario, pero el resto de la plaza estaba bastante despejada, con un grupo de soldados y oficiales alemanes de vistoso uniforme cerca del centro y unos pocos corrillos dispersos de ciudadanos neerlandeses, en su mayoría adolescentes y niños, algo más alejados. Habían retirado las terrazas de las numerosas cafeterías de la plaza.

De modo que por eso las travesías estaban tan llenas. El espectáculo me ofendía hasta la médula: pensar que los alemanes podían dedicar tiempo y recursos a algo tan inútil como esa orquesta policial, para la que habían enviado en tren, desde Berlín, todos aquellos instrumentos, atriles y hasta partituras, con el fin de hacernos tragar su ponzoñosa cultura a la vez que nos robaban el país en la cara. Por lo menos podrían haber mandado algo de comida; los estantes de las tiendas ya estaban casi vacíos.

—Al menos van de un color más bonito —señaló Sonja. Los agentes de la Orpo llevaban uniformes de un gris verdoso que, sin dejar de resultar institucional, era más claro.

—No te engañes —dije—. Siguen siendo las SS. —Habían bastado unas semanas tras la invasión inicial para aprenderse las abreviaciones de los absurdamente complicados regimientos alemanes. La Ordnungspolizei era la Orpo, los policías corrientes; las temidas Schutzstaffel eran las SS, que cubrían un papel entre policía urbana y matones de callejón; mientras que el Sicherheitsdienst des Reichsführers-SS era el SD, el servicio de inteligencia de las SS, los espías. Me había ayudado el haber estudiado alemán en la escuela. Mientras yo hablaba, el director pronunció unas palabras en esa lengua y los músicos se pusieron a tocar. La fanfarria metálica de una marcha militar llenó la plaza de un ritmo desafiantemente machacón.

—Puaj —exclamó Sonja, que prefería el jazz en el fonógrafo de su casa.

—¿Qué más has oído sobre Westerbork? —preguntó Philine en voz más baja, acercándoseme para que la oyera por encima de la música.

—Dekker dice que lo están dirigiendo todo allí. Los alemanes se plantaron en su hospital y confiscaron todos los historiales de los pacientes y los ficheros de los médicos, del personal, de todo el mundo. Según ellos los necesitan para reorganizar las campañas de socorro.

—¿Los ficheros? —preguntó Philine—. ¿Qué ficheros?

—Simples formularios de identificación, creo. Nombre, dirección, lugar de trabajo, etcétera. Como si los alemanes necesitaran su propio sistema para sustituir al nuestro. —Nadie superaba a los neerlandeses en lo tocante al funcionamiento ordenado y eficaz de la administración pública; en los Países Bajos, el funcionariado era más poderoso que el Ejército—. Es una invasión flagrante de la privacidad —añadí, todavía susurrando, confiada en mi análisis jurídico—, que estoy segura de que es ilegal de acuerdo con las Convenciones de Ginebra de 1929.

—Están identificando a los judíos —dijo Philine con voz queda y la vista fija en los adoquines. Apenas la oía.

—¿Qué? —pregunté—. No, querían todos los ficheros. No solo los de los judíos.

Sonja y Philine me miraron con expresión de incredulidad. Hizo falta un segundo, pero luego noté por primera vez la brecha que nuestras diferentes circunstancias abría entre nosotras. Lo veía en sus caras: si los alemanes decidían segregar al personal y los pacientes del hospital por motivos de religión o de etnia, los ficheros les facilitarían el trabajo. Así habían empezado en Alemania, antes incluso de que estallara la guerra. Yo lo sabía. Me avergonzaba tanto de mi estupidez que me costaba mirar a Philine y Sonja a la cara.

—Ah —contesté.

En el escenario, la música subió en un crescendo y, con ella, el ánimo de los oficiales alemanes del público. Nos quedamos calladas las tres, contemplando inexpresivas a la banda, que siguió tocando.

Cuando había conocido a Sonja y Philine unos meses antes, me habían parecido unas chicas neerlandesas típicas, como yo misma. Y lo eran. Cuando me enteré de que eran judías, fue como descubrir que eran católicas: no me importó. Mi madre era la devota hija de un pastor protestante mientras que mi padre era socialista y laico; nunca les supuso un problema como pareja. No conocía a nadie que fuera especialmente religioso, más allá de ir a la iglesia en las fiestas de guardar. Que yo supiera no había conocido a muchos judíos de pequeña en mi barrio de clase media de Haarlem, aunque seguro que los había. Sin duda debían de ser casos muy parecidos a los de Philine y Sonja, que se habían criado en hogares teóricamente judíos, pero no demasiado practicantes. Las familias de mis amigas llevaban siglos en los Países Bajos, que era lo habitual para la mayoría de los judíos neerlandeses. El motivo mismo por el que nuestro país atraía a los refugiados del fascismo era que se nos conocía tanto por nuestra tolerancia religiosa como por los molinos y los zuecos.

Cuando los nazis nos invadieron, se cansaron de proclamar lo mucho que nos amaban ellos también: sus hermanos pequeños neerlandeses en el Tausendjähriges Reich, la visión del milenio de dominación nazi prometido por Adolf Hitler. Los alemanes no querían destruir los Países Bajos, insistían; querían salvarlos, abrazarnos. Era pura propaganda. Sin embargo, aparte del bombardeo que había reducido Róterdam a escombros en el ataque relámpago del primer día de la invasión, en general habían dejado tranquilo al pueblo neerlandés, incluidos los judíos. Los alemanes estaban presentes, pero no construían guetos ni bombardeaban el campo. Parecía que en nuestro país las cosas pudieran seguir otro rumbo que en Alemania y Austria. Aun así, con cada día que pasaba, el regusto amargo del nazismo se iba extendiendo hasta todos los rincones de la vida cotidiana. No éramos los hermanitos de los nazis, y no tenían ninguna intención de dejarnos en paz.

Durante la última década había presenciado innumerables discusiones en casa, escuchando a mis padres agobiarse por el auge de Mussolini, Franco y Hitler. A Annie, que era mayor y más valiente, le gustaba participar en esas conversaciones de adultos. Yo me quedaba callada y escuchaba. Ya con diez años, a menudo deseé que cambiaran de tema y hablaran de lo que imaginaba que charlaban las familias normales: el tiempo y cosas así. Años más tarde agradecí aquellos debates nocturnos; por lo menos tenía cierta idea de lo que cabía esperar. Mis padres hablaban de plantar cara y de los valerosos sacrificios de los partisanos en Italia y España. Todos sabíamos cómo habían acabado aquellos conflictos. Mussolini y Franco seguían en el poder, ahora unidos en el Eje hitleriano. Yo era menos inocente que algunas de mis compañeras veinteañeras, aquellas cuyas familias hablaban del tiempo. Sin embargo, al mirar de reojo a aquellas chicas que tan deprisa se habían convertido en mis mejores amigas, las primeras que tenía desde la muerte de Annie, supe que me quedaba mucho por aprender. Juntas en la esquina de la plaza más alejada de la banda, escuchamos cómo la música se resolvía con una fanfarria final y un golpe de tuba. Sonja se encogió. Por espantosa que fuera para mí la ocupación, para Sonja y Philine era mil veces peor. Ellas temían cosas que a mí ni se me habían pasado por la cabeza.

Los alemanes de la primera fila aplaudieron y gritaron. El resto del público guardó silencio. Sonja contempló la escena.

—La situación está empeorando —susurró. No supe distinguir si había sido su intención decirlo en voz alta.

—Vámonos —dijo Philine mientras le asía la mano.

Cruzamos la plaza por la parte de atrás y nos metimos por una calle más estrecha, que también había absorbido el tráfico de transeúntes comunes que en otras circunstancias habrían ocupado la plaza.

—Estoy intentando convencer a mi padre de que nos vayamos, pero es un cabezón —comentó Philine mientras caminábamos—. Me dice: «Mientras respetemos la ley, no nos meteremos en líos». Y como no ha quebrantado una ley en su vida... —Frunció el ceño.

—Hace diez años, mi padre convenció a mis tíos alemanes para que vinieran a Ámsterdam, porque estarían más seguros —dijo Sonja, sacudiendo la cabeza—. Ahora no saben qué hacer. Mis padres y sus amigos hablan del tema, pero de momento solo han llegado a marcharse los Baum. Mi madre dice que son unos exagerados.

Philine y Sonja rara vez hablaban con tanta franqueza delante de mí, aunque debían de darle vueltas a esa cuestión a todas horas. Se me subieron los colores de la vergüenza. Quería que se vieran capaces de hacerme confidencias. De repente, su confianza me parecía lo más importante del mundo.

—¿Adónde se fueron? —pregunté—. Los Baum, digo.

—A Estados Unidos —respondió Sonja—. Al parecer tienen unos primos en... ¿Detroit? Dondequiera que esté eso.

El tono de nuestra conversación cambió. Tuve la sensación de que ya no íbamos a parar en ninguna cafetería.

—Gira por aquí —indicó Philine. Doblamos por una calle más tranquila y la música se fue apagando a nuestra espalda, a excepción del latido sordo de un bombo—. Detroit es donde Henry Ford fabrica los coches —dijo. Por supuesto, Philine lo sabía. Daba gracias a Dios por no haber tenido que competir con ella en el instituto, donde había disfrutado sin demasiado esfuerzo de mi condición de primera de la clase.

—¿Cómo salieron? —le pregunté a Sonja. Los alemanes, nada más tomar el control, habían prohibido a los judíos abandonar el país.

—Como dice mi padre: «Con dinero, todo es posible» —respondió Philine. Luego miró a Sonja—. Me refiero a que...

—No, es cierto —la atajó Sonja con un encogimiento de hombros—. Los Baum eran ricos. Vendieron todo lo que pudieron, hicieron las maletas con todo lo que se veían capaces de llevar y sacaron del banco el dinero; bueno, el que les permitieron. Mi madre dice que no les dejaron sacarlo todo. Según ella, la señora

Baum salió del país con al menos un anillo en cada dedo de las manos y de los pies, pulgares incluidos. —Cimbreó los dedos, de uñas bellamente esmaltadas, para ilustrar sus palabras.

—Aunque nosotros tuviéramos dinero suficiente para marcharnos —comentó Philine—, mi padre se negaría. «Soy profesor de francés», dice. «¿Qué voy a hacer en Estados Unidos? ¿Limpiar botas?». —Puso los ojos en blanco—. Todo el mundo sabe que hay trabajo de sobra en América.

Sí, eso opinaba la gente. La gente también contaba que, el día de la invasión alemana, docenas de judíos neerlandeses se habían suicidado, convencidos de que llegaba la muerte. Sin embargo, después no había sucedido gran cosa, y daba la impresión —por lo menos a mí— de que se habían precipitado de la manera más horrible. Ahora empezaba a tener dudas. ¿Qué pasaba con el resto de ideas que había dado por sentadas, como que esa guerra duraría solo cuatro años, igual que la anterior? Tal vez se eternizara. Nadie lo sabía.

—¿De verdad te irías? —pregunté a Philine.

—Si fuera necesario —contestó. Estábamos delante de su edificio—. Subid conmigo —nos propuso a las dos. Me alivió que todavía me incluyera.

—Yo me voy —dijo Sonja.

—Anda, sube —replicó Philine.

—No —aclaró Sonja—, me refiero a Estados Unidos. Ya lo he decidido.

—¿A Estados Unidos? —pregunté—. ¿Cuándo?

—En algún momento —respondió mientras me seguía escaleras arriba—. Todavía no, pero en algún momento. Me iré con o sin mis padres, pero no pienso quedarme aquí de brazos cruzados esperando a que… —Hizo una pausa y bajó la voz en el estrecho rellano—. Si no están listos cuando lo esté yo, me marcharé sola. —Lo remató con un asentimiento rápido de cabeza, como si quisiera sellar una promesa hecha a sí misma.

—No, Sonja —dijo Philine, volviendo el torso hacia atrás y con los nudillos blancos de preocupación sobre el pasamanos—, no es seguro, no puedes marcharte sola.

Sonja puso los ojos en blanco y se echó a reír.

—¡Estáis las dos para veros, cloqueando como gallinas! Podéis relajaros, chicas. Todavía no he reservado camarote.

Guardé silencio, porque en cierto modo me sentía fuera de lugar. Philine suspiró.

—Ay, Sonja —dijo.

—¿Ay qué? —le espetó ella, hastiada de aquella aburrida conversación—. ¿Vamos a entrar?

—Nada —repuso Philine—. Nada.

3

—*Ah, ma chérie.*

Philine acababa de abrir la puerta de su apartamento y la voz suave de su padre llegó flotando por el pasillo como un fantasma francés.

—*Bonjour, papa* —respondió ella. Al volverse hacia él, su expresión preocupada recuperó la habitual dulzura y serenidad—. Vengo con Sonja y Hannie.

Yo ya conocía al señor Polak. Pasamos al salón y allí estaba, como siempre, con una manta sobre las rodillas y un libro en las manos. Tenía cuarenta y pocos años, pero su apariencia era la de alguien que no hubiera sido nunca joven, con el pelo plateado y los ojos estrábicos. Su expresión era amable, igual que la de su hija. El bonachón padre de Philine, el profesor de francés. Saltaba a la vista lo estrecha que era su relación y que él la amaba con ternura. Me recordaba a mi relación con mi padre, también profesor, aunque mi padre no afrontaba el mismo peligro que el señor Polak. Se me formó un nudo en la garganta. ¿Qué tenía de malo, bien pensado, limpiar botas?

—Me temo que debo irme —dije.

—Pero si todavía no hemos estudiado —objetó Philine.

La sirvienta de los Polak de toda la vida, Marie, entró con una taza humeante de té y la posó junto al padre. Era una refugiada alemana de más de sesenta años. No judía, sino una simple ciudadana alemana empobrecida que había dejado su patria durante la depresión de la década de 1920 y había acudido a Ámsterdam en busca de trabajo. Llevaba veinte años con la familia Polak y era como una madre para Philine, que había perdido a la suya de una fiebre cuando era solo un bebé. Aunque técnicamente seguía siendo empleada de los Polak, Marie empezaba a actuar como la representante de la familia, pues se ocupaba de todas las compras y del trato con desconocidos, ya que era la única no judía de la casa. Podía comprar en las tiendas buenas, donde los judíos cada vez eran menos bienvenidos. Con su pelo blanco recogido en un moño y su espalda doblada por una vida de trabajo doméstico, podría haber pasado por madre del señor Polak. Aunque tener un progenitor gentil tampoco hubiese ayudado en nada al padre de Philine: de acuerdo con los nazis, se consideraba a una persona *Mischling* —de sangre judía mezclada— aunque tuviera siquiera un abuelo judío.

Técnicamente, ya no era legal que un gentil trabajase para judíos, pero Marie siguió como siempre, invisible como solo pueden serlo las mujeres mayores. «¿Tú crees que se irá algún día?», le pregunté una vez a Philine, que me miró horrorizada. «Por supuesto que no —respondió, y luego hizo una pausa, en busca de su razonamiento—. Nos quiere —explicó—. Y no tiene otro sitio al que ir».

—*Merci*, Marie —dijo el señor Polak.

Marie asintió y desapareció en la cocina.

—Hannie —prosiguió nuestro anfitrión—, *la petite dernière*. —«La pequeña última». Era el apodo que me había dado, como si nadase rezagada tras los dos cisnes. Una sonrisa comprensiva—. ¿Adónde te vas a ir en una noche fría como esta? A casa, espero. —Siempre le había preocupado que viviera lejos de mi familia y cenara sopa de alubias casi todas las noches.

—Un recado rápido y luego me voy a casa, lo prometo.

—Ve con cuidado por dónde pisas ahí fuera.

Tiró de los bajos de la cortina que tenía al lado y echó un vistazo a la calle, donde empezaba a oscurecer. El sol se ponía temprano en esa época del año, y su calor desaparecía con la luz. Desde que la Luftwaffe había empezado a cruzar el canal de la Mancha para bombardear Gran Bretaña meses atrás, habían retirado o roto a tiros las farolas. Todos estábamos aprendiendo a orientarnos en la penumbra.

—Eso haré —aseguré.

—Oye —dijo él mientras dejaba caer de nuevo la cortina—, por lo menos no tenemos que preocuparnos de que los alemanes nos bombardeen, *n'est-ce pas?* —Soltó una risilla—. Quizá sea el único beneficio de tenerlos de vecinos.

—Supongo —repliqué, desconcertada por su empeño en encontrar algún motivo de esperanza en la situación. Así debían de sentirse Philine y Sonja cuando hablaban conmigo.

—Tenemos suerte de no estar en Londres —prosiguió él señalando el periódico que había a su lado en una mesa—. Ahora bombardean iglesias, ¿os lo podéis imaginar? —Adoptó una expresión cavilosa—. El Rebe de Hond dice: «La sinagoga es nuestro refugio y las filacterias son nuestros cañones antiaéreos», ¿eh? —Esbozó una media sonrisa y suspiró—. En fin, es espantoso lo que están sufriendo los británicos.

No sabía cómo responder. Las filacterias eran pequeñas cajas negras que contenían pergaminos de la Torá... y nadie de la familia Polak iba siquiera a la sinagoga, que yo supiera. Aquel hombre buscaba motivos para la esperanza y le daba igual dónde surgieran. No podía culparle; yo lo hacía a todas horas.

—Temo por nuestra reina —continuó el señor Polak a la vez que daba una palmadita al ajado clavel blanco que llevaba metido en el ojal de su solapa. Como era la flor favorita del príncipe Bernardo, llevarlo se había convertido en una expresión de lealtad a la familia real neerlandesa. La reina Guillermina, el príncipe Bernardo y el resto de la familia habían huido a Londres al principio de la guerra, donde actuaban en esos momentos como gobierno en el exilio. Todos escuchábamos sus discursos patrióticos emitidos por Radio Oranje, aunque lo habían prohibido—. No puede estar a salvo, en medio de todo esto.

—Hummm —musité. Visualicé la banda de la Orpo a la que acabábamos de oír en la plaza y el modo en que las tropas alemanas campaban por nuestra ciudad, como si la reclamaran. Todavía recordaba la cara de Philine y Sonja mientras mirábamos a la banda. La aprensión, la repugnancia—. Seguro que la reina también está preocupada por nosotros —dije.

—Pues claro —coincidió él—. Pero tiene fe en nosotros. En su intervención de anoche alabó «el valor de nuestra resistencia y la fuerza de nuestro carácter nacional». —El señor Polak sonrió, tranquilizado por la presencia espectral de la reina.

Eso a mí no me pasaba. Era algo que podría decírsele a un niño, aunque sabía que la reina tenía buenas intenciones. Me interesó, con todo, su mención explícita de la resistencia. Se había hablado mucho de eso en los primeros compases de la guerra, pero la palabra misma había desaparecido enseguida de las conversaciones públicas y solo la pronunciaban en voz alta las personas como la reina, que era libre de decir lo que le placiera desde Londres. Aun así, en cierta manera, la desaparición de la palabra parecía el presagio de algo poderoso. Todo aquello que pudiera marcar una diferencia en aquella guerra iba apartándose de nuestra vista, desde el lenguaje hasta herramientas tales como las armas de fuego o las imprentas. Sin embargo, cuando los alemanes prohibieron los aparatos de radio caseros, los resistentes se adaptaron. Desmontaron los aparatos hasta reducirlos a montones de cables y metal y escondieron las piezas sueltas bajo los tablones, para luego ensamblarlas solo para escuchar el boletín de la reina de todas las noches con un vigía apostado a la puerta y luego esconderlas de nuevo. La Resistencia no había desaparecido; únicamente se mantenía a la espera, como las radios.

—Me alegro de oírlo —dije.

El señor Polak puso de nuevo su voz de reina para citarla una vez más.

—«Quienes quieren el bien no se verán impedidos de conseguirlo» —recitó. Se recostó en el sillón, satisfecho.

¿Acaso no había leído el resto del periódico? ¿No había visto las fotos que todos conocíamos, donde millares de soldados alemanes desfilaban a través del Arc de Triomphe con sus rígidos cascos y sus relucientes águilas imperiales? ¿Las nauseabundas instantáneas de Adolf Hitler haciendo turismo en la torre Eiffel? París estaba a tan solo quinientos kilómetros de distancia. Los periódicos controlados por los nazis que últimamente habían inundado la ciudad seguían el día a día de los continuos éxitos de la Wehrmacht también en Europa oriental. ¿Acaso no veía aquel hombre que quienes querían el bien se veían, en efecto, impedidos de conseguirlo casi en todas partes? Me tragué las emociones con una mueca. Cada uno librábamos la guerra a nuestra manera.

—Buenas noches, señor Polak —dije—, me he alegrado mucho de verle.

—Eres una buena chica, Hannie —contestó él, como si quisiera convencerse a sí mismo—. *À bientôt, mademoiselle.*

Mientras yo salía de la habitación, empezó a recolocar el mustio clavel que adornaba su solapa. Seguro que comprendía que empezaba a ser peligroso llevarlos en público. Confié en que Marie se lo advirtiese.

—¿Nos vemos mañana? —Sonja me dio un beso en la mejilla ante la puerta, con Philine sonriendo a su lado.

—Mi padre te adora —dijo esta.

Sonreí.

—Me suele pasar con los padres y las madres. —Nos abrazamos, y bajé corriendo por la escalera para luego salir a la calle, donde ya anochecía. Cuántas cosas habían cambiado, pensé, desde que había conocido a Sonja y Philine. Me sentía mucho más conectada con la ciudad y las personas que me rodeaban. Después de aquella noche en el baile, había albergado la esperanza de coincidir con ellas de nuevo en el campus, pero jamás había contado con que me incluyeran en su amistad. Y, aun así, lo habían hecho; les caía bien. Sospechaba que mi presencia también había retirado un escollo que se interponía entre ellas. La mayor parte del tiempo, tenerme delante impedía que repitieran el mismo diálogo siniestro semana tras semana de ocupación. En vez de agobiarse la una a la otra con lo mal que estaba todo, podían centrarse en explicarme cosas a mí: la gran ciudad de Ámsterdam, cómo mostrar confianza cuando se hablaba con chicos, qué color de suéter quedaba mejor a las pelirrojas. Cosas sobre las que yo no sabía nada. Temas que nos impedían recrearnos en lo obvio.

Sin embargo, de pronto ese día todo parecía diferente. Cosas que para ellas siempre habían sido obvias por fin empezaban a serlo también para mí.

El tren de cercanías se detuvo con una sacudida en la parte oeste de Ámsterdam. Al otro lado mismo de las vías se alzaban los picos enladrillados de la fábrica de Westergas y sus gigantescos tanques cilíndricos de acero, que se reflejaban en el canal que atravesaba los barrios de clase obrera de aquel sector de la ciudad. Bajé al andén casi vacío y me envolvió el aire gélido y negro de la penumbra crepuscular.

La enfermera Dekker me había pedido que entregara un sobre en un albergue para refugiados de las afueras de la ciudad, donde me encontraba.

—Pareces una chica sensata —me había dicho esa misma mañana—. ¿Puedes hacerme un favor? —Me dio un sobre y luego un trozo de papel aparte con unas señas—. Solo tienes que entregar este sobre en esta dirección, ¿vale? Pero no se la digas a nadie.

Asentí. Siempre hacía todo lo que me pedía. Su expeditiva brusquedad me recordaba a mi madre, la fuerza de gravedad discreta pero poderosa que había mantenido unido el hogar de mi infancia. Y como sucedía con mi madre, rara vez replicaba o hacía preguntas siquiera, cosa que la enfermera Dekker apreciaba.

Después de recorrer con paso vacilante unas cuantas manzanas desconocidas de edificios destartalados, encontré el número en cuestión y llamé a la puerta, convencida de que estaba en el lugar equivocado. Aquella fortaleza de cinco plantas de gélido ladrillo rojo parecía tan silenciosa y desolada como la acera. El apartamento 6 no tenía tarjetita de identificación; se diría que alguien la había sacado con la uña. Sin embargo, a su lado había un agrietado timbre, de manera que pulsé el botón.

—*Ja?* —dijo desde arriba una voz ronca. Alcé la vista—. *Ja?* —repitió la voz. Un anciano arrugado con gorra de marino se asomó a la ventana dos plantas por encima de mí.

—¿La alianza? —pregunté mientras sostenía en alto el sobre. Había dado por sentado que mi tarea consistía en entregar papeles a otro grupo de ayuda a los refugiados, pero ya no estaba tan segura. Él hizo un gesto hacia la puerta y la empujé para entrar. El interior del edificio estaba más oscuro si cabe que la calle, donde la única luz eran las estrellas, porque las bombillas del vestíbulo estaban fundidas o desaparecidas. Avancé arrastrando los pies hasta la escalera y seguí el rectángulo inclinado de luz que arrojaba una puerta entreabierta.

—¿Quién la manda? —inquirió el hombre, mirando por la rendija de la entrada.

—La enfermera Dekker.

Parpadeó.

—¿Es usted la chica nueva?

—No lo sé —respondí—. Supongo que sí. —Eché un vistazo por encima de su hombro—. ¿Esta es la alianza?

Se encogió de hombros.

—Supongo que sí.

Tendió la mano para que le diera el sobre. Se lo entregué a través del resquicio abierto. Soltó una risilla que me dejó ver que le faltaban tres dientes. Luego abrió un poco más la puerta. Del interior del piso salieron calor y luz, pero también una vaharada de hacinamiento, cargada de olor a comida, fuego de leña y humanidad. Tras él entreví a dos adultos y tres niños acurrucados bajo una colcha casera sobre un irregular colchón tendido en el suelo. Aquello no era la alianza para los refugiados; eran los refugiados.

—Dele las gracias a la enfermera Dekker de mi parte —dijo el hombre—. Y gracias a usted también, señorita. —Justo antes de que la puerta se cerrase, me guiñó el ojo—. *Oranje zal overwinnen* —dijo, y la puerta se cerró con un chasquido antes de que acertara a responder.

«El naranja vencerá».

Me quedé quieta a oscuras unos instantes. Oí unos susurros al otro lado de la puerta, nada que pudiera captarse desde la calle. Toda aquella gente en una habitación tan pequeña. Refugiados. ¿De Alemania, de Polonia? ¿De dónde? El edificio entero hedía a tristeza. Y aunque yo no era judía, ni refugiada, conocía el terror de ver desaparecer a la familia.

Annie.

Caminé de vuelta a la estación al amparo de la sombra de los edificios. Adoraba a Annie; yo y todo el mundo. Pero murió de difteria a los doce años, cuando yo tenía solo siete. Con su desaparición de nuestras vidas mis padres se vinieron abajo, y cada uno de nosotros se exilió a su propia isla de existencia. El refugio de mi padre era el Sindicato de Profesores; el de mi madre era preocuparse; el mío, el trabajo. Ya era una chica aplicada antes de la muerte de Annie, pero después me volqué por completo. La vida se convirtió en un pase de diapositivas de mí leyendo, escribiendo, estudiando y haciendo exámenes. Seguía adelante con la cabeza gacha, esperando a que cambiara algo.

No ser Annie había definido mi vida hasta el momento en que conocí a Sonja y Philine. De pronto me descubrí siendo la clase de chica que se encontraba a las afueras de la ciudad en plena noche, llamando a la puerta de extraños y cruzando consignas secretas como una especie de aguerrida espía: *Oranje zal overwinnen*. Para Philine, Sonja e incluso la enfermera Dekker, era Hannie.

—¡Ja! —Me reí de mí misma en voz alta por ser tan obtusa. Annie… Hannie. No había caído en la cuenta hasta entonces. Annie seguía conmigo; dentro de mí, en realidad. Y aún tenía mucho que aprender de ella.

A través del frío aire de noviembre crucé al trote la estación, que estaba vacía a excepción de un par de soldados alemanes que fumaban y charlaban apoyados en una columna. En el mástil de la entrada principal ondeaba una esvástica cuando me subí a mi bicicleta y pedaleé hasta casa con todas mis fuerzas, en parte para entrar en calor, pero sobre todo para distraerme de mis pensamientos. Dejé la bici en el callejón entre mi edificio y el contiguo y, al hacerlo, reparé en que habían pegado unos cuantos carteles desde mi partida de casa aquella mañana.

Había una hilera de seis, todos con la misma imagen. A los alemanes les gustaba colocarlos así, repitiendo el mensaje cual melodía que odias pero aun así se te pega. En el cartel se veía un mapa de Europa hacia el que avanzaba una ola de sangre carmesí procedente de la Unión Soviética, contenida por dos banderas: la esvástica del Tercer Reich y el doble rayo de las despreciables SS.

Storm tegen het Bolsjewisme!

«Tormenta contra el bolchevismo». Los nazis odiaban a los comunistas, por supuesto; pero aquello era un mensaje en clave. Lo sabía porque Philine me lo había explicado unos días antes, después de ver otro cartel con un mensaje parecido. Cuando los nazis decían «bolcheviques», solía ser un código para referirse a los judíos. La vergüenza, confusión y tristeza de la jornada empezaron a revolverse hasta condensarse en una roca dura y caliente en la boca de mi estómago. Se me aceleró la respiración mientras contemplaba la sangrienta marea que pretendía intimidarme para que odiara a Sonja, Philine y el afable señor Polak. Eché un vistazo a un lado y a otro de mi tranquila calle y, como si me viera a mí misma desde fuera del mundo físico, agarré el borde del cartel y lo rasgué por la mitad. Lancé las tiras al suelo mientras pasaba al siguiente, y luego al otro y al otro, pisoteando los jirones de papel rojinegro con mis gastados zapatos.

Después subí corriendo las escaleras de mi casa con el corazón en un puño y una sonrisa en la cara por primera vez aquel día. Quizá el señor Polak y la reina Guillermina tuvieran razón, a fin de cuentas: quienes quieren el bien no se verán impedidos de conseguirlo.

4

Primavera de 1942

Mi intención era llegar a casa de Sonja atajando por los jardines del Vondelpark, el enorme parque de prados, estanques y senderos del centro de la ciudad. Al acercarme con la bici a sus ornamentadas puertas de hierro vi que había dos soldados alemanes montando guardia. Junto a ellos colgaba un cartel que no por ser ya familiar dejaba de escandalizarme, con unos oscuros caracteres góticos pintados que gritaban en silencio: *Voor Joden Verboden.*

«Prohibidos los judíos».

Los soldados me vieron mirarlo.

—¿Eres judía? —me interpeló uno de ellos. Nadie me lo había preguntado nunca.

—¿Qué? —contesté, luchando contra el temblor de piernas. Supe al instante que era tanto una pregunta como una amenaza. Di un paso atrás y ellos se adelantaron para cerrar la distancia—. ¡No! —exclamé con la voz aguda. Les mostré con gestos apresurados mi carnet de identidad y ellos se rieron de mi pánico. Escudriñé sus rostros juveniles; ¿qué pasaría si no me creían?

—Adelante, *Mädchen* —dijo uno a la vez que me daba impulso con un amable empujón a la bandeja metálica de la parte de atrás de la bicicleta.

—*Danke* —respondí, ablandada por el alivio—. *Danke schön.* —Los soldados sonrieron y yo, también. Di unas cuantas pedaladas antes de volver a la realidad.

Me dirigí hacia el sendero central que llevaba hasta mi prado favorito, situado justo detrás de los árboles que se separaban un poco más adelante. Al pasar por delante emití un grito ahogado y luego lo recordé: los alemanes estaban cavando en el Vondelpark para imposibilitar que las aeronaves extranjeras lo utilizaran de pista de aterrizaje. El prado, que antes era un ondulado manto de cuidado césped, ideal para pícnics y bebés que gateaban, estaba surcado de profundas zanjas como trincheras que se extendían de un lado a otro. El aire olía a tierra y piedra, y no quedaba ni una flor.

En un principio, el Reichskommissar Arthur Seyss-Inquart había asegurado al pueblo neerlandés en un discurso radiado que los alemanes llegarían a nuestro país «con la mano derecha alzada en un saludo, no con el puño enguantado en malla». Recordaba haber esperado, al igual que el señor Polak, que Seyss-Inquart tal vez fuera más razonable que Hitler. Aquí no había habido Noche de los Cristales Rotos, ni construcción de guetos ni fosas comunes a las afueras de la ciudad. Dado que el Reichskommissar sentía una admiración tan sincera por el carácter nacional neerlandés, por los «lazos de sangre» que unían nuestros dos países, ¿cómo iba a pasar aquí todo aquello? Y no pasó… en un primer momento. El arma de Seyss-Inquart era la sutileza. En vez de promulgar drásticos decretos, fue aplicando iniciativas parciales. La recopilación de ficheros personales, por ejemplo. El pueblo neerlandés expresó indignación y preocupación, pero pasó el tiempo y no pareció que la cosa fuera a más. Cuando el año anterior se declaró que los parques, las bibliotecas y el transporte público quedaban vedados a los judíos, las protestas fueron enormes, en todo el país y con participación de judíos y gentiles por igual. Sin embargo, como las prohibiciones en realidad no interferían con el transcurso de la rutina de la mayoría de las personas, la vida siguió su curso.

Con el tiempo, se obligó a los judíos a inscribir su nombre en un registro oficial, a dejar constancia ante las autoridades de sus objetos de valor y obras de arte, a transferir su dinero a bancos nazis. Si todas aquellas medidas hubieran sucedido al mismo tiempo, quizá habrían provocado un levantamiento. Seyss-Inquart lo sabía: la huelga general de Ámsterdam en febrero de 1941 estalló después de que se inhabilitara en masa a los judíos para el ejercicio de ciertas profesiones. De modo que el Reichskommissar fue poco a poco, para no soliviantar al pueblo neerlandés. Y había funcionado. Allí estaba yo, separada de Sonja y Philine. Mis bellas amigas que resultaba que eran judías. Philine había comentado una vez: «No sabía que era judía hasta que Hitler me lo dijo». Por supuesto que lo sabía, pero, hasta la invasión alemana, no había importado. Seguí pedaleando. Me había pasado la infancia ansiosa por crecer, por que mi vida cambiara. Pero no en esta dirección.

—Buenos días, pelirroja.

El sargento Becker, soldado de la Wehrmacht, llevaba apostado al final de la elegante calle de Sonja desde algún momento del invierno, hacía ya seis meses. Aparentaba unos treinta y pocos años y era el soldado alemán más vago que había conocido nunca. De algún modo, se había agenciado el destino perfecto para él, allí en la esquina de Sonja, donde no hacía otra cosa que fumar cigarrillos, leer novelas baratas y, de vez en cuando, dar órdenes al puñado de soldados más jóvenes a los que supervisaba. Era pecoso y de pelo rojizo, lo que fue el motivo de que empezáramos a hablar.

—Hola, pelirroja —me había dicho aquel primer día, y no le había hecho caso. Pero siempre se mostraba educado y me dio la impresión de que había dado instrucciones a sus soldados de que no nos hostigaran ni a mí, ni a Philine ni a Sonja, porque se mantenían callados cuando íbamos o volvíamos de casa de nuestra amiga. Con el tiempo, Becker y yo habíamos alcanzado un estado de cordial distensión.

Cuando pasé caminando por delante de él, recogió a toda prisa su silla plegable y se guardó el libro en el bolsillo interior de la guerrera.

—¿Ocurre algo? —pregunté.

Alzó una ceja, pero yo mantuve la expresión impasible de siempre. No quería que pensara que éramos amigos.

—No lo sé —dijo—, pero acaban de reasignarme a la plaza Dam.

—¿Hay desfile? —pregunté. A los alemanes les gustaba sacarle brillo a las botas y las estrellas de plata y pasearlas pisoteando los adoquines mientras entonaban sus *Heil Hitlers* durante horas, sobre todo en días claros y despejados como aquel, en los que el sol destellaba en sus uniformes. ¿Por qué no en la plaza Dam, delante del Palacio Real? Hasta tenían sus propios fotógrafos, que correteaban de un lado a otro para documentar la gloria de la disciplina o lo que fuera que creían estar conmemorando. Yo intentaba evitar la plaza Dam siempre que me era posible: me seguía dando náuseas ver ondear la esvástica en lo alto del palacio.

Becker negó con la cabeza.

—No lo sé —respondió—. No nos cuentan gran cosa. —Se encogió de hombros, como si estuviéramos juntos en aquel follón.

No lo estábamos. Seguí caminando.

—La familia Frenk, la de la casa blanca con las molduras negras —dijo—, ¿son amigos tuyos?

Me detuve y volví la vista.

—¿Por qué?

Nuestras miradas se cruzaron, pero esa vez no sonrió. Dio una última calada a su cigarrillo y lo lanzó disparado con el dedo al canal.

—Solo preguntaba —repuso.

Seguí mi camino, con una semilla de pavor enterrada en el pecho. Al pasar por delante de las altas casas que bordeaban el canal, intenté adivinar cuáles de ellas ya habían sido «requisadas» por los alemanes y albergaban a oficiales nazis, los nuevos vecinos de Sonja.

Una sirvienta uniformada me hizo pasar al vestíbulo de la casa de cinco plantas de los Frenk. Cuando se abrió la puerta, el canal contiguo salpicó de luz el interior entero de la imponente mansión. Solo había visto casas como esa en los viejos cuadros de Hals y Rembrandt del Siglo de Oro. Una escalinata de mármol subía a los cinco pisos, y una balaustrada de ébano tallado a mano la jalonaba como una línea de caligrafía: la escalera más complicada que hubiera visto en mi vida. Iba mucho a casa de Sonja, pero nunca había pasado de su dormitorio en la tercera planta. Las habitaciones de más arriba eran un misterio, habitadas por los parientes alemanes de mi amiga que esperaban el fin de la catástrofe en curso desde el cuarto piso.

—Eso no, que me moriré de un golpe de calor. —Sonja apartó la rebeca de color mostaza que Philine le ofrecía asomando medio cuerpo por la puerta del vestidor anexo, un espacio más grande que el dormitorio que había compartido con mi hermana de pequeña. El sol entraba a raudales por las altas ventanas.

Me desabroché mi viejo y soso abrigo y lo lancé sobre el respaldo de un diván de terciopelo verde.

—Siento el retraso.

—No tardaremos mucho —dijo Sonja mientras me daba un beso rápido en la mejilla—. Solo tengo que vestirme.

—Tardaremos mucho —corrigió Philine con un deje de irritación en su plácida voz—, si no se decide pronto.

—¿Qué me decís de esto? —preguntó Sonja echándose a los hombros un florido mantón de seda.

—Es bonito —comenté.

Philine se encogió de hombros.

—No está mal.

Caminé hasta los ventanales que daban al patio interior. Debajo había una ordenada retícula de jardines rectangulares, cada uno de los cuales ofrecía una pequeña parcela verde a la mansión que tenía delante. Allí, en la parte más bulliciosa del centro urbano, había un pequeño refugio, oculto al público, pero íntimamente conocido por todos aquellos que residían en aquellas viviendas. Más espacios escondidos. Como de costumbre, los jardines de abajo estaban vacíos.

—¿Habláis alguna vez con Becker? —pregunté—. ¿El soldado del final de la calle?

—¿El dormilón? —repuso Sonja—. A veces. Es más educado que los demás.

—Nunca —dijo Philine, asqueada—. ¿Por qué iba a hacerlo?

No sabía cómo plantearlo. No tenía ninguna información real para Sonja, de manera que ¿para qué asustarla con las vagas insinuaciones de Becker? Bastante daño le estaban haciendo ya a nuestra psique los rumores.

—Curiosidad, nada más —contesté.

Sonja se volvió hacia mí.

—¿Esto tiene que ver con los recados que haces para tu enfermera? —Se le iluminaron las facciones, esperanzadas. Vi que eso ponía nerviosa a Philine.

—No debería hablar de ello —repliqué, intentando sonar curtida y misteriosa.

—Oh —murmuró Sonja.

Esperé la inevitable pulla de Philine, pero no llegó. La energía que flotaba en la habitación se había alterado, como si se avecinara tormenta. Durante un buen rato, ninguna dijo nada.

—Traigo algunas preguntas nuevas para estudiar —comenté. De un tiempo a esa parte me había echado a la espalda la misión de mantenernos a todas centradas en el trabajo de clase. Había conseguido que Philine se entusiasmara con su rama favorita del Derecho, la justicia internacional, pero Sonja estaba menos convencida. Ella seguía afanándose por hacer felices a sus padres mientras fantaseaba con un futuro mucho más glamuroso que ser abogada. Yo me lo imaginaba como una especie de película de Hollywood, con mucho vestido ajustado, perritos y copas de martini por todas partes, aunque no estaba muy segura de si era eso lo que ella seguía figurándose.

—Ahora mismo no puedo estudiar —dijo Sonja.

—Estoy tratando de sacarla a que le dé un poco el aire —explicó Philine.

Sonja intentó desplegar su acostumbrada vitalidad.

—Lo que pasa es que no sé qué ponerme.

—Da lo mismo —replicó Philine—. Solo vamos a salir al balcón.

Los tiempos en los que paseábamos por las calles de la ciudad en busca de una cafetería habían quedado atrás hacía ya una temporada. Como la mayoría de los establecimientos exigían el carnet de identidad antes de atender al cliente, los judíos habían quedado excluidos de buena parte de la vida pública a causa de la enorme jota negra que lucían sus tarjetas. Los Frenk tenían la suerte de contar con aquel precioso jardincillo particular, pero rara vez lo usaban. El pequeño cuadrado verde en el centro de la manzana no había perdido su encanto, pero era como intentar relajarse en una cárcel sabiendo que los edificios circundantes estaban repletos de centinelas que vigilaban desde las ventanas. No era algo de lo que hablásemos; para entonces se trataba de algo ya sabido por todas.

—Hannie ha llegado tarde, en cualquier caso —señaló Sonja.

—Perdón —repetí. Era una palabra que pronunciaba mucho últimamente.

Sonja tiró otro suéter al suelo y examinó su armario abierto.

—¿Esa blusa a rayas, a lo mejor?

—Basta, Sonja —dijo Philine, con la voz quebrada por la irritación.

—¿Pasa algo? —pregunté.

—Nada. —Philine se puso a doblar las prendas desperdigadas por el suelo, la cama y una silla que había por ahí cerca. Sonja empezó a revolver en un ropero de caoba, sacó una blusa diferente, blanca con flores amarillas, y se volvió hacia nosotras, pero, antes de que pudiera preguntar nada, Philine explotó—: Eso no. Venga ya. —Fulminó con la mirada a Sonja, quien correspondió con la misma mala cara.

—Cálmate, Philine —le pidió.

Por lo general, Philine solo comentaba el vestuario de Sonja para elogiarlo, pero en ese momento respiró hondo, como si se dispusiera a soltar una diatriba; luego tragó saliva y guardó silencio.

—¿Qué? —le espetó Sonja, como si la retara.

Philine caminó hasta la puerta del pasillo y sacó por ella la mano para alcanzar algo: un vistoso rollo de áspera tela amarilla de algodón, de un color tan feo que no me imaginaba llevándolo a ninguna de las dos. Entonces lo desenrolló y vi el motivo estampado. Con la misma caligrafía rabiosa y negra del cartel del Vondelpark, una palabra repetida una y otra vez: *Jood*.

«Judío».

Philine seleccionó un cuadrado de diez centímetros que había recortado de la tela de algodón para aislar uno solo de los *Jood*, rodeado de una estrella judía de seis puntas. Lo alzó hacia la solapa de un abrigo imaginario.

—Esas flores amarillas ocultarán la estrella.

—De eso se trata —dijo Sonja.

Philine bajó el tono, con la voz temblorosa de emoción.

—Te buscarás un problema.

—¿De verdad crees que van a tener soldados mirando estrellas por la calle?

—¡Pues claro que sí! —exclamó Philine con los ojos en blanco de incredulidad—. ¿Qué te crees que hace ese soldado pelirrojo que siempre está al final de tu calle?

—Mi padre conoce a los líderes del Consejo Judío —dijo Sonja—, y son ellos quienes deciden quién se queda y quién se va. También les ha dado el apellido de tu familia, Philine, para que lo pongan en la lista. No pasará nada.

—¿Y tú te lo crees? —preguntó Philine.

—El Consejo Judío tiene un plan —aseveró Sonja—. Son varios de los hombres de negocios más importantes de la ciudad, por el amor de Dios.

Todo el mundo estaba al corriente: eran los dirigentes de la comunidad judía que negociaban con los alemanes sobre las futuras políticas que los afectaban. Sin embargo, a mí me costaba creer que tuvieran ningún poder real en un estado de ocupación.

—Sí, el Consejo Judío tiene un plan —repuso Philine, exasperada—. El plan de mandar a todos los judíos de Ámsterdam a Westerbork. —Escupió la última palabra como si quisiera protegerse del mal de ojo.

—Eso es solo temporal —explicó Sonja—. En cualquier caso, probablemente se esté mejor allí que aquí, con toda la basura que hay en la calle y los sacos terreros por todas partes.

—¡Sonja! —exclamó Philine, estupefacta—. Westerbork es un campo de trabajo.

—Es un campo de tránsito, dice mi padre.

—¿Hacia dónde te crees que están en tránsito? ¿Unas vacaciones en la costa?

Sonja había agotado el repertorio de respuestas proporcionadas por su padre.

—Pronto será ilegal ser judía, sin más —dijo. Como si fuera una broma.

Philine la miró sin dar crédito a lo que oía.

—Pero, Sonja, si ya lo es.

Nos quedamos en silencio durante un rato hasta que Sonja volvió a hablar.

—No quiero salir —dijo a la vez que soltaba la blusa. Se sentó en mitad de una montaña de prendas esponjosas, con todos los colores del arcoíris, flores, pata de gallo, rayas y lunares, enterrándose bajo la ropa como un cisne que ahuecara sus plumas para después esconder la cabeza bajo el ala y dormir.

—Tendrás que hacerlo, en algún momento —replicó Philine mientras inspeccionaba de nuevo el rollo de tela amarilla—. ¿Qué es esto? —Había una carta de aspecto oficial grapada a la esquina inferior del tejido—. Por supuesto —dijo con una carcajada amarga.

—¿Qué es? —pregunté, desesperada por obtener cualquier información.

—Instrucciones —respondió Philine mientras leía el memorándum, que llevaba la esvástica en relieve por membrete—. «Lavar antes de usar para evitar que se destiña o encoja». Alguien se ha tomado la molestia de incluir eso. —Sostuvo la tela en alto y entrecerró los ojos para leer algo escrito en letra más pequeña—: «*Hergestellt in Deutschland*» —leyó—. Hecho en Alemania.

—Qué chorrada —dijo Sonja con amargura.

—No —matizó Philine—. Alguien se dedicó a poner por escrito todas esas instrucciones, hasta el último detalle. Esto no es un capricho de las SS neerlandesas; forma parte de un plan más amplio. Un plan organizado y mucho más ambicioso.

Miró a Sonja, a la espera de la consabida respuesta, pero su amiga guardó silencio por una vez, con las vivarachas facciones de pronto alicaídas por lo que parecía miedo. Ansiaba tranquilizarlas, pero no tenía ni idea de qué decir.

—Ahora mismo vuelvo —susurré. Salí del dormitorio de Sonja, cerré la puerta a mi espalda y me quedé quieta en el pasillo, intentando no prorrumpir en lágrimas. Si ellas no lloraban, yo tampoco iba a hacerlo. No tenía nada que aportar ni manera alguna de aliviar su carga. Me dolía la barriga. Me parecía que debía transmitirles la advertencia que me había dado Becker, pero ¿de qué me había avisado en realidad? ¿Por qué empeorar las cosas? Estuve un rato en el reluciente pasillo revestido con paneles de madera y miré escaleras arriba hacia donde residían los parientes de Sonja. Lo único que veía eran puertas cerradas. En algún punto del cuarto piso oí los suaves acordes descendentes de un vals vienés sonando en una victrola.

Me fui de casa de Sonja al cabo de poco, porque ninguna estábamos de humor para charlar.

Fue entonces cuando empecé a verlas.

Las insignias con la estrella amarilla. Quienes las llevaban parecían tener las facciones esculpidas en piedra, como un hombre con el que me crucé, que portaba una estrella amarilla clavada en la hombrera del traje y el sombrero calado sobre la frente. La torva determinación que le vi en la cara me recordó a las estatuas de la Isla de Pascua y sus penetrantes ojos clavados en la nada. Seguí caminando bajo el sol radiante, pensando en Sonja y Philine rodeadas de prendas como si se estuvieran ahogando en un palmo de agua y no tuvieran claro cómo salvarse. Entonces, más adelante, le vi. Por fin, un blanco para mi cólera.

—¡Becker! —grité con los puños apretados—. ¡Becker!

Se volvió para mirarme y vi que no se trataba de Becker, sino de otro soldado alemán de pelo castaño, que me sonrió. Nadie gritaba a los soldados si no quería que lo arrestaran, de manera que le picaba la curiosidad.

—*Guten Tag, Fräulein* —dijo con voz dulce. Estaba formando un corro con otros tres soldados alrededor de una chica judía que tenía el rostro adolescente demudado en una mueca de terror. Allí, en el cuello de su blusa, vi una de aquellas estrellas amarillas, cuyas puntas flameaban como un prendido envenenado mientras los alemanes rodeaban a su dueña.

—Alejaos de ella —dije mientras caminaba derecha hacia los soldados. No era yo misma y aquel no era Becker, pero me daba igual porque el efecto acumulativo de los carteles, Sonja y las estrellas amarillas me había cegado con mi propia vergüenza—. Dejadla en paz. —Me temblaba la voz de rabia; no me importó.

El sosias de Becker se rio de mí y sus amigotes soldados lo imitaron, una distracción que a la chica le bastó para salir corriendo y desaparecer entre la cercana muchedumbre. Aquello no lo había planeado, pero sentí alivio. No tenía ningún plan. Me sentía como un perro rabioso encadenado a un poste, salvaje, peligroso y frustrado. Los soldados lo vieron y, antes de que llegara hasta ellos, retrocedieron con fingido pavor mientras alzaban las manos en señal de rendición.

—Quieta, quieta —dijo uno de ellos mientras se apartaban, y les pasé por delante hecha una furia, pero aliviada. Seguí caminando con un pitido en los oídos y, después de dar unos pasos, oí que uno me gritaba algo:

—¡Amante de los judíos!

Se volvieron unas cuantas personas para mirar, pero yo seguí adelante como si la imprecación no tuviera nada que ver conmigo. Caminé sin pensar en otra cosa, intentando olvidar la imagen de Philine sosteniendo en alto la tela amarilla, tratando de no ver a la muchacha judía anónima y su expresión de terror. Caminé hasta que terminó la acera y mis pies sintieron las vías de acero de los tranvías, cuyos campanillazos me devolvieron a la realidad. Por los lados me pasaba una riada de personas: compradores, estudiantes, soldados alemanes armados y niños que jugaban a pillar sobre los adoquines.

Y entonces lo vi. Becker. Plantado a unos metros de mí con un grupo de soldados, con los brazos en jarras e inclinado hacia atrás para contemplar los tejados del Palacio Real. Yo también miré hacia arriba.

En el centro del enorme palacio se alzaba una cúpula gigante, un domo color verdín rematado por una aguja con un navío para simbolizar los días de gloria del siglo XVII neerlandés. Esa era la Ámsterdam del hogar de los Frenk, el palacio construido por hombres con gorguera. Justo debajo había un reloj de oro con carillón. El sonido de esas campanas lo conocían todos los habitantes de la ciudad, pues llevaban marcando las medias horas desde que cualquier persona viva tenía uso de razón. Sin embargo, al seguir la mirada de Becker, vi a unos hombres cerca del reloj, unos soldados. Estiraban el cuerpo desde el balcón como arañas que se arrastrasen por la fachada.

—Becker —dije. Se volvió, me vio y me dedicó una de sus sonrisas ambivalentes

—Hola, pelirroja.

—¿Qué hacen? —Supuse que pensaban arrancar la esfera del reloj y fundirla para quedarse el oro.

—Cambian la hora —respondió. Y, ante nuestros ojos, la larga varita dorada del minutero se deslizó hacia delante. Me mareé.

—¿Por qué? —pregunté.

Becker se encogió de hombros.

—Seyss-Inquart ha dado la orden —explicó, pronunciando el apellido de nuestro Reichskommissar nazi con el mismo falso acento austriaco que poníamos todos para burlarnos de él. Hasta los soldados parecían despreciar al comandante nombrado por Hitler y su voz lenta y ceceante.

—¿Seyss-Inquart? —pregunté.

—Lo adelantan, *Fräulein* —aclaró Becker, volviéndose para mirarme—. Ahora nos regimos por la hora de Berlín.

5

Primavera-verano de 1942

Sentía la presencia del reloj en todas partes, como si los nazis controlaran también el tiempo. Todo el mundo tuvo que poner su reloj en la hora de Berlín para sincronizarlo con los horarios de tren. Durante un tiempo me negué a cambiar el mío, y una pequeña perla de rencor empezó a crecer en mi interior, una capa nueva y dura que se formaba cada vez que recalibraba mi horario para ajustarlo a Berlín.

¿Cómo se extiende el mal? ¿Como una enfermedad, de un humano a otro? ¿O del mismo modo en que las nuevas medidas antijudías fueron colándose en la vida privada de los neerlandeses, como el polvo en una habitación cerrada, una invisible mota tras otra, hasta que un día giramos la llave en la cerradura y nos descubrimos atrapados, y luego volvemos la vista hacia nuestra pequeña habitación y la descubrimos tan sepultada bajo la mugre que ya no resulta habitable? La imposición de la hora de Berlín me hizo cobrar conciencia de una nueva verdad: no estábamos esperando una tragedia; la estábamos viviendo. Cada vez que miraba el despertador que tenía junto a la cama y daba el paso extra de ajustar la hora, sentía crecer esa perla amarga. Cuando caminaba por la ciudad, las estrellas amarillas me gritaban desde las esquinas de las calles: «Haz algo».

Las seis y media: hora de irse. El sol ya calentaba los ladrillos de los edificios mientras yo inspeccionaba mi reflejo y me echaba agua en la cara soñolienta. Pelo cepillado, blusa amarillo pálido y falda azul de lana. Una universitaria neerlandesa como cualquier otra, de veintiún años, sin nada de especial salvo el pelo rojo. «Nadie va a confundirme nunca con una campesina holandesa», me había dicho una vez Philine en tono de broma, y, como yo tampoco era rubia, la entendía. Volví a mirarme el pelo. Nadie iba a confundirme con una judía, pero aun así podían fijarse en mi cabello rojo. Agarré un sombrero. Estaba ansiosa por llegar a la piscina de Zuiderbad durante la hora punta, cuando llegaban las señoras a hacer sus ejercicios diarios. Cuanta más gente, mejor. Llegué a la puerta y oí la voz de mi madre: «No salgas sin abrigo. Cogerás frío». Estiré la mano hacia la chaqueta, pero luego me contuve. Al principio de mudarme, cogía el tren a Haarlem varias veces por semana, solo para verlos. Ahora los visitaba quizá dos veces al mes. Dejé colgado el abrigo; no lo necesitaba. Cerré la puerta con discreción a mi espalda y bajé al trote las escaleras.

Durante los dos años anteriores, creía haber hecho todo lo posible por ayudar a los refugiados judíos, por apoyar a Sonja y Philine.

Pero eso, en realidad, no era cierto.

Empezaba a observar un nuevo patrón de comportamiento: dos personas entablan contacto ocular. Una de ellas lleva una estrella amarilla. La otra lo ve, baja la mirada al suelo y sigue caminando. Da igual si es por incomodidad, vergüenza o repugnancia, porque el resultado es el mismo: dejan de mirar a los judíos. Lo que significa que dejan de verlos. Y, cuando se deja de ver algo, ya no existe.

No eran solo los desconocidos, sin embargo. Yo también lo estaba haciendo.

Por eso tenía que ir a la piscina.

Mi bicicleta estaba amontonada con todas las demás contra la entrada de mi bloque de pisos. Arranqué a pedalear y, al inclinarme para doblar una esquina, estuve a punto de atropellar a un policía, que se apartó de un brinco para esquivarme.

—Perdón —dije, pero no frené. Él me saludo con una inclinación de la gorra.

Sentía un hormigueo en las manos y los dedos, como siempre que tenía miedo, y los moví sobre el manillar para quitármelo de encima.

Esa mañana, en todas las manzanas, hombres y mujeres, niños y niñas, se montaban en bicicletas, subían a tranvías o caminaban por las grises calles adoquinadas para dirigirse al trabajo, el mercado y la escuela. Sonaban las campanas de los puentes levadizos que se alzaban como alas para dejar pasar a las barcazas por los canales. Los amsterdameses se agolpaban en la orilla del agua esperando para cruzar, ordenados pero tensos. Aprender a vivir bajo la ocupación era aprender a vivir fuera del tiempo, sin atreverse nunca a hacer planes de futuro.

Derrapé hasta detenerme donde empezaba la aglomeración, jadeante.

—Quédese en su sitio, señorita —me riñó un florista que me rozó la goma de la bici con su gastada bota. Busqué con la mirada un hueco por el que colarme entre el gentío y al final me lancé hacia delante rodeada por un estruendo de timbrazos y exclamaciones de cólera.

—¡Perdón, perdón! —exclamé de nuevo, con la voz estridente y temblorosa. Los timbres de las bicicletas repicaban, un vendedor de flores envolvía con un periódico unos narcisos amarillos y dos cazas de la Luftwaffe cruzaron el cielo con un alarido rumbo al canal de la Mancha en una expedición diurna, y el rugido de sus potentes motores me hizo vibrar los huesos, hasta el punto de que casi dejó de darme miedo lo que estaba a punto de hacer.

La fortaleza del Rijksmuseum se cernía sobre mí desde el otro lado de la plaza, con sus torres como torreones de un castillo. Al verlas sentí una oleada de alivio inesperado: no había esvásticas ondeando, por lo menos de momento. Y allí, enfrente mismo del museo, vi lo que buscaba: el enorme edificio de ladrillo rojo que albergaba la piscina de Zuiderbad. Ámsterdam poseía bastantes piscinas públicas, aunque pocas eran tan vistosas.

Esa parte la había imaginado un millar de veces. Crucé la calle y vi que todos los detalles cuadraban con lo que me había figurado: el tejado alto y picudo, las ventanas también altas y de molduras blancas, el pórtico curvado de la entrada, con sus azulejos verdes y sus olas pintadas de azul. Tenía el mismo aspecto que siempre, a excepción del cartel de la puerta: *Voor Joden Verboden*. «No se admiten judíos».

Necesitaba un sitio donde aparcar la bici de modo que me resultara fácil volver a encontrarla, pero las paredes exteriores del edificio tenían triple fila de bicicletas estacionadas. En cierto sentido, eso era bueno: estaba lleno. Apoyé la mía contra las demás, respiré hondo y me recordé que debía conservar la calma.

Como si hiciera aquello a todas horas.

Nunca lo había hecho antes.

Adopté una expresión de lánguido aburrimiento y entré en el vestíbulo. Cogió mi entrada un anciano de rostro arrugado y pelo espeso y blanco peinado hacia atrás como si encarase una tormenta. Me miró de arriba abajo, desde el gorro azul marino a los zapatos negros de cordones, y me guiñó el ojo con expresión cómplice.

—*Goedemorgen* —dijo con voz ronca. «Buenos días».

Sonreí y seguí caminando.

Las paredes del interior estaban cubiertas de azulejos verdes y amarillos, colores veraniegos de luz y vida. Tenía el mismo aspecto que la última vez que había estado allí, antes de la guerra, para nadar un rato con Nellie y Eva. La gigantesca piscina central resplandecía de un azul intenso, con trampolines en un extremo y rodeada de altos ventanales diseñados para aprovechar la escasa luz del invierno. El sonido hacía eco en las superficies alicatadas y el techo metálico, de tal modo que, aunque el público no era ruidoso, en el recinto resonaba el rumor bajo de las conversaciones y el chapoteo del agua.

La entrada se estaba arrugando en mi puño cerrado, de forma que estiré los dedos y me sequé las manos en la falda mientras me dirigía al vestuario de mujeres. Había unas cuantas maneras distintas de enfocar aquello; las había sopesado todas y me había decidido por el plan más sencillo. Oí la voz de Annie: «Mejor cuanto más rápido». ¿Había dicho aquello alguna vez? Quizá.

—*Goedemorgen* —saludó una mujer de pelo blanco con la que me crucé a la entrada, y correspondí con un gesto de la cabeza. No hacía falta que nadie oyera mi voz si no era necesario.

Dentro del vestuario había otras tres mujeres ocupadas poniéndose o quitándose ropa, alisándose la falda o guardando sus prendas en los casilleros que cubrían ambas paredes. Dejé la bolsa en un banco, desde donde podía ver a las demás, y saqué mi bañador. Hice tiempo retirando de la tela una pelusilla inexistente. Miré a la izquierda y vi cómo una mujer castaña colocaba su ropa doblada en un estante, para luego meter en el centro de la pila un pequeño monedero, escondido como un ratón en su madriguera. Luego caminó hasta la puerta y salió a la piscina.

Aunque de antemano me había preocupado cómo me haría la despistada mientras esperaba el momento oportuno, a la hora de la verdad mi problema no fue ese, sino los nervios. Las manos me temblaban mientras un hormigueo de ansiedad me recorría los brazos. Los crucé y me abracé con fuerza para contener los temblores. Al bajar la vista, vi una cinta que se le había caído del pelo a alguna niña y reposaba en el suelo, con su estampado amarillo y blanco como una flor aplastada. Como una estrella amarilla.

Respiré hondo.

Me acerqué centímetro a centímetro a la casilla de la mujer que acababa de salir. Las otras dos ocupantes del vestuario se estaban peinando delante del espejo y parecían a punto de marcharse. Mientras tanto, charlaban de asuntos intrascendentes: la corriente de aire fresco que pasaba, el frío que hacía en la piscina. A mí cada una de sus palabras me sonaba como un presagio, pero como es natural ellas no sabían nada de mis pensamientos. Recogieron sus pertenencias y se dirigieron a la salida, sin parar de hablar.

Había dado dos pasos rápidos hacia la ropa doblada cuando oí el eco de unas pisadas a mi espalda. Me quedé paralizada, pero no era la mujer castaña volviendo a por algo que se hubiera dejado, sino otra bañista que se disponía a usar el vestuario. Relajé los hombros y me calmé, a la vez que estiraba los brazos como si estuviera haciendo unos ejercicios de calentamiento antes de nadar.

La mujer se metió en el cubículo de una ducha.

Hundí la mano en el centro de las prendas dobladas y saqué el monedero con un solo movimiento limpio. Como si llevara toda la vida robando carteras. Pasos, de nuevo: otra bañista que entraba. Había acudido con la esperanza de llevarme más de un carnet de identidad en esa visita, pero había demasiada gente para arriesgarse.

Me crucé con la mujer que acababa de entrar sin mirarla a los ojos, bajando la vista para asegurar el cierre de mi bandolera. Dentro de ella viajaba el monedero robado. Eché un vistazo atrás: no se notaba que nadie hubiera tocado la ropa. Salí del vestuario y al pasar por delante de la piscina caí en la cuenta de que estaba buscando en el agua con la mirada a la mujer a la que acababa de robar. Lamentaba haber tenido que llevarme el monedero entero. Todas las cabezas que subían y bajaban en la piscina me parecieron iguales, de modo que me disculpé en silencio ante todas ellas. Uno de mis tacones resbaló en un charco y aflojé el paso, aunque lo que me apetecía era salir corriendo del edificio.

El encargado de recoger las entradas fue la única persona que se fijó en mí.

—¿Ya te marchas, pelirroja?

—El agua está demasiado fría para mí. —Sonreí al decirlo, como si fuese una broma privada nuestra. Sorprendente, dado que nunca se me había dado bien coquetear. El picaporte metálico de la puerta de entrada estaba caliente por el vapor, en contraste con el frío que se coló desde fuera cuando abrí. El hombre me dijo algo mientras salía, pero no me detuve a escucharlo. Caminé hasta la bicicleta, me subí a ella y pedaleé de pie en dirección al gentío que se agolpaba ante el Rijksmuseum, para luego atajar por delante de lo que quedaba del magnífico jardín verde del Museumplein, que antes era un lugar agradable donde ir de pícnic, pero se había convertido en un páramo de tierra y arena después de que los buldóceres retiraran la hierba para instalar una muralla de búnkeres de hormigón de una planta. Al otro lado de aquel muro gris mate oí unas voces masculinas. Los alemanes realizaban allí ejercicios militares.

El aire era fresco y seco en comparación con la humedad del Zuiderbad, y lo aspiré a grandes tragos. Cada pedalada me alejaba un poco más del lugar del crimen y me acercaba al éxito. Al incorporarme al tráfico de ciclistas, me fijé en todas las caras con una intensidad febril: las gafas de sol de ese hombre, el broche esmaltado rojo de aquella mujer, todo se me aparecía de golpe, animado y vivo. Encontré un hueco en el denso caudal de bicicletas que circulaban y respiré por fin. Era un día laborable como cualquier otro y yo no era más que una minúscula parte de la masa de gente de la ciudad que se dirigía al trabajo y a la escuela, anónima y anodina.

—¡Oye!

Un codazo me alcanzó en el costado cuando un repartidor que iba con mucha prisa estuvo a punto de tirarme al suelo con su bicicleta. Por un momento, pensé que me habían seguido y alcanzado, y una descarga de terror me recorrió el cuerpo como si me hubiera golpeado un rayo. La rápida corriente de ciclistas me impulsó adelante. Al cabo de un rato llegué al parque, donde circulé entre olmos enormes y hermosos estanques cruzados por curvos puentecitos de madera que parecían sacados de un cuento de hadas. La zona ajardinada se ensanchó hasta formar un amplio prado surcado de trincheras excavadas por los alemanes para obstaculizar el aterrizaje de cualquier aeronave. Los pájaros seguían trinando, sin embargo, desde las ramas altas de los imponentes olmos. Más adelante, la columna de ciclistas se dividía en dos para sortear una papelera.

Una papelera. Los objetos cotidianos parecían adquirir un nuevo significado y las cosas más normales se antojaban novedades. No habían cambiado, pero yo sí. Todavía no eran ni las nueve de la mañana y ya había cometido un delito. La primera de mi clase del instituto, estudiante de Derecho, observadora silenciosa en todas las aulas, ciclista torpe y pelirroja a desgana. Y, ahora, ladrona. Hoy una papelera era un lugar donde deshacerse de las pruebas. Todo puede cambiar en el mundo de una persona.

Me incliné hacia la derecha y encontré un hueco en la columna de ciclistas, por el que me colé hasta derrapar en la hierba. Bajé de la bici y la dejé en el suelo bajo unos arbolillos más pequeños cubiertos de hojas recientes y frondosas, perfectas para ocultar a una malhechora. A la fresca sombra de aquella arboleda, abrí la bandolera y saqué el pequeño monedero de tela. Al desenganchar la tapa con dedos temblorosos se me cayó el contenido, como a una tonta, sobre la tierra mojada y sucia.

—Seré idiota —me dije mientras me agachaba para recogerlo todo.

—¿Puedo ayudarla, señorita?

Era un policía, alto y desgarbado como una grulla. Unas salpicaduras de barro color cacao tachonaban la parte baja de los pantalones azul marino que me quedaban al nivel de los ojos. Alcé la vista. El agente me examinaba con las cejas arqueadas como hacen las aves en los pólderes, las zonas pantanosas de las afueras de Haarlem: torciendo el largo cuello con ademán curioso para ver mejor a los peces que nadan en las aguas embarradas. Dobló su largo cuerpo por la mitad y, antes de que yo acertara a cogerlo, levantó el contenido del monedero robado: unas monedas, trozos de papel y, luego, la cosa en sí: el documento de identidad.

Lo examinó con la práctica de la que disponían ya todos los policías, cuyas tareas se habían destilado hasta reducirse a un cometido fundamental: organizar a la gente por categorías. Contempló la fotografía y luego bajó la vista hacia mí.

—¿Esta es usted?

Yo ni siquiera había visto el carnet todavía, pero la mujer a quien se lo había robado no se me parecía mucho. Eso no era lo importante; a quien tenía que parecerse al menos un poco era a Sonja o Philine.

Así pues, ¿esa era yo?

No.

El policía carraspeó, esperando.

—Agente —dije, con los ojos muy abiertos como si estuviera la mar de sorprendida. Mis pensamientos revoloteaban y giraban al viento como papeles sueltos y de repente fui a parar en un recuerdo infantil de mi hermana Annie con medio cuerpo fuera de la ventana de nuestro dormitorio, que estaba en un segundo piso, a punto de escabullirse para pasar la noche fuera. Yo estaba aterrorizada, no solo por Annie sino por mí misma. ¿Qué les diría a nuestros padres si preguntaban? «Diles cualquier cosa», susurró mi hermana con la sabiduría de la experiencia, una rebelde gafotas de once años. «Si no sabes contestar a la pregunta, responde a otra diferente». Y tenía razón.

Me mordí el labio y empecé a hablar. Ni siquiera me tembló la voz.

—Agente, me han empujado de la bici y se me ha caído todo.

Contempló ceñudo mi bicicleta tendida en la hierba, con el carnet todavía sujeto entre dos dedos. La foto, del tamaño de un sello, mostraba un borroso rostro de pelo moreno. Para la mujer de la piscina, reemplazar su documento de identidad sería una simple molestia. Para Sonja o Philine, tener un carnet falso podría suponer más comida, acceso a la atención médica o incluso la vida.

El policía me sostuvo la mirada, impertérrito, y luego miró por encima del hombro hacia la gente que circulaba por el camino que quedaba a unos pocos metros. Esperé a que hablase. Se le flexionó y relajó un pequeño músculo del mentón. Su embarrado uniforme azul era el mismo de antes de la guerra. Resultaba imposible saber de qué pie cojeaba. ¿Habría jurado él también lealtad al partido nazi? ¿O era sencillamente un neerlandés honrado con una familia que alimentar que intentaba conservar su empleo? No me fiaba de las apariencias.

Como estaba arrodillada sobre el terreno fangoso, la humedad de la hierba calaba las medias que llevaba puestas. Un perfume de hojas de roble muertas se elevaba a mi alrededor, el rico humus de la tierra medio helada. El policía se volvió de nuevo hacia mí, con los ojos entrecerrados y la tarjeta en la mano, que parecía enorme en comparación.

No le había contado mis intenciones a Philine y Sonja, porque hubieran intentado impedírmelo. Nadie sabía que estaba allí. Tragué saliva con la boca seca. Apreté con los dedos el pequeño monedero como si estuviera encantado, un talismán de cuento de hadas. Pero aquello no era un relato infantil; la magia no me salvaría.

Respiré hondo, miré al policía y sonreí.

—Agente —dije, con la voz sedosa como un pétalo—. ¿Me devuelve el carnet?

6

Una rápida sucesión de emociones recorrió el largo rostro del policía. Me recordaba a mi padre, un hombre alto con la presencia callada de una montaña.

—*Sta op* —me dijo mientras me tendía la mano. «Levanta».

Intenté respirar, pero sentía como si tuviera el pecho aprisionado por una tenaza de hierro. Estiró el largo brazo para ayudarme a levantarme de la hierba y, en lugar de salir corriendo, yo le agarré la mano y obedecí su orden. Tal vez porque me recordaba a mi padre.

Tiró de mí hasta ponerme en pie y luego me soltó la mano, pero no sin antes dejar algo en ella.

El carnet de identidad: me lo había devuelto.

—Vaya con cuidado, señorita —me dijo. Y luego, en un susurro—: *Oranje zal overwinnen.*

«El naranja vencerá». El lema de la Resistencia, pintado en paredes de toda la ciudad antes de que los alemanes lo limpiasen: OZO. ¿Me tomaba por una integrante de la Resistencia? ¿Lo era él?

Sin embargo, esas eran preguntas que nunca podían plantearse.

—Su carnet de identidad, señorita. —Me devolvió el contenido del monedero y yo lo guardé enseguida.

—*Bedankt*. —«Gracias».

—Buenos días, señorita.

Se llevó la punta de los dedos a la gorra y se marchó, atravesando a la multitud con su zancada de garza, sin nada que lo distinguiera de cualquier otro policía de la calle.

Aquella mañana aprendí varias lecciones: nunca mires por encima del hombro para ver si alguien te vigila, y no hagas nada que indique que algo importante va a pasar, está pasando o ha pasado entre los dos.

El acto en sí mismo es una confesión.

Me limpié la falda y las manos manchadas de barro. Me temblaba todo el cuerpo, me sentía mareada y tenía el cuello de la camisa pegado a la nuca por el sudor. Fragmentos de conversación pasaban flotando en bicicleta desde el otro lado de las matas como emisiones de radio de un nuevo mundo, y el azul deslumbrante del cielo, el negro de las ramas y el verde de la hierba hicieron que me llorasen los ojos. El corazón, desbocado; la cabeza, como burbujas de champán. Me sentía extraña, diferente.

Saqué caminando la bici de detrás de los arbustos. Había un niño pequeño con pantalones de pana marrones que me miraba fijamente. Cuando su madre me vio, le dio un tirón del brazo para llevárselo. Si mi aspecto estaba en consonancia con cómo me sentía, no la culpaba. Sentía que el carnet de identidad me quemaba la espalda a través del cuero de la bandolera, palpitando de energía justiciera. Era la primera vez que saboreaba el poder del material clandestino. Había atravesado el parque cientos de veces antes de la guerra, pero en esos momentos, con el objeto robado a cuestas, lo familiar se antojaba nuevo. Como si el aire presentara un sabor desconocido y cada bocanada fluyera hasta lo más hondo de mi interior, desde los labios hasta los pies con los que pedaleaba a toda velocidad. Avanzaba con el vigor sin límites de una veterana forajida, libre de todo sentimiento de culpa.

Había sido la enfermera Dekker quien había propiciado de forma sutil aquella iniciación en el hurto. Una vez me había hecho una demostración de cómo sustraer un monedero de una chaqueta, cruzando la oficina y robándosela a una voluntaria delante de mis narices. Se la sacó y luego volvió a dejarla en su sitio sin que la chica llegara a enterarse. Por supuesto, Dekker lo calificó de broma, pero fue una lección.

—Cuidado —me reprendió un señor mayor cuando me crucé por delante de él a toda velocidad.

No miré atrás. No me disculpé.

Entre las tres, decidimos que a quien más se parecía la foto del carnet era a Sonja. Había previsto que me sentiría fatal por no encontrar uno para Philine, pero no fue así. Porque ya sabía que podría robar otro. Al cabo de unos pocos días, apretujada entre la muchedumbre que intentaba subirse a un tranvía, bajé la vista y vi la redondeada esquina de cuero de la cartera de un hombre asomando de su chaqueta. Me pareció una invitación. Ese mismo día, por la tarde, pasé por la oficina de la enfermera Dekker y dejé la cartera sobre su mesa. Alzó una ceja.

—Ahí dentro hay un par de carnets —dije—. Uno de su trabajo y otro de no sé qué organización de la que es miembro. —Un doblete.

—¿Puedes conseguir más? —Ni felicitación ni sorpresa, pero la sonrisa de Mona Lisa que esbozó me dejó claro que estaba impresionada. Asentí con la cabeza.

Y así me convertí en toda una carterista: me topaba con la gente por la calle y les levantaba la cartera o me llevaba con disimulo el monedero de una señora de la cesta de su bici cuando estaba mirando hacia otro lado. Veintidós años de damisela formal me habían adiestrado bien para esos menesteres, por lo poco amenazadores que resultaban mi apariencia y comportamiento. Una atolondrada joven que como tantas otras chocaba con los peatones durante las aglomeraciones de la hora punta. Robé tantos documentos de identidad en los meses siguientes que empecé a considerarlo una competencia más que añadir al currículo de la posguerra, como el hablar un poco de español o saber álgebra avanzada. Por fin me sentía útil.

Hubo otras cosas que hice después de aquel primer carnet robado:

Dejé de mandar por correo paquetes de ayuda al extranjero y empecé a repartirlos entre los judíos de Ámsterdam, que los necesitaban desesperadamente. De pronto solo se les permitía comprar entre las tres y las cinco, cuando empezaban a faltar en los estantes de los comercios recursos básicos como alimentos y medicinas.

Oí hablar a Philine y Sonja de amigos judíos que habían desaparecido de repente.

Entregué comida y ropa de bebé a una familia de cinco refugiados que vivían en un establo para caballos en el límite oriental de la ciudad, escondidos hasta que pudieran encontrar un modo de cruzar el canal de la Mancha.

Ofrecí información errónea a los soldados alemanes que se habían perdido en la ciudad y me pedían indicaciones. Cualquier cosa con tal de hacerles el trabajo un poquito más complicado.

Observé cómo empezaban las deportaciones. «A Westerbork —explicaban las SS—; es solo temporal». Los trenes partían todos los martes. Nadie regresaba.

Pensé que la situación no podía empeorar.

7

Principios de 1943

Para entonces, estábamos acostumbradas a las estrellas amarillas. Digo que «estábamos» pero, por supuesto, mi caso no era el mismo que el de Sonja y Philine. Incluso después de que robara para ellas los carnets de identidad, tenían que tomar a diario la decisión de si salían con la documentación falsa y sin estrella, o se la ponían y llevaban su carnet real. Las dos alternativas conllevaban riesgos. Una judía a la que pillaran usando una identificación falsa podía ser arrestada y deportada a Westerbork en el acto, presumiblemente como paso previo a su traslado a uno de los llamados campos de trabajo: Sobibor y Auschwitz eran dos de los nombres que había oído. No sabía nada sobre esos sitios: los propios nombres se habían convertido en armas del terror nazi. Salir llevando la estrella amarilla, como dictaban las ordenanzas, era exponerse al acoso de los soldados alemanes, y replicarles era una forma de resistencia. Incluso ese pequeño acto de rebelión les parecía poco seguro a muchas mujeres, judías o no, de manera que las muchachas judías caminaban en parejas y tríos por seguridad.

—En el barrio de mi prima se ven ya tantas estrellas —dijo Sonja— que han empezado a llamarlo Hollywood.

Philine emitió un gruñido asqueado.

—A veces la gente me sonríe por la calle y me dice que sea fuerte —me contó, agradecida por aquellos gestos de los neerlandeses de a pie, que recibía a diario.

—El otro día estaba lloviendo y un tranviario paró y prácticamente me exigió que subiese, para resguardarme —añadió Sonja. Ella había vacilado, porque los judíos ya no tenían permitido viajar en los tranvías urbanos—. «¡Bobadas!», me gritó el conductor, que se puso rojo como un tomate de frustración mientras los pasajeros lo miraban. «Quítate eso», me dijo una mujer que iba en la parte de delante. Se refería a la estrella. Yo me quedé allí plantada —relató, con la voz tomada por la emoción—. No podía quitármela, me preocupaba que nos viera algún soldado. Y ahora habíamos montado una escena. Sé que tenían buenas intenciones, pero dije que no con la cabeza, le di las gracias al conductor y me fui corriendo bajo la lluvia. —Me alivió que hubiera tomado esa decisión. Mejor pasar frío y mojarse que acabar detenida.

Philine y Sonja al final resolvieron el problema de si llevar la estrella o usar el carnet con la solución más obvia: dejaron de salir. Solo abandonaban su casa para ocuparse de las visitas imprescindibles al colmado o la panadería. A Sonja le puso un empaste un dentista judío que había trasladado su consulta a su cocina, en la que atendía solo a clientes hebreos. Y Philine pasaba buena parte de su tiempo en casa de Sonja. El barrio de los Polak había recibido la designación oficial de judío, y por tanto se había obligado a muchas familias de otras partes de la ciudad a «mudarse» allí. Se respiraba la tensión, tanto entre los habitantes como entre los soldados apostados a su alrededor. Era mejor evitarlo.

Y con todo, a pesar de la abundante propaganda nazi que nos pasaban por la cara, también sabíamos que los soviéticos los habían machacado en Stalingrado y otros puntos de la Unión Soviética. Los periódicos alemanes que podían comprarse en toda la ciudad jamás mencionaban esas derrotas, por supuesto, pero el tenor de las consignas estaba cambiando. *TOTALER KRIEG*, rezaba un titular tras un discurso reciente del despreciable ministro nazi de propaganda, Joseph Goebbels. «GUERRA TOTAL». Tenía por intención inspirar al pueblo alemán y aterrorizarnos a los demás, y lo consiguió. No podía imaginarme una guerra más «total» que la que ya estábamos padeciendo.

Me dirigía hacia la alianza de refugiados. Aunque éramos amigas, Nellie y Eva tenían su propio círculo social y ya no les confiaba mis temores por la situación de Sonja y Philine. Mis compañeras de piso me veían correr de un lado a otro de Ámsterdam haciendo recados para la alianza y nunca se habían entrometido ni me habían hecho demasiadas preguntas. Se habían comportado como unas buenas amigas, siempre ofreciéndome una ración de sus comidas y ayudándome a subir bultos por la escalera. Eran un encanto, pero no podían ayudarme. Necesitaba a la enfermera Dekker y la distracción que ofrecía el trabajo.

La humilde oficina de la alianza, donde no había casi ni muebles, siempre me ponía de buen humor; por lo menos alguien hacía algo útil en aquella ciudad. Además, la presencia adusta y serena de la enfermera Dekker me reconfortaba al recordarme que todavía había personas en ese país que no habían perdido la brújula moral. Cuando llegué ya era media mañana, el momento de mayor actividad. Abrí las puertas de la entrada y paré en seco. Lo primero que me llamó la atención fue el silencio. Faltaba el equipo habitual de voluntarios. Entonces eché un vistazo a la sala: una catástrofe. Las estanterías primorosamente ordenadas que, con tanta diligencia, Dekker y las voluntarias habíamos surtido de material, desde instrumentos médicos hasta mantas de emergencia, pasando por cajas llenas de tetinas de biberón de goma, parecían arrasadas por una jauría de fieras salvajes. El impecable suelo embaldosado estaba manchado de barro y esas ásperas rozaduras negras que dejan las suelas de bota. Solo estaba Lottie, una de las ayudantes de la enfermera Dekker, que empezó a hablar nada más verme.

—Entraron a saco ayer por la noche y se lo llevaron todo, Hannie —me dijo—. Una caja tras otra, todo. —La cara habitualmente sonrosada de Lottie mostraba una tonalidad cenicienta mientras su dueña, agachada, recogía los restos de material desperdigado y lo metía en cajas.

—¿Dónde está Dekker? —pregunté.

—Hannie. Pasa. —Dekker estaba sentada tras un descomunal escritorio de roble, como la capitana de un petrolero que navegara por el embravecido mar de papeleo repartido por toda la habitación. Historiales médicos particulares, memorándums diarios…, todos los testimonios de nuestro duro trabajo tirados como basura a sus pies. Tenía los musculosos brazos apoyados en la silla, y su cara expresaba contrariedad. Como todas las organizaciones de voluntarios que ofrecían ayuda de emergencia, la alianza de refugiados era oficialmente neutral. Por supuesto, también lo eran los propios Países Bajos.

—No lo entiendo.

—Vinieron por los ficheros —explicó Dekker—. Pero, cuando vieron el material, también se lo llevaron.

—¿Puedo hacer algo? —pregunté.

La enfermera negó con la cabeza.

—He mandado a casa a todo el mundo menos a Lottie. Tú también tendrías que irte.

Sentí un acceso de cólera.

—Pero tenemos que volver al trabajo —dije.

—Esta oficina está muerta y enterrada, Hannie —replicó Dekker con tono resignado—, y a mí me trasladan a un hospital de La Haya, mira tú por dónde. —Sacudió la cabeza, como si le hiciera gracia el descarado oportunismo de ese traslado. Era una manera fácil de sacarla de allí, donde estaba haciendo una tarea importante, y llevársela a una ciudad distinta donde era de esperar que tuviese menos contactos problemáticos en la Resistencia—. Nos has ayudado mucho, Hannie. Tu familia está en Haarlem, ¿no? Ve allí. Espera a que las aguas se calmen.

—¿Que se calmen? —Solo podía imaginar una escalada continuada.

—Estamos en una nueva fase. —Bajó la voz para que Lottie no la oyera—. El trabajo que has estado haciendo para mí ha sido muy útil. —Se puso en pie y, por primera vez desde que nos conocíamos, me abrazó como haría una madre, apretándome contra el calor de su ancho pecho. Noté el olor a almidón y lejía de su uniforme blanco y un tufillo algo rancio de sudor. Siempre estaba tan serena que nunca la había imaginado sudando.

—No pienso volver a Haarlem —dije—. Tengo que acabar los estudios. —Al oírlo en voz alta me pareció una bobada, una preocupación infantil, pero nunca me había planteado hacer otra cosa, ni siquiera antes de la guerra. ¿Y ahora? Por mucho que los quisiera, esconderme en casa de mis padres no resolvería nada.

Dekker asintió con la cabeza. Nunca había intentado convencerme de nada, y tampoco lo hizo entonces.

—De acuerdo, pues. Tengo algo para ti. Ven conmigo. —Se levantó y fue hasta el almacén de atrás. Se habían llevado casi todas las cajas de material médico y las jarras de hisopos de algodón, pero quedaban unos cuantos objetos sueltos tirados por los estantes. Dekker recogió una cajita de cartón y me la dio. Leí la etiqueta que llevaba estampada en la tapa: VENDAS DE CELULOSA.

—¿Esto? —Yo carecía de formación médica, como ella sabía.

—Lamento decir... —Buscó las palabras adecuadas—. Los soldados nos robaron todo lo que teníamos, hasta las compresas y cinturones higiénicos, por sorprendente que parezca. Pero aún nos quedan unas cuantas de estas, y van mejor que esos viejos trapos de algodón, ¿no? —Esbozó una sonrisa torva—. Las mujeres somos las verdaderas expertas en sangre. Venga, llévatela, Hannie, como una muestra de mi agradecimiento.

Al decirlo, me sostuvo la mirada, como si me comunicase algo que yo no era capaz de captar. Seguía anonadada por la destrucción de aquel espacio, antes sagrado.

—Venga, en marcha —dijo mientras me acompañaba hasta la entrada. Cuando llegamos, se sacó del bolsillo de la pechera de su uniforme blanco un trocito de papel que luego introdujo por una ranura de la parte superior de la caja—. Por si alguna vez necesitas ponerte en contacto conmigo.

—Vale —respondí, desconcertada.

—Hannie, mírame. —Dekker me agarró por los hombros para remachar lo que decía—. Esto se te da bien. Eres trabajadora, eres dura y eres mucho más astuta de lo que aparenta esa cara pecosa.

¿Yo era dura? Me ruboricé, halagada.

—¿Quién sabe cuánto durará esta guerra? —prosiguió Dekker—. ¿Cuánto empeorará? No tengo ni idea, ni yo ni nadie, pero, mientras dura, puedes seguir ayudando, Hannie. Siempre hay algo que hacer.

—Sí —dije, sin tener muy claro a qué estaba accediendo. Sentí que se me formaba un nudo en la pared de la garganta, pero me negué a sucumbir a él allí, delante de ella. Nada de lo que se suponía que iba a ocurrir en mi vida había sucedido aún. Necesitaba más tiempo.

—Ya sabes cómo ponerte en contacto, ¿eh? —Dio unos golpecitos en la tapa de la caja.

—¿Qué van a hacer con los ficheros? —pregunté. Varios de los voluntarios de la alianza eran judíos. La idea de que su información particular, su nombre, su dirección, los contactos de emergencia, obrara en manos nazis me ponía enferma.

Dekker sonrió.

—Nada. Quemé todos los archivos hace unas semanas.

—¡Enfermera Dekker! —exclamé riendo.

Ella se encogió de hombros.

—Dios me ha llamado a servir, Hannie. No le importa la forma que adopte ese servicio. —Me envolvió entre los brazos y volvió a apretarme contra su pecho. Me miró de arriba abajo con ternura, como mi madre el primer día de escuela, asegurándose de que llevara todos los botones abrochados—. Sé buena, Hannie —dijo con ojos centelleantes de emoción—. *Goed zijn, goed doen.* «Sé buena, haz el bien».

Asentí con la cabeza y me alejé por última vez de la alianza de refugiados. Mientras caminaba, tuve la sensación, profunda y perturbadora, de que no volvería a ver a la enfermera Dekker.

Paseando por las calles de Ámsterdam en un día despejado una podía olvidar el horror por un momento. El sol dorado, los canales centelleantes, el cielo azul, las caras de los niños…, todo eso seguía siendo bello. Eso fue lo que me dije mientras caminaba hacia mi bicicleta. Fue lo que me dije mientras encajaba el paquete de las vendas en la cesta para que no se cayera y lo que estaba pensando cuando choqué, con la cesta por delante, contra la parte de atrás de un coche que circulaba tan despacio que pensé que estaba aparcado. Mi vieja y pesada bicicleta se estremeció e hizo ruido al caer sobre los adoquines, pero el conductor no pareció ni enterarse. Maldito fuera todo aquello: el coche, la bici, la cesta, esa guerra. Todo. Levanté la bicicleta, enderecé el guardabarros a patadas y luego rodeé el coche. O lo que antes era un coche. Este avanzó con una sacudida y luego se detuvo, para después arrastrarse de nuevo hacia delante, porque no tenía motor. Tiraba del viejo sedán negro un caballo sin resuello que lo llevaba enganchado con unos vetustos arreos para arado, mientras el dueño caminaba al lado con una vara como si anduviera por un sembrado. El vehículo estaba lleno a rebosar de ropa, sartenes y otros artículos de menaje doméstico, y rodaba poco a poco calle abajo sobre las llantas metálicas, sin neumático. El hueco donde antes estaba el motor lo llenaba una caja de madera cargada de piezas dentadas de chatarra. ¿El viejo compraba o vendía? Probablemente, las dos cosas. Y aquel viejo automóvil se había convertido en su hogar y su carreta. Me daba cuenta de que era de mala educación mirarlo tan fijamente y sonreí a modo de disculpa cuando me crucé con él, pero ni siquiera me miró de reojo. Tanto él como el caballo iban uncidos al arado, concentrados en el paso siguiente, el minuto siguiente, la comida siguiente. Sonó el timbre de mi manillar cuando pasé por encima de un bache, y el caballo relinchó. El sonido fue una agradable novedad: la mayoría de las mascotas de Ámsterdam, ya fueran canarios, gatos o perros, habían desaparecido a esas alturas. La gente tenía hambre.

Sin haber procesado aún del todo el coche tirado por un caballo, empecé a ver una ciudad nueva a mi alrededor. La Ámsterdam ocupada. Una ciudad cubierta de suciedad, de polvo. Delante de un muro de ladrillo, un soldado vestido con el verde de la Wehrmacht cubría con anchas franjas de pintura gris mate una serie de grafitis con la uve aliada y la palabra *verzet* que alguien de la Resistencia había escrito en rojo brillante la noche anterior. Uve de victoria. Uve de *verzet*: «resistir». Desapareció a mi paso. Al alzar la vista, vi que la pared solo se extendía un par de palmos por encima de la cabeza del soldado antes de dar paso a un borde de ladrillos rotos y aplastados. El lateral entero del edificio de pisos estaba medio derruido: los restos de la segunda planta, cascada como un huevo, dejaban a la vista una casa de muñecas de tamaño natural, donde el empapelado verde de un salón expuesto a los elementos presentaba alargados manchurrones dejados por la lluvia y fantasmales rectángulos de color esmeralda allá donde antes colgaban cuadros. Cuando se llevaban a los judíos a Westerbork, la cárcel o... quién sabía dónde, limpiaban a fondo sus casas. Los soldados alemanes se quedaban los objetos más valiosos y fáciles de transportar: joyas, platería, arte. Después de los alemanes llegaban los vecinos, algunos de los cuales intentaban salvar las posesiones de sus antiguos amigos, mientras que otros buscaban sin más cualquier cosa que fuera de utilidad, desde comida hasta jabón, pasando por muebles de madera que pudieran emplear a modo de leña para calentarse. Aquel edificio en concreto ya había sido rapiñado, como revelaba la ausencia de soldados vigilándolo. No quedaba nada que proteger. Philine me había hablado de edificios parecidos de su barrio, pero ver uno con mis propios ojos me causó impresión. Toda la vida había esperado el momento de mudarme a Ámsterdam, la orgullosa ciudad cosmopolita, cuna de la historia y las artes, de filósofos y aventureros. Una ciudad construida en una edad de oro. Lo que la guerra…, no, lo que los nazis le habían hecho era una perversión. Y yo llevaba demasiado tiempo mirando hacia otra parte. Había llegado el momento de hablar con Sonja y Philine.

—No está, señorita. —La sirvienta de los Frenk parecía nerviosa. Le pasaba a todo el mundo últimamente cuando alguien llamaba a la puerta.

—¿Han ido a casa de Philine?

La chica negó con la cabeza.

—¿Pues dónde…?

Me vio asustada y me puso una mano en el brazo con delicadeza para tranquilizarme.

—La señorita Sonja y la señorita Philine tenían un compromiso social —explicó—. La señora Frenk le ha pedido que deje la dirección. —Me mostró un trozo de papel donde había unas señas que no reconocí escritas con la letra grande y redonda de Sonja.

—Cerca del parque Wertheim —dijo ella, ceñuda—, en el Plantage.

Hacía meses que no pasaba por el Plantage. Se trataba de un barrio bonito y lujoso en el centro de la ciudad, cerca del zoo, los jardines botánicos y otras agradables atracciones que ya no estaban abiertas. Además del Hollandsche Schouwburg, el Teatro

Holandés. O mejor dicho, como recordé en aquel momento, el rebautizado Joodse Schouwburg, el Teatro Judío. Había leído en el periódico de la Resistencia *De Waarheid* que los alemanes habían convertido el edificio en una especie de centro cultural judío. Al igual que la mayor parte de lugares reservados para ellos, la zona estaba infestada de soldados y controles alemanes, para disuadir a aquellos visitantes que no estuvieran invitados. Desde luego, ningún judío tendría muchas ganas de pasar por ahí, dijeran los nazis lo que dijesen sobre la preservación de su cultura. Así pues, ¿por qué demonios querría ir Sonja?

—¿Han ido solas? —pregunté.

—La señorita Sonja ha dicho que iba a visitar a una amiga. Una tal madame… —Se mordisqueó el labio intentando recordar el apellido—. ¿Rajah?

—¡Ceija! —dije, aliviada; un poco. Sonja llevaba semanas hablando de ella. Madame Ceija, una gitana que adivinaba el porvenir, o eso afirmaba mi amiga. Nos había suplicado que fuésemos a verla, porque anhelaba una visión que fuera más allá del lóbrego horizonte de la ocupación. No me había dado cuenta de lo desesperada que estaba—. Gracias —añadí a modo de despedida mientras empezaba a bajar por los escalones.

—¿No necesita la dirección? —me preguntó sosteniendo el papel en alto.

—Me la sé —repuse. La doncella me miró extrañada, pero la enfermera Dekker me había enseñado a memorizarlas.

8

Aunque no había mucha distancia entre ellos, no más de quince minutos en bici, la diferencia entre el barrio de Philine y el Plantage era acusada. Atrás quedaba la isleta, antes tan verde, de jardines botánicos y exuberantes parques públicos. Nada más cruzar el puente, parecía que la presión barométrica cayera a plomo; el aire se enrarecía alrededor de los grupillos de soldados que nos observaban desde cada esquina a mí y a los otros escasos transeúntes, con miradas que se detenían en el hombro izquierdo de mi abrigo en busca de una estrella amarilla. A una manzana de distancia reconocí el familiar pórtico del espléndido teatro a la italiana. En las ventanillas de las taquillas todavía colgaban algunos viejos carteles que anunciaban un concierto de orquesta, solo por y para judíos. Delante había unos cuantos soldados alemanes. Di un rodeo con la bici y tomé por el camino más largo para llegar a la dirección, que estaba en el lado de la manzana opuesto al teatro.

Madame Ceija vivía en la cuarta planta de un alto edificio de pisos que por el momento parecía relativamente a salvo de la ocupación, pues su fachada de piedra caliza todavía se conservaba lisa y blanca y el acogedor escalón de la entrada estaba bien barrido. Entré en el edificio y esperé un minuto delante del ascensor, cuyo laborioso traqueteo metálico oía en algún punto por encima de mi cabeza. Decidí subir por la escalera. En cada rellano había una ventana larga y estrecha que dejaba pasar algo de luz desde el patio interior del otro lado, al que no me asomé a pesar de que oía voces, porque iba subiendo los escalones de dos en dos en busca de mis amigas. Abrí de par en par la puerta del cuarto piso, sin aliento.

—¡Hannie! —cantó la voz alegre de Sonja desde el final del pasillo. Aplaudió—. ¿Cómo nos has encontrado?

Philine también me abrazó; con fuerza. Yo sabía que la ponía nerviosa estar mucho rato en la calle con los tiempos que corrían.

—¿Ya la habéis visto? —pregunté, con la esperanza de que estuvieran listas para volver a casa.

—Se está preparando para nosotras —respondió Sonja mientras me acompañaba hasta el apartamento de madame Ceija. Era una puerta sencilla de madera como todas las demás, con la excepción de que en la de madame Ceija había un pequeño tótem, un amuleto de cristal parecido a un ojo, enganchado en el dintel.

—Espanta el mal —explicó Philine—. Supuestamente.

—Deberíamos irnos —advertí—. Tenemos que hablar. —Aquella protección contra el mal de ojo no hacía sino confirmar mis sospechas sobre el estado general de la seguridad.

—Todavía es legal caminar por la ciudad, Hannie. Dios mío —rezongó Sonja.

Di un pisotón y la puerta de madame Ceija tembló en el marco.

—La policía ha entrado en la oficina de la alianza —dije entre dientes, deseando poder gritar. Las chicas me miraron boquiabiertas.

—¿Estás bien? —preguntó Philine.

—Yo sí —respondí—, pero escuchadme.

—¿Estabas ahí? —quiso saber Sonja.

—No estaba cuando ocurrió, y no arrestaron a nadie —respondí atropellándome en mis ansias por explicarme—, pero...
—Las miré con expresión de súplica; Philine parecía preocupada y Sonja, desafiante—. Tengo una idea —susurré.

La puerta del apartamento de madame Ceija se entreabrió y nos volvimos las tres. Por el resquicio salió al pasillo una vaharada de incienso. No era la bruja salida de un cuento de los hermanos Grimm que me había imaginado: tenía la piel del color del té fuerte, los ojos de un color avellana extraordinario y unas delicadas arrugas que le agraciaban el contorno de los ojos y la boca, fruto de una vida de hondas emociones. Sonja empezó a presentarnos, pero madame Ceija alzó una mano elegante, que desplazó con soltura a pesar del lastre de las macizas alhajas de plata y otros metales que engalanaban sus dedos y muñecas, y me señaló.

—Tú. La pelirroja. —Su acento parecía provenir de algún lugar del este—. Ven.

—¿Yo? —pregunté a la vez que daba un paso atrás.

Sonja giró sobre sus talones y me agarró por los hombros.

—Podemos hablar después, te lo prometo. Esto será divertido. Necesitamos divertirnos un poco, Hannie. —Tenía las mejillas encendidas de emoción; por fin habíamos salido de casa y hacíamos lo que ella quería, y parecía tan emocionada como un pájaro liberado de su jaula. Se me partió el corazón.

—Vale —cedí. Ya hablaríamos luego.

Sonja, radiante, me empujó hacia la puerta. Madame Ceija las miró a ella y Philine con educada indiferencia.

—Vosotras, esperad. Aquí fuera.

Las miré una última vez.

—No vayáis a ninguna parte —dije mientras la puerta se cerraba a mi espalda.

Una cortina de terciopelo añil separaba el recibidor del salón, que estaba iluminado por brillantes lámparas decoradas con borlas. Una bruma perfumada de incienso, cera de vela y humo de tabaco flotaba en el aire, mientras que el suelo estaba cubierto por un collage de raídas y multicolores alfombras orientales. Madame Ceija se sentó ante una mesita que tenía un chal de seda rosa a modo de mantel. Un tembloroso cabo de vela goteaba en un charco sobre un platillo de porcelana situado a su derecha, y junto a él estaba lo que di por sentado que era una baraja de tarot y una gran concha exótica llena de colillas de una docena de cigarrillos liados, además de papel de fumar y hebras sueltas de tabaco. No se parecía a ninguna concha que yo conociera.

—Yo... —Pero madame Ceija alzó la mano para acallarme. Crucé los brazos y me recosté en la silla de madera alabeada. De acuerdo; veríamos qué se le ocurría. En lo tocante a asuntos espirituales, tendía a ser más escéptica incluso que la siempre pragmática Philine—. ¿Esto llevará mucho tiempo? —pregunté.

—No querías venir.

Lamentaba haber sido grosera, pero también me dio la impresión de que madame Ceija no se ofendía con facilidad.

—No ha sido idea mía —reconocí.

Ella asintió. En vez de echar mano de las cartas de tarot, cogió un papel de fumar fino como una pluma y un pellizco de tabaco, y se puso a liarse un cigarrillo.

—Dime tu nombre —ordenó.

Carraspeé.

—Hannie.

Alisó el papel y echó a lo largo de la parte central una fina hilera de hebras de tabaco, con dedos cuyas puntas estaban manchadas por años del mismo ritual.

—Tu nombre de verdad.

—¡Ja! —Reí a mi pesar y vi que ella curvaba la comisura de la boca en un amago de sonrisa—. Mis padres me pusieron Johanna —reconocí—. Jo. —No había usado ese nombre desde que conocí a Sonja y Philine.

Toda su atención estaba puesta en el ahusado pitillo que tenía delante. Lo enrolló con los dedos, lo alisó y luego lo selló con la lengua. Al terminar, lo dejó a un lado y alzó la vista.

—Bien —dijo—. ¿Hubo una muerte?

—¿Disculpe?

Madame Ceija ladeó la cabeza, como si insinuara que era yo quien estaba causando confusión.

—No sé...

—Por supuesto —prosiguió ella—. Y aquella muerte fue demasiado. Para todos. —Hablaba con tono suave, casi musical—. Pero ¿ahora qué? Han pasado muchos años. —Cogió el cigarrillo, todavía apagado, y lo hizo rodar con sus dedos nudosos. Me miró a los ojos y luego lo dejó sobre la tela de seda rosa—. La muerte es real. Todos morimos. Tú lo sabes mejor que nadie.

Habían pasado dieciséis años, pero la lección aún parecía fresca. La muerte no era un concepto abstracto. Podía llegar en cualquier momento, a cualquier persona, lo mereciera o no. Incluso a alguien tan llena de vida como mi hermana mayor. La muerte no dejaba nada atrás; solo ausencia. Los ojos hundidos de madame Ceija estaban clavados en los míos y, por primera vez en años, sentí como nuevo el dolor de aquella pérdida, como si sus simples afirmaciones se hubiesen llevado por delante el bálsamo formado por el paso del tiempo. Se me encorvaron los hombros bajo el peso del dolor.

—Sí —repuse—. Lo sé.

Madame Ceija asintió con la cabeza, como si no acabara de creerme.

—Pero aquella fue la muerte de ella. Yo hablo de la tuya.

—¿La mía?

Aunque en la habitación hacía fresco, tenía la blusa pegada a la espalda sudorosa. Madame Ceija se agachó y sacó una delicada copa de cristal hecha a mano, decorada con filigrana dorada y llena de un líquido que parecía vino. Vacilé. No estaba segura de que me conviniese beber nada que ella me ofreciera, pero tenía sed y quería terminar con aquello. Acepté la copa y la apuré de un trago. El vino tenía algo de jarabe, y su dulzura tocó una parte de mi cerebro. De mi corazón.

—Madame Ceija, yo… —empecé a decir, sin tener muy claro qué quería expresar. Cerré los ojos y se me relajaron los tensos ligamentos del cuello. Rara vez bebía alcohol.

—No tengo nada más que decirte, mi pequeña rosa —aseveró madame Ceija, con expresión serena y mirada amable. Sonrió—. Salvo una cosa: tú también morirás.

Sentí una opresión en el pecho y respiré hondo de forma instintiva.

—Pero no hoy. Ni pronto —añadió ella como quien no quiere la cosa, como si me informara de que acababa de perder el tranvía de mi barrio—. Hoy, pequeña, estás viva.

Sonreí.

—¿Te hace gracia?

—Es que… Pensaba que iba a hablarme de mi futuro marido. De hijos.

Entrecerró los ojos.

—¿Es eso lo que querías oír?

—No —respondí—. En absoluto. Lo que pasa… —Desde la posición en la que estaba sentada veía el patio interior del bloque y, una vez más, oí voces procedentes de abajo. Entorné los ojos para ver mejor—. ¿Qué ocurre ahí abajo?

A madame Ceija se le ensombrecieron las facciones, pero descorrió la cortina para que viera mejor.

Por debajo de nosotras, el espacio vacío del centro del bloque estaba dividido en cuadrantes. Tres de los cuatro presentaban el repertorio habitual de pequeños jardines, cuerdas de tender y demás complementos domésticos de una ciudad muy poblada; una estampa más humilde pero parecida a la que se apreciaba detrás de la casa de Sonja. Sin embargo, en el cuarto se desarrollaba una escena muy distinta.

Era un espacio gris y desprovisto de vegetación o decoración de ningún tipo, un mero cuadrado de cemento lleno de personas —hombres y mujeres adultos— que se arracimaban en corrillos y hablaban, algunos discutiendo y otros apenas moviéndose, apoyadas en las paredes siempre que podían. Estaban hacinados, y la tensión flotaba en el aire como si fuera electricidad estática.

—¿Eso es la parte de atrás de...? —Vi el tejado blanco y triangular del edificio—. ¿El teatro?

Ella asintió mientras observaba junto a mí a toda aquella gente. Algunos miraban hacia arriba, hacia las ventanas de los pisos, pero dudaba que pudieran ver el interior.

—Le vuelven a cambiar el nombre —explicó madame Ceija—. Unos soldados trajeron los carteles hace unos días, pero todavía no los han colgado: *Overslagpunt*. Van a dejar de fingir que es un teatro.

Overslagpunt: «terminal de carga».

—Son judíos —dije, mirando a aquellas personas de abajo. Asintió.

—¿Los van a deportar? —Una pregunta estúpida. Las palabras se me pegaban a la garganta.

—Eso parece —respondió ella.

Contemplamos la cárcel a cielo abierto como niñas que mirasen unas hormigas atrapadas en un tarro, siguiendo sus movimientos en círculo dentro de los confines del reducido espacio, claramente nerviosos pero intentando mantener la calma. El teatro había sido un escenario no solo para los músicos, sino también para los orgullosos ciudadanos de Ámsterdam, que acudían vestidos con sus mejores trajes y abrigos, las mujeres enjoyadas y los hombres calzados con zapatos resplandecientes. Las personas de abajo, en cambio, llevaban capas y capas de ropa desparejada para combatir el frío del patio sombrío, y sobre sus rostros desanimados y nerviosos no llevaban más protección que el pelo apelmazado.

—¿No podemos hacer nada? —pregunté, paseando la mirada por la cara interna de los edificios en busca de escaleras de incendios o cualquier otro medio que alguien pudiera utilizar para descender hasta ellos. O para que ellos treparan hasta nosotras. Sin embargo, habían dejado pelados los muros internos y comprendí que cualquiera que lanzase una cuerda hacia el suelo lo haría a plena vista de decenas de ventanas de oficinas y pisos, frente a la omnipresencia invisible de docenas de desconocidos, no todos imbuidos de espíritu de vecindad, que tal vez se llevarían una recompensa por describir lo que habían visto. Aquellas personas encerradas abajo se acumulaban allí como las últimas gotas de agua en el fondo de un pozo abandonado.

—Llevan meses trayendo y llevándose judíos —explicó madame Ceija—. Dentro del teatro hay centenares más; se turnan para salir. —Abarcó con un gesto los centenares de ventanas que rodeaban el patio—. Los vecinos a veces les tiran cosas —dijo—, pero solo de noche, cuando los guardias no pueden verlos. De lo contrario... —Por fin reparé en los soldados, que formaban pequeños grupos en las esquinas de la plaza de hormigón, con las armas cruzadas sobre los hombros y las caderas—. Arrestan a cualquiera que intente intervenir. —Seguí su mirada hasta una ventana del otro lado del patio, cuyos cristales rotos como dientes irregulares daban paso a un apartamento que parecía vacío.

Quizá fuera el vino; quizá fuera la gente arremolinada en el purgatorio de abajo o la oficina saqueada de la alianza de refugiados, el coche tirado por el caballo, la expresión de la doncella o las voces preocupadas y esperanzadas de mis amigas en el pasillo. La muerte. La muerte era terrorífica. Excesiva y real.

Me apoyé en la mesa mientras con una mano agarraba la suya, que parecía de papel.

—Tienen que escapar.

Ella alzó una ceja.

—Están atrapados —objetó, dispuesta a reconocer que ni siquiera sus talentos, fueran cuales fuesen, podían ayudar a la gente de allí abajo.

—Ellos no —susurré. Señalé hacia la entrada de su piso, tras la cual esperaban mis amigas.

A madame Ceija le cambió la expresión.

—¿Son tus… hermanas?

—Sí —contesté—, como hermanas. Amigas. —La miré a los ojos ambarinos y sentí que surgía un entendimiento entre nosotras.

—¿Cuántos años tienes, Johanna?

—Veintidós.

—Naciste en tiempos convulsos —dijo con una sonrisa—. Solo puedes hacer una cosa.

—¿Qué? —musité, con la esperanza de que hubiera un hechizo que pudiera lanzar o un amuleto mágico. En aquel instante estaba dispuesta a depositar mi fe en cualquier cosa.

Madame Ceija se inclinó hacia delante y me dejó en el centro de la palma de la mano el cigarrillo que había liado, para luego cerrarme los dedos alrededor.

—Sé valiente.

Nos miramos en silencio durante un momento; luego echó el cuerpo atrás y señaló la puerta con la barbilla.

—Diles que pasen.

Philine y Sonja estaban sentadas en el suelo del pasillo.

—¿Y bien? —preguntó Sonja mientras se ponía en pie de un salto—. ¿Qué ha dicho? ¿Será alto o rico o…?

—Espera —dijo Philine. Se inclinó hacia mí—. Hannie, ¿has bebido?

—Me ha dado un poco de vino —respondí, evitando la primera pregunta—. Tendríais que entrar.

—No has estado mucho tiempo —observó Sonja—. Te ha echado la buenaventura, ¿no?

—Pasad y veréis —repuse—. Las dos, juntas.

Sonja arrugó el entrecejo.

—¿Qué te ha comentado?

Madame Ceija apareció en el umbral con una expresión tan serena que me reconfortó incluso a mí por un momento.

—Bellas muchachas —dijo sonriendo mientras las invitaba a pasar con sus brazos enjoyados. Sonja todavía echó una mirada curiosa atrás, pero fueron obedientes y entraron. Yo deslicé la espalda por la pared hasta sentarme en el suelo y traté de calmar mi respiración. No estaba segura de si madame Ceija podía adivinar el futuro, pero sabía que sus consejos eran sensatos. No diferían mucho, en realidad, de los de la enfermera Dekker. Sé buena. Haz el bien.

Sé valiente.

—Hannie. —Oí el chasquido de la puerta al cerrarse. Llevaba un rato caminando pasillo arriba y abajo y, por fin, tras cinco interminables minutos, Philine y Sonja salían del apartamento de madame Ceija con la cara pálida.

—¿Qué os ha...? —empecé a preguntar, pero Philine alzó la mano para hacerme callar.

Sonja tenía la cara hinchada y los ojos húmedos de lágrimas.

—El doctor Bern —dijo, con el labio tembloroso—. Lo he visto allí abajo. —Hundió la cara en un pañuelo, sollozando, para amortiguar sus hipidos—. Pensábamos que estaba en Leiden. —Se le quebró de nuevo la voz.

—El médico de la familia —me explicó Philine en voz baja—; desapareció hace una semana y la Gestapo dijo que lo necesitaban en un hospital de Leiden, pero...

—Está aquí —terminé. Mi amiga asintió con la cabeza. Había oído rumores sobre los diferentes métodos de las SS para reunir judíos, desde vaciar bloques de pisos enteros en masa hasta arrestar a jóvenes varones por la calle sin pretexto alguno o solicitar con toda cortesía la presencia de algún individuo para que ofreciera algún tipo de asistencia temporal al Reich. Todo contribuía a la sensación de que, si eras judío, podías desaparecer como por ensalmo en cualquier momento. La escena del patio del teatro era, por fin, prueba de que hasta los peores rumores eran ciertos.

—Madame Ceija dice que los van llevar a todos a Westerbork —dijo Philine, que me miró a la cara en busca de una confirmación. Asentí y ella se llevó la mano al corazón por instinto, como si quisiera protegerlo. Sacudió la cabeza.

—Ay, Philine —susurré—. Sonja.

Nos quedamos abrazadas las tres durante un rato. Sonja apoyó la cabeza en mi hombro mientras su cuerpo se estremecía presa de suaves sollozos. Oímos un roce de pasos al otro lado de la puerta de un piso contiguo.

—Es hora de ponerse en marcha —señaló Philine, y empezó a caminar hacia las escaleras.

Sí, por fin. Di las gracias en silencio a madame Ceija. Había llegado la hora.

9

Salimos del edificio de pisos de madame Ceija a un mundo más oscuro. Intuía por su silencio que Philine y Sonja comprendían, igual que yo, que esa ciudad en la que habían nacido ellas y sus familias ya no era su hogar. Fueron de la mano y con la cabeza gacha hasta que hubimos cruzado el puente que nos sacaba del barrio del Plantage y el Teatro Judío. Yo no estaba tan en peligro como ellas, por lo menos técnicamente, pero en los periódicos se leía a diario sobre «amantes de los judíos» a los que arrestaban y deportaban a campos de trabajo por el gesto más insignificante.

—Vamos —dije, empujando la bicicleta por el manillar en dirección a una travesía de la avenida—, por aquí.

Aunque era media tarde y faltaba mucho para el toque de queda de las ocho, parecía más seguro ser discretas. Sabíamos la propaganda que les habían vendido a aquellos soldados de la Wehrmacht antes de la ocupación: montones de jóvenes rubias preciosas vestidas con gorros blancos curvados y zuecos de madera que lanzarían tulipanes a los pies del ejército alemán. Pero eso no había sucedido; no los habíamos recibido como a hermanos.

Nos habíamos doblado hacia dentro como flores en el ocaso para hurtar nuestro rostro a la sombra invasora. Los neerlandeses habíamos sido una decepción para nuestros ocupantes, y la consecuencia era una creciente presencia de vigilancia germana. Caminábamos todo lo deprisa que podíamos sin llamar la atención. Los escaparates nos gritaban desde las docenas de carteles estampados con la esvástica que ya eran obligatorios en todos los comercios: PROHIBIDOS LOS JUDÍOS, SOLO SE ADMITEN JUDÍOS ENTRE LAS 15.00 Y LAS 17.00. Una tienda había desplazado la caja registradora y el mostrador hasta la entrada para poder atender a sus clientes judíos sin dejarles pasar, en un intento de seguir sirviéndoles sin contravenir ninguna ley. Por supuesto, la legislación podía cambiar de un día para otro.

Al cabo de unos minutos, salimos a la calle de Sonja, donde vi a Becker fumando en su sitio de siempre. Solo que no era Becker, sino un tipo más alto, con el pelo castaño; otro soldado anónimo que paseaba de un lado a otro, aburrido. Todavía no había mirado hacia nosotras. Paré de golpe y le pasé la bicicleta a Philine.

—¡Llévala! —dije entre dientes. Ella me miró con gesto perplejo—. ¡Que la lleves! —insistí, y me tomó la bicicleta de las manos, aún confundida. Pero no podía explicárselo, porque había actuado por instinto. Mis papeles estaban en regla; a lo mejor si Philine llevaba una bici no le harían preguntas. Confiaba en que Sonja pudiera salir bien parada gracias a su belleza y encanto. Si se daba el caso.

—*Guten Tag* —le dije al soldado cuando nos acercamos, con la esperanza de ganarnos el beneficio de la duda saludándole en su lengua materna. Él alzó la vista y sonrió; luego arrugó la frente. Tres chicas, una bicicleta.

—*Guten Tag* —replicó, escudriñándonos a las tres.

Por lo general yo intentaba salir del paso de aquellas interacciones con soldados alemanes charlando sobre el tiempo, pero en esa ocasión me quedé callada, porque temía lo que pudiera decir después de presenciar el horror del teatro.

—*Zigarette?* —El soldado dio un paso al frente y nos tendió el artículo de lujo que era un paquete de tabaco de la Wehrmacht, que sacudió hasta hacer que asomaran unos cuantos. Generoso; sospechoso. Estaba a punto de rechazar el ofrecimiento cuando Philine extendió la mano y aceptó uno.

—*Bedankt* —dijo, en neerlandés. «Gracias».

El soldado sonrió. Quizá fuera de los buenos, pero me daba lo mismo; no confiaba en él. Philine había sido inteligente —y valerosa— al aceptar uno. Cualquier cosa con tal de evitar un encontronazo con un soldado. Sonja también cogió uno.

—Estoy servida, gracias —dije, mientras localizaba el cigarrillo de liar que me había regalado madame Ceija y que llevaba bien protegido en el bolsillo del abrigo. Lo saqué y lo sostuve en alto, esperando mi turno para que me dieran fuego. Como las cerillas escaseaban, nos encendíamos los pitillos con el ascua de otro. Observé cómo Philine, primero, y Sonja después, adelantaban la cara hasta dejarla a apenas unos centímetros del rostro avispado del joven alemán, compartiendo su fuego con una intimidad que me puso nerviosa. Reparé en que a Sonja le temblaban las manos que sostenían el cigarrillo. En cuanto vi que la punta se iluminaba de rojo, la hice a un lado para relevarla, con la esperanza de tener el pulso más firme. Cuando acerqué el pitillo de madame Ceija al extremo encendido del que fumaba el soldado, me quedé paralizada. La adivina había escrito algo en el cigarro. Al aproximarlo a la cara del alemán, pude distinguir las letras escritas en tenue tinta azul: «OZO».

¿OZO? *Oranje zal overwinnen*, me había dicho el policía del parque, el que me había permitido robar aquel primer documento de identidad. «El naranja vencerá». El grito de guerra de la Resistencia, procedente en esta ocasión de madame Ceija.

Fue un gesto torpe y descarado, pero no había tiempo para sutilezas: desplacé los dedos hasta la parte central del cigarrillo para tapar las letras mientras inhalaba, lo que me acercó más incluso al rostro del soldado. Este sonrió ante su propia magnanimidad y me relajé.

—*Bedankt* —repitió Philine, y luego se puso a empujar la bici una vez más. La dejó caer con estrépito al pie de los escalones de la entrada de los Frenk y entramos como alma que lleva el diablo, jadeando mientras subíamos volando por las escaleras hasta el dormitorio de Sonja. Mis dos amigas apuraron sus cigarrillos alemanes al lado de la ventana abierta. Yo apagué el mío de inmediato y lo despedacé antes de tirarlo a la basura, solo para asegurarme. Me asombraba el atrevimiento de madame Ceija, del mismo modo que me había sorprendido el policía comprensivo. Todo aquello me gratificaba e inspiraba, pero también me alarmaba. ¿Por qué me habían considerado alguien en quien podían depositar su confianza? ¿Formaba parte de la Resistencia madame Ceija? ¿Creía ella que yo sí?

En términos objetivos, nada había cambiado desde que nos habíamos despertado al comienzo de la jornada. El Reichskommissar Seyss-Inquart no había aprobado ningún edicto nuevo ni habían llamado a nuestra puerta unos oficiales de las SS, con sus chaquetas grises y su terrorífico papeleo, pero habíamos visto lo que habíamos visto. Allí sentadas en el dormitorio de Sonja, un oasis de belleza en el que siempre nos sentíamos protegidas de las fuerzas de la fealdad que nos rodeaban, teníamos miedo. Lo veía en la cara de mis amigas, en las arrugas de preocupación que arrancaban del ángulo de los ojos castaño intenso de Philine, en el modo en que Sonja se mordisqueaba el labio inferior.

Sonja nos sirvió un vaso de agua a cada una de la botella que tenía junto a la cama, y nos lo bebimos de un trago como si fuéramos atletas que acabásemos de terminar una carrera. Philine jugueteaba con el dobladillo de su vestido, ensimismada. Destilaba inquietud.

—Habéis oído hablar —empecé a decir, tratando de calibrar la voz para que temblara menos— sobre los *onderduikers*, ¿verdad?

Philine contuvo suavemente el aliento, sin apartar la vista del vestido. Sonja se volvió hacia nosotras.

—No —declaró—. No puedo.

—Sonja... —Cuando Philine alzó la vista, los ojos le centelleaban de lágrimas.

—No —repitió Sonja—. Ya os lo advertí, yo me voy a Estados Unidos. No pienso vivir en una jaula.

—No estoy hablando de eso.

Onderduikers: todas habíamos oído esa palabra. Buceadores, un eufemismo para referirse a lo que los judíos tenían que hacer para sobrevivir: bucear bajo la superficie para esconderse. Los Países Bajos tenían el mismo tamaño que Suiza, pero solo contaban con terreno llano y agua, de manera que los judíos se escondían bajo tierra, en sótanos, graneros, armarios, establos... En la alianza de refugiados oí hablar de una familia judía entera que había evacuado su casa para trasladarse a una granja y vivir dentro de un pajar. No estaba segura de cómo era eso posible siquiera.

—Hay personas que quieren ayudar —dije, pensando en la enfermera Dekker—. Os encontrarán un sitio donde alojaros; una casa, con una familia.

—No —insistió Sonja, con la cara roja—. No podemos irnos ahora. Los alemanes van perdiendo en Rusia, ¿no es verdad? Lo comentó mi tía anoche, durante la cena. Es posible que pronto las cosas cambien a mejor.

—Si eso es una pregunta —replicó Philine con voz queda y sacudiendo la cabeza—, la respuesta es que no. Las cosas no van a mejorar, Sonja. Están empeorando. Ya has visto el teatro.

—Pero... —rebatió Sonja, mirando de nuevo hacia la ventana. Comprendí que estaba presenciando una conversación que había tenido lugar ya docenas de veces en mi ausencia—. ¿Cómo vamos a vivir con unos desconocidos, en un sótano? ¿Sin salir nunca, sin respirar? —Estaba a punto de romper a llorar—. Tú imagínatelo, Philine.

La aludida se puso en pie, ya enfadada.

—¿Es que no has oído lo que cuentan sobre Polonia y Lituania? ¿Que fusilan a los judíos en plena calle? Dios mío, Sonja —dijo con un tono de voz ya más suave—, lo has visto hoy mismo.

—Aquí es diferente —musitó la otra, con la voz rota.

—¿Por eso han encerrado al doctor Bern en el teatro? —preguntó Philine con voz dulce pero firme—. ¿Porque aquí «es diferente»?

Sonja guardó silencio. El pecho le subía y bajaba mientras intentaba calmar su respiración.

—Yo os ayudaré —intervine; las palabras se me cayeron de la boca, sorprendentes como unas lágrimas inesperadas.

Las dos se volvieron hacia mí, como si hubieran olvidado que estaba allí, y me miraron con una mezcla de amor y compasión. El corazón me latía desbocado contra las costillas. No tenía planeado decirlo, pues no podía ofrecerles nada, pero debía hacer algo.

—Eres un encanto, Hannie —repuso Sonja.

—Lo digo en serio —protesté—. Ahora tengo algunos contactos…, ellos sabrán qué hacer. —Mi único contacto era la enfermera Dekker, pero ella era la clase de persona que podría dar cobijo a una *onderduiker*. O por lo menos sabría dónde encontrar a alguien dispuesto a hacerlo. Sin duda tenía contactos en la Resistencia, aunque nunca lo hubiera reconocido expresamente.

—¿Sonja? —La voz de su madre subió flotando desde algún punto de los pisos inferiores. Las dos chicas se miraron con los ojos abiertos de par en par.

—Mis padres juraron que nunca se esconderían —susurró Sonja, cuya voz se resquebrajó hasta reducirse a un sollozo—.

Y... yo todavía no estoy lista para ir a Estados Unidos. No he hecho preparativos.

Philine afirmó con la cabeza y envolvió los hombros temblorosos de Sonja con un brazo.

—Es demasiado tarde.

Al oír esas palabras, Sonja se derritió contra el pecho de Philine, sollozando.

—Lo sé —hipó entre lágrimas—. Lo sé..., pero, aunque fuera contigo, ¿qué sería de mi familia? —Philine y yo cruzamos una mirada: nuestra amiga ya no nos llevaba la contraria. Tenía tanto de victoria como de derrota.

—Conocen gente en el Consejo Judío —señaló Philine mientras le acariciaba el pelo—, como dijiste.

—Sí. —La respiración de Sonja empezó a moderarse—. Sí —repitió, para convencerse—. Lo más seguro probablemente sea separarse, en cualquier caso. No podemos escondernos todos juntos. —Asentimos, pendientes de ella—. Saldrán, de alguna manera —añadió, con voz vaporosa—. Encontrarán un camino. —Cerró los ojos y un estremecimiento recorrió todo su cuerpo. Philine la abrazó con más fuerza y me miró inquisitiva.

—¿Hannie? —preguntó. Sonja también alzó la vista hacia mí. La enormidad de lo que acababa de prometer empezaba a calar en mi cabeza en forma de miedo.

—Quedaos aquí —les dije—. Vuelvo enseguida.

Fui en bicicleta derecha a la alianza de refugiados.

—¿Enfermera Dekker? Soy Hannie.

Lottie ya no estaba. La sala principal, que aún estaba llena de papeles tirados fruto de la redada, estaba vacía. Fui a la parte de atrás e irrumpí en el despacho, porque la urgencia había echado por la borda mi habitual sentido del decoro.

—¿Enfermera Dekker?

Ella tampoco estaba. En la habitación no quedaba más que su escritorio desnudo y varios estantes desocupados. ¿Habrían arrestado a Dekker? ¿Estaba retenida? ¿Se había mudado ya a La Haya? Me quedé inmóvil en aquel espacio donde cualquier sonido hacía eco. Lo más probable era que se hubiese marchado a casa, sin más, pero no tenía ni idea de dónde vivía y, si preguntaba por ella en esos momentos, lo único que haría sería ponerla en peligro. El mero hecho de encontrarme en aquel edificio parecía una insensatez, como meterse en una trampa. Salí a la calle al trote, inquieta. Como no sabía qué hacer, volví a casa de Sonja para ver cómo estaban. Philine bajó al vestíbulo para hablar conmigo.

—Esta noche me quedaré a dormir aquí —me informó en voz baja. Era algo que hacía a menudo desde que estaba en vigor el toque de queda—. Intentaré hacerle entrar en razón y mañana iré a ver a mi padre. ¿Quedamos allí por la tarde?

—Claro —respondí—. Hasta mañana, entonces.

Nos abrazamos. Odiaba separarme de ella y dejé la mano en la suya unos instantes, y luego se la apreté. Me volví para marcharme.

—Espera, Hannie. —Philine se acercó a mí antes de que cerrara la puerta—. ¿Qué te ha dicho la enfermera Dekker?

Contuve la respiración. Mi amiga aún estaba pálida, pero tenía la expresión esperanzada, los ojos abiertos.

—Está trabajando en ello —contesté—. Mañana sabré más.

—Gracias, Hannie —dijo Philine, con la voz quebrada—. Y dale las gracias también a la enfermera Dekker, por favor.

—Lo haré —mentí—. Nos vemos mañana.

Esperaba que eso, por lo menos, fuera cierto.

10

Esa misma noche, Nellie y Eva volvieron a nuestro apartamento. Sus susurros penetraron en mi duermevela, oscuros y misteriosos; conspiratorios. En mi sueño, estaban tramando un complot contra Sonja y Philine. Pretendían impedirme, de alguna manera, que ayudase a mis amigas. Me desperté sobresaltada y con el corazón desbocado. La preocupación me había encontrado, incluso en sueños.

—¿Hannie? —Nellie miró hacia mi cama. Ellas estaban sentadas en la de Eva, bebiendo té.

—Perdón —dije—. Ha sido un sueño.

—¿Tienes fiebre? —me preguntó.

El camisón de algodón, mojado, se me pegaba al pecho, y me lo separé del cuerpo mientras respiraba hondo.

—No, me ha dado calor, nada más —respondí, aunque, en todo caso, me sentía helada.

—Te has dejado esta caja en la escalera —comentó Eva, mientras me la entregaba.

Era la caja de cartón que me había dado la enfermera Dekker; la había dejado en el rellano mientras me peleaba con la llave y la cerradura. Había sido un grave descuido por mi parte dejarla donde cualquiera podría haberla robado en un instante. Culpábamos de casi todos los hurtos a los soldados alemanes, pero no le habría reprochado a ninguno de los vecinos de mi edificio que se quedara las vendas. Metí la caja debajo de la cama.

—Gracias —le dije a Nellie, avergonzada.

Cuando eran alrededor de las tres de la madrugada, volví a despertarme y solo oí el leve roce de las chicas en sus camas. Me seguía asombrando que pudiera reinar tanta paz en la ciudad en mitad de una guerra. Contemplé la esquina de la ventana, donde una fisura barbada como una pluma dejaba entrar una corriente de gélido aire nocturno que empezaba a hacer crecer minúsculos cristales de hielo a su alrededor. Pasé media hora observando cómo aquellos capullos de escarcha florecían y se extendían, como el helor que se había adueñado del pensamiento de mis paisanos durante los últimos tres años. Las calles de las ciudades estaban llenas de personas cívicas que intentaban coexistir dignamente con la amenaza constante de la violencia, con hombres armados en cada esquina. Con el tiempo, la agresión se había redirigido hacia dentro, contra nosotros mismos. Todos los días sostenía mil conversaciones mudas conmigo misma, discusiones sobre maneras correctas e incorrectas de plantearse la vida bajo la ocupación, mejores y peores estrategias para sobrellevar la creciente normalidad del dominio nazi. En los Países Bajos no había frente bélico, de manera que el terreno en disputa pasó a ser el pensamiento de las personas; allí librábamos la guerra.

Me incorporé en la cama por segunda vez esa noche.

La caja.

De la manera más silenciosa que pude, saqué la caja de cartón y la subí a la cama, intentando no despertar a Nellie o Eva. La coloqué bajo el haz de luz de luna que caía sobre mis sábanas para verla con más claridad. El regalo me había parecido extraño, incluso en el momento de dármelo. La enfermera Dekker siempre había sido prudente, pero reservar una caja intacta de vendas en mitad del caos de aquella mañana se me antojaba inusual, incluso para ella. Introduje la punta de los dedos bajo las solapas de cartón y las separé tan lenta y silenciosamente como pude. Al hacerlo toqué el tejido de los prietos rollos de vendas de algodón que había dentro… y luego algo diferente. Liso.

Lo saqué —era una hojita de papel blanco— y lo sostuve a la luz de la luna.

> Jan
>
> Hals Tabak & Sigaren
>
> Lange Begijnestraat 9
>
> Haarlem

Aquella no era la dirección de la enfermera Dekker, sino la de un comercio de mi localidad natal. ¿Y quién era Jan? Volví a mirar dentro de la caja, buscando más información. Los rollos de vendas estaban perfectamente ordenados, como pequeñas hogazas de pan dispuestas en pulcras hileras. Salvo por una venda, desenvuelta, en una esquina. La saqué y vi que, en realidad, se trataba de una compresa Kotex. ¿Sería tal vez la última? Le di la vuelta y la examiné a la luz. Todo parecía normal. Luego la toqué con el dedo y este se me metió por un descosido invisible en el envoltorio; lo volví del revés.

Allí, en la superficie acolchada de la compresa, alguien había escrito tres letras.

OZO.

Se me cortó la respiración y Nellie murmuró algo en sueños. Contemplé la compresa Kotex como si fuera un icono religioso, resplandeciente de poder.

Los movimientos de Nellie hicieron chirriar los muelles de su cama y, sin pensármelo dos veces, fui de puntillas hasta la chimenea. Aticé los últimos rescoldos y eché al fuego la compresa y la nota, que ardieron con una llamarada que floreció y murió, hasta desaparecer en forma de ceniza bajo la rejilla. Sabía exactamente dónde estaba el estanco.

Siempre me había tenido por una chica neerlandesa de lo más normal y corriente. Callada, obediente; algo inteligente, quizá. Se me daba bien cumplir con mis obligaciones. Hasta hacía poco, eso significaba terminar los deberes y cepillarme los dientes todos los días. Sin embargo, por primera vez empezaba a significar algo más profundo. Alguien debía asegurarse de que Sonja y Philine no acabasen en el patio del teatro, y no había otra persona para hacerlo. Tenía que ser yo.

Dormité hasta que empezó a clarear y entonces oí que Nellie y Eva se iban levantando. Al abrir los ojos, vi salir a Eva por la puerta. Nellie parecía nerviosa.

—¿Qué pasa? —pregunté.

—Hannie. —Se sentó con las rodillas muy juntas y se puso a tirar de los hilos de lana de su suéter con unos dedos con las uñas en carne viva de mordérselas. Se le notaba la preocupación en la cara—. ¿No lo has oído?

—¿El qué? —Bajé las piernas al suelo y metí más adentro la caja con los talones desnudos.

—Corren rumores en la universidad, Hannie —dijo Nellie.

—¿Qué? ¿Qué rumores? —Se me formó un nudo en el estómago. Casi esperaba que el soldado de la Wehrmacht que nos había invitado a tabaco saliera del ropero en el momento menos pensado. Se me secó la boca. Nellie miró por la ventana como si de la calle le llegaran al oído más cuchicheos—. Algunos dicen que los nazis van a cerrar todas las facultades, otros que habrá oficiales de las SS en las aulas. No lo sé. Eva se ha ido a la universidad con su novio para echar un vistazo.

—¿Eso es seguro? —pregunté. Nellie ya había empezado a vestirse, como si no pudiera soportar la intriga y tuviera que verlo con sus propios ojos.

—No lo sé —respondió—. Ven conmigo.

Emprendimos el trayecto de diez minutos en bicicleta a la Universidad de Ámsterdam. Notamos que algo pasaba antes incluso de llegar al campus. Había grupillos de estudiantes que hablaban entre ellos, corros formados para leer un papel, con alguna mirada de vez en cuando por encima del hombro. Algunas de las jóvenes lloraban. Varios de los chicos gritaban. Rodeamos el césped del gran patio central y fuimos frenando poco a poco hasta detenernos en uno de los bordes. Había unos cuantos estudiantes en la escalinata de la facultad de Derecho, con la estupefacción y la confusión grabada en sus jóvenes rostros. Estaban rodeados por todas las direcciones, desde la entrada a las aceras, por una alfombra heterogénea de pasquines de color crema, algunos aplastados contra la hierba, otros hechos una bola y aun otros prístinos e intactos. Todos iban encabezados por el arácnido sello de la esvástica. Me volví hacia Nellie, pero ella ya había recogido uno. Leí por encima de su hombro.

> Yo, estudiante de la Universidad de Ámsterdam de los Países Bajos y el Reich Alemán, juro lealtad a la constitución del Reich y prometo:
>
> Que yo, valeroso ciudadano alemán, protegeré siempre el Reich Alemán y sus instituciones jurídicas.
>
> Mostrar fidelidad y obediencia al líder del Reich y el pueblo alemán, Adolf Hitler.
>
> Confirmar mi compromiso con el Reich al graduarme jurando lealtad a la Wehrmacht, para poder servir al Reich y al partido nazi en la guerra y en la paz.
>
> Que si no suscribo esta promesa de fidelidad, seré expulsado de la universidad de inmediato y tendré prohibido recibir educación adicional o empleo dentro del Reich.

Siempre atentos a esa clase de detalles, los nazis habían dejado un espacio delimitado para la firma del estudiante.

Me reí. Una carcajada fúnebre, la reacción terrible y sincera de quien se las ve con un horror que va más allá del absurdo. Me reí por lo obvio que resultaba ya. Nos guiábamos por la hora de Berlín y nos disponíamos a convertirnos en alemanes, directamente.

—Vale, o sea que tenemos que afiliarnos al partido nazi para seguir en la carrera.

Nellie sacudió la cabeza, atónita.

—Es una locura —comentó, a la vez que daba la vuelta a la hoja para asegurarse de que no le faltaba algo por leer. No había nada; eso era todo. Un juramento de lealtad. Por fin, tras dos huelgas generales, miles de litros de pintura lanzados contra sus pósters de reclutamiento y un movimiento de Resistencia que daba la impresión de ir cobrando fuerza, los alemanes habían atado cabos: no nos caían bien. Exigir que lo fingiéramos mediante una declaración de lealtad era su respuesta lógica. —Pues parece que ya está —dijo Nellie, sin dejar de mover la cabeza—. *De kogel is door de kerk.*

Era algo que la gente empezó a decir después de la Gran Guerra: «La bala ha atravesado la iglesia»; habíamos superado el punto de no retorno. Cuando empieza una guerra, la mayoría de la gente sigue compartiendo cierto sentido de la decencia, un acuerdo tácito sobre lo que está permitido y lo que no. Pero luego empieza a cundir la desesperación y, al cabo de un tiempo, la gente empieza a atacar lo que más había jurado proteger: mujeres, niños, lugares sagrados. Me imaginé a un soldado de la Wehrmacht acribillando a balazos la inmensa caverna de la iglesia de San Bavón; no me resultó difícil.

—Creo que tienes razón —corroboré. *De kogel is door de kerk.*

Los estudiantes se arremolinaban por la periferia del campus, pero nadie entraba en los edificios. No había ni rastro del personal de administración ni el profesorado; solo se veía a soldados alemanes que nos vigilaban con las armas empuñadas.

—Bueno, yo no pienso firmar esto —dijo Nellie, que tiró el pasquín a la hierba. La sencilla y recatada Nellie. Nunca me la hubiera imaginado como una rebelde, pero ella sabía qué era lo correcto.

—Yo tampoco —coincidí.

Ninguna de las dos dijo lo siguiente. No fue necesario.

Al salir del centro de Ámsterdam en mi bicicleta, pasé por delante de una hilera de sacos terreros colocados ante una cafetería que hacía esquina, donde habían estallado unos disturbios de escaso calado la semana anterior; los cristales rotos estaban cubiertos con toscos tablones de pino. Los quioscos circulares en los que antes se pegaban carteles de la orquesta sinfónica municipal mostraban ahora los motivos repetidos de la propaganda nazi: jóvenes rubios de ambos sexos sonriendo y mirando al cielo, y judíos con ojos de mosca y rasgos aviesos de rata que conspiraban y asustaban a los niños. Al otro lado del canal, en paralelo a mí, vi un largo camión de la Wehrmacht cuyo remolque iba cubierto por una lona de color apagado, aparcado delante de una casa. Unos soldados alemanes armados con fusiles metían a empujones a dos personas, un hombre y una mujer, en la parte de atrás del vehículo. ¿Eran judíos? ¿Miembros de la Resistencia? ¿Alborotadores de algún otro tipo? Seguí rodando. Las redadas y arrestos de aquella clase eran ya el pan nuestro de cada día. «Deberíamos haber adoptado estas medidas antes». La idea se repetía en mi cabeza una y otra vez mientras circulaba por delante de tiendas cerradas con tablas y edificios destripados. «Tienen que irse de aquí». Pedaleé más deprisa. Para cuando llegué al apartamento de Philine, había ensayado mis frases una docena de veces. «Es hora de marcharse».

—Soy Hannie —grité mientras me acercaba a la puerta del piso de los Polak, con la esperanza de ahorrarles el susto de una llamada inesperada.

Se abrió la puerta y Marie, la sirvienta alemana, me hizo pasar.

—¿Va todo bien? —Yo todavía estaba jadeando tras el trayecto en bici.

—Todo bien —respondí. Miré detrás de ella, pero no había nadie en el salón, así que empecé a caminar por el pasillo—. ¿Está Philine? —pregunté, mirando hacia atrás. Marie tenía los ojos rojos. Yo nunca la había visto expresar emociones—. ¿Marie? —Me quedé inmóvil.

Se secó los ojos con un pañuelo.

—Están al final del pasillo —dijo. La última puerta daba a lo que suponía que era el dormitorio del señor Polak, en el que yo nunca había estado. Llamé.

—¿Philine? Soy Hannie. —Bajé la voz.

Oí unos murmullos y entonces se abrió la puerta. Era el señor Polak.

—*Et voilà. La petite dernière* —dijo con su habitual sonrisa afable—. Pasa. —No tenía buen aspecto: su cara, ya de por sí delgada, presentaba una cadavérica tonalidad entre blanca y verdosa, y sus cejas parecían demasiado grandes para el resto del rostro. Tenía unas marcadas ojeras bajo los ojos castaños hundidos.

—Hannie —exclamo Philine mientras me daba un fuerte abrazo. A ella también se le notaba que había estado llorando, y el cuerpo le vibraba de emoción. De pronto, sentí que otra persona nos abrazaba a las dos.

—¿Sonja? —pregunté, pero ella hundió la cara en mi espalda y no dijo nada. Al cabo de un rato, el señor Polak nos separó con delicadeza y sin soltar la mano de su hija.

—Estamos preparadas —dijo Sonja, mirando a Philine—. Solo nosotras dos. —Señaló una abultada maleta que había en el suelo—. Philine me ha dicho que solo lleve una. —Me puse rígida al verla. Sonja realmente había hecho la maleta. No podía ni imaginar lo que debía de haber supuesto para ella dejar a sus padres, a los tíos y tías del cuarto piso, todas las cosas bonitas que tenía, su vida entera. Al lado había otra maleta, la de Philine.

—*De kogel is door de kerk.*

—Sí, eso me temo —coincidió el señor Polak. Yo ni siquiera era consciente de haberlo dicho en voz alta.

—Ay, señor Polak —murmuré suspirando, con la voz quebrada por la emoción que me subía del corazón a la garganta, pero él me dio una palmadita en la mano con firmeza, como buen profesor, tranquilizándome.

—No hay tiempo para darle vueltas —repuso con voz amable. Todos intentábamos mantener la compostura—. Gracias por venir, Hannie. —Me miró a los ojos y, por primera vez, vi en ellos un trémulo destello de miedo—. Philine dice que tienes un... ¿plan? —Sentí un acceso de náusea que casi da conmigo en el suelo, y debió de cortárseme la respiración—. ¿Hannie? —preguntó el señor Polak, preocupado. Todos parecían contritos, avergonzados de tener que pedir semejante favor, a mí o a nadie.

Me apoyé con una mano en el vestidor para no perder el equilibrio. Había una vieja fotografía encajada en el espejo que colgaba por encima: el señor y la señora Polak; un niño pequeño, el hermano de Philine; y un bebé, que debía de ser mi amiga, en brazos de la mujer. Nunca había visto a su madre, pero era clavada a ella. Había fallecido, por supuesto, igual que el hermano de Philine. Ahora me la iba a llevar a ella. Pronto el señor Polak se quedaría solo. Pensé en Marie: ¿de verdad se iba a quedar como sirvienta? ¿Se lo permitirían? El padre de Philine arrancó con ternura un hilo suelto del hombro del jersey azul de su hija. Le temblaba la mano, y la escondió enseguida en el bolsillo. ¿Cuánto tiempo le quedaba al propio señor Polak allí? ¿En aquel piso? ¿En la ciudad? No había respuestas. Mientras seguía el curso de mis preguntas hasta su conclusión lógica, sentí que se me doblaban las rodillas y tosí, con la garganta seca como la arena; luego miré a Philine, Sonja y el señor Polak, que observaban en silencio hasta mi más mínimo movimiento y expresión. Todos se planteaban los mismos interrogantes que yo, y buscaban en mí las respuestas. A meros segundos de sucumbir a la histeria, tenía ganas de tirarme sobre la alfombra y llorar…, pero no podía decepcionarlos. Respiré hondo.

—Sí, es cierto —dije, para insuflarme coraje. Sabía que me temblaba la voz, pero no me dejé arredrar por ello—. Tengo un plan. —Hasta entonces todo había sido un poco abstracto: mis ideas sobre el juramento de lealtad, el soldado del cigarrillo, madame Ceija, los judíos del patio y el papel que la enfermera Dekker me había dejado en la caja, «OZO», y apenas una vaga idea de cómo encajaba todo aquello. Pero una cosa la tenía clara—: Vendrán conmigo a Haarlem, a un sitio seguro, para alojarse allí una temporada —añadí, reafirmando la voz con cada palabra que pronunciaba.

—¿Haarlem? —dijo Sonja, que aún no había estado nunca allí. Philine también parecía sorprendida. Sin duda habían dado por sentado que buscaríamos un escondrijo en algún punto de Ámsterdam. Bajo sus miradas, sentí por primera vez el peso de aquella decisión. Mis mejores amigas, aquellas dos personas bellas, inteligentes, cultas, cariñosas, bondadosas y divertidas, estaban poniendo su vida en mis manos. El señor Polak me hizo un millar de preguntas mudas con los ojos, a ninguna de las cuales pude responder más que con lágrimas y sonrisas. Me apretó la mano tan fuerte que me hizo daño.

—Tengo un contacto allí —expliqué. A Sonja se le iluminaron los ojos. Empezaba a parecer ella otra vez.

—¿Quién? —preguntó.

—¡Chis! —exclamó Philine—. No lo digas en alto, Hannie.
—Echamos un vistazo a nuestro alrededor, aunque estábamos solas. Philine tenía razón; debíamos ir con cuidado. —Estamos listas —susurró—. Sonja ya se ha despedido.

—Vámonos, entonces —dije. Era mediodía, la hora menos sospechosa—. Aseguraos de que habéis quitado todas las estrellas —añadí, tocándome el cuello de la camisa a modo de demostración—, y, a partir de ahora, solo documentos falsos. Los auténticos ni siquiera los cojáis.

—¿Qué pasa con tus estudios? —me preguntó el señor Polak mientras caminábamos hacia la entrada. Profesor de francés hasta el final.

—Los dejo —respondí.

Las chicas emitieron un gritito ahogado.

—¿Hannie? —dijo Philine, como si creyera que estaba de broma. Saqué del bolsillo de la chaqueta una copia del juramento de lealtad para mostrárselo a los tres, y me quedé observando mientras lo leían.

—Volveré después de la guerra —aseveré con una despreocupación que no sentía en realidad. Veía evaporarse mi carrera por momentos, como una voluta de humo. Dolía, pero no era nada comparado con lo que les aguardaba a Sonja y Philine—. Esperaré en el recibidor —dije, antes de darle un abrazo y un beso en la mejilla al señor Polak, que lo aceptó con los ojos suavemente cerrados, como si rezara.

—Cuídalas bien, Hannie. —Empezaron a resbalar lágrimas por sus mejillas hundidas, pero su voz no flaqueó en ningún momento—. A lo mejor te voy a visitar a Haarlem en algún momento. Podemos dar un paseo por ese parque tan bonito, el Haarlemmerhout. Fui una vez con la madre de Philine.

—Sí. —Asentí, consciente de que aquello no pasaría nunca—. Me encantaría.

—De acuerdo, pues —dijo—. Gracias, Hannie.

Moví la cabeza de arriba abajo, incapaz de aceptar su agradecimiento. No estaba segura de merecerlo.

—Por favor, cuídese, señor Polak.

—Todos debemos poner nuestro granito de arena, ¿no? —dijo él—. Yo me alegro de quedarme, aquí en casa, donde todavía tendré la oportunidad de hacer lo que esté en mi mano. No podría sobrevivir dentro de un armario, de todas formas. —Se rio, o por lo menos lo intentó—. Pero vosotras, chicas, contáis las unas con las otras y seréis felices juntas. Y yo estaré aquí, luchando por vosotras, que estaréis allí luchando por mí. Luchando contra el destino, *n'est-ce pas*? Es una meta que vale la pena. —Su tono de voz era sereno, pero las lágrimas descendían por las arrugas de sus mejillas hasta el cuello de la camisa, mojado de amor. Abrió los brazos, y tanto Sonja como Philine se plegaron contra su pecho, en un corro de dolor. Caí en la cuenta de que aquella era la segunda despedida desoladora que Sonja sufría en un solo día, y la tristeza acumulada le había dejado los ojos rojos e irritados. Salí al recibidor para concederles un poco de intimidad. Sonja abrazó al señor Polak y él le susurró algo al oído. Ella asintió con la cabeza, sollozando, mientras se daban un último abrazo. A la vez que Sonja caminaba hacia la puerta, Philine se volvió hacia su padre.

—Escríbeme —dijo él, como si su hija se fuera a unas simples vacaciones de verano—, y recuérdame qué libro fue el que me recomendaste que leyera. —Philine envolvía con los brazos el cuello de su padre, con el cuerpo sacudido por las convulsiones de los sollozos, y el señor Polak le puso la mano en las lumbares para ayudarla a mantenerse en pie—. Yo te contaré cómo andamos por aquí y Marie también te mandará alguna nota. Y cuando termines de tejer esos mitones, me los puedes enviar, ¿de acuerdo?

Philine no podía hablar; se limitó a llorar en su hombro. Su padre le acarició el pelo y se lo alisó con la palma de la arrugada mano. Después Marie se colocó a su lado y se abrazaron como madre e hija, sollozando en silencio.

—Venga, marchaos —dijo por fin el señor Polak mientras separaba de sí a su amada hija para verle la cara por última vez. Sonja y yo mirábamos como hechizadas. Tal vez ni ella ni Philine volvieran a ver a sus familias.

—Mi madre ha comentado algo cuando nos hemos ido —apuntó entonces Sonja con voz temblorosa. No era dada a los grandes discursos, pero en aquella ocasión no parecía capaz de contenerse—. Una persona, un ser humano, no es solo lo que vemos aquí, sino también nuestra alma. —Sorbió las lágrimas y trató de recordar las palabras exactas con las que su madre se había despedido—. El alma, o el recuerdo de las personas a las que amamos, son cosas que no nos dejan nunca. El sufrimiento termina, el dolor termina, hasta la vida termina. Pero el amor, no. —Arrancó a llorar y todos la rodeamos—. Me ha dicho que, si conservamos el recuerdo de un ser querido, somos los *mazldik*. —Sonja me sonrió y tradujo—: «Los afortunados». —Era la primera vez que la oía hablar en yidis. Se secó la cara con el pañuelo del señor Polak y luego se lo devolvió, sacudiendo la cabeza—. Ya no me quedan lágrimas —añadió con un suspiro exhausto.

—Idos con Hannie, chicas —indicó el señor Polak, guiándola con delicadeza en mi dirección—. Os daría algún consejo, pero… —Hizo una pausa y luego añadió, con tono sobrecogido—: Ninguno de nosotros hemos recorrido antes este camino, ¿eh? —Me miró—. Quizá tendría que pedírtelo a ti.

¿A mí? Yo no sabía nada, no tenía ninguna experiencia. Pero tendí las manos a Sonja y Philine porque era lo único que podía hacer. Sentí vértigo al recordar cómo me habían invitado a su mundo, el amor y la generosidad que me habían demostrado. Tal vez Dios, si de verdad estaba allí arriba, sabía que harían falta dos corazones para sustituir a Annie. Sonja enlazó el brazo con el mío, y Philine quedó suspendida en el espacio que había entre su padre y yo, cada uno de nosotros sosteniéndole una mano.

—Te quiero —dijo el señor Polak—. Más que a nada. Ya lo sabes.

Mientras estábamos allí plantados en el umbral del piso de Philine, de pronto se abrió la puerta de enfrente.

—¡Buenas! —Un matrimonio de la edad aproximada del señor Polak nos saludó con un amistoso gesto de la mano, pero sus expresiones joviales se transformaron al ver las nuestras.

—Señor y señora Barend —saludó el señor Polak con tono despreocupado, forzando una sonrisa a la vez que se volvía hacia su hija—. Y recordadlo, chicas: cuando volváis mañana, aseguraos de traer ese libro que os llevasteis prestado. —Asentimos todas con la cabeza, sin parpadear. Los dos vecinos se despidieron con una sonrisa nerviosa y avanzaron a paso ligero hacia la escalera. Sabían que era mejor no ser curiosos.

El señor Polak se volvió de nuevo hacia su hija y, con un dedo fino, le alzó la barbilla para mirarla a los ojos.

—Nos veremos pronto —dijo—. *Je t'aime. À bientôt.*

De espaldas a los vecinos, un torrente de lágrimas le descendía por las mejillas. Marie, detrás de él, contemplaba en silencio la moqueta gastada que tenía bajo los pies, incapaz de mirarnos a la cara.

Philine les hizo un gesto con la barbilla a los dos.

—*À bientôt* —susurró, con la voz temblorosa de pena—. *Je t'aime.* —Marie le entregó una pequeña maleta, que yo llevé por ella mientras bajábamos la escalera poco a poco, temerosas de lo que nos deparaba el futuro.

De camino a la Estación Central de Ámsterdam, pasamos por delante de la Universidad de Ámsterdam, cuyos extensos jardines estaban vacíos. Las chicas miraron atónitas. Había pequeños grupos de soldados por la calle, pero reinaba la calma. Ninguna de las tres dijo nada. Al salir de aquel piso, Philine y Sonja se habían convertido en personas nuevas. Sin estrellas amarillas en la ropa y con documentos de identidad gentiles falsos en la cartera. Compramos nuestros billetes a Haarlem en silencio y embarcamos en el siguiente tren. Después de encontrar asiento juntas y guardar sus dos pequeñas maletas, nos volvimos las tres hacia la ventana, mudas. No podía ni imaginar lo que les pasaba por la cabeza en aquellos momentos. Se marchaban de casa, a la vez que yo viajaba a la mía. En aquel instante, tenía una poderosa sensación de estar corriendo hacia algo, en lugar de huyendo. Los nazis no me habían echado de la facultad; me había marchado yo.

Siempre había sido de las que aguantan contra viento y marea, pero, como descubrí aquel día, renunciar a algo puede ser una expresión de poder. Basta hacerlo una vez para aprender esa lección para siempre. Quienes renuncian son peligrosos porque conocen un secreto: siempre es posible empezar de cero.

SEGUNDA PARTE

El RVV

1943-1944
Haarlem

11

Primavera de 1943

Era de noche. Convenía que nadie viese a Sonja y Philine. Los alemanes habían apagado todas las farolas al principio de la guerra para dificultar los bombardeos británicos, de manera que, por la noche, las calles estaban tan oscuras como el bosque. Cruzamos Haarlem sin mediar palabra. ¿Qué podía decirse?

Me descubrí nerviosa por ver mi hogar de la infancia a través de los ojos de Sonja y Philine. Se lo había descrito tal y como siempre lo había percibido yo misma: «Una casita de ladrillo amarillo, con dos dormitorios en el piso de arriba, un huerto en la parte de atrás y un parque al otro lado de la calle, con una gran extensión de césped». Todo aquello seguía siendo cierto, pero, al acercarnos a pie en la penumbra, parecía diferente. Más desastrado. Menos un faro de esperanza y más un anodino puesto fronterizo. No se me ocurría nada más emocionante que unas *onderduikers* escondidas en el soso y pequeño 60 de Van Dortstraat.

—Es aquí mismo —anuncié—. A cuatro casas del final. —Intenté distinguir sus expresiones. Cuando los amsterdameses pensaban en Haarlem, veían la imponente iglesia de San Bavón de la plaza mayor, cuyo órgano habían tocado Händel y Mozart y en cuya cripta estaba enterrado el pintor del Siglo de Oro Frans Hals. Era una ciudad antigua, y me pregunté si las chicas se habían imaginado que la residencia de los Schaft sería una típica casita neerlandesa, con su tejado a dos aguas y su vaca lechera en la parte de atrás, y no aquella manzana pequeñoburguesa de viviendas de ladrillo amarillo, con sus pulcras jardineras llenas de flores. Qué modesto y vulgar me parecía de pronto todo.

—Allí está el parque —señaló Philine. Eché un vistazo y por primera vez comprendí que la principal atracción del parquecillo no era un pequeño estanque donde se pudiera pescar, como el que se encontraba en el majestuoso Vondelpark de Ámsterdam, sino un antiguo molino (de los auténticos, con su tejado de paja y todo) que parecía el bucólico telón de fondo de un cuadro de Pieter Brueghel. Estábamos muy lejos de la elegancia del centro de la capital.

—Qué bonito —comentó Sonja, que siempre había sido muy educada.

—Tendríamos que entrar —dije—. Mi madre estará esperando.

Por supuesto que estaba esperando. Yo le había pedido a Nellie y Eva, que también habían regresado a Haarlem, que pusieran a mis padres al corriente del juramento de lealtad y mis planes de volver a casa. Solo yo. Fue un acto cobarde pero eficaz. En esos momentos, estarían esperando mi regreso, desesperados por conocer mis planes de futuro. Yo también estaba desesperada por saberlos.

—No veo la hora de conocer a tu madre —comentó Sonja. Después de ver el molino, probablemente se imaginaba que le abriría la puerta una señorona de mejillas sonrosadas con zuecos de madera. En realidad, lo único erróneo de esa imagen eran los zuecos.

—Le vais a encantar —aseguré. No les había contado que mis padres no estaban al corriente de que me acompañaban; bastantes preocupaciones tenían ya.

—¿Has sacado de ella el pelo rojo? —preguntó Philine.

Ya casi habíamos llegado a la puerta.

—Soy la única pelirroja de la familia —respondí—. Aunque mi padre dijo algo de un antepasado lejano vikingo…

—De ahí viene tu lado salvaje —señaló Sonja.

Philine asintió.

—Tiene corazón de *berserker*.

Me reí, aliviada al constatar que aún no habían perdido el sentido del humor a pesar de las circunstancias. Hablaran en serio o no, me lo tomé como un cumplido. Sobre todo, porque estaba a punto de que me tratasen como a una frágil estatuilla. Desde que Annie se puso enferma cuando éramos pequeñas, mi madre había empezado a preocuparse por la salud de la familia: la de mi padre y, en especial, la mía. Y no solo por mi salud, sino por cualquier actividad que fuera concebible percibir como peligrosa. Navegar, patinar o simplemente cruzar la calle pasaron a ser motivo de angustia.

Me planté ante la entrada y las chicas esperaron a mi espalda. Levanté la mano y me detuve. Si tienes que llamar, ¿sigue siendo tu casa? Entonces se abrió la puerta.

—¡Johanna! —Mi padre me atrajo hacia su cuerpo y me aplastó contra el roble que tenía por pecho. Me sentí como si volviera a tener seis años y fuese un ser minúsculo en un mundo de gigantes. Me aparté y vi a mi madre detrás de él, con los ojos arrugados en una mezcla de amor y ansiedad; en ella siempre convivían las dos cosas.

—Jo —dijo mientras abría los brazos hacia mí. Cuando me dispuse a abrazarla, su mirada recayó en Philine y Sonja, que esperaban a mi espalda en las sombras, y contrajo la boca en una tersa línea recta. Me agarró la mano; el abrazo quedaba aplazado por el momento—. Has traído amigas —comentó.

—Sí, vamos adentro —propuse con tono animado, en un intento de romper el hielo.

—Pasad —dijo mi padre, que nos sostuvo la puerta a las tres.

Mi madre retrocedió dos pasos y se tocó el dobladillo de la bata en un gesto que yo conocía de memoria: hundió los dedos en el fino algodón, pellizcando y retorciendo la tela, estrujándose las manos con miedo. Nos quedamos en el reducido espacio de nuestro recibidor, donde mis hombros rozaban con los de Philine y los de esta, con los de Sonja.

—Es un placer conocerlos, señor y señora Schaft —dijeron a la vez, encantadoras y agradecidas.

—Pieter, por favor —repuso mi padre, al tiempo que se inclinaba como tenía por costumbre a causa de su altura, como un árbol viejo que se doblara con el viento. Ellas asintieron, con una sonrisa. Era una presencia tranquilizadora.

—¿Os acordáis de que os hablé de Philine y Sonja, mis amigas de la universidad? También estudian Derecho. —Cogí la maleta de Philine con una mano y la de Sonja con la otra y me dirigí hacia las escaleras—. O lo estudiaban, mejor dicho. Vamos —indiqué, mirando a las chicas.

—¿Adónde vas? —preguntó mi madre. Tenía los ojos muy abiertos y expresión empavorecida. Lo sabía. Por milésima vez, me cuestioné mi estrategia. Sabía que la situación abocaría a mi madre a un estado de pánico, en el que su caridad cristiana natural guerrearía con su muy auténtico miedo al arresto, la deportación y la muerte. Era mejor presentarse allí sin previo aviso.

—Oh, Philine y Sonja se quedarán aquí una temporada. —Me volví hacia mis amigas, que sonrieron nerviosas—. Venid, os enseñaré el dormitorio. No es para tirar cohetes, pero nos apañaremos, de momento.

Philine volvió la vista para echar un vistazo rápido a mis padres.

—Gracias —les dijo. Sonja hizo lo mismo con un susurro. Después me siguieron por la estrecha escalera. Cuando llegué arriba, me detuve para mirar atrás. Mi madre se volvía hacia mi padre con el rostro ceniciento. Abrió la boca, pero no dijo nada; luego la volvió a cerrar. Mi padre le puso una mano en el hombro y ella la apartó. Desaparecieron en el salón.

—¿No les pediste permiso antes? —preguntó Philine, con los ojos muy abiertos.

—Sabía que dirían que sí —contesté—, de modo que da lo mismo.

Eso era en parte cierto. Tenía la sensación de que accederían a dejar que las chicas se quedaran por lo menos unos días, hasta que me pusiera en contacto con la Resistencia y encontrara algo más permanente. Notaba que mis amigas no estaban contentas, pero nada importaba salvo esconderlas.

—Cuidado con la cabeza —advertí cuando Philine se dio con la frente contra el techo en pronunciada pendiente de mi dormitorio, situado en la buhardilla. Se llevó la mano adonde se había golpeado, pero no se quejó. Tanto ella como Sonja examinaban en silencio su nuevo hogar. ¿Me las imaginaba a las dos sentadas juntas en la cama de matrimonio, matando el rato tejiendo, leyendo y ayudando a mi madre en la cocina? Quizá Philine, al menos, sabía cocinar. Probablemente habría algo que Sonja pudiera hacer. Bordar, tal vez. ¿Iba a funcionar aquello de verdad?

No había más remedio. Y no había solicitado el beneplácito de mis padres porque no era la clase de favor que podía pedírsele a otro; era demasiado.

La cama de matrimonio, que en un tiempo había compartido con Annie, ocupaba casi la habitación entera, aunque estaba apartada contra la esquina para ahorrar espacio. Había una cómoda estrecha y alargada con cuatro cajones para la ropa y un baúl al pie de la cama, además de una hilera de ganchos en la pared, junto a la puerta, para colgar cosas. Contra la pared había apoyada una silla plegable que, una vez abierta, ocuparía la mayor parte de la superficie que quedaba libre en el suelo. Una única ventana dejaba ver el jardín de atrás. Claro, que tampoco iba a asomarse nadie por ella. Tomé nota de que debía tapar el cristal con una tela oscura al día siguiente para evitar las miradas de los vecinos curiosos. Si iban a ayudar a mi madre, tendrían que hacerlo a escondidas allí arriba. Intenté imaginarme a Philine y Sonja remendando calcetines tan contentas para pasar el tiempo, pero fui incapaz de convencerme del todo. La visión se disolvió de súbito en una estampa más realista: dos chicas delgadas y nerviosas acurrucadas juntas en una habitación cegada con telas, angustiadas.

—Hannie —dijo Sonja. Philine le puso una mano en la muñeca.

—¿Hum?

Sonja miró a Philine como si le pidiera permiso para hablar. Su amiga guardó silencio.

—Es que…, ¿dónde dormiremos? —preguntó Sonja.

—Vosotras dos os quedaréis la cama y subiré un camastro. Mi padre tiene uno en el cobertizo.

—¿No preguntaste a tus padres? —susurró Sonja.

—No pasa nada —le aseguré—. Lo entienden.

Sonja parecía al borde de las lágrimas.

—Ahora mismo vuelvo —dije.

Bajé al galope las escaleras, haciendo una cabriola en torno al balaustre como si comportarme igual que una niña despreocupada fuese a devolvernos a todos a una época más sencilla.

—¿Dónde guardamos las mantas? —pregunté a la vez que irrumpía en el salón. Mis padres estaban de pie junto a la pequeña estufa de leña, contemplando las llamas a través de la puerta abierta. Mi padre se volvió y sonrió, pero mi madre siguió dándome la espalda.

—Tus amigas —dijo él.

—¡Sí, lo siento! —Me reí, como si fuera una broma compartida—. Todo ha ocurrido en los últimos días y no he tenido tiempo de hablar con vosotros; después de aquello del juramento de lealtad, las cosas se han acelerado. ¿Nellie os ha hablado del juramento? —Mi padre asintió mientras mis palabras salían en tropel como canicas de un tarro—. Parecía obvio que tenían que venir a Haarlem, a alojarse con nosotros. Sé que hace tiempo que no vais a Ámsterdam, pero no os creeríais cuánto ha cambiado. El barrio de Philine está cercado con alambradas demasiado altas para escalarlas, es asqueroso. Además, los toques de queda son cada vez peores, y las restricciones a las compras...

—¿De qué estás hablando? —preguntó mi padre.

—¿Es judía? —susurró mi madre, para confirmar algo que ya sabía. Tenía la cara tan blanca que parecía a punto de desmayarse—. Es que..., es que... no he visto una estrella amarilla —comentó por fin—. Tienen que llevar estrella, ¿no es así? Los judíos, quiero decir. —Le temblaba la voz.

—Así es —respondí con calma, aunque mantuve la voz baja por seguridad—. Pero les conseguí documentos de identidad falsos a Sonja y Philine para que pudieran quitarse la estrella. Es más seguro.

—¿Cómo? —preguntó mi padre—. ¿Dónde los conseguiste?

—Los robé.

—¿Qué? —Mi padre se quedó boquiabierto.

—Las personas de quien los obtuve pueden conseguir otro de repuesto; no corren ningún peligro. Pero Philine y Sonja, sí.

—¿Las personas de quien «los obtuviste»?

—¿Te pidieron ellas que lo hicieras? —preguntó mi madre—. ¿Esas chicas?

—No, por Dios. —Me reí y vi que mi madre se encogía al oírme tomar el nombre de Dios en vano—. Sonja y Philine intentaron disuadirme, pero hay todo un grupo de... —Me contuve—. Muchas personas están haciendo cosas parecidas. Ayudando. Como nosotros.

—¿Nosotros? —dijo mi padre.

—*Onderduikers* —susurró mi madre, como si la palabra misma fuera peligrosa. Lo era.

—Exacto —corroboré—. Si no podemos sacarlas del país, podemos encontrarles un sitio donde esconderse.

—¿Es que ellas no tienen familia? —preguntó mi madre.

—Aafje... —dijo mi padre con voz queda, llamándola por su nombre de pila para que le escuchara.

—Tengo derecho a preguntarlo. —Subió la voz—. Tenemos derecho a conocer esa información, Piet. Esta es nuestra casa. ¿Se unirá luego a ellas el resto de su familia o...?

—El padre de Philine se niega a abandonar su piso de Ámsterdam; está convencido de que todo esto terminará pronto. Pero se equivoca —susurré—. La familia de Sonja todavía intenta decidir qué hacer. Pero el tiempo se acaba y me temo que no se dan cuenta...

Mi padre nos asió del brazo a mi madre y a mí y nos llevó a la cocina para gozar de más intimidad. Mi mirada fue a dar en los estantes donde guardábamos los platos. A lo largo de los tres años anteriores, a medida que la vajilla de uso cotidiano se iba descascarillando o rajando, mi madre había cedido y empezado a servir la comida en la porcelana buena que antes reservaba para Navidad y Pascua. Había sido su regalo de boda más lujoso. Ahora los platos finos estaban mezclados con todos los demás.

—No tenemos cuencos suficientes para ellas —observó mi madre, señalando a la estantería—. Dicen que los judíos comen en platos diferentes según el día... y toman una comida especial, ¿no es así? A duras penas podemos alimentarnos a nosotros mismos últimamente, porque en el mercado no hay nada que comprar.

—No son practicantes, madre. No necesitan nada especial. Comen lo mismo que nosotros.

Mi madre se quedó un momento con la mano en los labios, como si le diera miedo lo que podía decir a continuación.

—Es solo que... —empezó, pero luego se detuvo. Después arrancó a hablar de nuevo, como si la obligara una emoción salvaje que le hiciera temblar la voz—. ¿Y si una de ellas muere en nuestra casa? ¿Qué haremos con el cuerpo?

—¡Aafje! —gritó sin gritar mi padre. La miró como si intentara ponerle nombre a una desconocida.

—¿Uy, te he escandalizado? —dijo ella, con la cara demudada por el miedo—. ¿Qué me dices de la ladrona? —Me señaló.

—A ver, un momento —replicó él.

—No. —Me clavó la mirada—. Deja que te pregunte otra cosa: ¿qué pasará con la ropa de más en la colada? La señora Snel, de la casa de al lado, sabe más sobre las judías verdes de mi huerto que yo misma; mira si pasa tiempo observando a mi patio de atrás. ¿Crees que no reparará en dos juegos de ropa nuevos? ¿Y cómo alimentamos a cinco adultos con cartillas de racionamiento para tres? —Esperó, encolerizada—. ¿Y bien? Son preguntas desagradables, lo sé, pero tu padre y yo tenemos una responsabilidad.

—Eso es exactamente lo que digo —rebatí—. Tenemos una responsabilidad.

Sacudió la cabeza como si la dejara atónita mi incomprensión.

—La responsabilidad de proteger a nuestros hijos…, a nuestra hija —aclaró, y luego se volvió hacia mi padre y rompió a llorar, enterrando la cabeza rubia en su chaleco de lana áspera tal y como lo había hecho yo al entrar. Los sollozos le estremecían el cuerpo.

—Ve arriba —me ordenó mi padre. No enfadado, exactamente. Serio.

Me marché de la sala, con la espalda recta de indignación, convencida de mi superioridad moral. Sin embargo, nada más llegar a la escalera, me embargó la emoción, como un niño pequeño golpeado por una ola en la orilla de la playa. Había llegado a la mitad de los escalones, suspendida entre mi familia y mis amigas, cuando oí procedente de la cocina un sonido extraordinario: el aullido reprimido del dolor y el miedo de mi madre. Un sonido que no oía desde la muerte de Annie. Le costaba respirar, y escuché a mi padre tranquilizarla. Pasaron al salón y se sentaron junto a la chimenea, desde donde me llegaron sus murmullos, tenues como un zureo de palomas. Me asomé entre los balaustres y vi que mi padre cogía un rizo dorado suelto y lo colocaba detrás de la oreja de mi madre.

Cuando se casaron, más de treinta años atrás, solo se conocían desde hacía unos meses. Lo que sabía de sus vidas antes de tener hijos lo había ido componiendo a partir de años de reuniones familiares y conversaciones escuchadas a escondidas, porque rara vez hablaban de ellos mismos. Ella era hija de un pastor cristiano, buena chica, pía y guapa. Mi padre, en comparación, era más mundano. Siempre a vueltas con sus ideas filosóficas y sus convicciones políticas, perorando sobre los medios de producción y la inminente revolución del hombre. Aun así, con el paso de los años, resultó ser más tranquilo si cabe que su esposa. Al principio, eso la preocupaba, como me confesó una vez, porque nunca sabía qué estaba pensando, si era feliz o infeliz. Sin embargo, con el tiempo, había llegado a apreciar aquella reserva. Decía que le dejaba espacio para pensar.

—Aafje —susurró mi padre mientras le besaba el pequeño puño. Me quedé en la escalera para escuchar.

—Deberíamos consultárselo al padre Josephus —murmuró ella.

Mi padre le tomó la cara con las manos y le miró a los ojos, lleno de amor.

—Nadie lo puede saber —susurró, con un ligero temblor en la voz. Se miraron a la cara durante un largo instante más, mientras las lágrimas rodaban por las mejillas sonrosadas de mi madre.

—¿Lo has visto? —preguntó ella por fin, con la voz ronca de tanto llorar. Carraspeó—. ¿Has visto lo que traían?

Mi padre negó con la cabeza.

—Solo una maleta, Piet. Solo una por cabeza.

Él asintió.

—Imagina todas tus pertenencias, todo, en una sola maletita.

Mi padre guardó silencio mientras contemplaba el resplandor naranja de las llamas como si fuera una bola de cristal. Miraron juntos, sin hablar. Al final mi madre se secó los ojos con el borde del delantal y lo alisó sobre su regazo.

—Bien pensado, es mejor así —comentó—. Con lo pequeño que es el dormitorio.

Se levantó de la silla y caminó hasta el baúl de roble que había junto al sofá. También había sido un regalo de boda de los padres de ella, que tenían la esperanza de que creara una gran familia, con tres o cuatro hijos, tal vez más. La tapa tallada del baúl chirrió bajo su propio peso cuando la levantó sobre sus bisagras metálicas para sacar dos de sus mantas tejidas a mano, que entregó a mi padre.

—Puede que ya no sea invierno, pero sigue haciendo frío —observó. Asomó la cabeza por el arco de la entrada y me miró. Había sabido que estaba en la escalera escuchando en todo momento—. Llévale esto a las chicas —dijo con una sonrisa dulce y cansada.

Me puse en pie de un salto y descubrí que, igual que mi madre, necesitaba alisarme la falda y secarme las mejillas. Por algún motivo, estaban empapadas.

12

—¿Fuera todavía hace frío? —preguntó Sonja al verme vestirme. Ella y Philine estaban apretujadas en la cama, sosteniendo sus tazas de té con las dos manos y contra el pecho, como si fuesen pequeñas calderas; el vapor se elevaba como si fuera humo. Llevaban dos días sin salir.

—Buena suerte —dijo Philine, como si me fuera a hacer una entrevista de trabajo. Lo que, bien pensado, era cierto.

—Trae unas revistas cuando vuelvas, haz el favor —me pidió Sonja mientras me iba—. ¿O unos dulces?

Estaban haciendo un esfuerzo titánico por parecer alegres, a pesar de la situación. Sabía que las aliviaba haber tomado por fin la decisión de abandonar Ámsterdam. Todas éramos conscientes de que la novedad pasaría pronto, pero se antojaba malo para la moral sacar el tema a colación.

—Estate atenta —comentó Philine—. Es lo que siempre dice mi padre.

—Lo intentaré. —Imaginé al señor Polak plantado en la puerta de su apartamento y luego desterré la idea—. Os veo más tarde. —Me despedí con un gesto desenfadado de la mano, tratando de no olvidar que no tenía ni idea de cuánto tiempo habrían de quedarse en aquella minúscula habitación. ¿Meses? ¿Años? Ellas debían de preguntarse lo mismo.

Hals Tabak estaba situado en una travesía estrecha pero transitada no muy lejana de la plaza del Grote Markt de Haarlem, en el centro de la ciudad. Era la clase de calle que, antes de la guerra, se abarrotaba de gente en un sábado típico, cuando los vecinos de la ciudad salían a hacer sus compras, algunas necesarias y otras no, en una gran variedad de comercios: una ferretería, una panadería, un quiosco, una carnicería, una quesería, una juguetería y un estanco, que era donde tenía que esperar a mi contacto de la Resistencia. El tal Jan.

En el tercer año de la guerra, el barrio comercial del centro estaba más tranquilo. Por lo menos la mitad de establecimientos habían cerrado, y los demás funcionaban con cartilla de racionamiento. Colas de agotados ciudadanos salían por las puertas de las tiendas y serpenteaban por las aceras, donde abuelas, padres y la hija mayor de la casa ocupaban sus puestos ante los escaparates cubiertos por papeles de la juguetería y la tienda de ropa para caballeros, que llevaban una eternidad cerradas. La gente que hacía cola estaba callada, aburrida, aclimatada a la rutina diaria de esperar para obtener unos artículos que antes daban por descontados, y a menudo llevarse productos que ni siquiera querían. Tampoco era que en la panadería se pudiera ya elegir entre pan de centeno o bollitos; había una hogaza básica de algo que llamaban pan, aunque todos sospechábamos que era casi todo serrín. En cuanto se intentaba cortar una rebanada, la pieza entera se desmigajaba en pedacitos arenosos e insípidos que se pegaban al cielo del paladar. Lo odiábamos. La gente apenas me dedicó una mirada cuando les pasé al lado con la bici; ya nada era interesante.

El *tabak* estaba cerrado y, a juzgar por la capa de polvo del escaparate, llevaba un tiempo así. Mirando por el cristal borroso distinguí vitrinas, tarros de cerámica y una maciza caja registradora de metal lista para funcionar, si tan solo una persona surtiera el local de artículos y hubiera otras con dinero para comprarlos. La balanza mantenía un perfecto equilibrio en el aire, sin nada en ninguno de los dos deslustrados platos de latón.

Me detuve junto a la entrada del establecimiento y esperé. Intenté fingir aburrimiento, sacando una cadera hacia fuera y un cigarrillo del bolso. Decidí no encenderlo, ya que fumaba tan poco que, por lo general, me daba tos. Pateé los adoquines y, al ver el arañazo que me hacía en los zapatos, me recordé que tenía que dejar de hacer eso. Hacía cinco años que no me compraba un par nuevo.

Unas cuantas personas me pasaron por delante o se sumaron a las colas de la calle. Dekker me había dado instrucciones de llevar un sobre con el símbolo de la Cruz Roja a la vista, para que el tal Jan pudiera avistarme. No tenía ni idea del aspecto que tendría él, ni de si Jan era su verdadero nombre.

La familiaridad del estanco me tranquilizaba un poco. Incluso a través de la puerta cerrada el olor del local me evocaba la reconfortante presencia de mi padre: tabaco para pipa y cigarrillos. Todos los *tabak* olían igual. Había pasado mucho tiempo en ellos de pequeña, esperando a que mi padre comprase su tabaco, mirase una pipa o dos y charlase de cosas de hombres con el propietario, que siempre me daba unos pedacitos de regaliz para tenerme contenta. Se me hacía la boca agua con solo recordarlo.

En el otro extremo de la manzana, divisé a un hombre que caminaba solo. Tenía los hombros encorvados del hombre joven que ha envejecido antes de tiempo, de alguien dado a preocuparse. Rondaría los treinta y cinco años y tenía una constitución delgada pero fuerte, como un marinero de los muelles. Al caminar, alzaba la vista cada pocos segundos para fijarse en con quién y con qué se cruzaba.

Supe que tenía que ser él. Como no quería quedarme mirándolo como un pasmarote, dirigí la vista con calma hacia el otro lado, como si buscara a una amiga.

Al hacerlo, reparé en un trío de adolescentes, no mucho más jóvenes que yo, que soltaban risillas y se ponían coloradas, la única escena alegre de toda la calle. Las chicas tenían delante a un hombre que aparentaba unos veintitantos años. De ojos azules y hombros anchos, tenía una estatura media, pero parecía más alto, y la energía de su sonrisa y su risa atraía a las muchachas. Cerca de hombres así, yo me ponía nerviosa. Se paseaban por el mundo como si les perteneciera, porque era así. Demasiado llamativos, demasiado desenvueltos; demasiado confiados. Por suerte para mí, para esa clase de hombres yo era invisible.

Devolví la mirada a mi objetivo. Seguía caminando con decisión hacia mí, pero todavía no había establecido contacto ocular. En lugar de eso, avanzaba con un pie delante del otro y la vista puesta en los adoquines. Intenté ser paciente. A mi derecha brotó un ramillete de risas femeninas. El rubio había soltado una ocurrencia y las muchachas estaban encantadas, con las mejillas sonrosadas y relucientes. Traté de no hacer caso de la distracción.

—Bueno, gracias de todas formas —dijo en voz alta el rubio, y las chicas volvieron a deshacerse en risillas. Entonces alzó la vista, directamente hacia mí, con sus ojos azules, claros y penetrantes. Y luego estaba el mentón, la sombra de barba en las mejillas rubicundas, la postura orgullosa y aun así relajada de un joven guerrero que disfruta de su fuerza, consciente de ella pero sin hacer alardes. Aparté la vista, atormentada por el rubor que invadía mis mejillas.

A mi izquierda, el hombre encorvado seguía acercándose. Carraspeé para llamar su atención, pero no pareció oírme. Volví a toser. Él continuó caminando, arrebujándose en el abrigo a la vez que mascullaba algo entre dientes. Para entonces, yo me encontraba en mitad de su camino; era imposible que me pasara por alto. Aun así, siguió refunfuñando, sin alzar la vista y rozando con la punta del dedo los ladrillos y escaparates de las tiendas. Probablemente se tratara de una estrategia. Había aprendido a percibir todo cuanto lo rodeaba a la vez que aparentaba ensimismamiento. Qué buenos eran estos de la Resistencia.

—¡Oye! —llamó una voz a mi derecha y, entonces, como un remolino, el rubio se abalanzó sobre mí (¿sobre mí?) y me agarró del brazo para apartarme del escaparate del *tabak* y del camino del hombre encorvado, que siguió avanzando como un buque en mar abierto, ajeno a cualquier obstáculo que pudiera haber en su trayectoria. El rubio tiró de mí hacia la calle y mi bolso salió volando, mientras yo emitía un grito ahogado, estupefacta, y el hombre encorvado pasaba presuroso junto a mí, el rubio y luego junto a las muchachas risueñas, que se habían quedado por ahí. El caminante siguió su recorrido por la manzana, sin llegar a fijarse en mí en ningún momento. El rubio seguía sujetándome la muñeca con una mano áspera, pero delicada.

—Zumo de torpedo —dijo.

—¿Qué? —pregunté.

—Ese alcohol puro de grano al que muchos están recurriendo. Es una pena verlos tan idos, ¿no? —Sacudió el pelo mientras miraba alejarse al alcohólico arrastrando los pies y luego me sonrió, sin soltarme la muñeca. Me miró a los ojos—. Se te ha caído esto —dijo, bajando a la calzada para recoger mi bolso.

Manzana abajo, el borracho había doblado una esquina y ya no estaba a la vista. Miré en la otra dirección, buscando a su sustituto, la persona con la que se suponía que debía encontrarme. Un par de mujeres me miraban desde la otra acera, curiosas acerca del pequeño estallido de emoción que había causado. Tal vez el nombre tenía por objetivo despistarme; era razonable pensar que una de ellas pudiera conocer a la enfermera Dekker.

—Gracias —dije, aunque intenté no volver a mirarle. Sabía que aún tenía encarnadas las mejillas. Además, era muy posible que hubiera echado todo aquello a perder. Respiré hondo y calmé el sollozo que amenazaba con brotar. Nada de llanto.

El rubio seguía plantado allí.

—Un placer —dijo.

Manoseé el bolso, para ganar tiempo.

—¿Me invitas a uno?

Yo aún tenía el cigarrillo sin encender entre los dedos, pero con el barullo lo había aplastado y estaba partido hacia un lado.

—Tome —dije, mientras sacaba el último cigarrillo intacto de mi bolso. Me dio las gracias, se lo llevó a los labios y acercó un Zippo a la punta haciendo pantalla con los dedos, para inhalar una satisfactoria calada y luego tendérmelo.

—Tome —repitió, imitándome, mientras me ofrecía el cigarrillo recto y me cogía de la mano el doblado. Lo hizo rodar entre las palmas de las manos, lamió el punto de unión del papel y lo dejó como nuevo. Lo encendió y sonrió—. Eso está mejor. —Exhaló unos anillos de humo perfectos por encima de nuestras cabezas.

»Te he dado el bueno —dijo—. Lo menos que puedes hacer es fumártelo. —La ceniza de la punta de mi cigarrillo temblaba bajo su propio peso. Di una avergonzada calada y de inmediato me puse a toser. Él se rio—. ¿Te encuentras bien, preciosa?

Me lagrimeaban los ojos, y tenía la cara roja como un tomate.

—En realidad —puntualicé, mientras daba otra calada, minúscula esta vez, al pitillo, sorbía por la nariz y levantaba la cabeza—, he sido yo quien le ha dado el cigarrillo, ¿recuerda?

—¡Ja! —rio él, y todos quienes lo oyeron nos miraron, por lo ruidosa y desenfadada que era su risa. Hasta las tres chicas, que ya casi no estaban a la vista, se volvieron para mirar. Suspiré. Era el fin. Cualquier oportunidad que hubiera tenido de entablar contacto con la Resistencia ese día se había terminado. Había llamado demasiado la atención, nadie se me acercaría a esas alturas. Las dos mujeres del otro lado de la calle ya no miraban. Era culpa de él; del rubio. Inhalé de nuevo, más a fondo esa vez, ansiosa por sentir la maligna quemazón en la pared de la garganta. Tendría que encontrar otra manera de establecer la conexión.

—¿De dónde los has sacado? —preguntó el rubio, admirando los cigarrillos belgas.

—De una amiga —respondí. Sonja era la única de nosotras que podía permitirse comprar cigarrillos. La doncella de la familia Frenk los obtenía en el mercado negro y ella se había traído dos cartones a Haarlem.

—Muy bueno —comentó—. Hacía una eternidad que no me fumaba uno de estos.

Busqué mi bicicleta con la mirada.

—¿Te vas? —Sacudió sus rizos rubios en la dirección del estanco que teníamos detrás—. ¿No estás esperando a que abra esta tienda?

—Bueno, está cerrada —contesté. Con indiferencia, o eso esperaba. Lo que de verdad quería era largarme de allí de una vez.

—Pues estás de suerte. —Pasó por mi lado, sacó un llavero enorme de un cordón que llevaba enganchado al cinturón, abrió la cerradura de la puerta del *tabak* y entró, con lo que levantó un pequeño tornado de polvo iluminado por el sol en el sepulcral espacio—. Pasa —invitó, mientras me sostenía la puerta.

—¿Este local es suyo?

—Más o menos. O sea, tengo las llaves.

—Entonces ¿por qué me ha pedido tabaco?

Se encogió de hombros.

—Nunca rechazo un pitillo gratis. —Miró los estantes vacíos que lo rodeaban—. Además, aquí no queda nada.

—Gracias —dije, sin tener muy claro qué le agradecía, porque lo único que deseaba era marcharme. Di un paso atrás, hacia la calle. Quienquiera que fuese ese rubio, no quería quedarme atrapada en un estanco abandonado con él.

Me tendió la mano.

—Jan Bonekamp.

«¿Jan?». Le estreché la mano y él casi me la aplastó.

—¿Cómo está? Soy Hannie Sch…

—Basta con el nombre de pila.

—¿Pero usted...?

—Yo soy demasiado tonto para acordarme de las reglas —dijo, mientras se golpeaba la sien con los nudillos, tan fuerte que se oyó—. No como vosotras las universitarias.

Ya casi había salido por la puerta, pero el tacón del zapato se me enganchó en el borde del primer escalón y estuve a punto de caerme. Me sujeté en la jamba y lo miré de arriba abajo. Se rio y luego hizo lo mismo conmigo.

—Disculpe —dije.

—¿El qué?

—¿Es usted...? —Intenté recobrar la compostura—. Es decir, no será...

—¿Amigo de Bettine? Sí.

Eso acabó de confundirme del todo, y mi expresión debió de delatarlo.

—¿Bettine Dekker? —aclaró él—. ¿Alta, un poco aterradora? ¿Su color favorito es el blanco? —Mientras mi cerebro procesaba la información, él siguió hablando—. Heroína de guerra. ¿Lo sabías? Dekker es una leyenda.

Asentí con la cabeza. Nunca, jamás, me había planteado llamar a la enfermera Dekker por su nombre de pila. Bettine, para más señas.

—En fin, sea como sea, nos hemos encontrado —dijo él, mientras me agarraba por el codo y me acompañaba al interior—. Hay que ir con cuidado con estos encuentros. —Entrecerró los ojos y miró en derredor como un espía de historieta, para luego volverse de nuevo hacia mí y añadir, con un susurro teatral—: Así es como lo hacemos en la... ya sabes qué.

¿La Resistencia? Me quedé plantada en el centro de la tienda vacía mientras una sensación insidiosa me trepaba poco a poco por los pies hasta los tobillos y luego las rodillas, como un charco que se hiciera cada vez más profundo. Había caído en una trampa. Era imposible que aquel payaso fuera de verdad lo que decía. Retrocedí hacia la calle lo más despacio posible, deslizando los pies por la alfombra de polvo que cubría el suelo de tablones.

—¿Qué he dicho? —Jan me miró con genuina curiosidad.

—Estoy en el sitio equivocado —contesté con una sonrisa—. Fallo mío.

—¡Ja! —Una vez más, su risotada escandalosa—. Tú la conoces como enfermera Dekker. Yo la conozco como Bettine y, si ella dice que podemos fiarnos de ti, me basta con su palabra. —Echó un vistazo por encima del hombro—. Por desgracia, ella no anda por aquí para convencerte.

Arrugué el entrecejo. ¿Sería que habían arrestado a Dekker y por eso aquel tipo tan extraño tenía la información? ¿O sería Jan de verdad mi contacto con la Resistencia, aunque fuese mucho más apuesto e indisciplinado de lo que me esperaba? O tal vez se tratase de un simple policía colaboracionista.

—¿Cómo sé que no eres policía?

—Me cago en la policía —repuso, con tanta naturalidad que me quedó claro que no era la primera vez que lo decía recientemente. Me encogí—. La mayoría de esas serpientes corrieron a jurar lealtad a herr Hitler en cuanto empezó la ocupación. No soy un poli. —Su tono desenfadado presentaba de pronto un filo de acero—. ¿Cómo sé que tú no eres policía?

—¿Yo? —Casi me reí—. ¿Te parezco una poli?

—No —reconoció él—. Demasiado guapa. Además, la policía no contrata a pelirrojas. Demasiado... —Trazó con el dedo una espiral junto a su sien: «Locas».

Abrí la boca de par en par, pero no emití ningún sonido. Estaba escandalizada a la par que halagada.

—Mira —dijo, a la vez que se desabrochaba la chaqueta y la abría de par en par—. No llevo pistola. ¿Y tú?

Puse los ojos en blanco y di media vuelta para salir. No podía pensar con claridad. Sin embargo, él me agarró de la muñeca y me atrajo hacia sí, mi espalda contra su pecho, y me envolvió el cuerpo con un brazo mientras me cacheaba con la otra mano, de manera firme pero respetuosa, en las costillas y la cintura.

—¿De verdad crees que llevo una pistola?

Retiró las manos y me hizo rotar con delicadeza para que estuviéramos cara a cara.

—Ya no —respondió con una sonrisa—. Bettine tiene muchos contactos y podría haberte mandado a cualquier parte, pero te envió aquí. Tú confías en ella, ¿verdad?

—Supongo que sí —contesté, sin tener muy claro adónde quería ir a parar.

—Bueno —dijo Jan, ya serio—, yo también confío en ella. Y estoy dispuesto a adiestrarte si tú estás dispuesta a intentarlo.

—¿Adiestrarme? —Imaginé a las voluntarias sentadas a las mesas de la alianza de refugiados, llenando sobres y empaquetando material de emergencia—. Ya estoy adiestrada.

Jan negó con la cabeza.

—No, si no llevas pistola.

13

Al volver a casa aquella noche me recibió un coro de preguntas de Philine y Sonja acerca de dónde había estado todo el día.

—No debería hablar de ello —dije con tono de disculpa, aunque no tenía ni idea de cómo manejar la situación.

—Somos las únicas con las que puedes hablar —arguyó Sonja, que estaba haciendo un animoso esfuerzo por aprender algo nuevo: a tejer—. Lo único que hacemos es estar aquí encerradas todo el día; ¿a quién se lo íbamos a contar?

—Lo sé, pero... —Nunca dejaba de imaginar posibilidades espeluznantes: ¿y si la Gestapo echaba la puerta abajo mañana y nos interrogaba a todas?

—Es más seguro para ella no hablar con nadie —señaló Philine. Sonja puso los ojos en blanco, pero dejó de insistir. Por suerte, mis padres no me habían preguntado nada. Me habían dado un fuerte abrazo en cuanto llegué a casa, me habían apartado un poco para mirarme de arriba abajo como para comprobar si tenía algún desperfecto y habían mantenido la boca cerrada. Reconocí la expresión de sus ojos; era parecida a la que el señor Polak había dedicado a Philine al despedirse: una mirada cargada de demasiadas emociones para expresarlas con palabras. Aquella noche cené arriba, en el dormitorio, con las chicas, para lo que tendimos un mantel sobre la cama y montamos un pícnic de interior. Mantuvimos la conversación centrada en cosas buenas, como lo satisfactorio que resultaba no tener que estudiar para los exámenes finales. La velada fue agradable. Solo me puse triste una vez que me acomodé en mi pequeño camastro y se hizo el silencio en la casa y la oscuridad en la habitación. Observar la forma de sus dos cuerpos durmiendo en el lecho de mi infancia era como ver una vieja película: mi hermana y yo, hacía años, calentándonos mutuamente. Recordar a Annie me insufló valor.

Al día siguiente, llegué al Grote Markt en torno a las tres y media de la tarde y paseé por entre las largas colas de ciudadanos cansados. Si había algo peor que el aburrimiento puro, era el aburrimiento preñado de paranoia, furia y miedo. Ocupé mi sitio al final de la cola, pero no tenía previsto llevarme los puerros que me había encargado mi madre. Esperaba a Jan Bonekamp.

—¿Los primeros espárragos de la temporada, *mevrouw*? —Un granjero iba avanzando con su carretilla poco a poco en paralelo a la cola, vendiendo hortalizas a quien todavía tuviera efectivo.

—No, gracias —dije.

—¿Qué me da por esto? —preguntó un hombre detrás de mí. Me rozó el hombro al echar unas monedas a la mano del granjero—. Quédese el cambio.

—*Dank u, meneer* —dijo el campesino, agradecido por aquellos escasos peniques de zinc de la guerra. Ya nadie decía «quédese el cambio». Me volví, esperando encontrarme con un oficial nazi, pero no era un alemán de uniforme, sino Jan Bonekamp; el rubio.

—Llegas temprano —observé. Dejó el hombro en contacto con el mío, como si fuese mi marido y acabase de llegar conmigo para comprar la cena para la noche. El granjero sonrió a la joven pareja.

—Tú también —repuso Jan.

—Habíamos quedado aquí —repliqué.

—Cierto. —Jan sonrió—. Pero no todo el mundo que dice que va a aparecer luego cumple. —Aceptó el pequeño manojo de espárragos que le entregaba el granjero—. Gracias. —Luego me agarró de la mano y me guio a través de la aglomeración de puestos y personas hasta que salimos a la calle abarrotada sin mirar atrás. Vestido con una boina y una chaqueta de marinero, se abría paso entre la multitud sin dar empujones, conmigo flotando en su estela. Llegamos al otro lado de la calle, donde estaba su bicicleta.

—Sube.

—¿Qué?

—Sube atrás —dijo, indicándome un portaequipajes casero.

—He venido con mi propia bici —señalé.

—Es mejor que vayamos juntos. Venga.

Vacilé por un momento. Ya había tomado la decisión de encontrarme ese día con él; llegaba el momento de dar el siguiente paso y dejar de buscar tres pies al gato. Jan miró a su alrededor y luego le dio unos golpecitos en el hombro a una anciana que hacía cola delante de una panadería. Se volvió, recelosa.

—*Solidariteit, mevrouw* —dijo Jan llevándose una mano a la boina. «Solidaridad, señora». Le metió los espárragos en la bolsa vacía de la compra y se volvió hacia mí. En la cara de la mujer floreció una sonrisa arrugada.

—¿Vienes? —me preguntó él.

Cualquier duda que me quedase se desvaneció. Cuestionarme mis decisiones era un instinto, pero tal vez no siempre fuera lo correcto. Nunca se me había ocurrido que una pudiera decidir, simplemente, no dudar. ¡Era estremecedor! Me subí a la tosca rejilla de la parte de atrás de su bicicleta y me agarré a sus hombros para estabilizarme.

—Ponme las manos en la cintura —dijo él.

—Creo que así bastará —repliqué muy digna. Bastante perturbador resultaba tocarlo de esa manera.

Él estiró el brazo hacia atrás, me agarró la mano izquierda y se la colocó sobre el vientre.

—Si no, te caerás.

Le hice caso, ruborizada, y arrancó a pedalear. Tenía razón: Jan conducía tan rápido y efectuaba tantos giros bruscos que estuve a punto de caerme y tuve que apoyar el cuerpo en él para evitarlo. Cada vez que doblábamos una esquina, sentía que se le tensaban los músculos de la espalda y el estómago. Su calor atravesó su chaqueta y la mía. Hubiera sido más fácil apretar la mejilla contra sus omoplatos, aunque no tuve valor para hacerlo.

Si aquello era la Resistencia, tendría que haber dejado los estudios hacía años.

—¿Adónde vamos? —grité por encima de su hombro.

—Haarlemmerhout —respondió.

El Haarlemerhout —el bosque de Haarlem— existía antes que la ciudad, un paisaje que hubiera resultado familiar a los romanos cuando formaba parte de su imperio. A menudo íbamos allí a hacer pícnics familiares cuando Annie aún vivía. Ella y yo corríamos a explorar en cuanto mi madre elegía un buen sitio para la manta —«¡No os alejéis mucho!»—, porque el Haarlemmerhout no era un parque urbano cualquiera. En cuanto te alejabas de los senderos de grava, el bosque estaba desatendido y en estado salvaje, sin caminos, fuentes o parques infantiles, lo que lo convertía en un imán para las caravanas de gitanos y «gente de mal vivir». O eso decía mi madre.

—Napoleón marchó por aquí con sus tropas —dije mientras caminaba apartando maleza y sorteando raíces en pos de Jan—. Mi padre nos enseñó a avistar las iniciales de los soldados que todavía están grabadas en los árboles. —Señalé.

—Puta imperialista —exclamó él.

—¿Disculpa?

—Napoleón —aclaró Jan, mientras pateaba un montón de hojarasca con las botas.

No tenía ni idea de cómo sostener una conversación con aquel hombre.

Gruñí al tropezar con una roca y traté de hacerlo pasar por un suspiro elegante.

—¿Todo bien ahí atrás? —Miró por encima del hombro con un conato de sonrisa en los labios.

—Perfecto —contesté. Mis uñas estaban grabando medialunas en mis palmas.

—Ya hemos llegado. —Se detuvo en un punto sin nada de especial, junto a un grupo de alisos, donde quedábamos bien escondidos de las miradas y oiríamos a cualquiera que se acercase—. Bettine creía que estabas lista para un adiestramiento más serio. ¿Es así?

Dekker tenía más fe en mí que yo misma. No podía ni imaginar qué quería decir «adiestramiento serio», pero me sorprendí deseándolo. Sobre todo si la enfermera Dekker opinaba que estaba lista.

—Sí —respondí, preguntándome qué sería lo siguiente. ¿Aprender las contraseñas? ¿Memorizar direcciones secretas? De eso, al menos, me sabía capaz—. ¿Dónde están los demás?

—¿Los demás? —Jan alzó una ceja.

—¿No vamos a encontrarnos con nadie para el adiestramiento? —En mi cabeza, veía a media docena de luchadores reunidos para adquirir nuestras nuevas habilidades guerrilleras. Estaba ansiosa por conocerlos.

Una sonrisa asomó a la expresiva boca de Jan.

—Sí, claro… hay otros cincuenta al otro lado de esos arbustos. —Se rio—. Hoy estamos solos tú y yo, preciosa. ¿Cuántos creías que seríamos?

—Lo siento —contesté, avergonzada. Aunque me sentía como si fuera la última persona en enrolarme en la Resistencia tan entrada la guerra, por supuesto no lo era. Si todo el mundo estuviera en ella…, en fin, las cosas serían muy distintas a esas alturas.

—No lo sientas —dijo él—. Es bueno que estés aquí. Y, ahora, vamos a practicar un poco de tiro al blanco. —Metió la mano en el bolsillo de la chaqueta y trató de entregarme una pequeña pistola negra. Me quedé paralizada—. ¿Qué haces?

—Yo nunca… —Qué estúpida me sentía. Aunque también me parecía una necedad fingir que había sostenido un arma alguna vez, o tan siquiera tocado una.

—Adelante, que no muerde. —Me estaba tomando el pelo; se la quité de las manos.

»No, señora —dijo, y me bajó la mano hacia el suelo de un palmetazo—. Primera lección: no encañones a tu instructor.

—¡Ay!

Abochornada, retiré el dedo del gatillo y mantuve la boca del cañón apuntada hacia la tierra. Toda aquella confianza que no había hecho nada por merecer se desvaneció, y agarré la culata con la punta de los dedos, como si me hubiera pedido que sujetara un lagarto capaz de subirme reptando por el brazo en cualquier momento. Aquella era un arma de fuego de verdad. Desde la llegada de los alemanes había visto muchas, desde pistolas hasta fusiles, pasando por trastos recargados y equipados con bayonetas en los desfiles, pero siempre habían estado en otras manos. Sostener una con las mías era algo muy distinto, emocionante a la par que perturbador. Nunca me había imaginado empuñando una, y mucho menos usándola.

—¿Empezamos con esto? —pregunté.

—¿Qué si no? —dijo él con tono jovial—. Hay otras cosas que aprender, pero esta es la que más tiempo requiere. Doy por sentado que lo otro ya sabes cómo hacerlo: ¿entregas, robar documentos, vigilancia? Eso dice Bettine.

—¿De verdad? —pregunté, estupefacta y aliviada—. ¿Estás en contacto con ella ahora mismo? —Intenté emplear un tono desenfadado, cuando en realidad temía imaginar lo que podría haberle pasado a Dekker desde la última vez que la había visto.

Jan me miró, intentando entender qué le estaba preguntando en realidad.

—No te preocupes por Bettine; sabe cuidarse sola —me aseguró—. Y está bien. O por lo menos lo estaba hace un par de días.

—Vale —asentí. Sabía que era cierto lo que decía. No era que Dekker no estuviese en peligro, porque todos lo estábamos, pero no debía preocuparme por ella. Ya tenía bastantes quebraderos de cabeza.

Jan prosiguió con la lección.

—El sabotaje es un componente enorme del trabajo de la Resistencia —explicó, mientras me recolocaba mirando hacia la diana—. A Freddie se le dan especialmente bien esa clase de asuntos: montar explosivos, descarrilar trenes, hasta actos más modestos, como vaciar de gasolina los vehículos nazis. Es un trabajo importante, y lo más probable es que tú también lo pruebes en algún momento. —¿Descarrilar trenes? No dije nada y me limité a asentir con la cabeza—. Pero ahora mismo lo mejor será que te conformes con disparar, ¿vale?

—Claro —respondí, confiando en que mi voz no delatara el tembleque que sentía por dentro.

—Adelante, agarra la culata con las dos manos —dijo mientras me miraba sujetar con torpeza el arma—. No está cargada. —Extrajo el cargador para que lo viera con mis propios ojos: no había balas.

—¿Cuántos años tiene este trasto? —Había docenas de arañazos en el cañón y la culata. Era una pistola que llevaba mucha guerra.

—Si quieres una Mauser nuevecita, tendrás que enrolarte en la Wehrmacht, profesora.

—Solo preguntaba.

—Y yo solo te contesto. —Recuperó la pistola y la examinó—. Esta monada es una FN Browning de 1922 que pillamos de un poli nazi de Heemstede la semana pasada. —Me la devolvió—. Es perfecta. Pequeña pero potente. Como tú.

Sabía que me había ruborizado.

—Adelante —dijo—. No va a hacerte daño.

La pistola pesaba más y estaba más fría de lo que me esperaba, como algo muerto. Le di la vuelta. El acero negro mate, chato y lleno de muescas, tenía un aspecto brutal. ¿Cómo se «pillaba de un poli» una pistola? No quise saberlo.

—¿Para qué sirve esto? —pregunté. Del extremo de la culata colgaba un pequeño aro de metal.

—Para las llaves de casa. Así no las pierdes nunca.

—¿En serio?

—No —repuso él—. Es para engancharle un cordón, para los soldados del frente. Pueden atárselo a la muñeca para no perder el arma en el barro o en mitad de una refriega. A la tuya se lo quitaremos, de todas formas. No lo necesitas y puede hacer ruido cuando tengas que moverte con sigilo por la noche. —Me sacudió la mano y el aro de metal tintineó contra la pistola como el cascabel del caballo de una calesa. Sentí un estallido de placer y no supe distinguir si provenía de imaginar la actividad o de que él me creyera capaz de ello.

»Recuérdamelo cuando volvamos al apartamento —añadió mientras se adentraba un poco más en el bosque—. Te lo arrancaré.

Di por sentado que debía seguirlo, y eso hice. Era la primera vez que oía hablar de un apartamento, pero resultaba absurdo preocuparse por algo tan banal como la seguridad a esas alturas. No había un modo seguro de unirse a la Resistencia. ¿Cómo iba a haberlo?

Nunca me había atrevido a adentrarme tanto en el bosque de Haarlem. Se acercaba el anochecer y el consiguiente toque de queda.

—¿Estás seguro de que aquí fuera no nos pasará nada? —susurré. Jan no pareció oírme, de modo que volví a intentarlo—. ¿Podemos estar aquí tan tarde?

Él se rio y siguió atravesando con paso firme la maleza, blandiendo algo en el aire por encima de la cabeza. Su pistola.

—¿Quién nos lo va a impedir?

Claro. Las pistolas se usaban para intimidar a la gente, y nosotros las teníamos.

—La seguridad es una forma de falsa consciencia —prosiguió Jan, camarada patriota hasta la médula, sin molestarse en susurrar—. Pero no hay que ser irresponsable. Aquí, tan adentro, estamos bastante bien escondidos. Los alemanes de la patrulla nocturna son demasiado vagos para meterse por aquí, se quedan en el linde fumando pitillos. Y aunque entrasen… —Oí el golpecito de una uña contra el metal de la pistola, y creí verlo sonreír en la oscuridad—. Esta es la única seguridad verdadera que tenemos. —Hizo girar la pistola alrededor del índice como un vaquero estadounidense antes de volver a enfundarla.

Llegamos a un pequeño claro sobre el que brillaba la luna como una lámpara colgada del techo.

—Lo primero: inspeccionar y verificar. —Jan alzó la pistola y efectuó una maniobra que causó un chasquido. Tiré hacia atrás de la corredera de mi arma. El sonido parecía el correcto.

—¿Cómo has dicho? —pregunté—. ¿«Verificar»?

Desplazó mi mano y la pistola hasta un haz de pálida luz de luna para que los dos la viéramos.

—Lo que hemos hecho antes —explicó—. La has descorrido para inspeccionarla. ¿Qué ves ahí dentro?

—Nada.

—Bien. Esa es la información que buscábamos: ¿mi pistola está cargada o no?

—No lo está.

—Correcto. Está verificada.

—Verificada —repetí, empollona como siempre—. ¿Tú la llevas cargada?

Parecía sentirse insultado.

—Para qué llevar un arma descargada. —No era una pregunta—. Vamos a arreglar la tuya, que sí lo está: no hay cargador dentro, ni bala en la recámara. —Señaló el punto donde iría el proyectil—. Ahora, la cargamos.

—Sé cómo hacerlo —dije. No tenía ni idea, pero estaba ansiosa por demostrar mi valía y lo había visto hacer mil veces en las películas. Me entregó seis balas. Se me cayeron dos de inmediato a las zarzas—. Maldita sea. —Me agaché y busqué a tientas en el suelo del bosque, donde cada objeto pequeño parecía una bala.

—Paso dos: que no se te caiga la munición.

—Perdón. Soy una idiota.

Me entregó unos cuantos proyectiles más.

—Olvídalo. Estás aprendiendo.

Sentí un calorcillo por dentro que hizo que los músculos tensos del cuello y los hombros se me relajaran por fin. Estaba en pleno bosque, adiestrándome de verdad para trabajar con la Resistencia. Estaba aprendiendo, y eso era algo que sabía que se me daba bien.

—Vale, ahora colócate como yo, con las piernas separadas. Estable. Bien. Inclínate un poco hacia delante, no hacia atrás. —Se situó a mi espalda y alzó el brazo derecho hasta dejarlo recto junto al mío de tal modo que los dos apuntáramos a un blanco imaginario enfrente de nosotros—. Eso es. Recto y con fuerza. Mira cómo sostengo mi pistola. ¿Ves cómo encaja aquí, entre el pulgar y el índice? —Asentí, alineando con el suyo mi brazo estirado. Se tocaron.

Jan retiró la pistola de la palma de mi mano y luego la volvió a deslizar dentro poco a poco.

—Tiene que resultar algo natural —explicó—. Como si este fuera su sitio. —Su boca estaba cerca de mi cuello y noté la caricia cálida de su aliento en mi oreja cuando se acercó para susurrar. Me estremecí. Sin duda debió de notarlo, pero no dijo nada. Nuestros cuerpos se mecieron suavemente y a la vez, como los árboles—. Bien —prosiguió con voz un poco más baja—. Ahora, dispara. Prepárate para el retroceso, pero no le tengas miedo. —Dio un paso atrás para mirar.

Escudriñé la oscuridad nocturna del bosque con los ojos entrecerrados.

—¿A qué apunto? —Delante solo tenía un borrón de troncos y arbustos que se oscurecía cada vez más con la distancia.

—A nada. Esto es solo para que te familiarices con ella, pero ¿quién sabe? A lo mejor hay suerte y aciertas a un nazi despistado. Ahora dale.

Intenté concentrarme en el minúsculo saliente de la mira situada al final del cañón, pero allí en la oscuridad la verdad era que no podía verla. En fin, qué le íbamos a hacer. Respiré hondo, sujeté bien la pistola y disparé.

¡¡Bang!!

La potencia de la descarga hizo que me recorriera el brazo extendido una sacudida que se expandió por todo el cuerpo, de tal modo que por un momento pensé que, de alguna manera, me había disparado a mí misma. No sentía dolor, sin embargo; tampoco percibía ningún sonido. Pero de pronto un pitido agudo surgió de las profundidades del centro de mi cabeza y empezó a cobrar volumen. Me volví, y Jan me agarró del brazo y lo empujó hacia el suelo. No oí lo que me dijo, pero parecía sonreír, de modo que por fin solté el aire.

—¿Qué? —pregunté.

Se llevó el dedo a los labios; al parecer, estaba gritando.

Jan me acercó la cara a la oreja y me habló directamente al oído.

—He dicho: «No apuntes con la pistola a nada, o a nadie, que no estés dispuesta a matar a tiros».

—Ah. —Bajé la vista. La pistola apuntaba a mi pie. Tenía el brazo tan agarrotado que me resultó más fácil mover la pierna.

—Y qué, ¿qué te ha parecido? —me preguntó.

—Ruidoso. —Todavía me pitaban los oídos, pero estaba recuperando la audición—. El retroceso no ha sido tan duro como me esperaba —añadí, sacudiendo los brazos—. Pero hace tanto ruido... ¿No nos va a oír nadie?

Se encogió de hombros.

—Es probable. Pero hoy en día suenan muchos disparos por la noche.

No le faltaba razón. De un tiempo a esa parte, en la noche reinaba una extraña mezcla de silencio, por culpa del toque de queda, y estallidos y gritos aislados, por culpa de la actividad criminal que los nazis se trajeran entre manos. En aquel momento, sin embargo, había silencio. No había indicios de soldados corriendo por el bosque hacia nosotros. Quizá hasta corrían alejándose.

—¿Hannie? —preguntó Jan, con voz suave.

Al oírlo, mi corazón empezó a martillear en mi pecho como si fuera un yunque; mi esperanza era que solo me pareciera tan ruidoso por culpa del pitido que seguía sonando en mis oídos.

—¿Sí? —dije, acordándome de no chillar.

—Quedan cinco balas por probar.

—Por supuesto. Claro. —Volví a separar los pies. Me parecía imprudente apuntar un arma a la nada, aunque claro, la imprudencia se había convertido en la marca de nuestras vidas desde el mismo instante en que empezó la guerra. Lo único que pasaba era que no la había afrontado hasta ese momento—. No le daré a nadie, ¿verdad?

—Si le ibas a dar a alguien, o le has acertado con el primer disparo o ya lo habrás espantado. Venga, adelante.

En esa ocasión efectué los disparos con rapidez, porque ya sabía qué esperar. La potencia resultaba embriagadora, y el ruido y el retroceso me parecían menores con cada tiro que pegaba. En cuanto a la puntería, no tenía ni idea, pero me permití sentirme orgullosa de todas formas. Jan y yo pasamos un rato disparando a la noche el uno al lado del otro. La actividad se me antojaba hipnótica, y el proceso de concentrarme y controlar la respiración suponía una bienvenida novedad después de pasarme las horas preocupándome por Sonja, Philine, mis padres, la guerra y esa persona llamada Jan Bonekamp que de repente estaba en mi vida. Las bruscas detonaciones acallaban todo lo demás. También sentía una extraña e inmerecida sensación de poder que, pese a todo, resultaba gratificante.

—¿Qué, te gusta? —preguntó Jan después de unas cuantas rondas de lo mismo.

—¿Disparar? —pregunté.

Asintió con la cabeza.

¿Estaba disfrutando de disparar un arma? Sí, en efecto. Más de lo que me había esperado. Quizá demasiado.

—Está bien.

—Venga, es divertido. Reconócelo, profesora.

—¿Qué tienes en contra de los profesores? —pregunté, con un tono algo más brusco de lo que pretendía.

Se encogió de hombros.

—Nunca me llevé bien con los maestros.

Lo creía; cuando yo iba a la escuela, los niños revoltosos como Jan Bonekamp siempre acababan expulsados de clase. Me sorprendí ansiosa por saber más sobre su vida privada, pero no podía pedirle ningún detalle susceptible de poner en peligro a sus amigos y familiares, quienesquiera que fuesen. Sus recios pantalones y chaqueta de sarga le conferían aspecto de obrero, pero eso podía significar cualquier cosa: estibador, carpintero, fontanero. Cualquiera que fuese su profesión, le había preparado mejor para el trabajo de la Resistencia que ser una ambiciosa estudiante de

Derecho. Aun así, teníamos algo en común, el impulso de resistir, y de pronto volví a sentirme agradecida.

—Es divertido, aunque a la vez da un poco de miedo —reconocí. Él sonrió—. Pero ni siquiera sabemos si le he dado a algo.

—Has dado. Y darás. Lo sé desde el primer momento en que has apretado el gatillo. Con calma, serena. Ni nerviosa ni espantadiza. Eso es lo que hace falta, en realidad. Por supuesto, tú tienes una ventaja.

—No me digas. —Me preparé para un chiste sobre profesoras.

—A las mujeres se les dan mejor las armas de fuego que a los hombres.

—Venga ya —contesté.

—Es un hecho —señaló Jan, a la vez que se sentaba en un árbol caído y limpiaba el aceite de su pistola—. En mi experiencia, las mujeres son mejores manteniendo la calma en una situación armada. Bettine Dekker, por ejemplo.

Eso me lo creía sin problemas. Nunca había visto a la enfermera Dekker agitada. Pensar en ella con una pistola en la mano me hizo sonreír.

—¿Tienes las manos cansadas? —preguntó Jan.

—Un poco.

—A lo mejor agarrabas la culata con demasiada fuerza, es un error de principiante, pero, por lo demás, has...

Se encendió un cigarrillo.

—¿Sí? —le insté, porque anhelaba su aprobación, mal que me pesara.

—Has nacido para esto, joder.

¡Nacida para esto! Emocionada, me senté a su lado. Él me cogió la pistola y también la limpió.

—Entonces ¿cuánta práctica hace falta antes de poder...? —Todavía no estaba segura de cómo referirme a las actividades de la Resistencia—. Antes de poder usarla de verdad.

—Podrías salir esta noche —dijo él, mientras metía la pistola en el bolsillo de mi abrigo y le daba una palmadita.

—No —repliqué—. En serio.

—Hablo en serio —aseveró Jan, mirándome a los ojos. Me ruboricé, consciente del contacto de nuestros muslos a través del tejido de la ropa—. Solo depende de tu estado de ánimo. Y de si puedes acercarte lo suficiente a tu objetivo.

¿Estaba de broma? Luego, sin preámbulo alguno, añadió:

—¿Y qué, dónde duermes esta noche?

—En casa —farfullé—. Es decir, en teoría ya tendría que haber vuelto. Mi madre estará preocupada, pero…

—¿Pero?

No había caído en ello hasta el mismo momento de decírselo. Por lo general, el toque de queda a las nueve de la noche que habían impuesto los nazis planeaba sobre mi consciencia como nubarrón de tormenta que amenazaba todos mis planes para la jornada. Sin embargo, nada más sujetarme a la cintura de Jan para aquel trayecto en bici, había puesto en sus manos mi seguridad.

—No puedo ir ahora —dije—. Es demasiado tarde.

Odiaba sonar como una gatita perdida, pero, si me pillaban, me arrestarían o me escoltarían a casa, directos al escondite de Sonja y Philine, y no podía permitirme ninguna de las dos cosas.

—¿Dónde vives? —preguntó Jan.

—En la parte norte de la ciudad: Van Dortstraat.

—Te llevo —dijo.

—¿Qué pasa con el toque de queda?

Se levantó y me tendió la mano para ayudarme a ponerme en pie.

—Eso no es problema. Casi siempre trabajamos de noche.

Llegamos por fin al borde del parque, y Jan sacó su bicicleta de los matorrales entre los que la había escondido. Señaló con la cabeza a un grupo de tres soldados alemanes que fumaban a una manzana y media de distancia. Se llevó el dedo a los labios y me indicó que lo siguiese, a lo largo de la pared que delimitaba el parque, donde la luna proyectaba la sombra de los árboles. Amparados por aquella oscuridad, nos alejamos de los soldados y luego correteamos hasta una silenciosa calle residencial sin luces.

En cuestión de un momento, volvía a estar sentada de paquete en la bici de Jan, que se inclinaba sobre el manillar como el aguerrido mascarón de proa de un bajel. Avanzamos a toda velocidad atravesando callejones, por debajo de puentes y a lo largo de travesías que yo no había explorado en todos los años en los que había vivido en Haarlem, dando un amplio rodeo para llegar a mi barrio. Fuimos por zonas industriales y barrios de clase media, donde había poca presencia alemana. Las caderas de Jan subían y bajaban con cada pedalada. Notaba el húmedo aire nocturno en las mejillas, y mi melena ondeaba enmarañada a mi espalda.

Al principio iba asustada, atenta al sonido de un grito en alemán o el chirrido de unos neumáticos persiguiéndonos, pero no tardé en sentirme libre. Libre de preocupaciones, libre del miedo, libre de mi constante inseguridad. Solo aquello: atravesando la oscuridad, en mitad de la noche, con él. Jan Bonekamp. Jamás había estado en situación de conocer a alguien como él; ni en la universidad ni, desde luego, antes de eso. Era puro empuje, avanzar sin mirar atrás. Cada vez que decía algo que me ofendía de alguna manera, le daba la vuelta de inmediato y me cautivaba. Aun así, su actitud hacia mí me parecía respetuosa y sincera. Él veía a Hannie, la mujer que había acudido para unirse a la Resistencia. Tal vez aquella fuera la sensación propia de esa nueva Hannie: la libertad.

—¿Aquí a la izquierda? —preguntó.

Me acerqué más a él y señalé.

—A media altura, más o menos.

—¿Lo ves? Es fácil saltarse el toque de queda —dijo—. Y ahora tu madre podrá descansar tranquila. —Señaló con la barbilla hacia la ventana de la cocina, donde se adivinaba un tenuísimo resplandor de luz de velas en los contornos de la cortina opaca. No cabía duda de que me esperaba levantada.

—Gracias. —Metí la mano en el bolsillo de la chaqueta y le tendí la pistola.

—Ya estamos otra vez —dijo, mientras sacudía la cabeza y empujaba el cañón del arma hacia el suelo.

—Está vacía —señalé.

—Verificada —me corrigió—. Pero tienes que dejar de encañonarme. —Luego me la volvió a meter en el bolsillo—. Guárdala tú, profesora.

Se me cayó el alma a los pies al oír el apodo, pero al menos lo había dicho sonriendo.

—Vale —dije.

—Tienes maña, pero no dispares a nadie todavía, ¿vale? Menos a los nazis. Dispara a todos los nazis que quieras.

—Hecho —repuse, sin tener muy claro si me lo decía de broma. Probablemente, no.

Me acompañó a la puerta de la cocina, con una mano en mis lumbares. Caí en la cuenta de que ninguno de los dos había pronunciado aún la palabra «Resistencia» en voz alta. No me había contado nada acerca de con quién trabajaba o qué hacía.

—Lo has hecho muy bien para ser tu primer día —me dijo al llegar a la puerta.

—Por lo que nosotros sabemos —respondí—, algunas de esas balas aún podrían estar en el aire.

Soltó una risilla.

—Qué va, estoy seguro de que has liquidado a por lo menos una ardilla. Una francotiradora nata. Has estado genial. Pronto te presentaré al resto de la tropa. No eres la única chica que trabaja con nosotros, que lo sepas.

—¿No? —Me sorprendió oír eso.

—Enseguida las conocerás. Buenas noches, Hannie.

—Buenas noches, Jan.

Empezó a alejarse, pero luego dio media vuelta.

—Oye, Hannie.

Algo en su manera de pronunciar mi nombre hizo que calara en mi interior una sensación de felicidad como miel en té caliente.

—¿Sí?

—Dale esto a tu madre.

Me tomó la mano y me colocó en la palma un paquetito hecho con papel de periódico doblado. Miré dentro: tres terrones de azúcar perfectamente blancos.

—Dile que siento haberte traído tan tarde a casa. —Sacudió la cabeza y suspiró—. La guerra es dura para las madres.

14

Les di los terrones de azúcar a Philine y Sonja. Sabía que, si mi madre los veía, no haría más que preocuparse por cómo los había conseguido. Aunque aquella noche me había esperado despierta, nunca me preguntaba de dónde venía, y eso era algo que yo valoraba. Ella me quería y lo pasaba mal. Pero un lujo como los terrones de azúcar indicaba que había accedido a todo un nuevo nivel de peligro.

—Ay, Dios —exclamó Sonja cuando le di uno a la mañana siguiente. Alzó la mirada de la bandeja del desayuno con los ojos abiertos como los de una niña pequeña, admirando aquel concentrado de dulzor como si fuera un diamante. Philine se llevó el suyo a la punta de la lengua, para saborearlo.

—Cuando acabe esta guerra, pienso tomar azúcar con todas las comidas —dijo—. Azúcar en el pescado, azúcar en las patatas.

—Yo también. —Sonja dejó caer su terrón en la taza de té y removió.

—¿Te lo vas a tomar todo de golpe, ahora mismo? —preguntó Philine.

—Si lo separo en pedacitos, no estará tan dulce.

—Hummm. —Vi que Philine daba vueltas y más vueltas al dilema en su cabeza. Al final, asió el cuchillo de la mantequilla y limó unas migajas de cristal en el platito, para luego volcarlas en el té y envolver con mucho cuidado el resto del terrón con papel. Dio un sorbo y me sonrió—. Entonces ¿lo robaste, Hannie? —Estaba orgullosa de mí.

—No, fue un regalo.

—¿Cómo se llama él? —me pinchó Sonja.

Suspiré.

—O sea que es guapo —insistió ella.

—Es un chico que he conocido, nada más —aseveré—. Un hombre.

—¿Cómo se llama? —preguntó Philine.

—Jan —respondí. Era lo bastante común para compartirlo con ellas.

—El regalo es un gran detalle —comentó Sonja—. Parece una persona muy dulce.

—No es exactamente dulce —advertí—, más bien…

—¿Amargo? —preguntó Philine.

—¿Picante? —conjeturó Sonja.

Todavía sentía la intensidad de las instrucciones para disparar que me había susurrado Jan al oído, a la vez bruscas e íntimas.

—Agridulce —zanjé.

Las chicas abrieron los ojos, fascinadas.

—¿Qué aspecto tiene? —preguntó Sonja.

—Bueno… —dije, intentando mantener el control de la conversación. Necesitaba practicar la discreción, pero, cuando pensaba en él, sentía el calor de su fuerte espalda contra mi pecho, encima de la bici, y los músculos marcados de sus antebrazos. Me sofocaba con solo pensar en ello—. Es rubio —reconocí.

—Si ni siquiera te gustan los rubios —replicó Philine.

—Eso no es verdad —protesté.

—Estoy de acuerdo con Hannie —dijo Sonja—. Ella es igual de borde con todos los chicos, incluidos los rubios. Y a ellos les encanta.

—No lo soy —repuse. ¿Lo era?

—No puedes hablar de ello, ¿verdad? —preguntó Philine.

—No.

Sonja suspiró.

—Hannie, míranos. Estamos encerradas aquí en esta habitación, y no nos quejamos, estamos muy agradecidas, pero no sucede nada interesante. Danos algo sobre lo que chismorrear, por favor. Y cuando digo «chismorrear», me refiero a que Philine y yo nos limitaremos a hablar la una con la otra, porque nunca podemos charlar con nadie más. Tus secretos nunca han estado más a salvo.

Sonreí. Ella y Philine eran, por supuesto, mi mayor secreto. Cada vez que tomaba una decisión, me preguntaba si las pondría en peligro. Pero ellas también tenían una misión: mantenerse cuerdas en una habitación pequeña y oscura. Si podía facilitarles el trabajo, debía hacerlo. Estábamos juntas en eso.

—Es bastante guapo —reconocí.

Sonja soltó un gritito.

—¡Sí! ¿Qué más?

—Es alto —proseguí—. ¿Os acordáis de Erik Timmermans, del grupo de estudio? Se parece un poco a él.

Sonja alzó una ceja perfecta.

—Erik Timmermans… era atractivo. Un poco animalote.

—No es animalote —corregí—. Solo musculoso.

—Ah —terció Philine—. ¿Y cuánto te acercaste a esos músculos?

—Bueno, tuve que agarrarme a él cuando me llevó de paquete en la bici. —Me había llegado el turno de sonrojarme.

Por primera vez desde hacía días, Sonja estaba radiante.

—¿Y qué? —preguntó Philine—. ¿Cómo es?

Costaba describir a Jan sin detallar también mis sentimientos acerca de él. Y esos no era capaz de comentarlos con sensatez.

—Es gruñón —dije—. Hace muchas bromas, aunque por lo general no sé cuándo está de broma y cuándo no. Nunca se relaja y siempre anda en movimiento, con prisas. Me toma mucho el pelo, pero ha sido un buen maestro. Paciente.

—¿Qué te ha enseñado? —preguntó Philine, embelesada. Iba a tener que afinar un poco más.

—Autodefensa.

Arrugaron la frente.

—Ya sabéis, por si acaso.

Se produjo una pausa en nuestra conversación. Sonja pasó el dedo por el fondo de la taza de té para recoger los últimos gránulos de azúcar que quedaban. El momento dorado de jolgorio infantil ya había terminado.

—Entonces ¿te ha gustado? —preguntó Philine por fin—. El trabajo, quiero decir.

—Me encanta —respondí. Ni siquiera tuve que pensármelo.

Esperé a Jan en el *tabak* una vez más al cabo de unos días, de acuerdo con las instrucciones que me había dado. Llegué antes de la hora y él también. Era media mañana de un día despejado de primavera.

—Buenos días, profesora —saludó él—. Tengo algo especial para ti.

—¿Vamos a conocer a los demás? —pregunté—. ¿A las otras chicas? —Ardía en deseos de saber más de ellas, y estaba segura de que Philine y Sonja querrían enterarse.

—Hoy no —contestó Jan, que luego me miró de arriba abajo—. ¿La has traído? —susurró.

Di una palmadita a mi bolso, que contenía la pistola.

—Buena chica. —Sonrió.

Hacía un día precioso, cálido y azul. Pasaron por delante de nosotros dos jóvenes madres, tirando de carritos llenos de niños y las raciones de comida de esa mañana. Las criaturas jugaban entre ellas y se reían; las madres caminaban en silencio, con una expresión tensa y nerviosa en la cara pálida. Me recordaron a Sonja y Philine.

—Quiero que conozcas a otra persona —dijo Jan pegando la cara a mi oído para susurrar—, un nazi de los de verdad.

—¿Qué?

—Chis, tú confía en mí. —Me llevó al callejón de detrás del *tabak*, que estaba oscuro y fresco. No había nazis a la vista—. Todavía no, relájate.

—Vale. —Ya no me quedaba otra que confiar en él.

—Vamos a verla —dijo, mirando a mi bolso. Le di la pistola—. ¿Cargada?

—¿Para qué llevar un arma descargada? —repliqué.

Jan jugueteó con la pistola y me la devolvió.

—Bien hecho. —Sonrió—. ¿Te sientes preparada?

—No he tenido mucha práctica.

—No pasa nada. No necesitamos que seas una francotiradora.

Asentí, perpleja. No tenía ni idea de lo que hablaba.

—Lo que hacemos, lo hacemos a corto alcance —explicó Jan en voz baja—. A diez metros ya no hace falta tener una puntería perfecta…, pero ¿a uno? Debes estar dispuesta a plantarte delante mismo del cabrón que sea y no echarte atrás. Entonces no tienes que preocuparte de acertar al blanco. ¿Crees que podrás hacerlo?

Lo dudaba. ¿Me estaba hablando en serio de pegarle un tiro a un nazi? ¿Ese mismo día?

—Sí —mentí. Me parecía la única opción.

—Bien. Vamos.

—¿Ahora mismo?

—Como lo oyes. Y guárdate eso en el bolsillo —dijo.

Asentí y traté de no hacer caso de la sensación gelatinosa que notaba en las rodillas. Había dos bicicletas, que no eran las nuestras, apoyadas en los cubos de basura. Como tantas otras en los tiempos que corrían, no tenían goma en las ruedas, sino piezas de madera curvada enganchadas a las llantas de metal, siguiendo el nuevo estilo casero de los tiempos de guerra. Los alemanes se reservaban la goma para fines militares.

—Coge una de estas —indicó Jan.

Llevamos las bicis por el manillar callejón arriba, con la madera traqueteando sobre los adoquines. No era un proceder demasiado sigiloso, en mi opinión. Todavía no sabía lo que pensábamos hacer. A lo mejor me intentaba hacer disparar a una ardilla, aunque a esas alturas las habían cazado a casi todas para comérselas.

—Hay un cabrón de las SS que pasa siempre por aquí más o menos a la misma hora —explicó Jan por encima del estrépito de nuestras ruedas de madera—. Lo seguiremos en bici y, cuando estemos lo bastante cerca, le disparas. ¿Entendido?

No me pareció que hablara de broma. Siguió caminando y me esperó al final del callejón mirando a un lado y a otro de la callejuela. Me detuve a su lado y descubrí que no tenía nada que decir, de modo que asentí con la cabeza. Él correspondió con el mismo gesto, sacó un cigarrillo de la chaqueta y se hizo pantalla con la mano para encender una cerilla. Me pasó el pitillo encendido y lo acepté agradecida. Me temblaban los dedos. Si Jan reparó en ello, no dijo nada. Esperamos en la embocadura del callejón, pasándonos el cigarrillo, durante lo que se antojó una hora, pero debieron de ser cinco o seis minutos. Entonces, en el extremo más alejado de la calle principal, sonó un chapoteo de ruedas sobre agua. Era un hombre en bicicleta, que se acercaba hacia nosotros.

—No mires —susurró Jan.

Bajé la vista al suelo y di una calada al cigarrillo, desesperada por calmarme. Ya podía fumar sin toser. Me vino a la cabeza el periquito que la señora Snel tenía en la ventana de su casa, en nuestra manzana, que siempre daba saltitos por la jaula, aleteando y frenético. Eso era mi corazón. Jan me miró de reojo y me pregunté si lo podría oír latir.

El chirrido de los oxidados pedales del ciclista fue cobrando volumen a medida que se acercaba, un roce de metal contra metal con cada revolución. Intenté no perderlo de vista sin mirarlo, algo bastante difícil. Mis pensamientos se sucedían demasiado deprisa para seguirles la pista. Oí que el hombre se acercaba cada vez más.

Entonces, justo cuando nos pasaba por delante, Jan me agarró de la cintura y me atrajo hacia él, las caderas contra mi estómago y los brazos en torno a mi cuerpo. Di una boqueada.

—Calla y actúa como si fuéramos pareja —siseó Jan. No me estaba besando de verdad, solo apretaba la boca contra la mía. Entreví unos lustrosos zapatos de color marrón rojizo y unos pantalones de lana azul cuando el ciclista pasó pedaleando.

—Es él —susurró Jan, apartándose de mí para luego deslizar una pierna por encima de la bici—. No va de uniforme, pero eso es normal entre estos putos nazis. Van de paisano.

Me pasé una mano por la boca, paralizada.

—Va a doblar a la izquierda por el quiosco, allí delante. —Jan empezó a pedalear y luego volvió el torso para mirarme.

—¿Vienes?

Miré calle abajo una última vez: ¿era posible que todo aquello no fuese más que una especie de prueba? En ese caso, no tenía ninguna estrategia. Podía seguir a Jan en ese momento o marcharme a casa y no volver nunca. Por un instante, me lo planteé. Había mucho que hacer en casa, como no dejaba de recordarme mi madre. Podía ayudar a Philine y Sonja en la cocina y con la limpieza. A lo mejor podía hacer otra clase de trabajos para la Resistencia, algo menos demencial que pasearme en bici por la ciudad con una pistola cargada. Mi madre siempre decía que necesitaban voluntarios en la iglesia, y yo sabía que era cierto. Mientras sopesaba todo esto, Jan dobló la esquina y me quedé sola.

Podía dar media vuelta. Quedarme en casa, sana y salva. En mi hogar, donde escondíamos a dos chicas judías cuya presencia podía dar con nosotros en el calabozo de todas formas.

No existía ningún lugar seguro.

Me subí a la bici y seguí a Jan.

Mis ruedas de madera rozaron y patinaron por el empedrado cuando salí a la céntrica y transitada calle. Estaba abarrotada de gente que hacía cola en las tiendas con sus cartillas de racionamiento. Las filas se desbordaban hasta la acera e incluso la calzada. Era la hora punta para las compras. Por suerte, la escasez de gasolina suponía que quedaban pocos coches ya en circulación, aparte de los vehículos alemanes. Vi a nuestro hombre más adelante, seguido por Jan a unos cuerpos de distancia. Por su aspecto, nunca hubiese dicho que era un nazi, pero di por sentado que Jan disponía de información privilegiada.

El nazi efectuó un giro brusco a la derecha que estuvo a punto de dar con su bici en el suelo y desapareció por una travesía. ¿A lo mejor sabía que lo estaban siguiendo? Jan se metió detrás de él. Yo continué en pos de Jan, que también desapareció. ¿Quién iba a… hacer lo que hubiese que hacer a aquel miembro de paisano de las SS, exactamente? No lo sabía.

Doblé la esquina, derrapando, con las ruedas de madera astillándose contra los adoquines, y entré tras ellos en un callejón sin salida lleno de cubos metálicos vacíos y sacos de basura, con una pátina grasienta en los ladrillos. Frente a la pared del fondo estaba el alemán, que en ese momento se volvía hacia nosotros. Jan alzó la vista al oír el chirrido de mis frenos al llegar y el traqueteo de las ruedas, cuyo eco rebotó en las paredes de los edificios.

—A por él —dijo Jan. Me encontraba justo detrás de él. Me miró desafiante—. Ahora.

Sus ojos azules encontraron los míos y se quedaron clavados en ellos, planteándome la única pregunta que importaba: ¿iba a hacer aquello? No era una pregunta que requiriese una respuesta, sino una acción. Sin saber muy bien cómo, ya tenía la pistola en la mano; sin saber muy bien cómo, me había separado de la bicicleta. La oí caer al suelo con estrépito. Sin saber muy bien cómo, me hallaba a apenas unos pasos del nazi, con los brazos rectos y los ojos fijos en el blanco más grande posible: su pecho. Él levantaba una mano: ¿para defenderse? ¿Rendirse? Demasiado tarde. Zumbando de miedo, concentré hasta el último átomo de él en la punta de mi dedo índice y apreté el gatillo. Fuerte; mortífera. Cerré los ojos. La pistola emitió un chasquido.

Clic.

Clic.

Se me secó la boca. El pájaro que tenía en el pecho aleteó descontrolado, desesperado por escapar. Miré hacia atrás a Jan y luego otra vez al nazi, que seguía erguido en toda su estatura. ¿Le había disparado?

No sabía decirlo.

El nazi dio un paso hacia mí. Y luego otro.

No, señor.

Apreté el gatillo una vez más, con más fuerza.

Clic.

Clic.

No había balas.

El nazi sonrió y se apartó el flequillo castaño de los ojos entrecerrados con toda la pachorra del mundo.

—Ya puedes bajar la pistola —dijo. En neerlandés. De modo que hice lo único que podía: eché el brazo atrás y luego lancé un golpe con el cañón de acero de mi arma contra la sien del nazi. Él puso los ojos en blanco y levantó veloz una mano para detener el impacto y desviarlo de tal modo que la pistola salió volando y aterrizó en la basura que teníamos a los pies. Maldición. Tenía unas manos en los hombros, la cintura, los brazos, tirándome hacia atrás…, debía de haber alguien más escondido en alguna parte. No, no, no.

Era una trampa.

—¡Calma, calma! —gritó el nazi, que levantó los brazos en ademán de rendición, con una mirada extrañamente tierna en su apuesto rostro. Me revolví para soltar los brazos de quienquiera que me tuviese agarrada, pero fue en vano—. Relájate, Hannie —dijo el nazi.

¿Cómo sabía mi nombre?

—Soy Hendrik —añadió.

Hendrik, Fritz, ¿a mí qué más me daba? Seguía teniendo los brazos sujetos por los demás. ¿Me pegarían un tiro allí mismo, o me enviarían antes a Westerbork?

Entonces comprendí por qué conocía mi nombre. Torcí el cuello: ¿dónde estaba Jan?

Era él quien me tenía inmovilizada.

Unos pensamientos nuevos asaltaron mi cerebro como relámpagos. Jan era un colaboracionista. Me había vendido a los alemanes en cuestión de días; muy eficiente. ¿Estaba Dekker también en el ajo?

No era posible.

Todo era posible.

La cabeza me bullía, espumeaba de rabia y temor. Me encontraba en un callejón sin salida, en todos los sentidos. Me había metido —con bici y todo— en aquel brete yo solita.

Idiota.

—Quítame las manos de encima —exclamé, revolviéndome entre sus brazos.

—Lo has hecho bien —dijo Jan a mi espalda, y yo sacudí los brazos con impotencia, encolerizada.

—Muy bien, diría yo —terció el nazi. De nuevo, en neerlandés. Tanto él como Jan se rieron.

Me daba náuseas mi propia estupidez. Tendría que haberlo visto venir. Como si un grupo de la Resistencia fuese a dar la bienvenida a una universitaria sin experiencia. Sonja me llamaba paranoica, pero al parecer no lo había sido lo suficiente. ¿Pagarían a estos dos por entregarme? ¿Ocho florines? Eso era lo que percibían los polis por delatar a los judíos, por lo menos. Quería escupirles, pero tenía la boca seca como la arena y, además, Jan era mucho más fuerte que yo.

El nazi me tendió la mano de nuevo como si yo estuviera ansiosa por estrechársela. Un demonio glamuroso de pestañas largas y húmedas y reluciente dentadura blanca. Gallardo, sereno, totalmente relajado. Jan me soltó y se colocó a su vera, igual de tranquilo. No tenía escapatoria. El nazi me tocó el brazo con suavidad. Lo aparté de golpe. Sentí que me subía la bilis por la garganta y pensé que me iba a desmayar.

—De modo que tú eres la pelirroja. —Sus ojos color avellana no se apartaron de los míos—. Perdóname. Soy Hendrik Oostdijk, comandante del Raad Van Verzet de Haarlem. Puedes llamarme Hendrik. —Me miró de arriba abajo.

Apreté la espalda contra la mugrienta pared de ladrillo, con la cabeza llena de pensamientos confusos y coléricos. ¿Raad Van Verzet?

Raad Van Verzet. El Consejo de la Resistencia.

Me daban ganas de darle una bofetada en esa cara tan apuesta, pero no tenía fuerzas. En lugar de eso, me doblé y le vomité en los zapatos.

15

—Lo has hecho muy bien. —Hendrik sonrió mientras se frotaba los cordones de los zapatos con un pañuelo blanco limpio—. ¿Cómo te encuentras?

La boca me sabía a ácido y estaba empapada de sudor.

—Estoy bien —dije. Me enderecé, temblando desde las raíces del pelo hasta la planta de los pies, intentando superar el horror de los últimos minutos. El hombre de la bicicleta, la gente de la calle, aquel sórdido callejón sin salida para mercancías y la jungla de cajas y basura que nos rodeaba por todas partes. La manera en que me había mirado por encima del hombro desde el fondo del callejón, seductor, como si me esperase —porque me estaba esperando—, el desagradable estruendo de mi bicicleta contra los ladrillos, el peso de la pistola en mis manos. Después todo se ralentizaba y podía verle la humedad de los ojos, la punta de la lengua al lamerse la comisura de la boca. Y entonces lo había hecho: apretar el gatillo. Tratar de matarlo. A un desconocido. Porque Jan Bonekamp, quienquiera que fuese en realidad, me lo había dicho.

—Todo el mundo tiene que pasar por esto —aclaró Hendrik con una afable sonrisa. Sostuvo el pañuelo sucio pellizcado entre dos dedos como si estuviera planteándose doblarlo, y luego lo tiró al montón de basura—. Es la única manera.

Jan encendió un cigarrillo y me lo pasó.

—Ha sido una prueba —explicó, encogiéndose de hombros a modo de disculpa—. Lo siento, pero son las reglas.

Una prueba. Y la había... ¿superado? El gemido de miedo que sonaba de fondo en mi pensamiento se redujo un tanto, pero seguía desconcertada.

—¿Puedo ofrecerte un trago? —preguntó Hendrik—. No digas que no. No hay victorias pequeñas en tiempos de guerra. —Extrajo una petaca plateada del bolsillo interior de su chaqueta con una sonrisilla. Si hubiera sido un gato, habría ronroneado. Sacó un segundo pañuelo impecable y me lo ofreció—. No pasa nada, cielo. Estás bien. Ahora todos somos amigos.

Jan parecía orgulloso de mí. Acepté el pañuelo de Hendrik, que tenía las esquinas planchadas y rígidas. Cuánto hacía que no veía nada almidonado. Cuando me lo acerqué a la cara, olí el mundo antes de la guerra: colada limpia, almidón ligero, una plancha caliente. Era como si Hendrik hubiera salido de una máquina del tiempo, llegado de algún lugar donde la comida todavía era abundante y la gente tenía tiempo para cosas como limpiarse los zapatos.

—*Sind Sie wirklich nicht Deutsch?* —«¿De verdad no es usted alemán?», pregunté en alemán en un último intento de confirmación que yo misma reconocí como patético.

Hendrik se rio.

—*Ich bin ein Holländer*, cielo. Te lo prometo.

Jan acercó un par de maltrechas cajas y me ofreció la menos asquerosa.

—Si fuéramos a un bar —dijo Hendrik—, tendríamos que comprar su mejunje aguado. Pero esto, camaradas, es una bebida de verdad. —Me pasó la petaca—. Por desgracia, no es whisky de verdad; en realidad, es de Bélgica. Pero servirá. *À votre santé.* Salud.

Los simples vapores me hicieron toser. Di un sorbo cauteloso y agradecí el fuego que me bajaba por la garganta. Me distraía y ayudaba a no pensar en todo lo demás. Nos quedamos los tres en silencio, mirando hacia la calle y la gente que pasaba, enfrascada en su vida normal, o todo lo normal que podía ser bajo la ocupación. Mi sentido del tiempo se estaba recalibrando; ya no me fijaba en todos los detalles que me rodeaban con el vertiginoso terror de hacía unos minutos. Al cabo de unos instantes, el cigarrillo de Jan y el whisky de Hendrik habían limado las aristas de mi pensamiento astillado. «Ahora todos somos amigos», había dicho.

—Eres un alemán muy convincente —le comenté.

—He pasado demasiado tiempo observándolos y aprendiendo sus hábitos, pero sí, es algo que compensa en situaciones así. ¿Un pitillo?

—Por favor. —Nunca había fumado tanto tabaco en un solo día. O una semana. Me lio uno, lo cerró de un lametón y lo encendió. Cuando tragué el humo, sentí que un tupido velo de ansiedad se alejaba flotando de mí como un diente de león llevado por la brisa. Me propuse fumar más a menudo.

—¿Te sientes mejor? —preguntó Jan.

Asentí.

—Tendríamos que marcharnos —dijo Hendrik—. Vamos.

Sacamos caminando las bicicletas del callejón. Al salir, me asombró que nadie se parase a mirarnos. Acababa de intentar matar a un hombre ahí dentro. Era, con diferencia, lo peor que había intentado hacer en mi vida. Nadie lo notaba ni le daba importancia. La jaula de mi pecho se ablandó un poco, ensanchada por el alivio.

—Estudié en Heidelberg durante un año —explicó Hendrik mientras avanzábamos por la acera—. Lo hablas bien. ¿Algún idioma más?

—Estudié latín y francés —respondí—, pero hablo alemán con bastante soltura y también un poco de italiano. Aprendí todos los idiomas suizos, por si acaso. —Se produjo una pausa y comprendí que los había confundido—. Pensaba mudarme a Ginebra.

—¿A Ginebra? —preguntó Jan, arrugando el entrecejo—. ¿Para qué diablos? —Por su tono cualquiera diría que me refería al Agujero Negro de Calcuta. Para mí, era la noble cuna de la Cruz Roja y los humanitarios Convenios de Ginebra.

—Es la sede de la Liga de las Naciones —señalé.

Jan se echó a reír.

—¡Ja! Seguro que eras una niña la mar de divertida.

Henrik no le hizo caso.

—¿La Liga de las Naciones?

Sentí vergüenza, pero luego recordé que acababa de vomitarle en los zapatos y, en comparación, mi sueño infantil de ser abogada de la Liga de las Naciones parecía poca cosa.

—Por eso me matriculé en la facultad de Derecho.

Hendrik recapacitó por un instante. Habíamos tomado una travesía y ya podíamos hablar con más libertad.

—¿Cómo ha acabado una aplicada estudiante de Derecho de Haarlem en un callejón, apuntándome a la cabeza con una…? —Señaló con la barbilla el bolsillo donde llevaba la pistola—. Y acompañada por este demonio, para más inri.

Intenté dar con una réplica ingeniosa, pero no lo logré.

—Yo tampoco estoy segura.

Eso nos hizo reír a todos.

—Nos la manda Dekker —añadió Jan—. Así que… —Cruzaron una mirada cargada de sentido—. Bettine dice que es de fiar.

—Tendrías que haberlo comentado al principio. —Hendrik parecía impresionado—. Y bien, Hannie, ¿cómo te sientes ahora?

¿Cómo me sentía? El pájaro de mi pecho estaba acurrucado en una esquina de su jaula, tembloroso, pero también me sentía un poco impresionada conmigo misma.

—Me siento… —contesté—, como que he hecho lo correcto.

—Bien dicho. —Jan me dio una palmada en el hombro como un buen camarada.

—Era lo correcto —coincidió Hendrik.

—¿De verdad es así como se hace? —pregunté, bajando la voz a un susurro—. Cuando se trata de un nazi de verdad, digo. Una se acerca con la bici sin más y... —Hice el gesto de apuntar con un arma.

—¿Para qué crees que las llevamos? —repuso Jan, como quien no quiere la cosa.

El sol brillaba sobre los tres, allí en pleno centro de Haarlem, charlando y compartiendo una realidad diferente por completo a la de todos cuantos nos rodeaban. Desde el punto de vista emocional, era una liberación dejar de fingir. Fingir que la ocupación no me agobiaba, fingir que no me invadía la cólera cada vez que salía de casa. Una semana antes, estaba cruzando de acera para esquivar a los soldados alemanes. En adelante empezaría a buscarlos. Los nazis ya no eran solo mis enemigos; eran mis potenciales blancos. Al apretar ese gatillo, me había ganado un sitio en aquella sociedad secreta. ¿Todos esos civiles que caminaban por la calle? Estaban en una guerra. Pero nosotros estábamos en la Resistencia.

—Alto —dijo Hendrik cuando nos acercábamos a una ajetreada esquina del céntrico barrio comercial—. Esperemos aquí un momento. —Apoyamos las bicicletas en una pared y nos situamos de cara al cruce. Era la hora del almuerzo y las calles estaban atestadas de gente que pasaba de un lado a otro: ancianas cargadas con canastas cubiertas con telas, niños que zigzagueaban entre el gentío jugando a pillar, hombres trajeados y el fragor de los camiones pesados de la Wehrmacht y los soldados apostados en las esquinas—. Y bien, Jan, ¿qué ves?

—El hombre que lee el periódico al otro lado de la calle —contestó Jan—, el que está sentado en la silla plegable, fumando.

Hendrik asintió.

Miré. El aludido no tenía nada de llamativo o amenazador, a mi juicio. Era un hombre corriente de mediana edad que disfrutaba del sol.

—Es un vigilante —explicó Jan—. OZO. —Hablábamos en voz baja, apartados del torrente de transeúntes—. Un vigía. Si aparecen los furgones alemanes calle abajo, entrará por la puerta secreta para avisar a los muchachos del sótano de que tienen que huir.

Busqué la puerta secreta, pero la pared que el tipo tenía detrás parecía de sólido ladrillo.

—Está debajo de la silla —dijo Hendrik—. Una escotilla en la acera. —Los bordes del cuadrado de acera que le quedaba debajo eran irregulares y estaban colocados sin mortero. Probablemente podía levantarse y retirarse la losa entera, aunque a primera vista nadie lo sospecharía.

—¿Qué hay en el sótano? —susurré. Me imaginé a familias judías acurrucadas bajo tierra, o quizá un arsenal de armas robadas.

—Una imprenta —respondió Hendrik—. De allí sale el *Trouw*.

Conocía el periódico de la Resistencia: «Lealtad». Lo había repartido por encargo de la enfermera Dekker, pero nunca había sabido dónde lo imprimían. En ese momento, plantada en la acera de enfrente de su sede secreta, me sentí más impresionada todavía con la astucia de la Resistencia. Sabía que tenían que imprimir su material por lo bajo, pero no imaginaba hasta qué punto.

—Es el trabajo más arriesgado de todos —explicó Hendrik—. Las imprentas son tan grandes y pesadas que, una vez que están instaladas, resulta muy difícil moverlas. Son blancos estacionarios; no como nosotros.

—¿Vosotros? —pregunté.

—Nuestro grupo se mueve constantemente. Si permaneces en un sitio demasiado tiempo, los vecinos empiezan a hablar.

Pensé en la señora Snel, que vivía al lado de mis padres. Era justo la clase de vecina chismosa que podía causarles problemas. Sentí la bilis en la garganta al imaginar la pequeña casa de ladrillos amarillos y a mi madre, mi padre, Sonja y Philine hacinados dentro. Blancos estacionarios. ¿Por qué era yo la única que tenía pistola? De pronto sentí ganas de regresar corriendo con ellos, por si acaso.

—Vamos —indicó Hendrik—. Sigamos caminando.

No podía marcharme. Y en realidad en mi casa no había pasado nada, me recordé. Eran solo figuraciones.

—Mañana te llevaré al apartamento —dijo Jan, que caminaba a mi lado—. Nuestro cuartel general actual. Te lo enseñaré.

Asentí. Caminar siempre me calmaba. Mientras me hacían un recorrido por la ciudad durante la hora siguiente, enseñándome los secretos ocultos a plena vista, desde trampillas a grafitis de la Resistencia, Hendrik y Jan me explicaron los principios del trabajo de la organización.

—Lo primero que debes recordar es que ninguna acción es demasiado pequeña —observó Hendrik, que claramente estaba disfrutando—. A Jan no le gusta demasiado este principio, porque él prefiere los grandes golpes, pero créeme, los pequeños detalles también marcan las diferencias. Aprovecha cualquier oportunidad, por pequeña que sea, para desgastar los recursos y la moral del enemigo.

Jan se nos adelantó unos pasos hasta detenerse delante de las altas puertas de madera de la oficina de correos. Cruzó una mirada con Hendrik, que luego siguió el movimiento de sus ojos.

—Bien hecho, Jan —dijo, y nos indicó que siguiéramos caminando.

—¿Qué? —pregunté, desconcertada.

Jan se colocó a mi lado y me mostró la palma de la mano, donde llevaba una enmarañada bola de alambre fino.

—Para atascar las cerraduras de los edificios útiles. Les pone difícil cerrar bien el recinto por la noche y eso significa que a algún comesalchichas desgraciado le toca dejar su puesto habitual de centinela para ir a vigilar. —Seguimos andando, y me dejó el alambre en la mano. Sonrió—. Tampoco hace falta que sea alambre. Astillas de madera, cera, incluso una horquilla puede servir. —Me guiñó un ojo.

Pasamos por delante de una fuente, alrededor de la cual estaban haciendo marchar en círculo a unos soldados alemanes. Desde allí, entre Hendrik y Jan, los invasores no resultaban tan amenazadores. A decir verdad, me parecían infelices y patéticos. Me puse de mejor humor.

—No hay acción demasiado insignificante —prosiguió Hendrik, y yo estaba ansiosa por oír más—. A continuación, está la sorpresa. Aparte de nuestro conocimiento local, es la mejor arma que tenemos. La clave de este aspecto es controlar la información.

—Lo que intenta decirte es: «No hables con nadie» —aclaró Jan—. Nada de chismorrear.

—Yo no chismorreo —protesté con un bufido.

—Por supuesto que no —dijo Hendrik—. Pero no lo hagas. En cualquier caso, la planificación es lo que ocupa la mayor parte de nuestro tiempo.

Jan gimió.

—Planificar y planificar.

—No tenemos un ejército con millares de efectivos, de manera que tenemos que ser mejores que ellos —continuó Hendrik—. Tenemos que planear cada operación con esmero y pensar en todo. No solo la acción en sí, sino las rutas de huida y planes de emergencia por si algo sale mal. —Eso era algo que Jan y él habían debatido antes.

Jan le chinchó.

—Pero, como has dicho, la sorpresa es nuestro punto fuerte. ¿Y si no hay tiempo para hacer planes?

Hendrik suspiró.

—La improvisación es importante, sí, pero funciona mejor cuando se pone en práctica dentro de una operación bien planificada. —Nos llevó hasta un puente que cruzaba el río Spaarne, donde se habían congregado unos cuantos grupitos más de lugareños para ver pasar la corriente. Encontramos un sitio libre en la barandilla, cerca de la parte más alta del puente; una joven familia tuvo la amabilidad de moverse un poco para dejarnos un hueco.

—Si te fijas solo en el río —comentó Hendrik— puedes fingir que no hay guerra.

Los patos nadaban en círculos, manteniéndose cerca de la orilla para evitar los pequeños *sloeps*, los botes que repartían artículos de tamaño no muy grande por toda la ciudad y a los navíos más grandes fondeados en el Noordzeekanaal, la vía fluvial que conectaba Ámsterdam con Haarlem, y esta con el mar del Norte. Cerré los ojos y sentí el calor del sol en el rostro. Estaba aprendiendo a valorar los pequeños momentos de gracia. Los tres disfrutamos durante unos instantes de aquel paréntesis de paz, y luego seguimos caminando. Jan y Hendrik siempre procuraban hablar sobre la marcha, por discreción.

—No has mencionado todavía una de las cuestiones más importantes —dijo Jan—. Nunca lleves encima documentos incriminatorios. Si tienes que entregar algún papel, eso es otra cosa; es una operación. Hablo del día a día.

—¿Y si llevo un documento de identidad falso? —pregunté.

—Nos aseguraremos de que tengas uno bueno. En ese caso, sí. Pero nada más: ni listas ni nombres ni direcciones. Y nada procedente del RVV.

—Por supuesto que no —repuse.

—En realidad —añadió Hendrik—, el RVV no debería ni hacer circular documento alguno. Si tenemos que poner algo por escrito, vale; pero luego lo quemamos. Al instante. —Lanzó una significativa mirada a Jan—. Debes reunirte con Truus y Freddie Oversteegen —me dijo a mí luego—. ¿Puedo preguntar cuántos años tienes, si no es indiscreción?

—Veintidós —contesté.

—Les llevas unos pocos años —señaló Hendrik—. Pronto volverán a la ciudad.

—Ah —repliqué, intentando no hacer demasiadas preguntas, pero desesperada por disponer de más información.

—Han estado una temporada en espera, por discreción —comentó Jan—. Venían de hacer mucho trabajo.

—Entonces ¿eras estudiante de Derecho, Hannie? —preguntó Hendrik.

Asentí.

—¿Vosotros qué hacéis? —quise saber, mirando a uno y luego al otro.

—¿Qué hacemos? —dijo Jan. Hendrik suspiró. Cada dos por tres surgía un momento de tensión entre los dos, provocado por alguna señal que yo no sabía interpretar. Hendrik caminaba a mi izquierda, sofisticado y atildado; elegante. A mi derecha iba Jan, cuyos enmarañados mechones de pelo rubio le caían constantemente sobre los ojos, con una sombra rojiza y vikinga de barba en el mentón y unas manos tan ásperas que parecían sucias, aunque estaba bastante segura de que las llevaba limpias. Eran dos hombres que jamás hubieran sido compañeros en tiempos de paz.

—Me refiero al trabajo —expliqué—. O los estudios.

—¿Estudios? —Jan escupió en los adoquines—. No he visto un aula por dentro desde que llevaba pantalón corto —dijo—. Nunca le vi sentido.

—Pues de trabajo.

—Hoogovens, en la planta de producción, como mi padre antes que yo —respondió sacando pecho.

De modo que Jan era un sindicalista. Un trabajador del metal de la fábrica Hoogovens en IJmuiden y, como mi padre, comunista. Estaban detrás de la mayor parte de las acciones de la Resistencia, desde las huelgas generales hasta la retahíla de recientes intentos de sabotaje al transporte de mercancías. Yo era simpatizante, por supuesto, dadas las inclinaciones políticas de mi familia, pero nunca habíamos tenido el carnet del partido.

—¿Tú también? —pregunté a Hendrik.

—¿Hoogovens? —Se sacudió de la solapa una mota invisible de polvo—. No. Un poco de esto, un poco de aquello... —Volvió a sonreír. Hendrik probablemente fuera abogado. O profesor. Algo elegante y refinado. Podría haber sido actor, con esa apostura. Ya me parecía un poco como un hermano mayor.

—¿En la universidad te enseñan sobre la llegada de la revolución, Hannie? —preguntó Jan. Cuando pronunció la palabra «revolución», un transeúnte nos miró boquiabiertos y luego apartó la vista.

—He oído hablar de ella —contesté, recelosa del rumbo que podía tomar la conversación. No quería discutir de política con Jan.

—El nacionalismo —dijo Bonekamp—. Ese es el verdadero enemigo. Cuando llegue la revolución, borraremos las fronteras nacionales de todos los mapas y devolveremos la tierra al pueblo. A todo el pueblo. Los trabajadores.

—Dios mío, Bonekamp —exclamó Hendrik con una benévola carcajada—, ¿acaso te presentas a secretario del partido?

—Sí —replicó Jan—, cuesta encontrar un buen jefe, ya sabes.

Hendrik me guiñó un ojo.

—No le hagas caso.

Paramos los tres al borde de una pequeña plaza de ladrillo mientras Jan se encendía un cigarrillo haciéndose pantalla con las manos para protegerlo de la brisa. Antes había un parque en el centro, pero, en esos momentos, en lugar de un círculo de hierba y unos árboles para dar sombra, solo había un anillo de polvo y varios tocones. La leña había escaseado en invierno.

Jan dio una calada a su cigarrillo como si estuviera a punto de escupir fuego.

—Lo que me hace especial, preciosa, es que a mí me la trae todo al fresco. —Sonrió—. Por lo que respecta a liquidar fascistas, yo lo hago. Sin preguntas ni discusiones. Por eso Hendrik me necesita. No conoces a nadie a quien le resbale tanto todo como a mí.

Hendrik se rio.

—Eso no te lo discuto.

—¿Ves todas esas? —preguntó Jan, señalando a las farolas de hierro que bordeaban la plaza—. Para cuando acabe esto, colgará un nazi de cada mástil y poste del país. —Resplandeció imaginándolo.

—Sí, bueno… —Hendrik se puso serio—. Eso nos lleva a lo más importante que hay que saber sobre esta clase de trabajo —dijo, con voz suave y pausada—. Los alemanes son, como bien sabrás, absolutamente implacables. Así que nosotros también debemos serlo. —Bajó la voz más incluso, aunque no hubiera nadie cerca—. Informadores, espías, agentes dobles. —Me miró a los ojos, más serio de lo que lo había visto hasta entonces—. Si te vuelves contra nosotros, nos volveremos contra ti. Sin piedad. Si obtenemos alguna prueba de culpabilidad, liquidamos a esa persona de inmediato. —Se abrochó y alisó el blazer—. Luego dejamos al traidor en cuestión en un lugar público con una nota explicando su crimen. Traición —finalizó, para remachar la idea.

Jan cerró los ojos, como si rezara. Asentí y mantuve la boca cerrada.

—Por desgracia, camaradas, debo despedirme por el momento —anunció Hendrik después de que dobláramos una esquina. Dijo «camaradas» como si lo entrecomillara, a modo de leve pulla contra Jan, y luego se volvió hacia mí y me asió la mano—. Gracias por el trabajo que has hecho hoy. Has estado bien, Hannie. Y por si no lo he dicho todavía: me complace darte la bienvenida al RVV. —Me estrechó la mano. Ni firmas ni ceremonias. El acto en sí era reconocimiento suficiente.

—Gracias —dije.

—No me las des —replicó Hendrik solemne—. Yo no soy responsable de tu éxito, tu fracaso o tu seguridad. Lo eres tú. Pero todos somos soldados e iguales en esta lucha, y nos ayudamos mutuamente en todo cuanto podemos.

—Sí, señor —contesté. Eso también lo rechazó con una carcajada—. Espera —añadí. Busqué en el bolsillo que mi madre me había cosido en la falda—. ¿Le puedes encontrar un buen uso a esto?

Jan me quitó de la mano el carnet de identidad.

—Parece real.

—Es real —aseveré—. Lo acabo de robar hace unos minutos.

Los dos hombres se volvieron para mirarme. Había sido facilísimo levantar el documento de la cesta de la compra de la joven esposa que tenía a mi lado en el puente.

—¡Bueno, bueno, Hannie! —dijo Hendrik, quitándole el carnet a Jan—. Ya lo creo que le encontraremos un uso. Muy bien hecho; sí, señora.

—Gracias —respondí, ruborizándome. Era agradable no sentirme como una absoluta novata, por una vez.

—Tengo algo en mente para ti cuando vuelva Truus —añadió Hendrik.

—Claro —repuse—. ¿Con su hermano también?

—¿Perdón? —preguntó Hendrik.

—Freddie —expliqué.

Se rieron los dos.

—Las Oversteegen son hermanas —aclaró Hendrik—. Truus tiene más o menos tu edad, y Freddie todavía es una adolescente.

—¡Ah! —exclamé, recomponiendo mi imagen de la pareja: unas hermanas heroicas. Había querido eso para Annie y para mí, hacía mucho. Se me aceleró el pulso; el pajarillo volvía a aletear en su jaula—. Será un placer conocerlas —dije, emocionada ante la idea de encontrarme con las Oversteegen.

—Estupendo —contestó Hendrik, que me tomó la mano y la besó—. Acuérdate de llevar a tu amiguita —añadió, echando un vistazo a mi bolso, donde había guardado la pistola—, y todo irá bien. Hasta pronto. —Subió de un salto a su bicicleta y se alejó.

—Qué chulito es el cabrón —comentó Jan.

—Parece muy profesional —repuse mientras veía desaparecer a Hendrik calle abajo.

—Bajo ese traje se oculta una fiera, créeme. Solo se deja ver de vez en cuando, pero está allí. —Me ofreció un cigarrillo—. Tú también has dado bastante miedo, antes. Pensaba que íbamos a tener que buscar un sustituto para Hendrik.

Antes, cuando había intentado asesinarlo. Qué lejana me parecía ya la prueba, como si la hubiera experimentado otra persona.

—No me lo recuerdes —dije.

—Es verdad. Por un segundo he temido haberme dejado una bala en la recámara. Le habrías mandado la tapa de los sesos a Dinamarca, está claro. —Me guiñó el ojo—. ¿Seguro que nunca habías hecho esto?

—Bueno, solo he hecho lo que tú me dijiste. —Callé un momento—. Aunque es posible que hacia el final tuviera los ojos cerrados.

Jan se rio.

—No estaban cerrados cuando te has puesto a arrearle con la pistola. Además, te has recompuesto bastante rápido. Después, quiero decir.

—Eres muy amable —repliqué—, pero lo cierto es que he vomitado.

Se encogió de hombros.

—Son cosas que pasan. Lo importante es no darle demasiadas vueltas mientras está ocurriendo. Tú concéntrate en el instante siguiente, hazlo, y luego te marchas. Habrá tiempo de sobra para pensarlo más tarde.

Los instantes después de apretar el gatillo ante la cara de Hendrik eran un batiburrillo de imágenes confusas, con las que mi cerebro intentaba procesar algo que nunca me había imaginado que haría. Quitarle la vida a otro ser humano. El dedo del gatillo me hormigueaba con solo pensarlo.

—Sigues dándole vueltas —adivinó Jan.

—¿Y qué?

—Quítatelo de la cabeza. No ha pasado nada.

—¿Que no ha pasado nada?

—No ha pasado nada.

—Hum... —dije—. ¿Y luego qué?

—Si no ha pasado nada, no hay nada en lo que pensar. —Dio una calada tan fuerte a su cigarrillo que se le hundieron los mofletes—. ¿Quedarme mirando al techo, a solas, en la oscuridad? —Sacudió la cabeza—. Ni de coña, si puedo evitarlo.

—¿Qué me dices de aprender de los errores? —pregunté.

—Ja. —Se rio sin humor—. Si todavía aprendes de tus errores, significa que sigues vivo. Lo que significa, a su vez, que el error que cometiste tampoco fue para tanto. —Echó un vistazo a la plaza—. Deberíamos seguir caminando.

Estaba de acuerdo con él, aunque solo fuera porque tenerlo tan cerca me ponía nerviosa. El sol de la tarde le caía de plano sobre la cabeza descubierta y la cara, tiñendo su piel de color caramelo dorado. A mí la piel solo se me ponía rosa y moteada.

—¿Y ahora qué? —pregunté.

—Esa es mi chica.

Me llevó por una calle que desembocaba en uno de los canales industriales que nunca frecuentaban familias jóvenes o vendedores de flores. Me ofreció la mano para ayudarme a subir a un bloque de cemento medio desmoronado para contemplar las vistas. Me tocó y, como temblé, me froté el brazo, fingiendo que me picaba. Observamos las embarcaciones de transporte grises y chatas que los alemanes tenían atracadas, todas en fila. En la proa de todas ellas, una esvástica.

Vimos a docenas de soldados de uniforme fregando las cubiertas, el mayor de los cuales tendría quizá veinticinco años.

—¿Qué ves cuando miras eso, Hannie?

—¿Barcos? —respondí—. ¿Soldados?

—Yo, no —dijo Jan, con un amago de sonrisa—. Veo nuestros próximos blancos.

—¿Ellos? —pregunté con la vista puesta en los buques, atónita—. ¿Ahora?

—No ellos y no ahora. —Jan se rio. Su sonrisa se desvaneció y entrecerró los ojos como el león que rastrea a su presa. Sin sacar la pistola del bolsillo de la chaqueta, agarró la culata e hizo el gesto de disparar a un trío de soldados alemanes del embarcadero más cercano; uno, dos, tres—. Nazi muerto, nazi muerto, nazi muerto —siseó—. Hoy en día, cuando miro a mi alrededor, todo lo que veo son nazis muertos.

16

Finales de verano de 1943

Tuve que esperar la mayor parte del verano para conocer a Truus
y Freddie, que habían tenido que esconderse tras una operación
exitosa pero arriesgada que seguía siendo un misterio para mí.
Transcurrieron las cálidas semanas y no se me pidió que hiciera
nada interesante, más allá de seguir robando carteras. Pasaba la
mayor parte del tiempo en el cuartel general del RVV, que en esos
momentos se encontraba ubicado en un destartalado bloque de
pisos cerca del Haarlemmerhout.

El piso de dos dormitorios del RVV era un caos desatado.
El salón principal estaba amueblado de forma tan aleatoria, con
sillas con ruedas y escritorios claramente robados de un edificio
de oficinas, que parecía más un almacén que un hogar, y funcio-
naba a la vez como barracón, despacho y taller de armas. El aire
enrarecido apestaba a café, tinta, calcetines usados y platos sucios.
A veces, ese verano, cuando estaba sola y aburrida, me planteé
llevar una escoba y una fregona y hacer limpieza, pero me contuve. No quería establecer un precedente. Lo que deseaba era dar
caza a otro nazi, pero esa vez uno de verdad.

Pasaba en el piso del RVV la mayor parte del tiempo, reacia

a vérmelas con mis padres y las chicas cuando me encontraba en ese estado de ánimo. Sabía que me harían preguntas: dónde había andado, a qué me dedicaba, cuándo me quedaría en casa. No quería mentirles; solo deseaba trabajar. Me dije que era mejor mantenerme alejada de la casa, donde no haría más que ocupar espacio y molestar. Sin embargo, también era cierto que a Sonja y Philine les hubiese venido bien la compañía, y a mis padres tal vez les hubiese satisfecho disponer de un recordatorio diario de que seguía viva. No era justo, pero volqué mi atención en la Resistencia. Por ellos, me decía. Pero también era por mí.

Jan me llevaba a hacer prácticas de tiro siempre que se lo pedía. Le encantaban las armas de fuego, de manera que practicábamos a menudo, casi siempre en las profundidades del bosque. Sin embargo, la mayor parte de aquel verano se empleó en a operaciones de inteligencia a cargo de Hendrik y Jan, que tenían contactos en la red nacional de la Resistencia. Una frase dominaba las conversaciones: *Aktion Silbertanne*. En alemán significaba «Operación Abeto Plateado».

Informadores de la Resistencia, que iban desde policías holandeses simpatizantes hasta reclusos encarcelados, nos hablaron sobre ella. La *Aktion Silbertanne* era la agresión que se avecinaba, una operación que el comandante Hanns Albin Rauter, el jefe austriaco de las SS en los Países Bajos, pensaba dirigir contra los insurgentes activos de todo el país. Por cada nazi o colaboracionista que matara la Resistencia, Silbertanne ejecutaría a tres de los nuestros. Esos asesinatos los llevarían a cabo Einsatzgruppen especialmente adiestrados: escuadrones de la muerte paramilitares. No irían de uniforme, sino vestidos de paisano y haciéndose pasar por miembros de la Resistencia. De incógnito y hablando neerlandés, matarían con armas aliadas. La *Aktion Silbertanne* quería ser un teatro mortífero, en el que nazis disfrazados representarían una mentira con la ciudadanía por público, una obra sobre la Resistencia neerlandesa sumida en el caos, atacándose desde dentro. Si la charada salía adelante, podría hacer que el pueblo neerlandés sospechara de la Resistencia y unos de otros en general. En un país ya desgastado por tres años y medio de ocupación, resultaba difícil aferrarse a la esperanza. La *Aktion Silbertanne* estaba diseñada para hacer añicos los escasos fragmentos de optimismo que aún quedaran.

—Nada extravagante —nos dijo Hendrik una tarde en el piso—. Mantendremos nuestras operaciones cotidianas normales, como repartir cartillas de racionamiento, documentos de identidad, periódicos y armas, pero nada de ataques uno contra uno durante una temporadita.

—¿Cuánto tiempo? —preguntó Jan.

—Hasta que se calmen las aguas.

Jan sacudió la cabeza.

—Yo propongo que aumentemos los ataques, en vez de reducirlos. Ellos no van a aflojar, no tiene sentido esperar a que se cansen.

Jan, Hendrik y yo estábamos sentados ante una baqueteada mesa de madera en el salón, bebiendo agua hervida y fingiendo que era té. Seguía sin saberse nada de las hermanas Oversteegen. La célula tenía otros miembros, pero Hendrik me explicó que no todos los integrantes de la Resistencia necesitaban conocer a todos los demás. Así era más seguro.

Hendrik suspiró.

—Esto no es una retirada, Jan, sino un reposicionamiento estratégico. Confío en que todos lo llevemos a cabo, con independencia de nuestra opinión personal al respecto. Por la seguridad de la Resistencia en su conjunto.

—Lo que usted diga, señor. —Era un tratamiento que Jan solo usaba de forma sarcástica.

—Fantástico —repuso Hendrik. Carraspeó—. Dicho esto, siguen en pie los planes para la central eléctrica.

Jan alzó la vista, sorprendido. Había oído hablar de ese tema a Hendrik aquella misma semana, un gran golpe, poner una bomba en una estratégica central eléctrica de la cercana IJmuiden, la ciudad natal de Jan. Había costado meses planificarla, y en ese momento caí en la cuenta de que me habían incluido en esa planificación en todo momento.

—Freddie se ocupó de la vigilancia, y todo está a punto, de manera que, ya puestos, podemos golpear.

—Así me gusta —contestó Jan, enderezándose en la destartalada silla de madera—. ¿Lo haré solo, o…?

Hendrik arrugó el entrecejo.

—No puedes hacerlo tú, Jan. Eres demasiado reconocible en la zona.

—Venga ya. ¿De noche? No nos verán.

—Lo hará Truus, y tú puedes ayudarla a preparar el paquete —dijo Hendrik.

—Pero si yo lo conozco mejor que nadie.

—Entonces puedes dibujarnos un mapa detallado. Eso nos ayudará muchísimo, Jan.

—Menuda mierda. —Jan se puso en pie y salió al patio de atrás hecho una furia.

Hendrik sacudió la cabeza.

—Es un soldado maravilloso, y eso mismo hace que le cueste quedarse fuera de las operaciones.

—Entonces ¿lo harán las Oversteegen? —pregunté.

Hendrik sonrió.

—Sí —dijo—, con tu ayuda.

—Por supuesto. —Intenté mantener la calma.

—Pues muy bien. Truus, Freddie y Hannie. Solo las chicas. —Apuró su taza de té—. Puedes aprender mucho de ese par. —Rebuscó en el bolsillo de su chaqueta y me incliné hacia delante, ansiosa por descubrir qué más quería enseñarme. Sacó una navaja, cuya hoja plateada desenvainó con una mano, y me eché para atrás—. ¡Tranquila, tranquila! —Se rio y la sostuvo en alto para que viese lo inofensiva que era. Luego alzó una carta de la mesa y metió la fina hoja por la esquina del sobre—. Esta arma mortífera se usa para abrir cartas. —Me dio unas dulces palmaditas en la mano—. Hasta la revolución requiere papeleo.

Los dos días siguientes fueron un frenesí de delirio y pavor. Repasé el plan en mi cabeza de forma constante, para poner a prueba mi memoria. Si aquella bomba salía bien, cortaría la corriente de lo que se rumoreaba que era una base de defensa de submarinos en IJmuiden, junto con la electricidad que alimentaba el sistema ferroviario regional. Sería un golpe para la moral de los nazis; la perspectiva me encandilaba.

La misma emoción me suscitaba conocer a las hermanas Oversteegen. Aparte de la enfermera Dekker, eran las únicas otras mujeres que me constaba que trabajaban para la Resistencia armada. Y por cómo las pintaban Jan y Hendrik, ya me sentía sobrecogida e intimidada. Todo eso volvía más fácil olvidar el terror que me inspiraba trabajar con explosivos caseros; Jan me contó que podía distinguirse a un fabricante de bombas de la Resistencia por las cejas chamuscadas y los dedos que le faltaban en las manos.

Jan me abrió la puerta el jueves por la tarde en el piso del RVV. Ni una sonrisa, solo un enérgico saludo con la cabeza.

—Hannie —dijo.

—¿Dónde está todo el mundo? —Esperaba ver a las hermanas Oversteegen.

—Truus ha tenido que irse antes —explicó Jan mientras pasaba al salón—. Esperará a que le lleves el paquete. En teoría tenía que decírtelo Hendrik.

—Oh —murmuré.

Jan seguía irritado.

—Deja que te dé una cosa, de todas formas. —Caminó hasta el aparador, se agachó y miró en el armarito, que estaba lleno de chatarra variada: alambre, trozo de papel, fragmentos de chapa. Sacó un paquete envuelto del tamaño de un gatito—. Ahí tienes —dijo mientras se levantaba con la bomba—. Truus estará desde más o menos las once y media en Velsen-Noord, en el patio de maniobras de la central eléctrica.

—De acuerdo —confirmé, con solo una vaga idea del aspecto que debía de tener un patio de maniobras. Nunca había tenido ocasión de visitar uno, y menos aún detonar una bomba ahí.

—En realidad tendría que ser yo quien se ocupara —masculló Jan para sus adentros.

—¿Perdona?

—Festung IJmuiden —dijo. La Fortaleza IJmuiden era una estación clave en el Atlantikwall internacional de Hitler, el intento alemán de fortificar entera la costa noroccidental de Europa y Escandinavia, desde Francia hasta Finlandia, contra los ataques aliados. Habían desplazado a millares de residentes de la costa neerlandesa para crear una tierra de nadie despoblada en torno a las operaciones militares e industriales de envergadura. IJmuiden era uno de los enclaves más importantes para la maquinaria bélica nazi, por su posición estratégica en la confluencia del mar del Norte con el canal que conducía al resto de Europa. Los acantilados ingleses se encontraban a apenas unos centenares de millas, al otro lado del Canal. Con sus asentados búnkeres militares y la presencia de la acería de Hoogovens y la vecina central eléctrica, Festung IJmuiden era un bastión nazi.

—¿Puedo ver el mapa?

Jan me lo pasó, un dibujo sencillo pero legible de la zona costera. Había señalado dos grandes torres en la estación de la central.

—Este es un objetivo mucho más trascendental que los que solemos golpear —señaló Jan, dejando de lado por un instante su resentimiento—. Perder la corriente en este punto sería un buen golpe contra el esfuerzo bélico alemán, aunque sea solo por unas semanas. ¿Estás lista?

—Eso creo —contesté. Doblé el mapa y me lo guardé en el sujetador. Eso le arrancó una sonrisa a Jan.

—Será mejor que te pongas en marcha —dijo—. Es la segunda torre de conexiones de la central eléctrica. Busca a Truus en la torre y ella te explicará el resto. —Presté atención a los escasos detalles y los memoricé. Me daba vergüenza pedirle que lo repitiese y sabía que no podía escribir nada. Jan me entregó el paquete, que era más pesado de lo que me esperaba. Él sonrió al ver que me quedaba paralizada—. Relájate. No estallará hasta que la arméis.

Me había ocupado de una serie de transportes, tanto para Dekker en Ámsterdam como en Haarlem a lo largo de los últimos meses, entregando armas escondidas, cajas de munición y Dios sabía qué más, todo oculto en cestas de fruta en la parte de atrás de mi bicicleta. Hasta había paseado un lanzacohetes escondido en un cochecito de bebé, pero eso eran objetos muertos. Una bomba era la bala, el blanco y la explosión, todo en uno. Me daba miedo.

—¿Por qué no se la llevó Truus? —pregunté como una cobarde.

—Porque todavía no estaba lista, profesora. He tenido que arreglar una parte.

La idea de que Jan, que tenía entre poca y ninguna experiencia en la fabricación de bombas por lo que yo sabía, se hubiese ocupado del artefacto hizo que se me erizara el vello de los brazos.

—¿Dónde la meto? —pregunté.

—Puedes llevarla en tu bolso. La he envuelto en papel.

Deslicé el paquete en mi bandolera de cuero, asegurándome de que quedase apoyada sobre un jersey blando. Ni siquiera sabía qué precauciones tomar. Rocé con la punta de los dedos la empuñadura fresca de la pistola que llevaba en la chaqueta.

—¿Debo…?

—¿Qué? —preguntó Jan.

—Nada. —Pues claro que debía llevar mi pistola, como cualquier otra cosa que pudiera ayudar. Tenía que ir preparada.

—Dales duro —dijo Jan. Mientras cerraba la puerta a mi espalda, me tiró un beso.

Eché un par de vistazos rápidos calle arriba y abajo antes de ponerme en marcha, preguntándome, como siempre, qué pensarían los vecinos que pasaba en el apartamento del RVV. Un simple grupo de voluntarios, les había contado Hendrik cuando se instalaron allí, con apenas una vaga mención a la Cruz Roja. Los vecinos rara vez nos miraban a la cara, pero, en realidad, ya nadie lo hacía con los desconocidos.

Pedaleé hasta dejar atrás el límite del Haarlemmerhout y a los suspicaces campesinos que habían bajado del campo a la ciudad para ofertar sus raquíticos nabos y patatas llenos de ojos. A esas alturas, nos dábamos por afortunados si podíamos regatear por algo que antes no hubiésemos tirado ni a los cerdos, aunque tuviéramos que dedicar más esfuerzo a cortar las partes echadas a perder de las hortalizas que a cocinarlas y comerlas. Me ajusté la chaqueta a la cintura. Empezaba a resultarme más fácil distinguir quién era un colaboracionista y quién no, simplemente por la curvatura de la mejilla o cómo le quedaba la ropa. Cualquiera que pareciese bien alimentado era sospechoso, aunque se diría que cierto vigor rubicundo formaba parte indeleble de la constitución de algunas personas. Como Jan, cuyos anchos hombros siempre parecían tensar las costuras de sus chaquetas de trabajo de lona. Me quité la imagen de la cabeza y seguí pedaleando.

Me detuve a poca distancia de la central eléctrica, para echarle un vistazo y, de paso, recuperar el aliento. Era la clase de complejo industrial en el que nunca había pensado o ni siquiera reparado antes de la guerra. Proporcionaba electricidad a los pueblos y las ciudades vecinos, pero también, comprendía ahora, a las líneas de tren electrificadas que transportaban el valioso acero neerlandés a las bases de submarinos nazis de otros lugares. No había mucho que observar, tan solo edificios dispersos de ventanas altas e intricadas madejas de cables de alta tensión que serpenteaban por todos los terrenos. Centinelas, pero no muchos. Vi a unos cuantos arremolinados en un corro verde mate, fumando. Era un trabajo aburrido.

Busqué a Truus con la mirada y caí en la cuenta de que no sabía qué aspecto tenía. Había pasado tanto tiempo imaginando a las hermanas Oversteegen que nunca había pedido una descripción detallada. Por suerte, sin duda sería la única otra mujer en la central eléctrica nazi en plena noche. Busqué las dos torres de conexiones y las divisé, tal y como me las había descrito Jan. Pero ¿cuál era la primera y cuál la segunda? En el piso había sonado todo tan sencillo… Dejé la bici escondida entre las matas y avancé a hurtadillas hasta la valla sudoeste, cerca de una de las torres. Entonces oí algo.

Dos guijarros entrechocando.

El crujido de un trozo de madera bajo el peso de algo.

El estridente campanilleo del cristal hecho añicos contra el suelo.

Salté y me estrellé contra la valla de alambre con un estrépito metálico que sonó más alto que todo lo demás. Cerré los ojos con fuerza, como una niña pequeña, con la esperanza de que el monstruo hubiese desaparecido cuando abriera los ojos.

Los abrí.

Un gato saltó de una pila de cajas y aterrizó junto a mis pies, donde luego estiró su cuello blanco y anaranjado contra mi tobillo, ronroneando y buscando caricias.

Dios santo.

Me agaché para hacerle caso, pero, como buen gato, mi amabilidad lo ahuyentó y meneó la cola a la vez que desaparecía entre mis piernas. Al volverme para mirarlo, vi que había atravesado la valla por detrás de mí y se introducía en la estación de la central eléctrica.

Había atravesado la valla.

Me agaché hacia la tierra. Alguien había cortado varios alambres de la malla metálica y, si la empujaba un poco, se abría un hueco lo bastante grande para que pasara yo, con ciertas apreturas. El gato me observó desde una prudencial distancia, lamiéndose las zarpas. Atravesé la valla y pasé tras de mí la bomba empaquetada, pero el papel se enganchó en un alambre suelto y se rasgó de forma audible. Miré a un lado y a otro de la estación por si venía algún guardia. Allí todavía encendían las luces por la noche, de manera que había mucha claridad y el contraste con las sombras resultaba muy acusado. Solo se había dado cuenta el gato.

Entonces, a la sombra de la torre más cercana, me pareció verla. Una persona aproximadamente de mi estatura, quizá un poco más alta, apoyada en la pared de ladrillo que había un poco más adelante, en cuclillas y vestida con botas de trabajo y boina de hombre. Probablemente estuviera disfrazada. A mí nadie me lo había sugerido. Forcé la vista: podría ser un hombre. Me quedé clavada donde estaba, sopesando las posibilidades. Si se trataba de un soldado de los Einsatzgruppen de paisano, sería mi fin.

Miré a izquierda y derecha. Volví a mirar a la figura con los ojos entrecerrados. Luego corrí.

La persona se volvió hacia mí cuando mis pasos removieron la grava. Ya la distinguía un poco mejor. A un lado suyo había un abultado saco de lona, que sujetaba con una mano, mientras que con la otra empuñaba una pistola. Con la cara todavía en sombra, me hizo un gesto con la cabeza, me indicó que me acercase y bajó la mano hacia el suelo con la palma plana: «Ve agachada». No me apuntaba con la pistola, de manera que seguí corriendo.

—Hola —dijo.

Era una voz de mujer.

—Pensaba que no llegarías a tiempo —susurró. El alivio le relajó las facciones.

—¿Truus? —pregunté.

Ella asintió.

—Que no te vean. Puede que esto parezca tranquilo, pero están vigilando.

Miré a mi alrededor y no vi a nadie. Los soldados que fumaban se habían marchado a otra parte y lo único que se oía era el misterioso fragor de la maquinaria del interior de la fábrica, como un terremoto continuo. No sabía hasta qué punto debía sentirme asustada, ni de qué exactamente. Ningún aspecto de mi privilegiada e insulsa vida me había preparado para aquello, otro de aquellos momentos en los que me pregunté cómo había acabado metida en aquella situación.

Truus señaló con la barbilla un búnker de hormigón cercano a la valla metálica en el extremo opuesto de la estación.

—Hay por lo menos un guardia allí dentro.

Esperamos.

Vigilamos el búnker.

Miramos al gato.

El gato se lamió las zarpas.

No pasó nada.

Se sucedieron los minutos. Los pies empezaron a hormiguearme y entumecerse.

—Truus.

—¿Qué?

Estaba asomada por la esquina del edificio, no me miraba a mí.

—No sé... —No estaba segura de qué quería decirle.

—¿No sabes qué?

—No conozco el plan.

Truus giró en redondo para situarse de cara a mí.

—Entonces ¿cómo has llegado hasta aquí?

—Jan me ha explicado dónde encontrarte, pero...

Bajó hasta situarse de nuevo en cuclillas.

—Ese era el primer plan. Antes de que lo cambiáramos.

—¿Freddie está aquí?

Negó con la cabeza.

—Puto Jan. —Se mordisqueó el interior del labio durante un instante, pensando—. Da lo mismo. Ahora estás aquí.

Un ruido metálico al otro lado de las vías, un choque de valla metálica contra sí misma. Nos quedamos las dos paralizadas y luego esperamos. Nada.

—Vale —dijo Truus por fin—. ¿Llevas el paquete?

Lo empujé hacia ella, que se quedó boquiabierta al cogerlo con ambas manos.

—Jesús, mujer, ve con cuidado —siseó—. Una bomba hay que manejarla como a un bebé; con delicadeza. Nos vas a matar.

—Lo siento —dije, avergonzada. Ella no hizo caso de la disculpa.

—¿Ves esa vía de tren? Esa es la que nos vamos a cargar. Se suponía que íbamos a tener dos de esas —dijo, señalando el paquete—, pero parece que ahí también la ha cagado Jan. De modo que solo iremos por una. —Estaba pensando, replanteándose la situación—. Tendremos que colocarla lo más cerca de la fábrica que podamos, para causar el máximo de daño —continuó. Parecía que estuviese hablando consigo misma, pero luego me miró—. ¿Te ha enseñado cómo engancharla a los raíles?

Negué con la cabeza.

—Vale. —Se le trabó el dedo en el papel rasgado. Soltó una palabrota mientras se ponía a desenvolverlo, con un sonido que resultó ensordecedor en la silenciosa noche. El gato nos miró—. Esto es un puto desastre —susurró—. Se suponía que debía ir envuelto en una manta. Esto es una... —Echó otro vistazo por la esquina y retiró el resto del papel con un tirón rápido y estruendoso. El gato ladeó la cabeza y movió la cola. Yo estaba empapada en sudor frío.

No pasó nada.

Respiramos las dos.

—Vamos a hacer esto de una vez —dijo ella—. Yo iré corriendo a engancharlo al raíl mientras tú me cubres. Tú vigilas, yo engancho. ¿Entendido?

Asentí y saqué la pistola del bolsillo. Truus la vio.

—Intenta no matarme —señaló, con la expresión seria—. Pero, si hace falta, dispara de todas formas.

No sabía cómo responder, de manera que no dije nada. Me recordaba a Jan: la misma confianza, la misma actitud de no andarse con rodeos. Por desgracia, no parecía que yo le cayese tan bien como a Jan.

—No es importante que le des a nadie —explicó, intentando enseñarme los fundamentos del fuego de cobertura en los pocos segundos que nos quedaban—. Tú rocíalos de balas —indicó, imitando un barrido de ametralladora hacia delante. Yo tenía una pistola cargada con ocho proyectiles. Se señaló la cabeza—. No hace falta que mates a nadie. Es algo psicológico, ¿vale? Basta que los mantengas inmovilizados y asustados de las balas.

—Vale —repuse, aunque solo había comprendido una pequeña parte de lo que acababa de decir. Nos arrodillamos al borde de la torre. No había nadie en las inmediaciones. Tuve el tiempo justo para experimentar mis habituales punzadas de duda: «¿De verdad voy a hacer esto?».

Pues sí.

—¿Es raro que no haya guardias? —pregunté.

—No —respondió Truus—. Porque estos imbéciles son unos chapuceros. —Giró el cuello a izquierda y derecha—. Vale, allá voy. Si ves que se mueve algo, no te lo pienses y dispara. Que no sea a mí. Después echa a correr y yo te seguiré. ¿Entendido?

Asentí.

Entonces se puso en marcha, una ágil silueta difusa que cruzó a toda velocidad la explanada de tierra y el haz de vías con paso algo irregular a causa del paquete que llevaba bajo el abrigo. Era magnífica; qué valiente. Estuve atenta a cualquier movimiento. El gato se apartó de ella de un salto y mi dedo tembló sobe el gatillo. Estuve a un pelo de convertir a ese felino en mi primera víctima, pero logré contenerme y oí un reconfortante chasquido cuando el percutor volvió a su posición original.

Truus se echó cuerpo a tierra, entre los raíles que, incluso, la camuflaron un poco, aunque solo fuera porque a nadie se le ocurriría que alguien pudiera esconderse en un sitio tan a la vista. La bomba estaba formada por dos pequeños objetos y un amasijo de cables, y vi que ella los colocaba pegados al raíl y los sujetaba con alguna clase de cinta reflectante. Con las manos delante mismo de la cara, trenzó una serie de cables, los dejó en el suelo y luego colocó dos pequeños discos planos encima del raíl. Los detonadores, supuse. Resultaban visibles, pero solo si los estabas buscando, cosa que no parecía hacer nadie.

Noté las manos húmedas sobre la empuñadura del arma mientras oteaba el patio de maniobras en busca de guardias. Nada. Truus dio unos golpecitos al raíl para asegurar algo, un anillo metálico. No la oyó nadie salvo el gato y yo. Entonces alzó la mirada por encima del raíl, directamente hacia mí: «¿Vía libre?».

Hice un último barrido con la vista e indiqué que sí con la cabeza: «Vía libre». Salió de su posición y corrió hacia mí hasta guarecerse bajo nuestra columna de sombra con una boqueada de alivio.

—Hecho —dijo—. Ahora solo tenemos que salir de aquí antes de que llegue el tren.

—¿Y eso cuándo será?

Miró la hora. Reparé en que llevaba un reloj de pulsera militar alemán, demasiado grande para su estrecha muñeca. Robado de un soldado al que había matado, probablemente.

—Diez minutos. Iba a esperar al tren de más tarde, pero ya que has llegado pronto… Nos irá un poco justo, pero creo que lo conseguiremos. Tenemos que irnos. Ya.

—Hay un agujero en la valla por donde he entrado —señalé.

—Bien. Te sigo.

Aquella levísima muestra de aprobación por su parte me colmó de una confianza inmerecida.

—Vamos —dije.

Corrí a la valla, retiré el pliegue que estaba suelto y salí en un solo movimiento. Me agazapé de un salto y di media vuelta buscando a Truus. Pero no estaba allí. Miré con atención. Seguía en la torre, inmóvil.

Y entonces lo vi. Caminaba con paso relajado, tranquilo, pero aun así se trataba de un soldado con un arma larga echada al hombro que avanzaba en mi dirección. Con calma, eso sí. Todavía no me había visto. Escrudiñé mis alrededores con un movimiento frenético de la cabeza y vi una enorme bobina de cable de madera. Si llegaba hasta ella, podía esconderme detrás.

Volví a mirar hacia Truus, pero las sombras eran tan oscuras que no distinguía su expresión. Señalé hacia donde pensaba dirigirme, pero no tuve ni idea de si me entendía. Me incorporé hasta quedar casi de pie para prepararme.

Sin embargo, Truus también se estaba moviendo. Vi que cogía algo y luego su pequeña mano salió a la luz de la luna por un momento con un movimiento rápido; entonces lo oí: ¡¡pam!! Había lanzado una piedra.

El soldado giró sobre sus talones, siguiendo el sonido, y yo corrí en la dirección opuesta hacia la bobina, tras la cual me desplomé, jadeando. En silencio, o eso esperaba.

En ese momento aparecieron tres guardias de detrás de la fábrica, que corrieron hacia la piedra y la tantearon con el cañón de sus armas. Curiosearon por la zona un rato más, tanteando las pilas de material industrial que les quedaban más cerca. Uno dio unos golpecitos con el fusil a una caja de muelles oxidados, y nuestro viejo amigo el gato salió de un salto y bufó. El soldado se apartó de un brinco.

—*Eine Katze!* —gritó otro soldado, y todos se rieron y señalaron al que se había asustado por un simple gatito. Este escupió en la dirección aproximada del animal y luego volvieron todos al otro lado de la fábrica, todavía entre risas. Un paréntesis de emoción en su tediosa noche.

«Gracias, Truus». Asomé poco a poco la cabeza en torno a la bobina y tragué saliva. El resto de soldados se habían marchado, pero aquel, no; estaba mirando directamente hacia mí. Bueno, hacia mi posición, por lo menos. Le oí descorrer el cerrojo de la puerta metálica y sus pasos se fueron acercando hacia mí. No quedaba otra.

Me levanté.

—*Wer ist da?* —dijo, con una vocecilla quebrada. «¿Quién va?».

—¡Perdón, perdón! ¡Es que me he perdido un poco! —Hablé en alemán para asegurarme de que me entendía. La mitad de las veces ni se daban cuenta de la diferencia. Sonreí a aquel soldado de ojos acuosos y voz nerviosa. Me estremecí de forma teatral y hundí las manos en los bolsillos de mi abrigo de lana, enterrando con ellas mi pistola.

—*Papiere.* —Avanzó poco a poco hacia mí hasta que tuvo que detenerse para no clavarme el fusil en la mejilla—. Papeles —repitió. Parecía asustado.

Le entregué mi documento de identidad falso y él lo inspeccionó, sosteniéndolo a la luz para leerlo. Me lo devolvió y me miró con escepticismo.

—No tendría que estar aquí. Ya pasa del toque de queda.

Aquel no era el único motivo por el que no debía estar allí, como bien sabíamos los dos.

—Lo sé, lo sé —repuse, intentando ganar tiempo. Ansiaba mirar qué hacía Truus, pero no podía arriesgarme a que el soldado siguiera mi mirada—. Esta mañana se me ha caído una cosa por aquí cuando daba un paseo y es que... —Dejé la frase en el aire y entonces rompí a llorar. Bueno, a fingirlo.

—Espere, no —dijo el soldado, agobiado—, no haga eso. —La punta del cañón de su fusil descendió y se alejó de mí, pero él se quedó quieto en el mismo sitio, aturullado—. ¿Qué ha perdido, señorita? —Yo seguí llorando y él miró a su alrededor, buscando refuerzos. No los había—. No tendría que estar aquí —repitió—. Podrían arrestarla.

—¡No me arreste! —Sollocé con la cara todavía hundida en las manos y me restregué el rímel por las mejillas con los dedos y un poco de saliva. Alcé la vista, parpadeando, y se quedó boquiabierto ante la estampa de una mujer histérica—. Por favor.

Cuando las mujeres lloran, los hombres se asustan. Me guardé el dato.

—Encuentre lo que está buscando y ya está —dijo—. ¿Qué es, una alhaja? ¿Dinero?

—Es posible que se me haya caído por aquí —repuse, dando la espalda a la fábrica y mirando en la dirección de las casas y mi bicicleta oculta, más allá—. ¿Puedo ir a mirar?

—Sí, sí, váyase —insistió, mirando por encima del hombro. Señaló con el fusil—. Largo.

Corrí hacia mi bicicleta bajo su mirada, encañonada por el fusil a cada paso. Cuando llegué, me agaché y tanteé en el suelo con las manos, maldiciendo la pobreza que dejaba las calles desprovistas de todos los fragmentos de basura desechados que dábamos por sentados antes de la guerra. Ahora lo guardábamos todo, hasta la última cuchara doblada y envoltorio de caramelo. Partí una ramita endeble y la sostuve en alto, con la esperanza de que no quisiera más detalles.

—¡Lo he encontrado! —exclamé.

Empezó a caminar hacia mí y se me cayó el alma a los pies. «No. Por favor, no te acerques más». Busqué a tientas la pistola una vez más y entonces los dos lo oímos: ¡¡pam!!

Truus volvía a tirar piedras.

Uno de los otros soldados salió al trote al patio una vez más, y mi soldado se puso pálido, como si supiera que había metido la pata.

—¡Váyase ya! —me susurró.

Corrí a mi bicicleta, sin mirar atrás. Me subí a ella de un salto, doblé la esquina de una casa abandonada y allí me detuve y escuché. Oí alejarse sus pasos al trote en dirección a la fábrica, casi ahogados por el lento traqueteo de otra fuente de ruido. Esperé unos instantes en los que intenté calmar mi agotada respiración y luego avancé de puntillas hasta la esquina y miré hacia las torres. El traqueteo ya estaba más cerca: llegaba el tren de mercancías. Forzando la vista, intenté divisar a Truus desde mi posición, pero estaba demasiado oscuro y había demasiada distancia.

Una mano en el hombro.

—Vámonos. —Truus había dado la vuelta al edificio que me quedaba detrás y ya estaba avanzando por la calle, donde se metió por un callejón, sacó una bici y empezó a pedalear en dirección a Haarlem. Me volví para subirme a la mía y entonces todo se detuvo.

Todo se iluminó.

Todo quedó engullido por un ruido ensordecedor.

Todo enmudeció.

Después todo fue el caos.

La onda expansiva me había tirado al suelo y me dolía la cadera, pero estaba bien. La fábrica, no. A mi espalda el patio de maniobras se había convertido en una nube de humo, llamas y polvo que se expandía hacia arriba y hacia los lados, con un fragor. Las ventanas habían estallado y trabajadores y soldados salían en tropel de la fábrica como hormigas de una cesta de pícnic, una marabunta ciega. Allí, en mitad del patio, el tren estaba amontonado sobre sus vías torcidas, con algunos vagones volcados por completo y otros incrustados entre ellos como juguetes; el carbón que transportaban se derramaba sobre el apartadero formando dunas negras de hollín.

Lo habíamos hecho nosotras, Truus y yo. El calor de la explosión me calentó la cara y me obligó a entrecerrar los ojos. Pedaleé en la dirección en la que había partido Truus, con el pecho henchido de orgullo, y me reí a carcajadas con la voz quebrada y la vista nublada por lágrimas de felicidad.

17

Otoño de 1943

—Te vas a labrar una reputación. —Jan apretó el gatillo y la pistola disparó.

Era por la tarde, una semana después del atentado, y Jan había sugerido que hiciésemos un poco de práctica de tiro antes del siguiente trabajo. Yo estaba ansiosa por ver a Truus después de lo de IJmuiden, pero ella y Freddie habían desaparecido al día siguiente. Hendrik comentó que la familia Oversteegen pertenecía a una red de la Resistencia mucho más amplia, de la que el RVV solo constituía una pequeña parte. Por lo que me pareció entender, las dos hermanas nunca paraban de trabajar.

Recargué y esperé a que Jan acabase.

—Lo de IJmuiden está dando que hablar —comentó—, lo que conseguisteis en la fábrica. Se quedaron despiertos celebrándolo toda la noche, solo para verlo arder. —Sonaba contento por mí; orgulloso.

—Fue Truus —dije. En mi cabeza, la veía escondida entre las vías del tren y volvía a maravillarme—. Yo solo eché una mano.

—Tengo muchas fuentes en esa zona, y una de ellas me contó que juraría haber visto esa noche a una pelirroja muy guapa que pasaba zumbando por delante de su ventana en una bicicleta que chirriaba. —Sonrió de satisfacción y se le vieron los hoyuelos—. Así que, por supuesto, te solicité para mi próximo encargo.

Apuntó y disparó. Se mordía el labio inferior al apretar el gatillo. Tomé dos notas mentales: intentar llamar menos la atención cuando huyera del escenario del crimen y encontrar algo de aceite para engrasar los pedales de mi bicicleta.

—Creen que sois las dos maravillosas. Y lo sois, por supuesto. —Carraspeó—. Para ser chicas.

—Cállate —dije, y le di un puñetazo en el hombro—. ¿A qué tengo que apuntar ahora? —Volvíamos a estar en lo profundo del bosque, en un claro apartado entre los árboles.

Jan señaló un grupillo de cedros que había a cierta distancia.

—Intenta acertar a uno de esos tres altos de allí: Fritz, Karl o Adolf.

Imposible. Los tres troncos eran delgados y retorcidos, por lo que resultaba difícil apuntarles. Además, estaban demasiado lejos. Sin embargo, apunté y disparé una rápida sucesión de tiros, como Jan me animaba a hacer. Todas las balas pasaron por los lados de los árboles, que siguieron allí de pie, inmóviles en la noche sin viento.

—Lo siento —dije, abochornada, pero a Jan no le importó.

—No quieras correr demasiado —me advirtió.

—Vísteme despacio, que tengo prisa.

Jan entrecerró los ojos, intrigado.

—Sigue…

—Es un dicho, nada más —le expliqué—, de tu furcia favorita.

—¿Qué? —Se le pusieron los ojos como platos.

—Napoleón.

Puso los ojos en blanco y apreté el gatillo. El aleteo de un pájaro espantado anunció un fallo más.

—Maldita sea —exclamé.

—Vístete más despacio, Hannie —dijo para chincharme—. Y no te preocupes, sigue practicando. El viernes me ocuparé yo de los disparos. Tú serás mi apoyo. —Sonrió—. Bueno, si quieres.

Una regla no escrita estipulaba que los encargos eran siempre opcionales. «No pagamos lo suficiente», explicaba Hendrik. Era una broma: no había paga; todos éramos voluntarios. Pero la verdad era que nadie rechazaba nunca un trabajo. En todo caso, estábamos ansiosos por hacer más. Yo, por lo menos, seguro.

—Por supuesto —dije, con más confianza de la que sentía—. ¿De qué se trata?

—Un premio gordo. —Prácticamente se relamió—. Freddie se ha ocupado de la vigilancia y ha obtenido información fidedigna sobre las idas y venidas de un montón de peces gordos nazis. El viernes por la noche iremos a por uno de ellos: el comandante Ernst Kohl, enviado desde Polonia para supervisar los planes de la *Aktion Silbertanne*. Al parecer, es una especie de experto en asesinar insurgentes. El viernes nos lo cargamos.

Jan explicó que nos disfrazaríamos como si estuviéramos en una cita. Después nos acercaríamos a un bar que se había convertido en una especie de club para los oficiales.

—No entraremos, es demasiado arriesgado —dijo—. No hay suficientes salidas. Nos quedaremos fuera y lo esperaremos. —Sonrió—. Se te dará bien.

No tenía tanta confianza como él.

—¿No parecerá sospechoso que nos quedemos allí plantados esperando?

—Bueno... —dijo Jan, y se acercó un poco. Parecía tímido, por una vez, lo que me puso nerviosa. Y eso que ya lo estaba de por sí cuando me encontraba cerca de él—. Hay un callejón pegado al bar —explicó—. Podemos escondernos allí mientras esperamos. Si alguien nos ve... —Se encogió de hombros.

Estaba confundida.

—¿Qué?

—Bueno. —Ya podía olerlo. Sudor reciente, tabaco, algo masculino. Lo inhalé como una droga—. Si alguien nos ve, podemos fingir que somos pareja.

—¿Pareja? —pregunté—. ¿Y eso por qué nos hace menos sospechosos?

—He pensado… —Ya tenía su cara delante de la mía—. Si alguien pasa por delante, podríamos estar… —Su mirada se deslizó de mis ojos a mi boca—. Besándonos.

—Oh —dije. Estábamos a meros centímetros, tan cerca que sentía el calor de su cuerpo a través del aire.

—Pero no si no quieres —añadió.

Me pasé la lengua por los labios. Él, también. Nos quedamos inmóviles como dos imanes tratando de resistirse a una atracción elemental, y luego él se inclinó hacia mí y me besó con fuerza, agarrándome con las manos como si le diera miedo soltarme.

Ya había besado a un chico. Una vez. Fue en la primera fiesta de mi vida universitaria, una sala llena de desconocidos desconcertados que fingían divertirse. De algún modo acabé en la pista de baile uncida a un chico llamado Tom que, nada más terminar la canción, me plantó un beso en la boca y luego se apartó como si se hubiera sorprendido a sí mismo. «Siempre había querido hacer eso», dijo. Yo me quedé estupefacta y abochornada. «Lo siento», añadió él, y se fue corriendo. Después de eso, nunca había querido repetir. Me sentí como si me hubieran dado una bofetada en la boca con un arenque muerto.

El beso de Jan no fue como aquel.

Cuando Jan me besó, me dieron ganas de acercármelo más. «Oh». Besar no era solo algo que se hacía; era algo que sentir. Nos besamos y nos besamos hasta que por fin nos separamos.

Jan se rio.

—Vaya, vaya.

—¿Qué?

—Nada —dijo él. Me recogió un mechón de pelo detrás de la oreja—. Ha estado bien. Solo eso.

—Ha estado bien —coincidí. Después nos volvimos a besar. Y luego unas cuantas veces más—. Para practicar —añadí—. De cara al viernes por la noche.

—El viernes por la noche —repitió él. Volvimos a besarnos y entonces oímos un ruido entre los árboles. Miramos los dos, pero no vimos nada.

—Empieza a oscurecer —señaló Jan—. Será mejor que nos vayamos.

—No está tan oscuro. —Yo no quería ir a ninguna parte. No quería parar jamás de besarle. Empezaba a pensar que por fin podría sentir lo mismo que todas las demás... Tal vez amor, tal vez no, ¿cómo iba a saberlo yo? Era adictivo.

—Entonces practiquemos un poco más mientras podamos —propuso él—. Para el viernes por la noche.

—Vale.

Sacó la pistola y caí en la cuenta de que se refería a practicar el tiro.

—Prueba otra vez con esos tres árboles —dijo Jan, señalando a los cedros que antes había bautizado.

—No sirve para nada —protesté.

—Tú inténtalo. —Su tono de voz, post beso, era ya más suave.

Si no podía besarle, por lo menos quería impresionarlo. Separé las piernas, concentré mi visión siguiendo el cañón del arma y disparé. El gran cedro de la derecha se estremeció y dejó caer una lluvia de hojas.

—¡Adolf! Bien hecho. —Jan me dio una palmada en la espalda y luego dejó la mano ahí.

—No estoy segura de que le haya dado de verdad —dije—. Creo que solo he cortado una rama.

—Ten un poco de fe en ti misma, mujer.

Me reí.

—Vale, le he dado.

—Me apuesto cinco pitillos a que has fallado —dijo él.

Le tiré un palo.

—Vete por ahí.

Se rio, y yo empecé a caminar hacia los árboles.

—¿Y bien? —preguntó desde detrás.

—Acepto tu apuesta —contesté, sin volver la vista—, pero no me fiaré de ti sin más. Voy a comprobarlo.

Se rio.

—Aquí estaré, esperando mi tabaco.

Seguí abriéndome paso entre la maleza y pensé en el tacto de su mano. La sensación de su beso. Se me puso toda la piel de gallina. Llegué a los cedros e inspeccioné a Adolf en busca de agujeros de bala, pero entre los árboles resultaba todavía más difícil distinguir nada. Pasé la mano por la apergaminada corteza en busca de una herida. Nada. Después, al mirar hacia arriba, vi una rama partida por la mitad, colgando como un diente suelto. Justo lo que había pensado. Luego reparé en el árbol siguiente, un gigantesco roble que había detrás. Me adentré en el bosque. Si había acertado a ese roble, o cualquiera de los otros árboles, todavía podía ganar aquella apuesta.

Costaba avanzar, porque me encontraba en el corazón del bosque y no había caminos. Solo un frescor y un silencio profundos. Fui sorteando troncos caídos cubiertos de musgo y me tapé las manos con las mangas para apartar las zarzas. Di otro paso hacia el gran roble y pisé algo resbaladizo. Perdí el equilibrio y, por miedo a agarrarme a las matas espinosas, caí al suelo protegiéndome la cara con las manos.

La tierra no estaba mojada, sin embargo. Por lo menos, no tanto como lo que había pisado. Me levanté ayudándome con las manos y aparté la hojarasca del suelo. ¿Setas? Un musgo verde y tupido, tal vez. Un pescado muerto, pero eso no tenía sentido.

Interpretando el terreno a tientas como una ciega, retiré las manos con un movimiento brusco e instintivo antes de identificar el objeto en sí. Tan pálido que parecía resplandecer.

Una mano humana.

—¡Jan! —chillé—. ¡Jan! —Me puse en pie de golpe y me alejé a trompicones hasta caer de espaldas sobre un tocón, en el que me quedé postrada y con la cabeza hecha un lío.

—¿Hannie? —Jan avanzaba con estrépito entre la vegetación.

—Estoy aquí —contesté.

—¿Qué pasa? —preguntó Jan mientras se encaramaba a un pedrusco para llegar hasta mí.

—He disparado a alguien.

—¿Qué?

—Por allá, en el suelo. —Señalé—. Una mano. Hay una mano de mujer. —Todavía la veía en mi cabeza. Extendida, con la palma hacia arriba y los dedos curvados hacia dentro como cualquier mano en posición de descanso. Las uñas pintadas de rosa coral. Jan dio unos cuantos pasos y luego se detuvo.

—Hannie, ven aquí.

Lo que quería era correr en la dirección opuesta, pero me incorporé y volví al punto donde descansaban la mano y el cuerpo pegado a ella. Jan había retirado parte de la materia vegetal que había caído sobre la chica muerta, que en esos momentos yacía en el suelo del bosque como un ángel de nieve. Luminosa a la luz crepuscular, tan solo llevaba una camisola rasgada de satén color melocotón, el mismo de su piel, y unas bragas blancas, sosas pero prácticas, con la cinturilla partida y la tela desgarrada por el centro de tal manera que la dejaba a la vista. Jan no había retirado las ramas que tapaban esa parte. Tenía la cara cubierta de tierra y su melena larga y castaña desaparecía en el mantillo de hojas y tierra. No vi ninguna herida de bala, pero no quería fijarme mucho. Apenas si entendía lo que estaba viendo.

—Lleva aquí… una semana, por lo menos. —Le tocó la punta del codo con la de su bota y el brazo rodó a un lado.

—No hagas eso.

—Solo permanecen rígidos durante el primer día, más o menos.

—Puaj. —Di media vuelta y me alejé unos pasos para intentar calmarme—. Oh, Dios, Jan.

—No pasa nada.

—Sí que pasa. —Me puse derecha y señalé al suelo—. Hay otro.

Jan se acercó corriendo.

—Madre mía; una pareja.

El hombre yacía junto a un tronco caído, casi atrapado bajo él. Solo llevaba puestos unos calzoncillos blancos de algodón y unos calcetines negros con un tomate en el dedo gordo derecho. Tenía la cabeza vuelta hacia nosotros. Un hombre normal y corriente, de unos treinta y cinco o cuarenta años, igual que la mujer.

—Mira a ver si encuentras alguna de sus pertenencias —dijo Jan, rebuscando en el terreno que separaba los dos cadáveres como un sabueso—, un bolso o un maletín. Parecen profesionales de algún tipo, quizá. —Miró al uno y al otro—. Burgueses.

—Esto no es la manifestación del Primero de Mayo —señalé. Qué despiadado podía ser.

—Ya me entiendes. No han pasado penalidades.

—Es cierto que lleva esmalte de uñas —reconocí.

Alzó la vista hacia mí como si le sorprendieran mis aptitudes detectivescas.

—Exacto.

Nos tiramos una eternidad buscando sus efectos personales, sin encontrar nada, hasta que estuvo demasiado oscuro para ver el suelo.

—Hannie, tendríamos que irnos. —Jan se encendió un cigarrillo, que se convirtió en el único punto de luz en la oscuridad. Me lo pasó.

—Gracias —dije, y suspiré. ¿Eran neerlandeses? Ella sí, probablemente. ¿Era él un nazi? Quizá sí, quizá no. No sabía a quién odiar.

—Bueno, diría que has perdido la apuesta.

—Cállate —le espeté con la voz ronca. Me esforzaba por no llorar.

—Oye —dijo, alzándome la barbilla para mirarme a los ojos—. Probablemente fueran...

—¿Qué? ¿Un pacto suicida?

—¿Un pacto suicida? —repitió él—. Dios mío, mujer. ¿De dónde sacas esas ideas?

—Bueno, a lo mejor eran judíos y se les hizo demasiado difícil seguir adelante.

—Y a lo mejor eran judíos y los alemanes los pasearon hasta aquí, mataron al tipo a palos, hicieron lo que quisieron con la chica y luego se aseguraron de que estaban muertos los dos con un golpe rápido en la nuca. No he encontrado ninguna herida de bala.

—Uf, Jan. —Empujé su pecho para apartarme—. Por favor.

—Perdona —dijo, y esa vez sí que sonó arrepentido de verdad. Me miró a la cara, preocupado—. Lo siento, Hannie. Ven aquí. —Tiró de mí y me sostuvo en sus brazos. Sentí su calor a través del jersey de lana y escuché el latido de su corazón.

»Tranquila —añadió—. Probablemente no hayas visto nunca un cadáver hasta hoy.

—Sí que lo he visto.

—¿La bomba de la otra noche?

Hice una pausa. No había dedicado mucho tiempo a pensar en aquello.

—No, mi hermana.

—Oh, cielos. Lo siento.

—Fue hace mucho —expliqué—. Antes de la guerra.

—Así que esto no te afecta. —Me acarició el pelo.

—No pienso en ello, y listos —repliqué, haciéndome eco de su consejo.

—Ajá. ¿Y eso cómo lo haces?

—Me lo quito de la cabeza y punto —dije, respirando hondo.

Y entonces rompí a llorar. Empotré la cara en su jersey para amortiguar el sonido de mis sollozos ahogados. No me sentía triste, exactamente. Era una sensación más confusa. Me dejé llevar por el llanto y me desahogué contra su pecho, y él de algún modo absorbió los sentimientos. Con los ojos cerrados, seguía viendo a la mujer en el suelo. Tenía moratones en la cara, los hombros y las piernas.

—No es fácil —comentó Jan, sin soltarme—, pero es verdad que se va volviendo más sencillo.

—¿Eso es correcto, sin embargo? —susurré—. ¿Debería volverse más sencillo? Esas personas que murieron en la fábrica…

—Escucha —dijo Jan asiéndome la barbilla y levantándome la cara otra vez hacia la suya—. Siento mucho la muerte de tu hermana, pero cada nazi que muere es una buena noticia, Hannie. Una muy buena noticia. ¿Cuántas vidas crees que salvaste aquel día, eh? Destruiste una condenada central eléctrica: todo eso son vidas que ya no tocarán. —Me besó el pelo—. Y lo mejor es que les recuerda a esos cabrones que no van ganando. Hijos de puta comesalchichas cabrones.

Me reí y me sequé las lágrimas. Se sacó un pañuelo del bolsillo.

—No es tan bueno como el de Hendrik, pero está limpio. Más o menos.

—Gracias. —Me senté un momento, para recomponerme—. ¿Cuánto tiempo llevas metido en esto? —pregunté.

—¿Yo? Llevo en esta movida mucho tiempo. No faltaban fascistas por aquí antes de que llegaran los alemanes. He estado detenido.

—¿De verdad?

—Fue justo al principio de la guerra y estaba trabajando en la planta de Hoogovens —explicó Jan—. Incitaba a la sublevación, repartía periódicos clandestinos y esa clase de cosas. Entonces, un buen día, entra en la fábrica una tropa de capullos de la Gestapo, esos que ahora llamamos SD, con una lista de nombres, entre los que figuraba el de Bonekamp. No había adonde escapar, de manera que me llevaron a la comisaría de IJmuiden junto con un par de docenas más de subversivos.

No veía gran cosa, pero de vez en cuando la luz de nuestro cigarrillo le iluminaba la cara, de pronto sonriente, como si se viera transportado a aquella noche en cuestión.

—Nos metieron en celdas, ¿vale? —dijo—. Asquerosas, sucísimas. Y pasé allí lo que según mis cálculos fueron unas veinticuatro horas. A otros tipos los sacaron y nunca volvieron. Al final, me llevaron a rastras a una sala de interrogatorios donde había dos gilipollas nazis. Dos tontos del pueblo austriacos. Para entonces eran las tres de la madrugada: el turno de los pringados.

»Fue una suerte para mí. Me meten ahí dentro y me esposan, porque de otro modo hubiese podido con ellos fácilmente, y empiezan a repasar sus papeles. Es lo que más les gusta en el mundo a los comesalchichas: listas de putos nombres. Están ahí leyendo y leyendo y al final empiezan a hablar conmigo.

»“¿Bonekamp?”, dice uno.

»Me planteo mentir, pero sé que se llevaron mi ficha de personal cuando se fueron de la fábrica. Esas cosas les chiflan. De modo que digo que sí.

»“¿Jaap Bonekamp?”, pregunta el otro, levantando los papeles para enseñárselos al otro idiota. Pasa algo. Empiezan a sudar.

»“Ni de coña”, contesto. “Jan Bonekamp”. Se han equivocado de fichero. Hay media docena de Bonekamps en esos archivos, pero eso ellos no lo saben. —Se rio—. Jaap es mi primo.

»Están asustados, se nota. Sudan, se chillan el uno al otro y se restriegan los papeles por la cara. Son alemanes, o sea que suenan como perros ladrando. Noto que les estoy tocando la moral. Así que vuelvo a gritarles.

»"¡Sacadme de aquí, joder!", les grito. "Esto es un arresto ilegal y no veo la hora de hablar con vuestro jefe de los dos pringados que ni siquiera saben leer una puta lista de nombres como es debido. ¡Una lista de nombres! ¡Quitadme esto!". Y empiezo a dar tirones de las esposas contra el respaldo de la silla, montando un escándalo. Los dos matones se miraron, consultaron los papeles una última vez y luego hicieron que me acompañaran a la salida de la comisaría.

Estaba asombrada.

—¿En serio?

—Sí. Pero no acabó ahí la cosa. —Qué atractivo estaba cuando se animaba de aquella manera.

—¿Te siguieron? —pregunté.

—Algo así. En cuanto salí a la calle, corrí todo lo rápido que pude a casa de mis padres, porque todavía vivía con ellos en aquella época, y mi padre me dice que mejor me esconda, por si se dan cuenta de su error. Entonces mi hermano pequeño entra corriendo en la casa y dice que viene la Gestapo por la calle. Mi madre me lleva a la cocina y señala un armarito bajo que había al lado del fregadero. «Métete dentro», me dice.

»Yo no entiendo nada, pero me acerco y entonces veo que han convertido el armarito en una especie de entrada secreta al espacio hueco de debajo del suelo de la cocina. Me meto como puedo, porque es estrecho, y repto hasta un punto en el que puedo tumbarme bajo el suelo.

»Al cabo de unos cinco segundos, oigo la típica llamada de la Gestapo a la puerta de entrada: dos golpecitos educados y luego entran como si fuera su puta casa. Oigo que mis padres discuten con ellos, mi hermano pequeño que grita. Me sentí orgulloso de ellos. Plantaron cara. Pero cuando los tíos se empeñaron en hacer un registro, no pudieron hacer nada al respecto. Así que, durante los siguientes cuarenta y cinco minutos, pusieron la casa patas arriba: estantes que se estrellan contra el suelo, muebles volcados. Solo por tocar los cojones.

»Y yo todo el rato ahí tumbado, quieto como una puta piedra. De tanto en tanto, uno de ellos me pasaba por encima y el polvo de sus botas se me metía en la boca y los ojos. No me moví ni un pelo.

—Y entonces ¿qué hiciste...? —pregunté.

—Pues tragármelo, joder. Un asco, pero ¡qué le vamos a hacer! Al cabo de un rato, se aburrieron y se marcharon. Esperamos un poco y luego salí a rastras y montamos una fiesta en casa. Fue una gran noche.

—¿Nunca volvieron a por ti?

—Me quité de en medio durante un par de meses, fui a ver a mis tíos a La Haya. Fue entonces cuando conocí a Hendrik. Cuando me uní a la Resistencia.

—No puedo imaginarme el RVV sin ti —dije, y era cierto. Irradiaba una energía especial que hacía que una se sintiera segura, como si estuviera dispuesto a hacer cosas que los demás no. Aunque estuviera exagerando la anécdota que acababa de contarme, cosa que era posible. No me importaba. Era uno de los buenos.

—Escogí el RVV porque tiene reputación de violento —explicó.

—¿No la tienen todos?

—Qué va. Algunas células se limitan a imprimir periódicos, ¿sabes? O entrar y sacar cosas de contrabando. No; resistencia armada, eso era lo que quería yo. —Dio una calada al cigarrillo y luego me lo pasó.

—No sabía que me estaba enrolando en el grupo más violento de la Resistencia.

—¿Bettine no te lo comentó? —preguntó sonriendo al pensar en ella—. Bueno, pues lo sabía. Y sabía que encajarías a la perfección.

»Toma —dijo, y me tiró el mechero, que era de plata—. Para ti. —Era pesado, con un lado liso y el otro en relieve. Abrí la tapa para encenderlo y ver qué llevaba en ese lateral.

—Puaj —exclamé—. La Cruz de Hierro.

Jan se rio.

—Sí, en fin. Lo conseguí de un nazi.

—Deberías quedártelo, entonces.

—Bah, tengo un montón. Pero déjamelo un momento.

Se lo lancé de vuelta. Desenfundó una daga pequeña y afilada que llevaba al cinto y, retorciendo la hoja un par de veces, la Cruz de Hierro saltó y cayó a la tierra. Jan alzó el mechero como si fuese una copa de champán.

—Abajo con Hitler —exclamó.

—Abajo con él —brindé—. Gracias.

Jan sonrió y se dio con el puño en el corazón.

—¿Y si hacemos un brindis por Bettine Dekker? —dijo—. Por enviarme a una pelirroja tan chiflada para que la entrenase.

Sacudió la cabeza como si estuviera exasperado, y me acerqué para darle un puñetazo, pero él me agarró el puño con la mano. Después se lo acercó a la boca y lo besó. Nos quedamos quietos. Y entonces le puse la otra mano en la nuca y trepé hasta sentarme en su regazo, para besarle en los labios otra vez.

Él apoyó la espalda en el enorme roble que teníamos detrás y me miró a los ojos.

—Hannie —susurró.

Lo deseaba. Tanto.

—Calla —dije, y le empujé contra el árbol y volví a besarle.

—¿Hannie? —llamó una voz.

Era Truus.

18

Me levanté de un salto antes de que pudiera avistarme. Nunca me habían pillado besando a nadie antes. Era embarazoso. Sobre todo delante de Truus. Sobre todo con Jan.

—¿Truus? —Caminé hacia su voz.

—Espera —dijo ella—. Para. No vengas aquí.

Estaba delante del cadáver de la mujer.

—Que no vengas —repitió—. Es desagradable.

—Ya lo he visto —aclaré.

Las ramas se agitaron a mi espalda y apareció Jan.

—Truus —saludó.

Ella lo fulminó con la mirada como si fuera Medusa.

—Hay otro cadáver —le expliqué—. De un hombre. Está allí.

—¿En el mismo estado? —preguntó ella.

Asentí. Había esperado tener ocasión de charlar sobre el trabajo de IJmuiden antes de lanzar otra operación. Apenas nos conocíamos, pero ya compartíamos un vínculo. Yo, por lo menos, lo sentía así.

—¿Cómo nos has encontrado?

—Vengo aquí a disparar —dijo ella—. ¿Cuándo los has encontrado? —le preguntó a Jan.

—Yo he encontrado los cadáveres —aclaré. Asomó a su cara un atisbo de aprobación—. Hemos intentado identificarlos.

—¿Y? ¿Habéis descubierto algo?

—Ninguno de los dos lleva identificación —respondí—. He pensado que a lo mejor eran judíos. Hubo muchos suicidios judíos al principio de la guerra.

—Sí —corroboró Truus. Observó el cuerpo—. Pero esto ha sucedido hace poco. ¿Tú qué crees? —le preguntó a Jan.

—Han sido los alemanes. Una pareja desafortunada en el lugar equivocado y en el peor momento. Podría haber sido un novio celoso.

—¿Habéis encontrado algo más?

—Bueno, ella lleva las uñas, esto, pintadas —repuso Jan—. Con esmalte. Eso me dice que se trata de una pareja de ricos que toparon con las personas incorrectas.

—¿Qué sabes tú de esmalte de uñas? —preguntó Truus.

—¿Qué pasa, quieres saber también si él está circuncidado? —replicó Jan.

—Y bien, ¿lo está?

Jan la miró con cara de pocos amigos.

—Estábamos terminando ahora mismo. —Movió la mandíbula como hacía cuando estaba irritado. Truus había arruinado el momento—. Me he quedado sin munición, Hannie. Vámonos.

—¿Qué pasa con estos dos? —preguntó Truus.

—¿Qué pasa con ellos?

El cadáver de la mujer yacía en el suelo del bosque entre nosotros.

—No podemos dejarlos aquí sin más —señalé.

—Vaya si podemos —replicó Jan—. Por lo que nosotros sabemos, podrían ser espías alemanes.

—No pasa nada, Jan, tú ve tirando —dijo Truus—. Nosotras nos ocuparemos de esto.

Él sabía que se estaba mostrando condescendiente con él y no le hacía ninguna gracia. Me miró con esos ojos azules y las facciones se le suavizaron un poco.

—Está bien —le aseguré—. Hablaremos por la mañana.

—Por muchas ganas que tuviera de que Jan me sacara del bosque, lejos de aquel crimen, me parecía mal dejar como si tal cosa los cadáveres donde estaban. Tal vez no fueran espías alemanes.

Jan estaba confuso, pero demasiado molesto para darle más vueltas.

—Vale. Hasta luego. —Me lanzó una mirada antes de partir, una última oportunidad de acompañarlo.

—Nos vemos pronto —me despedí. Se marchó bosque a través metiendo ruido. Luego se hizo el silencio de nuevo.

—Enséñame al otro —dijo Truus—. El hombre.

La llevé hasta allí. Hizo más o menos lo mismo que Jan: inspeccionar el cuerpo en busca de heridas y efectos personales, estudiar el estado del cadáver. Luego hizo algo diferente.

—Ayúdame a sacarlo —me pidió agachada junto al torso, en la parte donde quedaba encajado bajo el tronco.

Se me revolvió el estómago ante aquella perspectiva.

—Está un poco… descompuesto.

—Es importante. —Me miró, poniéndome a prueba.

—Vale —dije. Aspiré un trago de aire fresco y luego contuve la respiración mientras me agachaba para estirarlo por la bota. Aunando esfuerzos extrajimos la mitad izquierda del cadáver, que había quedado medio enterrada bajo el tronco. De algún modo, aquel hombre, con su piel blanca que resplandecía como el mármol, parecía más muerto incluso que el árbol caído. Truus lo rodeó, examinándolo. Se arrodilló, le levantó el brazo izquierdo y pareció hurgar en su axila. Después volvió a posarlo y revolvió en su bolsillo hasta sacar una caja de cerillas de madera que hizo un ruido de sonajero.

—Levántale el brazo —me indicó.

Me subió la bilis por el fondo de la garganta. La piel del muerto, sobre todo en el costado izquierdo, estaba moteada y tenía un aspecto pegajoso, como de masa de pan. No quería tocarla.

Truus me miró.

—Hannie. Hablo en serio.

—Vale —dije, porque no estaba dispuesta a arriesgarme a que me tuviera en menos. Rodeé la muñeca izquierda del cadáver con las dos manos y tiré hacia arriba, horrorizada ante la posibilidad de que el brazo se desprendiera del resto del cuerpo. Por suerte, estaba más entero de lo que me esperaba. Pero, Dios, qué peste. Truus acercó tanto a la axila la titilante cerilla que me preocupó que lo quemara. Después me asqueé a mí misma pensando que tampoco importaría si fuera así.

—Mira esto —me dijo.

Me obligué a contemplar el fragmento pálido de piel que estaba iluminado y vi algo escrito en la cara inferior de la parte superior del brazo.

—¿Qué te parece que es? —preguntó Truus.

—¿Una letra, tal vez? —conjeturé—. ¿Una uve, creo? —Hice el símbolo de la V con los dedos, como hacían Churchill y las tropas aliadas en las fotos—. A lo mejor era de la Resistencia; uve de victoria.

—No lo era —me corrigió ella—. Mira esto.

Acerqué la cara.

—Lo estás mirando del revés, Hannie.

Una fina línea horizontal unía los dos lados de la letra.

—Es una A.

—Sí.

—Puedes bajarlo.

Intenté soltar la mano lo más rápido posible sin profanar al difunto. Nos frotamos las manos con la tierra y la hojarasca del suelo en un intento de limpiarlas.

—Probablemente sea el nombre de su novia —dije, deseosa de meter las manos en una olla de agua hirviendo—. Annabelle, Alice...

—No —sentenció Truus—. Era de las SS.

—¿Qué?

—Todos llevan un tatuaje con su grupo sanguíneo.

—Ah —dije—. ¿O sea que este tiene sangre de tipo A?

—Sí. O podría ser una A de Adolf —replicó Truus—. Ja, ja.

Ninguna de las dos nos reímos.

—... y yo soy O. De Oversteegen. —Levantó el puño. Los padres de Truus y Freddie se habían divorciado cuando las niñas eran pequeñas. Hendrik me había contado que su madre les cambió el apellido para ponerles el suyo de soltera.

—Buen trabajo detectivesco, Truus.

Se encogió de hombros.

—Has sido tú la que te has fijado en el esmalte de uñas.

Me volví hacia ella, que se rio.

—Como si Jan Bonekamp fuese a fijarse en algo semejante.

Conocía muy bien a Jan, y aun así yo le caía bien. Pensé que me iba a estallar el corazón. ¿De verdad podría tenerlos a los dos?

—De modo que el tipo era de las SS —dijo Truus—. Pero ¿quién era ella?

Volvimos hasta la chica y la observamos desde arriba.

—No es inaudito encontrar un cadáver de mujer. Pero ¿un hombre? ¿Un miembro de las SS? ¿Una pareja?

El rostro de la muerta estaba vuelto hacia el otro lado, lo que hacía que resultase un poco menos perturbador.

—Los hombres pueden caminar solos a casa por la noche. —Miró en la dirección por la que había desaparecido Jan—. Las mujeres tienen que llevar armas. Y no solo durante la guerra. —Volvió a inspeccionar el cadáver—. Si fuera solo la chica, diría que unos soldados abusaron de ella.

—Sí —coincidí con un escalofrío. Resultaba fácil de imaginar. Nuestras calles estaban plagadas de jóvenes alemanes frustrados porque no siempre lograban salir con alguna chica neerlandesa. Era una sensación muy inquietante pasar al lado de un grupo de soldados con ese estado de ánimo. Nos odiaban y también nos deseaban. A menudo había doblado la duración de mis trayectos, dando rodeos alrededor de barrios enteros, solo para evitar interacciones de esa clase.

Truus se dirigió de nuevo al claro para trazar un plan. Me dio un cigarrillo y nos los fumamos con ansia, tragando humo para quemar el olor a muerte.

—Entonces... ¿estabais haciendo prácticas de tiro a oscuras? —preguntó.

—Bueno, nos habríamos ido antes si no los hubiéramos encontrado.

—Ah —dijo Truus—. ¿Jan te ha contado batallitas de la guerra? —Una carcajada plana.

—Más o menos —contesté.

—¿Te ha dicho a cuántos hombres ha matado?

—No.

—Oh —se sorprendió Truus—. Sé que lleva una lista. —Dobló una rama sobre sí misma para que pudiera seguirla hasta el claro.

—No te cae bien.

Se rio.

—Jan es muy buen soldado, y es valiente. Es solo que a veces me lo veo volviendo al piso con cabelleras de verdad. Para él, se trata de un juego. La lista es su marcador.

—Bueno, en la historia que me ha contado esta noche, no mataba a nadie.

—A ver si lo adivino, ¿se escondió bajo el suelo de la cocina?

—Bueno, sí.

—Es una buena anécdota —dijo ella—. A lo mejor hasta es cierta. —Nos reímos las dos.

—Creo que Jan me la ha contado para darme valor —expliqué.

—Podría ser. Y es una historia con final feliz, de las que escasean hoy en día. —Me ofreció otro cigarrillo—. ¿Ha funcionado?

—Me ha dado esperanzas, supongo.

—¿Esperanzas? —Hizo que la palabra misma transmitiera escepticismo.

—De que, aunque te capturen, no es necesariamente el fin.

—Hum. —Recapacitó sobre eso—. A Jaap lo atraparon, ¿sabes? El primo de Jan, el que estaban buscando. Al final lo encontraron y lo despacharon en tren a las minas de carbón de Silesia. Nadie ha sabido nada de él desde entonces. ¿Eso te lo ha contado?

—No —dije. Guardé silencio por un momento. Truus se sentó en uno de los tocones del claro, también callada. La luna iluminaba el pequeño espacio abierto, y agradecí cualquier cosa capaz de ahuyentar la tenebrosidad de la última hora—. Solo intentaba explicarme cómo se unió al RVV.

—Hummm —musitó Truus. Se encendió un cigarrillo nuevo con la colilla del anterior—. Es lo que tienen las historias de guerra —dijo mientras soltaba el humo por la comisura de la boca, lejos de mí—. En realidad no acaban nunca. A menos que muera la persona que las cuenta. Entonces sí que terminan. —Hablaba con la voz más baja que antes.

Me quedé callada, con la esperanza de que siguiera.

—Si Jan termina la historia donde lo ha hecho, es una anécdota divertida. Si la terminas donde lo he hecho yo, es una tragedia. ¿Con cuál nos quedamos? —Empecé a formular una respuesta, pero ella habló de nuevo—. Son las dos cosas; y ninguna. Y, además, la historia no ha finalizado todavía, ¿verdad? Aún no conocemos el desenlace. Bueno, supongo que el de Jaap sí que lo sabemos.

—¿El desenlace? —pregunté como una mema.

—Cuando muera y deje de contar mi versión de la historia, y Jan muera y termine de contar la suya. Entonces sabremos cómo termina.

—¿Cómo sabes el fin de Jaap? —pregunté.

Revolvió con el pie la tierra que teníamos debajo.

—Nadie a quien suben a un tren vuelve nunca, Hannie. Lo sabe todo el mundo.

No hubiese estado dispuesta a hacer una afirmación tan tajante antes de unirme a la Resistencia. Yo antes era la típica que siempre encontraba una migaja en forma de buena noticia cuando la cosa pintaba negra. Ahora las migajas escaseaban más.

Truus calló por unos instantes, cavilosa.

—Te he preguntado qué clase de historias te ha contado porque quiero que sepas… —Vaciló y luego suspiró—. Llevo mucho tiempo metida en esto. Y Jan también. Pero hacemos las cosas de distinta manera. —Me miró a través del aire negro de la noche con ojos que centelleaban a la lumbre del cigarrillo—. ¿Sabes?

—Sí —dije. No lo sabía, pero quería que siguiera.

—Cualquiera que oyera a Jan hablar de esta guerra pensaría que es el único que intenta hacer algo al respecto. No todo es arrogancia, es su manera de ver las cosas. Él ocupa el centro de la epopeya y todo trata sobre él. La Saga de Jan. —Truus alzó su cigarrillo como una minúscula antorcha vikinga.

—¿Me invitas a otro pitillo?

Se rio y me pasó uno.

—Lo que hacemos, lo hacemos como último recurso. Porque no queda más remedio. ¿Entiendes lo que digo?

—Eso creo —respondí. No era verdad.

—Seguimos haciéndolo, luchando contra estos cabrones, porque es lo único que podemos hacer. A lo mejor eso era lo que hacían este par —dijo, señalando a los dos cadáveres que habíamos encontrado—. ¿Quién sabe?

—¿El nazi? —pregunté.

Se encogió de hombros.

—Algo que he aprendido, haciendo esto, es que, por mucho que creas que sabes algo a ciencia cierta, no es así.

Me fumé el cigarrillo e intenté pensar en algo que decir. Truus no parecía molesta, la verdad. Solo perpleja; filosófica. Me recordó a Philine. Con la confianza en sí misma de Sonja. Y la capacidad de una heroína militar condecorada.

—Oye, Jan me ha dicho que la gente de IJmuiden cree que somos «maravillosas» —comenté con una risilla que confiaba en que sonase burlona. No replicó nada.

Carraspeé y esperé a que tomara ella la palabra. La miré de reojo. Exhaló poco a poco, como una boxeadora preparándose en la esquina del ring. Luego empezó a hablar.

—Mi madre empezó a hacer este trabajo años antes de que estallara la guerra. Es lo que separó a mis padres. Mi padre necesitaba más atención de la que ella podía prestarle. Ella le contó que, desde su punto de vista, él necesitaba menos atención. De modo que se marchó. Mi madre siguió con su trabajo.

»Dio cobijo a refugiados durante años. Gente que escapaba de Alemania, Polonia… Sobre todo judíos pero también algunos gitanos e incluso algunos muchachos alemanes que intentaban salvarse del servicio militar. Así que, cuando se produjo la ocupación, Hendrik se presentó en la casa flotante de mi madre para hablar de la Resistencia. Ella le dijo que ya tenía demasiadas bocas que alimentar. Entonces Hendrik nos vio a Freddie y a mí plantadas detrás de ella. Se presentó y le pidió permiso para reclutarnos. Yo tenía dieciséis años y Freddie, catorce. —Creí distinguir una sonrisa—. Freddie y yo estábamos emocionadas —dijo Truus—, y me parece que mi madre se alegró de perdernos de vista.

Apenas podía ni imaginar la libertad de su infancia. El desenfreno.

—Todo esto a mí me viene de nuevo —reconocí—. Las armas, todo.

—Esa parte también me vino de nuevo a mí —dijo Truus—. No había usado nunca una pistola antes de la guerra. —Contempló las estrellas—. Nunca había estado en una guerra. Y en una guerra todo es diferente. Da igual la experiencia que una tenga.

—¿Te tomas algún descanso alguna vez? —pregunté—. ¿De todo esto?

—La verdad es que no —contestó—, aunque hay muchos días tranquilos, como ya sabes. —Suspiró—. Por supuesto, me he planteado dejarlo.

—¿Dejar... la Resistencia? —No podía ni imaginarme haciéndolo, ahora que estaba dentro. Y mucho menos a Truus. Jamás.

—Sí —confirmó.

—¿Por qué? —pregunté. Había oído varias historias increíbles sobre Truus y Freddie, pero no sabía hasta qué punto eran ciertas. Los pájaros se movieron en las ramas, agitando las hojas. El aire nocturno era cálido. Apacible. Esperé a que siguiera hablando.

—Tendríamos que hacer algo con esos cadáveres —dijo Truus.

—¿No quieres hablar del tema? —pregunté, envalentonada.

—Tal vez esa sea la verdadera diferencia entre Jan y yo —replicó Truus con una risilla—. Yo nunca quiero hablar de la guerra...

—Y él solo quiere hablar de ella —terminé yo.

—¿Así pues? —dijo Truus mientras se ponía en pie. Me tendió la mano y me ayudó a incorporarme. Por mucho que deseara no volver a pensar nunca en los cadáveres, sabía que debíamos hacer algo.

—Tendríamos que o bien notificárselo a las autoridades... —Miré a Truus, dándome cuenta de lo estúpida que sonaba la idea nada más decirla—. O enterrarlos.

Truus asintió.

—Sí. Tenemos que enterrarlos.

Caminamos hasta el cadáver de la mujer y nos plantamos sobre él.

—Todavía pienso que podría ser judía —dije.

—Sí —coincidió Truus—. Yo también.

El terreno por debajo de la capa superior de hojarasca era una arcilla fría y húmeda. Sin más herramientas que nuestras manos, empezamos a cavar.

19

Mi vida quedó partida en dos: la emoción y el ocasional terror del trabajo para la Resistencia, y la relativa seguridad y consiguiente tristeza de mi hogar familiar. Dormía en un sitio o en otro, pero pasaba cada vez más tiempo en el RVV. Siempre fui la novata del piso, corriendo detrás de los demás mientras fingía en todo momento que sabía lo que estaba haciendo. Aun así, la vida en casa también tenía sus complicaciones. En cuanto veía los ladrillos amarillos del hogar de mi infancia, cualquier avance que hubiera realizado en la tarea de convencerme de que era una curtida soldado de la Resistencia empezaba a disolverse como las galletas *krakelingen* de mi madre cuando las mojabas en el té. Bueno, eso, cuando todavía había galletas.

No ayudaba el que no pudiera hablar de nada de lo que hacía. Si hubiese podido contarles a Sonja y Philine algunos de los detalles más locos de mi trabajo —les hubiera alucinado que alguien me confiara una bomba—, tal vez podría haber recosido las dos mitades de mi nueva vida, pero no podía. Desde el momento en que disparé a Hendrik, supe que no podría contarles nada nunca. Para empezar, no me creerían. Y, si lo hicieran, solo les haría sentirse peor por estar encerradas las veinticuatro horas del día. Además, se preocuparían. Y Sonja y Philine ya tenían bastantes agobios. Por no hablar de mis padres. Sin embargo, todos se preocupaban de todas formas.

—*Mijn kleine vos* —dijo mi padre cuando entré por la puerta pocos días después de que Truus y yo enterrásemos los cadáveres. La luz matutina llenaba el recibidor de calidez. «Mi pequeño zorro». Me retiró el pelo de la frente—. ¿Qué gallinero has aterrorizado hoy? —preguntó. No sabía que llevaba pistola.

—Mírate —añadió mi madre. Se acercó y agarró mi falda, la que había llevado el día de las prácticas de tiro, una azul claro de algodón que me cosió el año anterior con una tela que había encontrado en el mercadillo benéfico de la iglesia. Frotó el tejido con los dedos, donde presentaba unas manchas oscuras de aceite de la pistola. Debía de haberme limpiado las manos con ella.

—No nos cuentes nada, no queremos saberlo.

Mi padre le puso la mano en el hombro a mi madre para impedir a su vez que ella preguntara. La presencia de Philine y Sonja en nuestra casa significaba que, en la práctica, todos éramos ya miembros de la Resistencia. Estoy segura de que se contaban a sí mismos una historia sobre mi trabajo con la que podían vivir. Que solo me ocupaba de papeleo, nada demasiado peligroso. Porque de haber sabido en lo que de verdad andaba metida, no habrían hecho bromas al respecto. Mis padres no solo eran generosos, sino también valientes. A los pocos días de que llegaran Sonja y Philine, mi padre me llevó a un aparte para decirme que dejase de buscar un escondite más permanente para las chicas. «Aquí están tan seguras como en cualquier otra parte», me había dicho mientras me lanzaba una mirada solemne que transmitía la profundidad de ese compromiso. Les besé a los dos en las mejillas.

—Dales esa falda a nuestras invitadas, son unas lavanderas excelentes —propuso mi padre.

—No son criadas —señalé.

—Se alegrarán de tener algo que hacer —dijo mi madre.

Mi padre puso cara de circunstancias.

—Verte las alegrará. Sube a echar un vistazo, pequeño zorro.

Llamé con suavidad a la vez que entreabría la puerta del dormitorio. Philine estaba sentada en la única silla, en la esquina, haciendo crochet, y se le iluminaron las facciones al verme.

—¡Hannie! —exclamó con un susurro mientras se levantaba para abrazarme.

Sonja permaneció inmóvil sobre la cama, con las piernas estiradas y un brazo sobre los ojos, como si tomara el sol en un día de canícula en la playa. Sin embargo, la habitación estaba a oscuras. A oscuras y hacía calor: el aire estaba cargado. Mi primer instinto fue abrir la ventana de par en par para que entrase la fresca brisa del exterior, pero no podíamos hacer eso; ni siquiera podíamos descorrer las cortinas azul oscuro por si a un vecino se le ocurría mirar al pasar. No era de extrañar que Sonja siguiera durmiendo a las once de la mañana. La cuestión era que no había nada que hacer.

—¿Cómo estás? —le susurré a Philine, que se encogió de hombros.

—Bien.

Alcé una ceja y señalé a Sonja con la barbilla.

Philine sacudió la cabeza.

—No demasiado bien.

—¿Está enferma?

Philine indicó que no.

—Últimamente no ha sido ella misma. Ha estado… así.

Me senté junto a Sonja y le puse una mano en el hombro.

—¿Sonja? —pregunté—. ¿Necesitas alguna cosa?

Un leve gemido. Sin quitarse el brazo de los ojos, dijo:

—Un billete de avión a Nueva York sería estupendo.

—Veré qué puedo hacer.

Sonja no se movió.

Philine intentó cambiar de tema.

—¿Alguna noticia, Hannie?

No había nada interesante que pudiera compartir con ellas de manera segura. La guerra se estaba interponiendo entre mis mejores amigas y yo, incluso allí, escondidas. Suspiré y me recordé que era mejor limitarse a temas más obvios.

—Se dice que los alemanes están perdiendo el valor después de las derrotas en Rusia y el norte de África —comenté.

—¿De verdad? —preguntó Philine, escéptica—. ¿Quién lo dice?

—*Het Parool* y *De Waarheid* —respondí. *La Contraseña* y *La Verdad*.

—Normal que los periódicos de la Resistencia digan eso —replicó Philine, que también estaba de peor humor que de costumbre.

—Bueno, es lo que dicen algunos.

—Bien —terció Sonja desde la cama—. Porque si el verano que viene todavía dura la guerra, no creo que sobreviva.

—Para eso faltan meses —señaló Philine—. Seguro que para entonces ha terminado. —Noté que no lo había pensado a fondo antes de decirlo. Escrutó mi expresión—. ¿Verdad? Como has dicho, los alemanes van perdiendo.

—Sí, bueno… —Quería decir algo que las animara, pero no compartía el optimismo de Philine—. No dispongo de ninguna información secreta —proseguí—, pero han sufrido varias derrotas graves, eso es cierto.

—¿Eso es todo? —preguntó Sonja—. ¿Eso es lo mejor que tienes?

—Han pasado tres años —dijo Philine a nadie en concreto.

—¿Y qué?

—Nada, eso. Que no puede durar mucho más.

—¿Tú qué opinas? —quiso saber Sonja, mirándome—. ¿Cuánto durará?

Era un tema que por lo general evitábamos, pero a Sonja ya no le importaban esas pequeñas convenciones sociales.

—Bueno... Philine tiene razón —repliqué—. Es decir, no puede durar para siempre. Nada dura eternamente.

Sonja resopló.

—Ya se ha hecho eterna.

—¡Sonja! —exclamó Philine—. Lo que los Schaft han arriesgado...

—Lo siento —dijo Sonja con voz más suave—. Todo el mundo se ha portado de maravilla, pero no puedo quedarme aquí encerrada para siempre. Hablo en serio. No pienso pasarme 1944 en este minúsculo dormitorio. —Me miró—. Sin ánimo de ofender.

Solo habían transcurrido unos pocos meses, pero no quería discutir con ella.

—Terminará —dijo una voz. Nos volvimos todas para ver a mi madre, con las mejillas sonrosadas por el esfuerzo de las interminables labores domésticas: barrer, fregar, pelar, cortar, batir, lavar, escurrir, sacar algo de donde no había nada, todo el día, todos los días. Tenía las manos tan encarnadas como la cara, cortadas por el agua fría de la colada—. No os daréis ni cuenta y todo esto habrá terminado —añadió, paseando la mirada por el cuarto, que presentaba el desorden propio de la vida de tres muchachas: pañuelos de seda colgados del pequeño espejo manchado y medias secándose en el respaldo de una silla—. Así van estas cosas. Una cree que no van a terminar nunca y luego, pam, se acaban. Así fue la última vez. En la Gran Guerra.

Sonrió, pero era un gesto tan flojo como el sucedáneo de café que todas fingíamos disfrutar. Aquella guerra a la que algunos empezaban a conocer por el deprimente nombre de Segunda Guerra Mundial. Ellos lo estaban pasando peor que los que éramos jóvenes. Habían superado la Gran Guerra como todos los demás, prometiéndose a sí mismos que aquello nunca volvería a suceder. En un tiempo tuvieron esperanzas.

—Venga, ánimo —dijo mi madre, para reimponer el orden. Miré mientras su cara efectuaba la transición del pesar a una especie de resuelta serenidad—. A levantarse de la cama, chicas, y ordenar, que es casi la hora de comer. —Les subía bandejas al dormitorio porque no podían arriesgarse a que las vieran los vecinos por la ventana de la cocina.

—Te ayudo —me ofrecí.

Se dio la vuelta cuando llegamos a la planta baja.

—Puedes irte —me dijo—. Tienes tu propio trabajo que hacer.

Me quedé atónita. Era la primera vez que no me pinchaba por desatender mis obligaciones familiares: planchar las sábanas, teñir de azul la ropa blanca, recoger los nabos. Trabajo de verdad.

—¿Qué pasa, mamá?

—Ha habido una escaramuza en la plaza del Grote Markt —dijo—. Una redada de jóvenes varones, judíos, algunos gitanos, delante de Dios y de la catedral, ¿te lo puedes...? —Se le encendió la cara del disgusto—. No es... —Respiró hondo y se alisó todas las arrugas al exhalar—. No está bien. —Mi padre la miraba desde el umbral.

Mi madre era tan rubia y tenía los ojos tan azules que era casi transparente. Su rostro era de marfil, los arabescos y remolinos formados por el finísimo plumón que formaba la orilla entre las arrugas de su pálida frente y el nacimiento de su pelo eran blancos y plateados, platino. Vi a una anciana. Envejecida antes de tiempo, pero vieja pese a todo. Tenía cincuenta y tres años.

Me retiró un mechón de pelo de la mejilla.

—Sé... —empezó a decir.

—Sé amable, sé considerada, sé valiente —dijo mi padre, dando un paso al frente y completando la inevitable máxima. Era lo que mi madre siempre nos decía a Annie y a mí antes de que nos fuéramos a la escuela por la mañana.

—Sé cuidadosa —añadió mi madre—. Eso lo incluyo ahora.

Se puso de puntillas y me besó en la frente. Solo le sacaba un par de centímetros de altura. Su familiar perfume maternal penetró en mi cuerpo y me colmó con la sensación sólida y centrada del hogar. Hacía años que no me sentía así.

—Estás disfrutando con el trabajo, ¿verdad? —me preguntó.

Mi sensata madre nunca había acabado de entender cómo bromear, cómo tomar el pelo a la gente, pero en ese momento capté algo de pillería en su dubitativa sonrisa. El suelo de madera chirrió mientras hablábamos, de manera muy audible en el pequeño vestíbulo, y caí en la cuenta de lo incómodo que era aquel espacio, no solo porque era estrecho y estaba lleno de cosas, como abrigos colgados, zapatos en el suelo y el batiburrillo habitual de objetos variopintos que cubrían la delicada mesa de caoba, heredada de alguna abuela y pegada contra la pared, sino también porque era la sala en la que sucedían todas las bienvenidas y despedidas, y esas eran cosas que a mi madre le costaban. En nuestra relación siempre pecábamos por exceso o por defecto; si yo entraba con los brazos abiertos esperando un abrazo, ella se echaba hacia atrás, pero si entraba con un beso rápido, ponía cara de herida, como si la hubiera desairado de alguna manera. Mi madre tenía tendencia a decirme las cosas más importantes justo en el momento de marcharme, sin tiempo para hablarlas o replicar. Era uno de mis reproches, pero yo también lo hacía. Nos aproximábamos a nuestras despedidas poseídas de un miedo subconsciente a lo que podríamos decir. Sin embargo, en aquel momento, mi madre sonreía.

—Sí —respondí—. La verdad es que sí.

Mi padre sonrió.

—¿Sigues leyendo a Gandhi?

—Papá —dije. Había sostenido largos debates con mi padre durante la cena sobre si las manifestaciones y huelgas de hambre de Gandhi podían derrotar alguna vez a un ejército de verdad. Yo siempre defendía a Gandhi.

—No la chinches, Pieter —terció mi madre, pero luego se rio. Había presenciado algunos de esos debates.

—Sigo leyendo a Gandhi —respondí, lo que era cierto. Jan me tomaba el pelo por eso. Seguía admirando su coraje y su compromiso con la causa. Sencillamente, había cambiado de opinión sobre si su estrategia de la no violencia funcionaría en mi tierra, contra los nazis. Eso no se lo dije a mi padre, aunque él ya lo sospechaba.

—Solo era curiosidad —dijo con una sonrisa. Luego me besó en la frente.

Hay momentos en la vida en los que una puede sentirse crecer. Aafje y Pieter Schaft estaban ante mí y, por primera vez, fui capaz de verlos por quienes eran de verdad. Eran mis padres, pero más que eso: maestros, cuidadores, feligreses, cumplidores de la ley, activistas de los derechos de los trabajadores, hijos de padres tal y como lo era yo. Y resistentes. Los besé a los dos en las mejillas.

—Debería despedirme de las chicas —dije.

Mi madre sacudió la cabeza.

—Lo pasan mal cuando te marchas. Vete y punto.

Eso escoció, pero sabía que tenía razón.

—Vale.

Volvió a anudarse las largas cintas de algodón de su delantal, señal inequívoca de que era hora de volver a sus labores.

—No te preocupes demasiado por ese par. Las mantendré ocupadas.

Casi la abracé, pero eso hubiera alterado nuestro ritual de la despedida; la parte emotiva de la interacción había terminado.

—Ahora vete —dijo mi madre, abriendo la puerta unos centímetros para dejar que me escurriera al exterior, como hacíamos de un tiempo a esa parte—. Nos apañaremos. Te tenemos ahí fuera protegiéndonos, ¿no es así? —Me guiñó el ojo. Lo sentí como una Cruz de Bronce al valor.

20

Encontramos los cuerpos un lunes por la noche. Después de pasar unos días en casa, volví al piso del RVV.

—Hannie. —Truus me saludó con la cabeza y sonrió cuando entré, pero luego miró hacia fuera para ver si llegaba sola.

—¿Va todo bien? —pregunté.

—Hum —musitó Truus—, nadie sabe nada de Jan desde aquella noche en el bosque. ¿Tú sabes algo?

—Yo sí —dijo Hendrik, que entró en el salón principal del piso del RVV—. Acabo de verlo con Brasser. —Jan Brasser era otro alto mando del RVV, el homólogo de Hendrik en la cercana Zaandam.

—¿Tiene pensado hacer acto de presencia el viernes? —preguntó Truus. Me senté a la mesa del salón, donde habíamos despejado un espacio de varios centímetros cuadrados de superficie en el maremágnum de periódicos clandestinos, colillas y tazas de té sucias para poder jugar a las cartas. Le había contado lo que Jan había compartido conmigo sobre la inminente eliminación de Kohl.

—Si le apetece —dijo una joven sentada a la derecha de Truus. Era una adolescente flaca y mona, con trenzas rubias y cara en forma de corazón. ¿Podría ser...?

—Hannie, te presento a Freddie —confirmó Truus, sin apenas levantar la vista de sus naipes—. Freddie, Hannie.

Freddie se inclinó por encima de la mesa y me estrechó la mano con el vigor de un viajante de comercio.

—Encantada de conocerte —dijo. A pesar de la firmeza de su apretón de manos, me miró con timidez, como una niña. Yo sabía que tenía diecisiete años, pero aun así parecía más joven y a la vez mayor; dulce colegiala a la par que curtida soldado.

—Encantada —contesté mientras devolvía la sonrisa y el apretón.

—Venga, venga —atajó Truus con su voz de hermana mayor—, que estamos en mitad de una partida. Toma, Hannie. —Deslizó hacia mí las cinco primeras cartas del montón, sin barajar—. A ver qué mano te ha salido.

Freddie mostró un diez de corazones.

—Uso esto como cinco.

Solo había cuarenta y seis cartas, de modo que casi ningún naipe era el original. Nos dábamos mucho margen. Truus llamaba al juego la Resistencia. «Es bueno para tu adiestramiento —decía—, porque tienes que convencerte constantemente de que cuentas con una oportunidad de ganar». En el juego de la Resistencia, el ganador no quedaba claro hasta el momento en que terminaba la partida.

—Admitido —dije. Jugando a la Resistencia lo admitíamos todo.

—Algún día serás una gran jueza —comentó Hendrik.

—Sí —coincidió Truus—. Siempre nos está juzgando.

Le di una patada por debajo de la mesa. Porque ahora éramos amigas.

—Además es violenta. —Me la devolvió—. Ay.

No me cabía el corazón en el pecho de felicidad.

—¡Ay! —repitió Truus, ya irritada. En esa ocasión había sido Freddie quien le había propinado la patada.

La hermana menor se rio y me miró desde el otro lado de la mesa.

—Que no te engañe, Hannie, no es tan dura como aparenta. —Truus puso los ojos en blanco. Sentí una opresión en el pecho y tuve que tragarme un arrebato de emoción. Añoraba tener una hermana.

—Quiero hablarte del viernes —dijo Hendrik, que nos estaba mirando jugar.

—¿El oficial Kohl? —pregunté.

Truus contempló sus cartas y esperó atenta a lo que oía.

—Sé que en teoría esta misión era tuya y de Jan, pero él no estará disponible. He pensado que Truus podía sustituirlo.

—¿El viernes por la noche? —dijo la aludida—. ¿Mañana?

—Exacto; mañana por la noche. —Hendrik me miró—. Si Jan y tú ya habíais ideado un plan, tal vez puedas adaptarlo para Truus.

Eché un vistazo a las hermanas Oversteegen. Truus era más alta y fuerte que Freddie, pero tenían en común los ojos serenos de párpados caídos y los pómulos altos que les conferían el porte de unas gatas siamesas. Casi las veía mover la larga cola mientras nos escuchaban sin perder detalle.

—¿Adaptarlo? —repetí. Hum. El plan de Jan pasaba por fingir que éramos pareja y que él me besaba en un callejón mientras esperaba a que Kohl pasara; entonces saldría de un salto y le pegaría un tiro mientras yo actuaba de vigía. Yo había esperado con ganas la parte del besarnos, pero emparejarme con Truus en otra misión de envergadura tenía un gran atractivo, aunque diferente. Lo más difícil sería acercarnos lo suficiente a Kohl para matarlo. Si le disparábamos desde el otro lado de la calle, había bastantes posibilidades de que solo resultara herido, y sus gritos causarían un escándalo en la calle dormida. Al otro lado de la mesa, Truus presentaba un asomo de sonrisa en la cara. Ya estaba haciendo planes.

—Llamaremos mucho la atención si esperamos plantadas en esta esquina toda la noche —dijo Truus. Estábamos explorando el lugar—. ¿Qué pasa si alguien intenta echarnos justo cuando Kohl está saliendo?

—A lo mejor podemos pedirle a Hendrik que se haga pasar por nuestro hermano —propuse, consciente de que era una idea estúpida. Ya puestas podíamos llevar a un ejército.

—Si fuera Hendrik, no me necesitarías a mí —señaló Truus.

—Lo que necesitamos es que el hombre esté por ahí justo hasta que salga Kohl. Entonces tiene que desaparecer para que Kohl se acerque —dije. Sonaba demasiado complicado. Los mejores planes eran sencillos.

—¿Y si una de nosotras se hace pasar por hombre? —preguntó Truus—. Entonces, cuando aparezca Kohl, adiós al disfraz y son solo dos mujeres. —Dio unos pasos en el callejón para inspeccionarlo—. O el que haga de hombre podría correr y esconderse por aquí. Eso es posible.

—Entonces ¿quién hace de quién? —pregunté.

—Tú estarías ridícula de hombre —dijo Truus riendo.

—No es verdad —protesté, aunque me sentía aliviada. No tenía ni idea de cómo fingirme hombre. Además, Truus era más alta que yo—. Pero vale; yo seré la mujer.

—La *femme fatale*, quieres decir.

—Ya me entiendes —repliqué.

Al día siguiente, repasamos una última vez las diversas vías de escape para asegurarnos de sabérnoslas de memoria cuando estuviésemos a oscuras en plena noche. Todas las farolas estaban apagadas, lo cual tendía a ser una ventaja para nosotras, que nos conocíamos la ciudad mejor que los alemanes.

—Entiendes lo que significa hacer el papel de mujer —dijo Truus, hablando con el susurro casi inaudible que empleábamos para comentar los planes cuando estábamos por la calle, donde para mayor seguridad procurábamos caminar deprisa.

—¿Qué? —pregunté.

—Tendrás que hacerlo tú. —Me miró a la cara—. Serás tú la que se quede con Kohl.

Lo sabía.

—Pero tú me puedes apoyar, ¿no?

—Sí —respondió Truus—, pero estaré metida en el callejón.

—Ah.

Aflojé el paso. Truus tiró de mí hacia la calzada para apartarme del caudal de los transeúntes.

—Es un buen plan —susurró—. Pero, Hannie, ahora es el momento de decidir si estás preparada para hacer esto. —Sonrió—. Si no quieres, no pasa nada. De verdad que no. No todo el mundo está hecho para esto.

Recapacité durante un segundo. Aquella noche sería diferente que la otra en el patio de maniobras de la central eléctrica. Aquella noche tendría que disparar a un hombre a bocajarro. No parecía real. Ojalá hubiese podido hablarlo con Philine y Sonja… Sonja, a la que había visto por última vez tumbada en mi cama, sin apenas moverse. Perdiendo la esperanza con cada día que pasaba.

—Puedo hacerlo —afirmé.

—De acuerdo, entonces —dijo Truus, dándome una palmadita en el hombro—. En cuanto empecemos, los nervios y las dudas desaparecerán. Esperar siempre es lo más difícil. Hasta entonces, intenta no hacer caso. No permitas que esos pensamientos se adueñen de ti, céntrate en ti misma, en tus acciones. Redúcete a cero. En realidad solo tienes que pensar en una cosa: cumplir con el trabajo. Concéntrate en eso.

—Vale —contesté, tratando de imaginarme a qué se refería. Como la actriz suplente que se ha aprendido todo el guion y de pronto tiene que salir a escena para la noche de clausura, había practicado para aquello, pero también me hallaba sumida en una nerviosa incredulidad.

—Bien. Nos vemos esta noche a las nueve. —Sacamos las bicicletas a la luz—. Voy a echarme una siesta y tú también deberías —aconsejó Truus—. Y si no puedes dormir... haz prácticas de tiro.

Sonja estaba incorporada cuando llegué a casa esa tarde, más recompuesta. Hojeaba un ejemplar del periódico de la Resistencia *Het Parool*. La vi buscar en las páginas nombres de personas arrestadas o muertas. Todas entendíamos que era una lista incompleta.

—¿Qué hay del galán del que nos hablaste? —preguntó Philine.

—Sí —dijo Sonja—. El rubiales.

No quería hablar de Jan. No lo había visto desde la noche en que encontramos los cadáveres. ¿A lo mejor estaba avergonzado de la conversación con Truus? Jan no era fácil de interpretar y no tenía manera de ponerme en contacto con él. No me quedaba otra que esperar a que volviese a aparecer. Doblé un vestido y metí un par de elegantes zapatos de tacón en mi bolso de viaje.

—¿No son comunistas la mayoría de los miembros de la Resistencia? —preguntó Philine, observándome—. Pensaba que les gustaban las mujeres en mono y botas de trabajo.

—Es atractivo —repuse, por darles algo que echarse a la boca—, pero no puedo decir nada más, salvo que no, Philine, no hay normas estrictas de etiqueta. Que yo sepa.

—¡Lo sabía! —exclamó Sonja, rebotando en la cama—. Está enamorada.

—Sonja —dijo Philine, poniendo cara de exasperación. Luego me miró—. ¿Lo estás?

—¿Me has visto enamorada alguna vez? —pregunté.

—No —respondió Sonja—. Pero siempre hay una primera vez.

El corazón me dio un vuelco cuando dijo eso. Sabía que empezaría a ruborizarme si lo pensaba demasiado.

—Ya sabéis que no puedo hablar de eso —comenté, en un intento de aparentar profesionalidad. Me puse unos pendientes y metí la cartera en la bolsa—. Esta noche no vendré, pero mañana es probable que sí. ¿Necesitáis algo de fuera? —pregunté desde la puerta.

—Sí —respondió Sonja, secándose la tinta barata del periódico de la punta de los dedos con un pañuelo que llevaba bordado el monograma de su familia—. Todo.

Las horas siguientes se me hicieron largas. Volví en bici al piso del RVV y me encerré en el único dormitorio que tenía espejo, donde intenté prepararme para la noche. Truus asomó la cabeza.

—Ponte algo bonito —me dijo— y, ya sabes... —Movió las manos de forma inconexa en torno a su cabeza—. Hazte algo en el pelo. —Me enseñó una boina de hombre—. Yo me pondré esto.

Me reí. Emperifollarme era el único ámbito en el que tenía más experiencia que Truus, aunque en comparación con Sonja, Philine y casi cualquier otra joven de mi edad estuviese aún en mantillas. Experimenté con diversos peinados: con el flequillo recogido hacia arriba, después todo recogido, después todo suelto. Decidí ponerme de punta en blanco con mi vestido azul claro favorito, el abrigo de lana con cinturón y los zapatos de baile de cuero. La última vez que me había puesto algo de todo aquello había sido para un cumpleaños hacía un año y medio, cuando el vestido se había ajustado a mis modestas curvas como un guante. Ahora caía recto a la altura de las caderas como un vestido de los años veinte. Hasta el sujetador fino me quedaba suelto, de manera que lo dejé en el cajón. Me miré en el espejo: parecía mayor y más sofisticada. Con las manos sobre los salientes huesos de la cadera y un levísimo contorno de pezón al trasluz de la tela azul celeste, me sentía como una mujer madura.

Se me ocurrió un último detalle. Saqué el pequeño neceser que había traído de casa y rebusqué dentro, con la esperanza de que siguiera allí; así fue. Con la cara pegada al espejo, me apliqué una cuidadosa capa de pintalabios Spellbound, de un color teja intenso. Después retiré el exceso con un pañuelo. Cuanto más radicalmente femenina pareciera, más aspecto de hombre tendría Truus.

—Bueno, bueno —dijo Hendrik, mirándome de arriba abajo—. Estás preciosa, Hannie.

—Gracias. —Toqué el relicario de plata que llevaba a la garganta—. Esto es de mi madre —comenté, nerviosa.

—Es muy bonito.

Me palpé los bolsillos para asegurarme de que llevaba todo cuanto necesitaba.

—¿Munición? —preguntó Hendrik.

—Llevo.

—¿Arma?

—Llevo. —Señalé un vaso que había en la mesa delante de Hendrik—. ¿Puedo echar un trago de eso?

—Desde luego.

Era una especie de repugnante licor de cereales. Me lo bebí como agua.

—Qué rico —dije mientras la riada caliente del alcohol me relajaba los hombros y los nervios.

—En fin, es bueno para la moral —señaló Hendrik.

—¿Sabes algo de Jan? —le pregunté, ya que el alcohol me había soltado la lengua.

—Desde ayer, nada. ¿Tú?

—No —dije—. Era por saber.

—Todo irá bien —me aseguró Hendrik—. Truus sabe lo que se hace.

—Lo sé, lo sé. —En todo caso, me quedaba más tranquila haciendo el trabajo con Truus, que tenía más probabilidades de ajustarse al plan. Recogí mis cosas para irme. Quería dar un paseo antes de encontrarme con Truus, para calmar los nervios. Caminar siempre ayudaba—. Pues… —le dije a Hendrik. Me había fijado en que nadie del RVV ponía mucha efusividad en las despedidas—. Hasta luego.

—Nos vemos en el otro lado.

21

Era casi medianoche cuando llegué al punto de encuentro. El bar, que era uno de los antros favoritos de la Gestapo, celebraba fiestas privadas para las SS pasado el toque de queda. Truus había llegado temprano y ya llevaba veinte minutos esperándome en el callejón. Metí la mano en el bolso para notar el tacto frío y macizo de la pistola de acero, un tic que estaba empezando a desarrollar.

—Deja de jugar con eso —dijo Truus—, y arréglate el pelo.

Sonaba borde, pero no estaba enfadada, sino asustada. Y hablaba con un tono de voz más grave para intentar sonar como un hombre, a juego con la gabardina y la gorra de lana en la que había escondido sus rizos. La pequeña Truus, haciéndose pasar por un machote. Se caló la gorra para que se le viera menos la cara, aunque el callejón estaba oscuro. Necesitábamos las sombras para completar la ilusión.

Domé un mechón de pelo que había escapado de mi pasador de carey y lo volví a recoger en su sitio.

Era una noche peligrosa. Pero claro, me dije, el peligro éramos nosotras.

Ya en el callejón, respiré hondo. Truus se llevó un dedo a los labios. Yo le sacaba tres años, pero allí ella era la veterana. Le sonreí, y me guiñó un ojo.

Volvía a reinar el silencio.

Al cabo de un momento, doblando la esquina del edificio, se abrió la puerta del bar y un deslumbrante rectángulo de luz, humo de tabaco, risa y música se derramó sobre la calle vacía. Habíamos pasado por delante unas cuantas veces entre el día anterior y ese, pero solo Truus había entrado. Al salir, lo había confirmado: abordaríamos a Kohl estando fuera. La minúscula taberna, con su única salida, era una ratonera.

Truus se asomó por la esquina para ver a un grupo de cuatro ruidosos soldados alemanes agarrados de los hombros, de tal modo que formaban una sola bestia borracha gigante. Entre carcajadas bajaron de la acera dando tumbos y estuvieron a punto de caerse.

Truus sacudió la cabeza: no estaba Kohl.

Los soldados se tambalearon en nuestra dirección, y Truus se apretó contra mí como habíamos practicado, pegando su mejilla fría a la mía a la vez que me pasaba los brazos por el cuello: una pareja que se besaba a escondidas en la oscuridad como cualquier otra. Un soldado silbó en nuestra dirección, pero los demás estaban demasiado distraídos con su propia juerga para prestarnos atención. Se alejaron a trompicones y sus groseras voces fueron apagándose. La callejuela recuperó la calma. Caí en la cuenta de que, hacía una década, pasaba por esta calle para ir a clase de piano.

Truus y yo nos separamos y exhalamos. Nos miramos a los ojos, comunicándonos sin hablar porque lo habíamos repasado más de cincuenta veces; no, un centenar: «Sé paciente». Esto solo podía funcionar si Kohl salía del club a solas.

—Kohl no es diferente de los soldados rasos —masculló mientras miraba desaparecer a los borrachos—. Cree que está en unas vacaciones armadas.

Muchos alemanes veían así los Países Bajos y se alegraban de visitar una tierra no muy extranjera llena de rubias y Heineken. Me puse derecha, volví a arreglarme el pelo y me ajusté el cinturón del abrigo. Cuando metí la mano en el bolso, Truus me lanzó una mirada furibunda, pero saqué un cigarrillo. Dos. Abrí el mechero de plata y ella acercó la cara, que alumbró con una luz rosada sus facciones pecosas. El chasquido metálico que emitió el cierre de mi bolso resonó contra las paredes de piedra. Truus se encogió.

—Relájate —susurré. Me fulminó con la mirada. Claro, que yo tampoco estaba relajada, pero fingirlo me tranquilizaba.

La puerta del bar se abrió de nuevo: la columna de luz y el jolgorio de quienes bebían dentro perforaron de nuevo el silencio frío de la estrecha calleja. Me asomé para echar un vistazo y me quedé paralizada tras un estremecimiento.

Allí estaba, tal y como lo había imaginado. Como nos sacaba casi un palmo a las dos, tuvo que agacharse para superar el viejo marco de madera de la puerta, y el vuelo de su gabardina de cuero le hacía parecer todavía más grande, como un cuervo monstruoso liberado de una jaula pequeña que aletease ufano. La puerta se cerró a su espalda con un golpe.

Iba solo. Truus asintió.

—*Pak die rotzak!* —siseó.

«Cárgate a ese cabrón».

Kohl se caló su gorra con visera de oficial del SD usando las dos manos para centrarla y luego se meció sobre los pies mientras tragaba una honda bocanada del gélido aire nocturno. La insignia plateada que indicaba su rango centelleó a la tenue luz. Me daba la impresión de que podía olerlo desde donde me encontraba: un perfume rancio a sudor, cuero y alcohol me embotó los sentidos. Era real.

Truus se agazapó en las sombras y me quedé sola, con un hombro pegado a la pared de piedra del edificio. Como si estuviese aburrida, aunque en realidad notase los nervios a flor de piel. Oía los lametazos planos del agua contra las paredes del canal y veía hasta el último puntito de luz de las estrellas en el cielo. Estaba segura de que jamás volvería a sentirme aburrida. Sin luces exteriores, el destello del rescoldo de mi cigarrillo era la fuente de luz más brillante de la zona. Resplandecía como una luciérnaga en pleno helor de noviembre: roja, cálida y fuera de lugar. Hurgué con la punta del zapato en la grava que marcaba el límite del callejón. Di una calada al cigarrillo y exhalé una mezcla de humo y vaho blanco otoñal, una nubecilla que se materializó en la noche.

Kohl la vio con el rabillo del ojo y volvió la cabeza con un movimiento fluido y rápido, que después acompañó con el cuerpo. Me repasó de arriba abajo como si evaluara a un caballo de carreras y calculara las probabilidades. Era solo una chica; una chica guapa con pintalabios rojo; sola.

Nuestras miradas se encontraron. Se me aceleró el corazón. Le sostuve la mirada tan solo unos segundos más… y luego la aparté y bajé la vista, timorata. Después volví a mirar. Él seguía con los ojos clavados en mí. Paró de abrocharse los botones plateados de su larga gabardina de cuero y dejó los dedos en las costuras. De repente no tenía tanto frío. Sonreí; apenas un amago de sonrisa.

Kohl dio un paso hacia mí y tropezó con la bota negra en un adoquín, de modo que dio un traspiés como los soldados borrachos que lo habían precedido. Buena señal. Alzó la comisura de su ancha boca de labios gruesos, húmedos por su última bebida o quizá a causa del apetito. Tuve que reconocer que era apuesto a pesar del regusto metálico del desprecio que me subía por la garganta. Un oficial nazi de mentón cuadrado y anchos hombros; el ideal ario. Reconocí la delicada insignia de hojas de plata que adornaba el cuello de su tieso uniforme gracias a las imágenes que Truus me había enseñado a buscar.

«Cárgate a ese cabrón».

—*Guten Abend, Fräulein?* —Lo formuló como si fuera una pregunta. Y quizá lo fuera: «¿Buenas noches, señorita?». Por supuesto, no sabía hablar neerlandés. Qué sentido tenía aprender el idioma del país que habían ocupado cuando pronto formaría parte de un único Reich alemán.

Mi alemán era bastante fluido, pero no aquella noche. Truus y yo habíamos cambiado esa parte del plan. No quería verme atrapada en una larga conversación cuando ambas sabíamos que a él solo le interesaba una cosa, y no era charlar.

—*Goedenavond* —repliqué. «Buenas noches». En neerlandés. Hablé con voz suave y grave. La clave no eran las palabras, en cualquier caso. Estaba borracho, de eso no cabía duda, pero su mirada era firme. Sus ojos no se apartaron en ningún momento de los míos.

Crucé un pie detrás del otro y luego otra vez, retrocediendo poco a poco al cobijo que ofrecía el callejón. Él ladeó la cabeza como un cachorrillo y luego echó un vistazo rápido por encima de cada hombro. Nadie a la vista. Caminó hacia mí, con pasos ya más seguros.

—*Sind Sie alleine hier, Fräulein?* —Las palabras se encabalgaban unas con otras, viscosas de whisky. «¿Está aquí sola, señorita?». A la vez que lo decía, avanzaba con zancadas largas y confiadas. Para cuando llegó al «*Fräulein*», se encontraba a apenas unos centímetros de mí.

«No te muevas».

Hasta el último músculo de mi cuerpo suplicaba entrar en acción: «Huye». En lugar de eso, sonreí, di una última calada a mi cigarrillo y lo tiré a los adoquines. Al instante él lo pisó con su pesada bota negra y luego lo retorció. Como gesto de coqueteo, resultaba más bien brutal.

Sonrió, se dio una palmadita en la parte exterior de la gabardina de cuero y luego arrugó la frente.

—*Es tut mir leid, aber ich habe keine mehr.* —Se había quedado sin tabaco—. *Ich hole mehr drinnen… und vielleicht ein wenig Whiskey?* —ofreció, y la idea le iluminó las facciones: quería ir adentro a por más… y de paso un poco de whisky.

No. Ese no era el plan.

—Espere.

Estiré el brazo y le toqué la mano. Su piel ardía bajo mis dedos fríos. Le agarré la mano con fuerza, para contener mi temblor. Bajo las yemas sentía circular la sangre por las venas azules del dorso de su mano y el fino vello que lo cubría.

—No se vaya —susurré. Aún tenía el bolso guardado bajo el brazo—. *Ik heb meer.* —«Tengo más».

Sonrió, asintió y buscó un mechero en su bolsillo. Estaba emocionado. ¿Salir por su cuenta del bar para encontrarse a una muchacha sola esperándolo? Era su noche de suerte. Sin embargo, le estaba costando encontrar el mechero en esos bolsillos tan hondos, y bajó la vista: ¿dónde estaba?

Yo ya tenía la mano dentro del bolso, pero notaba los dedos torpes y fríos. Respiraba tan deprisa que pensé que me desmayaría. La periferia de mi visión empezó a escarcharse y volverse borrosa hasta formar un túnel. Me pegué a él, y el rancio olor masculino que había captado antes me envolvió ahora en una bruma.

—*Mein Liebling* —murmuró él entre dientes, y me encogí.

Parpadeé y vi claro de nuevo, la imagen de Philine y Sonja en la cama de mi propia infancia. La mano en la fría culata metálica, el dedo en el gatillo. El seguro, quitado. Con un solo movimiento saqué la pistola y se la clavé en el ancho pecho, tal y como habíamos practicado. Alcé la vista a sus ojos grises, del color de la plata empañada. Tenía los incisivos blancos y relucientes. No entendía la situación.

—*Was ist das?* —preguntó, con la pálida frente algo arrugada pero todavía sonriendo. Como si aquello fuera un juego.

No lo era.

Apreté el gatillo y el retroceso me estremeció los brazos; di un traspiés hacia atrás, como si me hubiera disparado él. Me dolía la cabeza.

Él seguía de pie.

Su expresión no había cambiado y sus pálidos ojos azules seguían clavados en los míos. Al fin, bajó la frente y se miró la gabardina. Estaba demasiado oscuro para ver gran cosa, de modo que aplanó las manos contra su pecho en busca de respuestas, como peces dando coletazos alrededor de un desagüe, mientras sus anchos hombros se encorvaban y hundían hacia dentro. Algo iba mal.

—¡Otra vez! —gruñó Truus, que estaba pegada a la pared a mi espalda.

Di un paso hacia él, que me atrajo hacia su pecho como si quisiera seguir adelante con su idea original: ¿acaso no tenía que abrazar a la chica, besar a la chica? ¿No era ese el plan? Pero entonces las piernas le cedieron por debajo del cuerpo como un muñeco de resorte desfondado y me arrastró hacia el suelo, agarrándome de los hombros y el cuello, como un hombre que se ahoga e intenta sujetarse a cualquier cosa que flote. Caí contra él, desesperada por apartarme, pero consciente de que, como siempre me decía Jan, todo era una oportunidad que tenías que aprovechar si seguías vivo. Y él me había entrenado para aquello. Encajé el cañón de mi pequeña pistola entre las costillas de Kohl, como una bayoneta, y apreté el gatillo una vez más. En esa ocasión me preparé para el impacto, apoyándome en él.

Dio una boqueada, farfulló algo y luego cayó hacia atrás. Su coronilla rapada chocó contra el suelo de piedra con un crujido espeluznante. La gorra negra y reluciente salió rodando hacia la calle, donde su brillante águila de plata centelleó a la tenue luz como si intentara escapar por su cuenta. Al final frenó, con la visera hacia abajo, sobre el fango. Truus salió disparada para recogerla y lanzarla hacia la parte oscura del callejón.

—¡Ayúdame! —siseó.

Agarramos a Kohl por el cuello de la gabardina y arrastramos su cuerpo adonde no quedara a la vista desde la calle abierta. Con los nervios a flor de piel y un zumbido en los oídos, apenas distinguía la voz de Truus por encima del ruido de mi cabeza. Pero sabía qué hacer. Tirando de las anchas solapas de cuero, lo arrastramos por encima de los adoquines. Acabarían descubriéndolo, y queríamos que lo descubrieran, para mandar un mensaje, pero era mejor que no lo hallaran de inmediato. Lo soltamos en el fondo del callejón con un ruido sordo. Como si moviéramos un mueble.

—Vamos —dijo Truus a la vez que me agarraba de la mano y se dirigía hacia la calle y nuestra vía de escape.

La seguí a trompicones, y luego me zafé de su mano y di media vuelta.

—¿Qué…? —empezó a preguntar Truus, y luego se calló. Corrí hasta Kohl y me posicioné por encima de él con un elegante zapato de baile a cada lado del cuello y los brazos firmes y orientados directamente hacia abajo. Apunté la pistola a su cabeza y vi sus ojos grises, ya casi en blanco del todo como canicas perdidas; desplacé el cañón hasta allí. Tal y como Jan me había enseñado: a través del ojo siempre que puedas; así se tiene la seguridad. Disparé y su cabeza dio una sacudida hacia atrás. Me roció una nube de neblina rosa y el inquietante hedor del pelo y la carne quemados. Me había cargado al cabrón.

Entonces moví los pies, aunque no podía sentirlos; el pecho me subía y bajaba con cada ronca respiración, pero me daba lo mismo. Truus me agarró la mano con más fuerza y echamos a correr por el centro de las calles vacías, resbalando en los adoquines cubiertos de escarcha cuando tomábamos alguna curva.

—Date prisa —me decía una y otra vez. Su voz era una correa que tiraba de mí hacia delante, hacia el otro lado de una gran sima; la superé y me uní a ella al otro lado.

22

—Mamá —dije.

Mi madre entreabrió la puerta y tiró de mí hacia el interior de la casa. No hacía mucho más calor que en las calles decembrinas. No les visitaba desde el trabajo de Kohl, casi una semana antes. Mi madre estaba seria, como si supiera lo que había hecho.

—¿Qué pasa? —pregunté.

Me tendió un trozo de papel.

—De Sonja —repuso.

Estaba escrito en una página arrancada de una revista de cine, encima de un anuncio de champú que ofrecía el espacio en blanco justo para un breve mensaje:

Queridos señores Schaft y amadas Philine y Hannie:

Os agradezco, más de lo que podré expresar nunca, todo lo que habéis hecho por mí. Habéis arriesgado mucho y os estoy agradecidísima por vuestra bondad. Pero si tengo que desaparecer, prefiero irme estando fuera, en el mundo, que esperando aquí en una caja. (Perdón).

Prometo ir con cuidado. No os preocupéis por mí, ¡me voy a América! Conozco a alguien que puede llevarme antes a Suiza, de modo que intentaré escribiros desde allí. Espero veros...

Con amor,

SONJA

—¿Cuándo encontrasteis esto? —pregunté, buscando más información en la parte de atrás, donde solo había otro vistoso anuncio.

—Hace uno días —contestó mi madre—. No sabíamos cómo ponernos en contacto contigo.

Se me aceleró la respiración.

—¿Dónde está Philine?

Mi madre miró hacia arriba; subí los escalones de dos en dos y abrí la puerta del dormitorio de par en par. Allí estaba Philine, en el sitio que antes había ocupado Sonja, en la cama con las colchas encima de las rodillas leyendo. Alzó la vista y se puso a llorar al verme.

—Oh, Hannie —dijo mientras corría hacia ella y la abrazaba con fuerza—. Le supliqué que no se fuera.

—Lo sé —contesté. Sonja llevaba amenazando con marcharse desde el día en que llegó. Habían pasado nueve meses; para ella podrían haber sido nueve años.

—Se estaba volviendo loca —explicó Philine mientras se secaba los ojos—. La incertidumbre se le hacía muy difícil de llevar.

Yo era consciente de que Philine hablaba también por ella misma.

—Intenté recordarle que estábamos muchísimo mejor que muchos otros que están escondidos en despensas o pajares, y ella sabía que era verdad, pero no le bastaba. —La voz de Philine se quebró en un quejumbroso suspiro.

Todas habíamos oído ya esas historias. Judíos escondidos

en huecos bajo el suelo, que solo podían estirar las piernas e ir al baño entrada la noche, cuando era más seguro. Corría el rumor de que una familia de algún punto del noroeste de los Países Bajos escondía a docenas de judíos en acequias de drenaje y silos de grano. Y una noche, después de beber mucho, Hendrik se había echado a llorar al contarme la historia de un niño judío de Ámsterdam, de unos siete años, que había permanecido escondido en una habitación vacía, a solas, después de que se llevaran a su familia, viviendo de los restos de comida de los vecinos. «No llegué a enterarme de su nombre —explicó Hendrik— porque, después de diez meses solo, sencillamente dejó de hablar». Demasiadas historias.

—Lo sé —dije, sin soltarla—. Lo sé.

—Es espantoso no poder hacer nada al respecto —siguió ella—. Nada más que estar aquí sentada, sin poder ayudar.

—No estás sin hacer nada —objeté—. Ayudas a mis padres y, estando aquí, me ayudas a mí. ¿Cómo íbamos a salir adelante sin ti, Philine? —Me abrazó con más fuerza—. Creo que lo que estás haciendo es lo más valiente que puede hacer una persona —proseguí. Lo decía de corazón—. Es mucho más difícil quedarse quieta mientras a tu alrededor el mundo se va al infierno. Si me entra el pánico, al menos yo puedo correr afuera a gritar. —Lo había pensado muchas veces: las libertades de las que yo gozaba mientras las chicas se quedaban encerradas dentro, incapaces de dar un simple paseo al sol para despejarse—. Lo que hacéis todos aquí es muy importante.

—Lo sé, tus padres son maravillosos —dijo Philine, acongojada.

—¡No solo ellos! —Le agarré las manos, intentando lograr que me creyera—. Que dejaras a tu padre y a Marie, que Sonja dejara a su familia… Sois las que más estáis haciendo de todos nosotros. —Philine se apartó un poco y me miró con una ceja enarcada, como si le tomara el pelo—. Hablo en serio —dije—. Es importante que vosotras… —Me costaba explicarlo.

—¿Que nos mantengamos con vida? —preguntó ella con un resoplido asqueado—. ¿Ese es nuestro trabajo?

—Sí, maldita sea. —Me poseyó un ramalazo de la indignación de Jan Bonekamp en mi intento de hacérselo comprender—. ¿Qué quieren los nazis? Que desaparezcáis. De modo que ese es vuestro trabajo: no desaparecer. Aguantar, mantenerse a salvo, no darles lo que quieren. Nuestro cometido, el mío y el de mis padres, es ayudaros a conseguirlo. Eso es lo que estamos haciendo, cada uno a su manera. —La miré a esos dulces ojos ambarinos, tan inteligentes, tan tristes—. Vuestro cometido probablemente sea el más difícil: quedaros quietas en mitad de todo el follón.

Sonrió.

—Es difícil, sí. Pero estoy agradecida. Sonja también lo estaba; lo está.

—Lo sé —dije. Hice una pausa antes de plantear la siguiente pregunta, porque temía la respuesta. Sonja había recibido noticias hacía una semana o así de que su familia seguía a salvo en Ámsterdam, pero nadie sabía cuánto se dejaba sin comunicar, por motivos de seguridad. No sabíamos nada de la de Philine—. ¿Has tenido noticias de tu padre?

Todas estábamos preocupadas por el señor Polak. Unas semanas antes, le había llegado de contrabando una carta suya a Philine. Decía que estaba bien y que seguía en su piso de Ámsterdam. Philine había tirado la carta al suelo, molesta. «Nunca me cuenta la verdad —había dicho—, porque él mismo no la ve». Me pareció más temerosa que enfadada. «Todavía cree que, si quebranta la ley escondiéndose, lo arrestarán. Pero lo arrestarán de todas formas si se queda donde está». Yo coincidía con ella, lo habíamos hablado muchas veces.

—No sé nada de él desde la última carta —dijo Philine en ese momento, sacudiendo la cabeza.

Eso me preocupó. En los últimos meses, por lo menos uno de los barrios judíos de Ámsterdam había sido «despejado» por completo de residentes. Los alemanes se habían apropiado de todos los muebles, la plata y demás objetos de valor que habían podido encontrar, y el resto lo habían dejado para que lo saquearan los vecinos. En la Resistencia, sabíamos que aquello iba a ir a más, pero estaba desesperada por consolar a Philine, así que intenté dar con algo tranquilizador que decir.

—Voy a buscar a Sonja. Si la han arrestado, tal vez todavía esté cerca.

—Y si la han mandado a… —empezó Philine, pero le falló la voz. No terminó la frase, pero yo estaba pensando lo mismo: «Westerbork».

—La encontraré, Philine. Tengo ayuda.

—Vale —dijo, entristecida. Me agarró las dos manos con las suyas, que temblaban—. Pero, Hannie —suplicó—, sea lo que sea lo que estás haciendo, por favor ve con cuidado. No puedo perderte a ti también.

—Voy a encontrarla, y volveremos las dos sanas y salvas. Prometido.

—No —repuso Philine, con la cara pálida—. No digas eso.

Mientras volvía en bicicleta al piso del RVV, esa tarde, intenté formular un plan. Estaba desolada, pero no sorprendida. ¿Encerrada en aquella habitación sin tener idea de cuánto tiempo duraría así? Yo quizá hubiera hecho lo mismo que Sonja. Esperaba que Truus o Hendrik tuviesen alguna sugerencia sobre dónde buscar. Entré en el apartamento y allí, por primera vez desde hacía dos semanas, me encontré a Jan.

—¿Qué pasa? —me preguntó nada más verme.

No sonreí; no podía. Pensé en preguntarle dónde había estado, pero ya parecía irrelevante.

—Me han dejado esta carta —expliqué, mientras se la pasaba—. De mi amiga Sonja, la que…

—Sé quién es Sonja —dijo, lo cual me conmovió. Mi amiga estaba viva también en el pensamiento de otra persona. Jan cogió la carta, la leyó, le dio la vuelta en busca de más detalles y luego me la devolvió—. La encontraremos. —Me atrajo hacia sí y me agarró fuerte—. No te preocupes, la encontraremos.

Y allí estaba de nuevo el Jan Bonekamp al que adoraba. Fuerte, confiado, sin miedo. Me puse de puntillas y le di un beso de gratitud en los labios.

—Gracias, Jan. —Ya no me importaba que se hubiera ausentado tanto tiempo. Me devolvió el beso con suavidad.

—Todo saldrá bien, Hannie —susurró con ternura—. Haré que alguien eche un vistazo en Westerbork.

—¿Qué? —Me agarré al respaldo de una silla de madera para no perder el equilibrio. No quería creer que Sonja pudiera estar allí—. ¿Westerbork? —repetí, como si no le hubiera oído bien. Esperaba que así fuera. Jan apartó la vista. No hacía falta que lo dijera.

Westerbork era donde acababan todos los judíos neerlandeses, tarde o temprano. ¿Aquellas personas a las que había visto en el patio del teatro hacía meses? A esas alturas estaban en Westerbork. Había una estación de tren dentro del campo, y la gente contaba que cada martes partía uno rumbo a Polonia, hacia el campo de trabajo llamado Auschwitz. Salía de Westerbork con todos los vagones llenos de judíos neerlandeses, pero cuando regresaba siempre estaba vacío; como había dicho Truus, nadie volvía de los trenes. Tampoco sabíamos qué pasaba en Auschwitz; nadie mandaba cartas desde allí. Cuando la gente se marchaba de Westerbork, desaparecía sin más. Había visto varias fotografías clandestinas de lo que afirmaban que era un campo de trabajo nazi en algún lugar del este de Alemania, una imagen borrosa, granulada y terrorífica de casi nada: un par de edificios bajos y lo que debían de ser prisioneros caminando en fila india. Parecían espíritus de antiguas personas, figuras de palo que caminaban con paso cansino una tras otra.

No, Sonja no. No podía ser. A esas alturas mi amiga tendría que estar tomando chocolate caliente en un elegante salón de Zúrich o admirando las luces de la neoyorquina Times Square. No podía estar en uno de aquellos lugares; no me lo podía imaginar. Me sentí dar boqueadas, sin aliento.

—¿Hannie? —preguntó Jan—. Estás respirando demasiado rápido. Frena.

Me oí jadear. El miedo me tenía clavada al suelo. «Sonja, no. Sonja, no».

—Venga. —Jan me sujetó pasándome un brazo firme por la cintura.

—No tendría que haberla traído a Haarlem —susurré, con el estómago revuelto al recordar la persuasión que había sido necesaria para convencerla, la cantidad de cuentos confiados que le había explicado sobre lo seguras que estarían ella y Philine y lo pronto que terminaría todo. Me sentía como si tuviera el océano en la cabeza, salvaje, profundo y rugiente, rugiente, rugiente—. Tendría que haberla dejado quedarse en casa.

—Hannie —dijo Jan con voz un poco más alta—. Hannie, escúchame. La encontraremos. Conozco gente con la que puedo hablar… La encontraremos.

—Te ayudaré —afirmé, enderezando la espalda y respirando hondo un par de veces—. La conozco mejor que nadie, seré capaz de localizarla. Reconocerla.

Jan negó con la cabeza.

—Este no es trabajo para ti. Tienes cosas que hacer aquí. Como ese asunto de Kohl. —Me dio un golpecito de respeto—. Necesitamos más de eso. Sobre todo ahora.

—No puedo, Jan.

Se enfurruñó, al borde del enfado.

—Sí, sí que puedes, joder, Hannie. ¿Crees que en el *tabak* aparecen a diario chicas dispuestas a hacer lo que hicisteis tú y Truus? Os necesitamos.

—Puede ocuparse Freddie —protesté, acongojada.

—*Verdomme* —suspiró Jan, frustrado—. ¿Quieres contarle tú a Truus que ya no vas a ayudarla?

«Dios, no».

—No, yo...

—Necesitas un momento, ya. Es normal.

Asentí. Al cabo de un rato, mi respiración se volvió menos agitada. Me senté en la destartalada silla y suspiré.

—¿Estás bien? —me preguntó Jan.

Asentí.

—Esa es mi chica. —Encendió el fogón de la cocina y llenó la tetera—. Y, ahora, cuéntame todo lo que tenga que saber sobre dónde puede encontrarse Sonja.

Empecé a hablar. Al cabo de una hora, Jan me había preparado una taza de té y había tomado nota de todos los retazos de información que se me habían ocurrido sobre la vida y el potencial paradero de Sonja.

—La encontraré —dijo antes de partir esa tarde—. Vete a casa. Ve a estar con tu familia.

Desperté al amanecer en una de las camas gemelas del RVV. No me había ido a casa. La perspectiva de vérmelas con Philine y mis padres sin nada que contarles era demasiado lúgubre para imaginarla, de modo que permanecí en el piso toda la noche, sola, devanándome los sesos en busca de un nombre, un lugar, cualquier cosa que pudiera darme una pista sobre el paradero de Sonja. «Conozco a alguien que puede llevarme...», había escrito. ¿Quién? Ni yo ni Philine teníamos ni idea.

Una fina banda de luz dorada fue avanzando por el techo del dormitorio cuando llegó el alba. Al seguirla con la mirada hasta la otra pared, esperaba ver una cama vacía, pero allí estaba él, Jan Bonekamp, dormido y aún vestido con la gabardina, con el cuello subido hasta las orejas, porque la habitación era fría. Había vuelto. Salí deslizándome de debajo de mis cálidas mantas, le desaté las botas, las dejé en el suelo y le puse encima una segunda manta áspera de lana. Una mano salió hacia mí desde debajo de ella.

—Ven aquí —dijo.

Me quedé quieta y me recorrió un escalofrío. Levanté la manta y me senté en la cama. Luego él tiró de mí hacia su cuerpo y me curvó siguiendo su perfil como si me estuviese amoldando a una concha.

—Jan —murmuré—. ¿Qué pasó anoche? ¿Descubriste algo? —Las veinticuatro horas anteriores se me antojaban como un sueño; una pesadilla.

Respiró hondo, con los ojos aún cerrados.

—Todavía no, pero tenemos gente investigando. —Volvió la cabeza hacia la mía y me besó en la frente con suavidad—. La encontraremos. —Siguió respirando, posiblemente despierto, posiblemente durmiéndose; era muy probable que hubiera pasado fuera toda la noche.

—Gracias —susurré contra su pecho. Me apretó un poco más. Su aliento me hacía cosquillas en la nuca. Detrás de la oreja, su aliento en mi clavícula y luego sus labios en mi piel, besándome el cuello y los hombros. Un arrojo desconocido me hizo arquear la espalda para volverme y besarlo, y él me atrajo más cerca y siguió besando. Estiré los brazos hacia atrás y toqué sus caderas encajadas con las mías, con una mano en torno a mi cintura y la otra en mi pecho, y me apreté contra él con más fuerza. No era el arrojo lo que estaba convirtiendo aquel momento de ternura en algo mayor, como una subida de marea, sino una sensación que había experimentado antes, pero sin sucumbir nunca a ella. En ese momento, me dejé llevar. Apagué la parte de mi cerebro que se ocupaba de la resolución de problemas, la pena, la violencia y lo desconocido. Mejor estar allí con Jan, con independencia de lo que hubiera pasado antes o fuera a pasar en el futuro. Me rendí al confort de hallarme más cerca de otra persona de lo que había estado nunca, de convertirnos el uno en parte del otro. Cerré los ojos y oí su voz.

—La encontraremos.

Dejé que me guiara.

23

Verano de 1944

Pasaron semanas, luego un mes, y me obligué a dejar de esperar noticias de Sonja. Entonces llegó una carta. Llevaba matasellos de Bélgica. Garabateado con su letra curvada en la parte de atrás de un viejo recibo de supermercado había el siguiente mensaje:

> Queridas:
> Estoy en Bélgica, casi en Lieja.
> Escribiré más cuando llegue a Suiza.
> Besos, Sonja

Philine miró mientras leía la nota.

—Son buenas noticias —dije, mientras daba varias vueltas a la hoja en un intento de extraerle más pistas, como probablemente había hecho ya Philine, que me mostró una sonrisa débil, de solidaridad. Teníamos que creer que eran buenas noticias.

Transcurrieron las semanas. No supimos nada más de Sonja.

Me distraía haciendo cada vez más faena para la Resistencia. Después del trabajo de Kohl, di por sentado que Truus y yo seguiríamos haciendo más de lo mismo, pero el golpe había sido casi demasiado exitoso. La noticia del asesinato de un alto oficial de las SS corrió como la pólvora entre la administración nazi neerlandesa, o por lo menos eso decía la radio macuto de la Resistencia. En consecuencia, Truus y yo teníamos que ser discretas durante una temporada.

—Cuidado con la joven del pelo rojo —me decía Jan en tono de mofa, haciéndose eco de los rumores—. Te engatusa con su sonrisa y luego ¡¡bang!! —Apuntaba con una pistola imaginaria y disparaba.

Yo me hacía la exasperada, pero disfrutaba. Hendrik llegó a sugerir que me pusiera un disfraz o una peluca para ocultar mi color de pelo, lo que me pareció algo exagerado. No tardé en echar de menos la emoción del trabajo peligroso, pero Hendrik insistía en que nos mantuviéramos ocupadas con el cometido menos excitante, pero «igual de importante», de depositar pilas de periódicos clandestinos en espacios públicos para que los ciudadanos se los encontraran por casualidad a la mañana siguiente y el de entregar cartillas de racionamiento falsificadas en las casas donde había *onderduikers*. A mí no se me antojaba igual de importante. Me parecía absurdo, un simple modo de mantenerme ocupada. Que era como Sonja debía de haberse sentido encerrada en mi dormitorio, descubrí. Pasó un mes y luego dos, pero no llegaron más cartas.

—A lo mejor las han interceptado en alguna parte —sugirió Philine una noche—. Es fácil que el correo se pierda.

—Podría ser —dije. Era posible, pero ninguna de las dos lo creíamos. Jan me aseguraba que tenía a todos sus contactos sobre aviso por si captaban cualquier rastro de Sonja, pero, por lo demás, mi impotencia era tan grande como la de Philine en lo que se refería a buscarla. Como si yo misma fuera una *onderduiker*, tuve que acostumbrarme a esperar.

Para entonces, la *Aktion Silbertanne* estaba en pleno vigor. Hacía poco, los nazis habían seleccionado al azar a veinticinco varones de entre una multitud del centro de Ámsterdam y los habían ejecutado a todos en el acto delante de centenares de horrorizados testigos. Después un *Kommandant* nazi se había subido a una caja de manzanas, había hecho el saludo de la mano alzada y había leído un comunicado que explicaba que aquella era la consecuencia, legalmente justificada, del sabotaje al depósito de combustible alemán de dos días antes. Y era solo el principio: las operaciones contra la Resistencia habían comenzado. «Tenemos que mantener la presión», decía Hendrik una y otra vez. Nadie le llevaba la contraria. Sabíamos que los alemanes seguirían matándonos tanto si nos defendíamos como si no.

Jan me pidió que le ayudara a poner una bomba en un cine del centro de Haarlem, donde los alemanes iban a ver sus películas de propaganda. Para ello tuve que transportar una bomba casera del tamaño de un cachorrillo hasta el teatro Rembrandt, dejarla en una esquina oscura y luego marcharme. Sin embargo, el artefacto no detonó; se limitó a chisporrotear hasta hacer saltar la alarma de incendios, y todos salimos corriendo a la calle. Jan no se enfadó, lo que fue un alivio, pero yo sí que estaba furiosa conmigo misma; decepcionada. Nada salía como debía. No avanzábamos.

Pasaron más semanas sin noticias de Sonja.

Jan parecía inventar razones para que pasáramos tiempo juntos, ya fuera haciendo prácticas de tiro o llevándome a hacer un recorrido en bici por los pueblos que rodeaban Haarlem, en la dirección en la que había nacido él. Intentaba animarme, o por lo menos distraerme, y la verdad es que ayudó. Pasaron más semanas y llegó la primavera. ¿Pero Sonja? Ni siquiera un rumor. Yo intentaba no permitirme imaginar lo que le había ocurrido o, peor aún, lo que le estaba ocurriendo en esos momentos. Trataba de no figurármela nunca muerta. Cuando visitaba a Philine, más o menos una vez por semana, ella y yo hablábamos de otras cosas, aunque no había nada más de lo que hablar. Mis padres dejaron de interesarse por ella. Jan no tenía que preguntar. Pasábamos tanto tiempo juntos que, si yo hubiera oído algo, él lo sabría.

Estaba tumbada en el sofá de terciopelo raído del salón del RVV, leyendo un panfleto que los aliados habían lanzado desde el aire unos días atrás. La ilustración mostraba cómo construir una habitación secreta (omitido: cuando hacía falta esconder a alguien), cómo orientarse mediante las estrellas (omitido: cuando se huía de los alemanes por la noche) y cómo transportar a «una persona inconsciente o herida» (omitido: está muerta). Cosas útiles. Jan entró de golpe.

—Aquí estás —dijo. Me miró como si estuviera loca por perder el tiempo leyendo cuando podría estar haciendo otra cosa—. Venga, vámonos.

—Bueno, hola. —Lo había visto el día anterior y no esperaba volver a encontrarme con él hasta la semana siguiente. Desaparecía durante días y, como nunca daba explicaciones, había aprendido a no hacer preguntas.

—¿Te acuerdas de Pieter Faber? —preguntó Jan—. ¿El Panadero Fascista de Heemstede? —Como si fuera el título de un cuento de los Hermanos Grimm. Lo recordaba. Heemstede era una localidad que se encontraba veinte minutos al norte de nosotros, una lujosa urbanización de mansiones pertenecientes a familias que habían hecho fortuna en las ciudades de Haarlem y Ámsterdam. Algunas eran residencias veraniegas, un concepto que me era desconocido hasta que conocí a Sonja—. Tengo la dirección de su casa. Vamos.

Faber era un poderoso colaboracionista neerlandés, un destacado hombre de negocios que llevaba años agitando en contra de la democracia. Me había enterado de eso a lo largo de los últimos meses de boca de Hendrik y Jan, quienes mantenían una lista actualizada de posibles objetivos. Algunos eran infames cazadores de judíos cuyo nombre era conocido por todos; otros eran individuos más anónimos cuyo perfil público más bajo a menudo los hacía más fáciles de localizar. El monstruoso plan de vaciar los Países Bajos de judíos no era un mero proyecto particular del Reichskommissar Seyss-Inquart o nuestro viejo amigo Kohl. Se trataba de una inmensa burocracia de estrategia y objetivos ejecutados por millares de efectivos a lo largo y ancho del país, desde altos cargos de la Gestapo hasta los funcionarios más humildes de los ayuntamientos de aldea. Nos sobraban villanos a los que perseguir. Si no era el máximo responsable, no pasaba nada. Los peones que mantenían la maquinaria engrasada también merecían su castigo. Todos los integrantes del RVV estábamos de acuerdo.

El Panadero Fascista de Heemstede, por ejemplo, tenía dos hijos adultos que también trabajaban para las SS. La familia Faber entera denunciaba a sus vecinos por interés, ya que a cambio obtenía favores especiales de sus mandamases nazis, como, por ejemplo, harina de una calidad digna, de manera que la *bakkerij* Faber aguantaba siendo una de las pocas panaderías que seguían abiertas. La familia había sido una plaga desde antes de la guerra, como miembros declarados del fascista partido neerlandés NSB. Eran nazis in péctore desde hacía mucho.

—¿Qué piensas hacer cuando llegues allí? —pregunté.

Jan sonrió.

—Eso depende.

Llevaba una camisa larga que casi tapaba el bulto de la pistola que tenía metida bajo la cintura de los pantalones. Probablemente tuviera otra en el bolsillo. Jan era famoso por su valentía, su teatralidad y su preocupante arrojo. Prefería dar sus golpes en lugares públicos llenos de luz y testigos; decía que, si la gente lo veía con sus propios ojos, el impacto de nuestro trabajo se duplicaba. Algunos de sus mayores éxitos habían sido ejecuciones que había perpetrado simplemente porque se le había presentado la oportunidad, sin ninguna planificación previa. Éramos diferentes en casi todo, y aquello era un ejemplo más. Al igual que Truus, yo prefería ensayar un trabajo importante una y otra vez antes de llevarlo a la práctica, aunque fuera solo de cabeza. Sin embargo, después de hacer tan poca cosa en las últimas semanas, mi apego a la cautela se había disuelto.

—De acuerdo —dije. Tenía planes de ver a Philine más tarde, pero la idea me daba pavor. Últimamente estaba tan pálida y callada, como una flor marchitándose en una habitación a oscuras. Siempre me marchaba de casa sintiéndome peor, no mejor, y sospecho que a ella le pasaba lo mismo. El trabajo de Faber era una excusa para no ir. Jan agarró mi abrigo y me llevó hasta la entrada.

—Por aquí.

Bajamos a la calle, donde había aparcado un Peugeot de color negro apagado, y Jan se agachó para abrirme la puerta del copiloto.

—Las damas primero —dijo.

—¿Qué es esto? —pregunté, sin moverme.

—¿Es que nunca has visto un coche? Entra.

—¿De quién es?

Emitió un resoplido frustrado.

—Métete en el coche y punto, mujer.

Eso me hizo reír, de modo que entré. El interior olía a polvo caliente. Pasé un dedo por la pelusilla del salpicadero y dejé una raya negra a su paso; entonces el motor empezó a rugir y un tenue humo gris se coló desde debajo del capó. Jan salió al centro de la calzada, enderezó el rumbo y partimos.

Yo no había montado en muchos coches, pero sabía lo bastante para entender que el Peugeot estaba muy hecho polvo. De los cojines de los asientos asomaban como sacacorchos las puntas de los muelles de acero, y con ellos salían mechones del relleno de crin. Cada vez que pasábamos por encima de un pedazo de grava retemblaba el chasis entero. Cada parada, con su posterior arranque, daba lugar a una cacofonía, y dentro a menudo había demasiado ruido para hablar. Sin embargo, una vez que llegamos a las afueras de Haarlem y cobramos velocidad entre granjas lecheras y campos de tulipanes, el traqueteo dio paso a un zumbido más suave, como de oleaje, y por fin fue posible charlar.

—¿De dónde ha salido el coche, Jan?

—Lo robé —contestó, como si la respuesta fuera obvia—. Siempre lo veía aparcado en una travesía cerca de la oficina de correos, nunca se movía. Deduje que estaba abandonado.

Plausible. Ni siquiera la mayoría de los ricos eran capaces de pagar el precio al que se había puesto el combustible.

—¿De dónde has sacado la gasolina?

—También la he robado —dijo Jan, señalando con la cabeza hacia el asiento de atrás. Había un aparatoso bidón metálico en el suelo, detrás del asiento del conductor, pintado con el verde de la Wehrmacht y con la consabida esvástica encima.

—No tendrías que pasearte con eso en el coche —señalé.

Pareció sorprenderse.

—¿Estás preocupada, profesora?

—Es arriesgado —dije. Y estúpido. Hubiera sido fácil trasvasar la gasolina a un recipiente menos llamativo. Casi siempre me hacía gracia la bravuconería de Jan, pero aquello era una locura. Si nos paraban en un control alemán, algo que no era nada inverosímil, ya que muy pocos civiles se desplazaban en coche por el campo en aquella época, probablemente podríamos justificar el vehículo, pero ¿el bidón nazi de gasolina?

Jan sacó del bolsillo de la chaqueta su pequeña petaca metálica, echó un trago, chasqueó los labios y me la tendió. Me había adaptado enseguida al enfoque del RVV respecto al tabaco y el alcohol: con independencia del momento del día en el que surgiesen, los compartíamos, conscientes de que llegaría un día en que dejasen de aparecer del todo. Cada calada y cada sorbo constituían una pequeña victoria.

—Qué difícil se lo pones a un hombre —dijo Jan.

—¿Perdona?

Sacudió la cabeza, asombrado.

—La mayoría de las chicas se alegrarían de que me presentara con un poco de whisky de estraperlo. A ti no te impresionaría ni aunque llegase en un submarino alemán.

Me reí, atormentada. ¿Qué estaba diciendo? Cuando estaba con Jan me pasaba la mayor parte del tiempo intentando no parecer una idiota.

—¿Impresionarme? —pregunté.

—Venga, Hannie —dijo él, con tono casi irritado.

Lo miré, perpleja.

—Si tienes novio, no pasa nada. Me lo puedes decir. —Mantuvo la vista en la calzada.

—¡No! —exclamé.

—¿Cómo, nunca? —Me miró de reojo para ver si estaba de broma.

—No es asunto tuyo —dije, molesta con el cariz de las preguntas. Aquella primera noche juntos después de la desaparición de Sonja no había sido la última. Aunque delante de los demás actuábamos como camaradas y amigos, siempre que estábamos solos nos sentíamos atraídos a darnos un abrazo, luego un beso, luego más. Era algo esporádico, que solo ocurría cuando estábamos solos practicando tiro o entrada la noche en el piso del RVV, pero que se estaba prolongando, y para mí suponía una evasión casi mágica de la naturaleza brutal de todo lo demás. Cuando besaba a Jan, era el único momento en el que se me iban de la cabeza las preocupaciones. De manera que por supuesto que no tenía novio. Era lo bastante inocente para creer que, si lo tenía, era él. Obviamente, eso no lo dije.

—¿Has estado enamorada alguna vez? —preguntó.

—Jan.

—Vamos. Que hemos puesto una bomba en un cine juntos. —Se rio.

—Lo hemos intentado —corregí.

—Lo hemos intentado —concedió—. ¿Y bien?

Habíamos hecho cosas más significativas a oscuras que un atentado frustrado en un cine, en mi opinión. Eso me lo guardé.

—No —respondí—. No lo creo. No, si eso significa que la otra persona también te quiere.

Jan mantuvo la vista puesta en la carretera. Hacía kilómetros que no veíamos un coche; era como conducir por la luna. Se diría que teníamos el mundo entero —la inmensidad llana y verde de los campos regados, por lo menos— para nosotros solos.

—Eres una chica extraña, Hannie Schaft. —Sacudió la cabeza—. ¿De verdad no eres consciente de ello? ¿Del efecto que has tenido en todos nosotros?

—Para —dije, negando con la cabeza. Jan estaba intentando cambiar de tema.

—Eso es lo más curioso de ti —prosiguió él—. Eres inteligente, pero se te pasa por alto lo más obvio.

—¿Qué es lo más obvio?

—Tu manera de hacer este trabajo —respondió—, como si hubieras nacido para ello. Hasta Truus te respeta, y eso que no le cae bien nadie menos Freddie.

—Eso no es verdad —protesté, abrumada. ¿Hablaba en serio?

—Es la pura verdad.

Acalorada de repente, bajé del todo la ventanilla y saqué la cabeza para que el viento me azotara las mejillas. ¿Me estaba tomando Jan el pelo? ¿O esta era su manera de sostener una conversación profunda? No tenía ni idea. El viento me hizo lagrimear. Parpadeé, y entonces lo vi. Algo se nos acercaba por la carretera.

—Oye —avisé—, hay algo…

—Ya —dijo. Miró al frente y seguí la dirección de sus ojos.

Un control alemán—. Mantén la calma y déjame hablar a mí. —Me miró de reojo—. ¿Pistola?

Di unas palmaditas al bolso que tenía a mi lado en el asiento del coche. Jan aminoró a medida que nos acercábamos, y el Peugeot se detuvo con una sacudida y un petardeo como si el circo acabase de llegar a la ciudad.

Jan sacó su bella testa rubia por la ventanilla y sonrió al soldado alemán, tan joven que parecía que no hubiese empezado a afeitarse todavía. El soldado cambió de posición su aparatoso Sten para ponerlo en guardia y se plantó en el centro de la calzada, flanqueada por sacos terreros y, detrás de estos, acequias. No teníamos adonde ir si no era marcha atrás. Pero en ese momento otro soldado nos cerró el paso por allí también.

Detrás del soldado adolescente había un camión de la Wehrmacht con un entoldado de lona en la parte de atrás, aparcado en mitad de la calzada. Dos soldados más se acercaban poco a poco desde esa dirección. Aquel debía de ser el destino más aburrido de los Países Bajos. Los soldados parecían complacidos de contar con una distracción.

—Alto —ordenó el soldado, aunque ya habíamos parado. Se acercó al coche y me miró a mí y luego a Jan—. ¿Destino?

—Heemstede —dijo Jan. Yo me estremecí. ¿Por qué contarles eso cuando había otra docena de pueblos más lejanos a los que podríamos dirigirnos? ¿Por qué compartir un ápice de verdad con aquellos chacales?

El soldado asintió e inspeccionó el coche. Pasó por delante de la puerta de Jan y escudriñó el asiento de atrás. El bidón de gasolina. Se detuvo, con la frente arrugada.

—¿Qué es esto? —le preguntó a Jan.

Jan giró la cabeza como si no tuviera ni idea de que había algo en la parte de atrás. Como si eso resultara convincente.

—Ah, ¿la gasolina? —dijo, volviéndose del todo, todavía relajado y contento.

—*Ja*. La gasolina. Propiedad de la Wehrmacht, como puede comprobar usted mismo.

—Cierto —dijo Jan—. Es de ella. —Me señaló. Luego se volvió hacia mí y me miró de una manera que me convenció, justito, de seguirle el juego, fuera lo que fuese lo que tenía en mente. Muy justito. Miró de nuevo al soldado—. Sí, su padre es el alcalde. De Heemstede. Así que la envió a conseguir algo de gasolina, y aquí estamos.

El soldado me miró por encima de Jan, juzgándome.

«Haz lo que haría Sonja. O Annie».

Me senté derecha y me alisé la falda por encima de las rodillas.

—Hola —dije, y dediqué a los soldados uno de los refinados saludos de Sonja agitando los dedos.

—¿Su padre es el alcalde de Heemstede? —preguntó el soldado.

—En efecto —contesté—. Nos espera, ya deberíamos estar allí...

—De acuerdo —dijo el soldado. Los otros dos se le acercaron desde detrás.

—¿Qué problema hay? —preguntó uno de pelo moreno al joven soldado.

—Ninguno. Van a Heemstede. —Durante esta conversación, el segundo recién llegado rodeó el coche y también descubrió el bidón.

—¿Has visto eso? —preguntó.

El joven se puso rojo.

—*Ja, ja* —dijo, asintiendo con la cabeza—. Pero está bien, he llegado al fondo del asunto.

—Ah, ¿sí? —Los dos soldados estaban de pie justo detrás de mí—. ¿Y bien?

—Su padre es el alcalde —explicó el joven soldado—. Ha ido a buscarle gasolina. El alcalde de Heemstede.

Sus compañeros parecían escépticos. Señalaron a Jan.

—¿Y este quién es? —preguntó el de pelo oscuro.

—Su chófer —respondió Jan con una alegre sonrisa. Los tres soldados lo miraron; no les caía bien.

—¿En este montón de chatarra? —dijo el soldado a la vez que propinaba una patada a la rueda trasera del Peugeot. El tapacubos suelto emitió un ruido metálico.

—Teníamos un Mercedes —expliqué—, pero lo requisaron. —Ellos sabrían quién.

Los dos soldados departieron en voz baja, tratando de convencerse el uno al otro. Al final, habló el moreno.

—¿Cómo se llama el alcalde de Heemstede, entonces, soldado?

Jan tragó saliva, pero yo ya le estaba pasando mi documento de identidad falso escondido bajo la palma de mi mano. Sin mover la cabeza, bajó la vista y luego miró al frente de nuevo. Tenía el brazo apoyado en la ventanilla abierta y dio unos golpecitos en el metal, lo justo para llamar la atención del joven soldado, que le miró.

—Elderkamp —murmuró Jan.

—Elderkamp —repitió el muchacho.

Los dos soldados golpearon la parte exterior de mi puerta.

—Documentación.

—Un momentito —dije mientras dejaba en el suelo mi bolso para que Jan pudiera volver a meter dentro el carnet. Luego lo recogí y saqué solo el documento. Escondí el bolso, con la pistola todavía dentro, bajo mi muslo.

Los dos soldados me miraron, luego al carnet, luego a mí otra vez. Al otro lado del coche, el joven estaba empapado en sudor. El alemán del pelo moreno se agachó.

—Salude de mi parte al alcalde Elderkamp —dijo, mientras se tocaba la gorra y me guiñaba un ojo.

—Así lo haré —repliqué con tono jovial—. ¡Gracias!

El soldado de cabello oscuro golpeó dos veces el techo del coche y seguimos nuestro camino, bordeando el camión de la Wehrmacht en dirección a Heemstede. Apoyé la cabeza en el asiento y exhalé, aliviada, furiosa y emocionada.

—¡Ja! —exclamó Jan, mientras miraba por encima del hombro al soldado que desaparecía a nuestra espalda, y luego a mí—. A eso me refería, Hannie. Lo que acaba de pasar. Has estado genial.

—No habría sido necesario si no hubieras traído mercancía nazi robada a tu excursioncita —dije—. ¿El alcalde Elderkamp? —Sacudí la cabeza—. ¿Cómo se llama de verdad?

—¿Quién sabe? —respondió Jan con una sonrisa. Sin apartar la vista de la calzada, se inclinó hacia mí y me dio con el codo en las costillas—. Tienes que reconocer que esto ha vuelto más interesante nuestra salida.

—¿Esto es una cita?

—Nuestra salida —corrigió Jan con una sonrisa inocente—. «Cita» lo has dicho tú.

—No es una cita —dije.

—No, no lo es —coincidió él.

—Porque... —Dejé la frase en el aire.

—Porque a la hija del alcalde jamás le consentirían salir de cita con su chófer.

—Claro —repuse—. Aunque es cierto que mi padre es bastante comprensivo; y le caes bien.

—Vaya, está loco por mí. Les pasa a todos los padres.

Yo no lo tenía tan claro. Me daba la sensación de que mis padres encontrarían a Jan demasiado descarado y escandaloso para su gusto. Eran personas humildes y tranquilas. Como yo misma, antes. Me encendí un cigarrillo y luego otra para Jan, que le pasé.

—¿Lo has liado tú?

Asentí, y él sonrió.

Estábamos dejando atrás las tierras de labranza para entrar en la arbolada zona residencial de Heemstede, con sus limpias aceras y coloridos arriates de flores. Jan parecía saber adónde iba. Atravesamos aquellos barrios residenciales y me pareció que estuviera en un mundo distinto. Mientras recorríamos con nuestro traqueteante vehículo las calles jalonadas de árboles entre viviendas de anchos tejados a dos aguas integradas en el paisaje, caí en la cuenta de que las familias neerlandesas que antes vivían allí —¿Gentiles? ¿Judías? Imposible saberlo— habían sido sustituidas por la élite nazi. Se notaba por los Mercedes oficiales negros aparcados en los caminos de entrada. Dentro, cabía suponer que los nuevos inquilinos alemanes comían en sus vajillas de porcelana robadas, se sentaban en los sofás y dormían en las camas. Igual que en el domicilio de los Frenk, en Ámsterdam.

—Mi padre el alcalde debe de estar loco por los nazis —comenté cuando pasamos por delante de una mansión con una reluciente limusina aparcada delante.

—No es un gran alcalde —dijo Jan—. Lo siento. —Miró el reloj y aminoró la marcha mientras oteaba la calle en la que estábamos—. Ese control nos ha entretenido. Faber llegará a casa en cualquier momento. —Me miró—. Es bastante sencillo. Sales tú primero, te acercas a él cuando esté revisando el buzón, le pegas un tiro allí mismo y luego yo te sigo desde atrás. Volvemos a meternos en el coche y nos largamos.

Seguí la dirección de su mano. Faber vivía en Jan Tooropkade, en una casa idéntica a las otras docenas de viviendas enjalbegadas con tejado oscuro a dos aguas y paredes de estuco blanco, todas con vistas a la calle adoquinada. Era una zona residencial, de manera que no había vendedores de periódicos ni camiones de reparto cuyos gritos y bocinazos pudieran disimular el estruendo de los disparos; solo se oía la conversación de la gente que paseaba a la orilla del agua, algún timbrazo de bicicleta aquí y allá y el chirrido de las vigas de madera de un tradicional molino de techo de paja que giraba con la brisa. Más allá de la calle se veía un terraplén cubierto de hierba y, detrás, el canal Zuider Buiten Spaarne, que en los años anteriores a la guerra hubiera estado lleno de tráfico fluvial, pero en lugar de eso estaba muy tranquilo, ya que la mayoría de embarcaciones habían sido escondidas por sus dueños o confiscadas. Los suaves sonidos de aquel entorno tendrían que ser suficientes para encubrir los disparos y cualquier grito que emitiera Faber, algo que era muy dudoso. Y eso, contando con que le acertásemos. Contando con que yo siguiera adelante con aquello.

Jan me tocó la mano.

—¿Lista?

Cerré los ojos. Unas horas antes, estaba a salvo en el sofá del RVV. Desde entonces, había sido cómplice del robo de un coche y un bidón de gasolina nazi; había adoptado una identidad falsa delante de unos soldados de la Wehrmacht y ahora en teoría íbamos a ejecutar al Panadero Fascista de Heemstede. Abrí los ojos parpadeando. Luego rememoré la satisfacción que había supuesto eliminar a Kohl, y eso borró cualquier otro pensamiento o emoción.

—Lista.

—¿Estás segura? —Jan parecía nervioso, pero yo ya lo había superado—. ¿Qué es eso?

Me estaba atando un pañuelo ligero bajo la barbilla.

—Hendrik dijo que necesitaba un disfraz —respondí.

—¿La joven del pelo rojo? —Jan sonrió.

—Eso dicen —repliqué, irritada y tratando de esconder el resto de mi cabello bajo el pañuelo.

—A lo mejor tendría que hacerlo yo, y tú ya conduces.

—Yo me ocupo —sentencié. No sabía conducir.

Jan cambió el tono, de dulce a agrio.

—Ahí viene Faber.

Yo también lo vi. La puerta de la casa estaba entreabierta y Pieter Faber estaba de pie en la franja de sol que iluminaba el umbral. Era bajo y rechoncho, como un Mussolini neerlandés.

—¿Ves al cartero que se acerca por la calle? —dijo Jan—. En cuanto deje las cartas en el buzón, Faber moverá su corpachón hasta allí para recogerlas. Será entonces cuando lo hagamos. Estará distraído.

—¿Llevará pistola? —pregunté.

—Es uno de los cabrones más odiados de los Países Bajos, así que lo doy por supuesto. —Jan se relamió—. Puto traidor.

—Está caminando. —Lo vimos salir poco a poco de su casa y mirar a ambos lados antes de continuar—. Está nervioso —observé.

—Bien que hace. —Jan arrancó el coche. Petardeó y traqueteó, pero Jan Tooropkade era una calle ancha y la circulación de otros coches hacía que llamáramos menos la atención.

—Me aproximaré poco a poco, siguiendo al cartero —dijo Jan—. En cuanto se vaya y Faber tenga su correo, te acercas a él.

—Vale.

Faber ya había recorrido la mitad de su caminito de entrada a esas alturas, sincronizando su llegada al buzón para que coincidiera con la entrega del correo. Llevaba un viejo jersey marrón que probablemente le había tejido su mujer. Aquello era muy distinto de cuando vi a Kohl por primera vez, con su cuero negro y su aliento a tasca. Cuanto más nos acercábamos a Faber, más me imaginaba que podía oler a galletas y pan recién hechos. Parecía muy benévolo, pero era él quien iba disfrazado.

El cartero se le acercó saludando con la mano, pues aquello formaba parte de su rutina diaria. Faber le cogió varias cartas y luego el otro siguió su recorrido calle abajo. Yo ya había abierto la puerta del coche; la sostuve con el seguro quitado pero cerrada, lista para salir de un salto. Nos acercamos centímetro a centímetro al camino de entrada de Faber, y respiré hondo.

—Quieta. —Jan me pasó un brazo por delante para impedirme que saliera cuando ya tenía un pie en la acera—. Mira —dijo.

Había estado totalmente concentrada en el buzón, esperando a que el cartero abandonase la zona. Sin embargo, mientras Jan me sujetaba, vi que un niño de unos diez años de edad corría por la acera hacia Faber desde detrás de nosotros. Desde el coche vimos cómo el hijo del vecino entregaba a Faber una carta más, depositada en la casa incorrecta. Faber le dio una palmadita en la cabeza. El simpático panadero del barrio.

—Dios mío. —Tenía el corazón desbocado; en ninguna situación anterior había habido niños de por medio. Miré a Jan—. Por un pelo.

Él asintió.

—Ahora, ve.

El brazo que me sujetaba de pronto me empujó fuera del coche. Sorprendida, me apeé de un brinco y Faber reparó en mi entrada triunfal, porque se volvió a mirarme con cara de sorpresa. El niño, por suerte, había regresado corriendo a su casa. Me recompuse y con cinco zancadas rápidas me planté delante de Faber, con una sonrisa de oreja a oreja para pillarlo con la guardia baja.

—Señor Faber —saludé—. Usted es Pieter Faber, ¿verdad? —Todavía radiante.

—*Ja, ja* —dijo él, devolviéndome la sonrisa con un destello de curiosidad en los ojos.

—¿Dónde está Sonja? —me oí sisear. No fue algo planeado, pero ella era el motivo que había detrás de todo lo que estaba haciendo. Ya tenía la pistola en la mano, y hundí la boca del cañón en pleno centro de la abultada panza de Faber, que no sabía si abrazarme o empujarme. Apreté el frío gatillo y sentí la coz del impacto en su cuerpo y en el mío también, ya que mantuve la presión contra su barriga para que actuara de silenciador natural. Faber abrió la boca como un pez que hiciera burbujas en un acuario y noté el calor de la sangre en la muñeca. Él parpadeó rápidamente y emitió un gemido entrecortado.

—¡Vamos! —exclamó Jan. Había salido del coche y se encontraba justo detrás de Faber. Me aparté de un salto cuando el panadero se volvió hacia la voz de Jan—. Nazi de mierda —dijo este con la misma voz calmada que había usado con el soldado del control, mirándolo a la cara; entonces disparó a Faber en el centro de aquel viejo jersey marrón. Un chorro de sangre roja brotó de la espalda del panadero cuando el proyectil lo atravesó de parte a parte. Se oyó un grito de mujer en algún punto de la calle, por detrás de nosotros.

—¡Sube al coche! —dijo Jan mientras corríamos.

Agarré el mango de la puerta con la mano derecha, pero la tenía resbaladiza de sangre. Mientras me peleaba con ella, Jan se estiró por encima del asiento y me la abrió, con el coche ya en movimiento.

—Entra —exclamó él, agarrándome del brazo. Nos alejamos envueltos en el estruendo de nuestro coche a la vez que una pequeña multitud empezaba a congregarse en torno al cuerpo de Pieter Faber, que yacía inmóvil sobre la hierba.

—Creo que está muerto —dije, mirando por la ventanilla de atrás mientras nos alejábamos. Nadie nos siguió, aunque unas pocas personas nos señalaron con impotencia. No se oían sirenas aún.

—Está muerto —corroboró Jan—. Ya lo estaba con el primer tiro, lo que pasa es que todavía no se había enterado.

—Ese niño pequeño —comenté.

—Jesús, ese niño. —Jan sacudió la cabeza.

—Ni siquiera lo he visto —dije—. Si no me hubieras detenido...

—Está bien, Hannie. Has estado genial. —Atravesó el apacible barrio a una velocidad normal, pero, cuando llegamos al límite de la zona urbanizada, empezó a acelerar. Habríamos recorrido unos cuatro kilómetros cuando dio un volantazo a la derecha y, derrapando, metió el coche por el polvoriento camino de acceso a una granja. Tomó otra curva cerrada y apagó el motor detrás de un granero con el techo desfondado. El coche tintineó y silbó al empezar a enfriarse—. Vamos —dijo Jan. Lo seguí hasta el granero—. Puedes quedarte la negra. —Señaló dos viejas bicicletas idénticas que había apoyadas contra la pared de un establo—. Es más bonita.

—Gracias. —Las dos bicis estaban igual de machacadas—. ¿Vamos a volver a casa pedaleando?

—Tendremos algo más de paz que en esa lata de sardinas francesa —comentó Jan.

Muy astuto. Una vez subidos a nuestras bicis, volveríamos a confundirnos entre la multitud y dejaríamos de ser la extraña pareja del coche antiguo que disparó a Pieter Faber. Me quité el pañuelo y sacudí el pelo. El calor veraniego y el poso del miedo me estaban haciendo sudar.

—¿Cuánto tiempo hace que planeaste esto?

—Unos días.

—¿Por qué no me lo contaste?

—Pensé que así te pondrías menos nerviosa.

Quería protestar, pero sabía que él tenía razón.

—La verdad —prosiguió Jan—, no estaba seguro de que fueras a hacerlo así a bocajarro. —Sonrió—. Pero lo has hecho. —Se me acercó y me levantó la barbilla hacia él—. Por supuesto que sí. —Se agachó como si fuera a besarme y luego se detuvo, mirándome a los ojos.

Volvió a asentir. Estábamos tan cerca que le veía la cadencia del pulso en el hueco de la base de la garganta. Exhaló una larga y lenta bocanada de aire, primera y única indicación de que había estado preocupado en algún momento. Me puse de puntillas y le di un beso en los labios. Se echó a reír y nos besamos a través de la risa y el alivio de haber completado con éxito nuestra terrible misión, olvidado el peligro. Me envolvió con los brazos y aplastó mi cuerpo contra el suyo, y por un momento se me vino a la mente el abrazo homicida que yo le había dado a Faber, su barriga contra la mía. Me estremecí y luego expulsé la imagen de mi cabeza pegándome todavía más a Jan, enterrándome en la pelusilla que cubría su piel, en el calor de su sudor y su aliento, puros como el agua de lluvia y el viento.

—Te quiero. —Las palabras parecieron anunciarse directamente desde mi corazón, sin cálculo ni idea preconcebidos.

—Yo también te quiero, Hannie —correspondió él de inmediato, antes de besarme con más pasión, como si pretendiera sellar un juramento. Mis manos treparon por la parte de atrás de su camisa para tocarle la piel, y él hizo lo mismo, delirantes y perdidos el uno en el otro. El horror de lo que acabábamos de hacer se había transformado en pura fuerza vital, que hacía palpitar nuestros corazones con sentido de la justicia y amor. Sí, amor. Por primera vez. Sabía que no había conocido jamás nada parecido.

—No podemos quedarnos aquí —murmuró Jan entre besos.

—No demasiado tiempo, no —dije yo mientras le desabrochaba el botón de arriba de la camisa. Él suspiró y volvió a besarme, con las manos enmarañadas en mi pelo. Le quité el segundo botón.

—Hannie —interrumpió Jan—, espera.

—No va a venir nadie a buscarnos —susurré, sorprendida por su vacilación.

—Pero, Hannie…

—¿Sí?

—Hannie. —Su tono cambió. Mantenía el mismo afecto, pero adquirió una nueva solemnidad—. Hay algo que debo decirte.

Traté de interpretar su expresión, pero no capté nada.

—Hannie —susurró, casi con un suspiro. Me miró expectante, como si estuviera a punto de hincar una rodilla y proponerme matrimonio.

—Oh, Jan, venga ya —dije con una risilla.

—Hannie, estoy casado.

Volví a reír.

—Para ya.

—Y además tengo una hija. Ha cumplido dos años.

Me quedé de pie, de alguna manera. Lo miré fijamente, incapaz de comprender. Apenas respiraba.

—Es verdad que te quiero —dijo Jan. Me agarró la mano y la besó, llevándosela a la boca y luego tirando de mí hacia él—. Te quiero, Hannie. Es cierto.

El mundo se detuvo. Me sentía tan muda y embotada como las palas y rastrillos que había apoyados en las paredes, testigos silenciosos de la tempestad de emociones desatada a nuestro alrededor.

El aire era caliente y polvoriento; un reguerillo de sudor descendía por mi caja torácica. Apenas respiraba. «No pares de respirar».

—Lo siento —prosiguió Jan, con la voz ronca de sentimiento—. Quería contártelo antes.

—No pasa nada —dije—. No pasa nada. —Al oír las palabras, empecé a creérmelas. Tomé una bocanada profunda de aire y exhalé. Se me estaba despejando la cabeza—. No pasa nada —repetí—. Lo sé.

Jan frunció el entrecejo.

—¿Lo sabes?

No, no lo sabía. Y aun así, al mismo tiempo, lo sabía. Ya venía sospechando que había algo más en el mundo de Jan, que el RVV y yo solo estábamos recibiendo la mitad de su vida, mientras él pasaba la otra mitad… en algún lugar importante. Me había dicho a mí misma que estaría ocupado con otros trabajos, otros grupos de la Resistencia, pero, en alguna medida, ya lo sabía.

Asentí.

Jan entrecerró los ojos, tratando de descifrarme.

—¿Cómo?

—Lo sabía y punto —dije, aunque la voz se me quebró en la última palabra. Tosí enseguida y carraspeé para disimular. Amaba a Jan y ni siquiera este relámpago de decepción podía cambiar eso. ¿Qué significaba que estuviera casado y tuviera una hija? No tenía ni idea, solo sabía que no deseaba pensar en eso ahora mismo. No podía. En cuanto permití que mis pensamientos se aposentaran, surgieron más preguntas. ¿Quién es ella? ¿Dónde está? ¿La quieres? ¿Te quiere ella a ti? ¿Lo sabe?

—No pasa nada —repetí.

—Vale —dijo él con tacto—. Pero ¿qué significa eso?

Estaba delante de mí, con los ojos azules muy abiertos, su dulce cara de niño sincero, esas manos anchas y ásperas que me encantaba sentir sobre la piel y que ahora descansaban a sus costados, en postura abierta e indefensa frente a mí. Mi camarada de armas, mi compañero. Mi amigo, mi maestro. Mi mortífero cómplice. Mi primer y único amor.

Nada más importaba.

—Te quiero, Jan —afirmé, recreándome en cada palabra y en el privilegio de pronunciarlas, de tener a alguien por quien sentir aquello. Abrumada, cerré los ojos y le besé. Eso, besarlo en ese momento, era lo único que tenía sentido.

Al cabo de un minuto, Jan empezó a decir algo, pero yo sabía que prolongar la conversación no haría más que enturbiar las cosas, de manera que le puse la punta del dedo en los labios para acallarlo.

—Mujer —musitó él, con los ojos centelleantes.

—Cállate, Jan —le susurré al oído, y luego volví a besarle—. Nada más importa.

24

Durante los primeros días transcurridos desde el ataque a Faber, esperamos que nos llegaran noticias de las represalias nazis, pero no sucedió nada. Sabía que debía hacer una visita a mis padres y a Philine, pero me daba pavor la perspectiva de sentarme con ellos en aquellas habitaciones agobiantes para preocuparnos juntos por Sonja, de manera que lo iba postergando.

—Hannie. —Alguien llamaba a la puerta del dormitorio que usaba en el piso del RVV. Era Hendrik, que entreabrió la puerta y asomó la cabeza—. Jan ha hecho café —dijo—. Ven con nosotros.

Era temprano por la mañana, pero el cuarto ya estaba inundado de sol veraniego. A veces me maravillaba constatar que la Tierra seguía girando y el sol saliendo a pesar de todo. Me estiré y admiré el juego de la luz en las paredes de yeso.

—¡Hannie! —Hendrik asomó de nuevo—. ¿Vienes?

—No me has dicho que fuera una emergencia. —Salí a la mesa redonda, donde él y Jan contemplaban, de pie, unos cuantos periódicos recientes abiertos, entre ellos el diario de Haarlem controlado por los nazis, el *Haarlemsche Courant*, que Jan en ese momento sostuvo en alto, con los ojos encendidos.

—*Verwildering!* —exclamó animado cuando me vio. «Salvajismo».

—¿Perdón? —dije.

—*De wilde vrouw* —prosiguió Hendrik, con una sonrisa en la cara. «La mujer salvaje»—. De repente eres famosa.

Jan estaba radiante.

—Hannie, ahora formas parte de la maquinaria propagandística nazi. —Repasó el artículo, leyendo titulares en voz alta—. «Un miembro del Partido Fascista Neerlandés fue asesinado la otra noche... Más grave si cabe porque fue una mujer quien cometió este crimen homicida... Una joven de pelo rojo». —Me guiñó el ojo—. «La singular brutalidad de esta forajida y su crimen supondrá un lastre para nuestra nación durante mucho tiempo».

—Déjame ver eso.

Tanta atención me daba vergüenza, pero a la vez me emocionaba secretamente. ¡«Forajida»! El artículo ocupaba una página izquierda entera del periódico, y lo imaginé encima de las mesas de los amigos de los nazis de todo Haarlem en las horas sucesivas. Me pregunté cuántos de mis conciudadanos sospecharían que la pequeña Hannie Schaft era la pelirroja «salvaje» en cuestión. Ninguno. Se me formó un nudo en la garganta. Sabía que Sonja estaría orgullosa de mí.

—¿Recuerdas lo que dije en Heemstede? —preguntó Jan a la vez que me daba un codazo cariñoso—. ¿Sobre la «joven del pelo rojo»?

—Bueno, aquí no me llaman así.

—Para el caso, podrían —señaló Hendrik—, ya que así es como te llaman en todas las demás partes. Sea como sea, describen tu pelo. Ha llegado el momento, Hannie. —Me señaló la cabeza.

—Puaj —dije—. ¿Tengo que ir a la peluquería? —Nunca había ido; siempre me había cortado el pelo mi madre. Luego

Sonja había tomado el relevo y, desde su partida, hacía meses que nadie lo tocaba. Nunca me lo había teñido u oxigenado.

—No —respondió Hendrik—, demasiado caro. Tendrás que hacerlo tú misma.

—Yo podría afeitártelo —sugirió Jan con una sonrisilla—. Así no tendrás piojos.

—Me las apañaré.

—De acuerdo, forajida —dijo Jan—. Pero, en serio, son buenas noticias. ¡El Panadero Fascista de Heemstede ha muerto! —Se volvió hacia Hendrik—. ¿Quién es el siguiente?

—Nadie —respondió Hendrik—. Por lo menos, hasta que esta consiga un disfraz.

Jan giró sobre sus talones y me fulminó con la mirada.

—Mujer, ve a arreglar ese pelo.

Una hora más tarde, entré en casa de mis padres y estuve a punto de tirar a Philine al suelo. Tardamos un momento en reconocernos; yo llevaba un pañuelo de seda sobre las trenzas y unas gafas con arañazos en las lentes, y Philine estaba en la planta baja, donde nunca debía descender.

—¡Hannie! —Me reconoció y me envolvió con sus flacos brazos. Yo la empujé hacia las escaleras.

—¿Estás loca? Tienes que volver a la habitación, Philine.

—No pasa nada, no pasa nada —dijo ella echando el pestillo de la puerta, aunque a un alemán suspicaz le hubiese resultado fácil abrirla a patadas, con pestillo o sin él.

—¿Ahora te dedicas a esto? ¿Abres tú la puerta? ¿Charlas con los vecinos?

—No —respondió Philine—. No hablo con los vecinos. Pero sí, de vez en cuando abro la puerta; solo cuando sé que son tus padres que llegan a casa. Nadie más viene nunca, en cualquier caso. Te he visto por la ventana de la escalera, incluso con este ridículo disfraz. —Suspiró—. No me mires así. Tus padres me dieron el visto bueno.

—¿De verdad?

—Bueno... —Se encogió de hombros—. Lo toleran. Pero la verdad es que me estaba volviendo loca encerrada en esa habitación.

Me quité el pañuelo y las gafas, sintiéndome como una niña que juega a disfrazarse.

—No puedes seguir haciéndolo —dije—. La situación está empeorando.

Se rio.

—¿Empeorando? ¿Qué me dices de los estadounidenses, en Francia? —Los aliados habían desembarcado en las playas de Normandía unos días antes y habían avivado las esperanzas. No las mías ni las de los demás miembros del RVV, sino las de la gente corriente—. ¿Te lo puedes creer? —prosiguió Philine—. Ay, espero que lleguen pronto a los Países Bajos.

De acuerdo con los rumores que corrían entre la Resistencia, tardarían un tiempo en llegar hasta allí.

—Yo no me haría muchas ilusiones —repliqué. La sonrisa de Philine se desvaneció—. Lo siento —añadí enseguida—. Llegarán, pero de momento necesitas ir con más cuidado todavía. —Eché un vistazo alrededor—. ¿Están mis padres?

Negó con la cabeza. La miré con más detenimiento. Toda la ropa que llevaba puesta, desde el vestido de verano de algodón verde pálido hasta los calcetines blancos con volante de encaje y rosas bordadas, me había pertenecido a mí. Philine bajó la vista con timidez y se tocó el vestido.

—Tu madre me dijo que podía. —Volvió a alzar la vista—. Lo siento.

—No, tranquila —aseguré. Mi amiga tenía esa apariencia de perchero humano de las bailarinas de los años veinte, chic pero a muy pocos kilos de resultar alarmante. Tenía las mejillas sonrosadas por la emoción, y el vestido verde resaltaba el ámbar de sus ojos—. Te quedan bien.

Yo estaba igual de cerca que ella de la frontera con la malnutrición. Como todos. Tenía unas arruguillas y pliegues en las comisuras de los ojos que no estaban allí seis meses antes. Todo el mundo estaba en baja forma.

—Vamos —dije—, subamos. Necesito tu ayuda.

Todas las posesiones de Sonja habían desaparecido del dormitorio salvo por un pequeño neceser de maquillaje y las viejas revistas de cine, que estaban apiladas en el suelo junto a la cama, con las vistosas cubiertas ya desteñidas y blandas como algodón viejo. Hacía una eternidad que no veía una actual en un quiosco.

—Ojalá estuviera Sonja —dije.

—¿Has sabido algo de ella?

Me planteé contarle todas las maneras posibles de que Sonja pudiera estar viva en alguna parte y ser incapaz de comunicarse con nosotras, pero me agotaba con solo pensarlo. Además, Philine sabía tanto como yo.

—No —resumí.

Ella asintió con la cabeza.

—Philine —dije—, necesito que me tiñas el pelo.

—Uff —se lamentó ella, con aire escéptico—. Ahora sí que desearía que Sonja estuviera aquí. —Dejé el pañuelo y las gafas en el buró y se echó a reír—. No quería decírtelo antes, pero… de verdad que necesitas ayuda con tu disfraz. Estás espantosa.

—Le di un puñetazo amistoso en el brazo.

Hendrik me había conseguido algo que juraba que era tinte para el pelo, embotellado en un frasco ambarino que apestaba a petroquímica, y me lo había entregado esa mañana como si teñirme el cabello fuera una «responsabilidad especial» más que Dios me hubiera otorgado, como mujer. Sin duda yo sabría qué hacer.

Hicimos lo que pudimos. El fregadero de la cocina hubiera sido el lugar idóneo, pero, incluso con las cortinas reglamentarias, había demasiadas ventanas (y demasiados vecinos) para que Philine pasara demasiado tiempo allí. El baño era demasiado pequeño para las dos, de modo que terminamos en el dormitorio, donde me tumbé en la cama con la cabeza colgando por el lateral, goteando agua y productos químicos en un barreño de zinc colocado en el suelo. Philine, sentada en un taburete junto a la cama, me embadurnaba cada mechón de pelo con aquel chapapote.

—Bueno, las manos, por lo menos, las tengo teñidas de negro —comentó Philine—, de manera que a lo mejor también está funcionando con tu pelo.

—Tú date prisa —la apremié—. Empiezo a tener frío.

—Hago lo que puedo.

Tenía una extraña perspectiva de Philine desde mi posición boca arriba, con los ojos al mismo nivel que su barbilla. Observé cómo se curvaban y fruncían las comisuras de su boca mientras trabajaba en mi pelo, la piel tirante de su mentón, su cuello pálido. Conocía íntimamente su cara, y me resultaba reconfortante estar tan cerca de ella. Para entonces ya olía a mi casa, a leche, pan y polvo caliente. Como mi madre. Contemplé el blando hueco de la articulación de su mandíbula. Avisté un minúsculo agujerito en su lóbulo.

—¿Tienes las orejas perforadas? —pregunté, sorprendida.

Philine sonrió.

—Lo hice yo sola cuando tenía trece años, pero dejé que se me cerraran. Menuda bronca me cayó.

—Qué traviesa.

Se rio.

—¿Te lo imaginas? Mi padre estaba absolutamente horrorizado. En aquel momento parecía el fin del mundo.

—Pero no lo fue —dije con voz suave.

—No.

Dejamos prolongarse el momento, disfrutándolo. Cómo eran antes las cosas, cuando algo tan tonto como un lóbulo perforado constituía un escándalo. Cuando sacar una nota mediocre en un examen podía echar a perder un día entero. Entonces éramos niñas.

—Tendrías que volver a hacerte los agujeros —sugerí.

—¡Ja! —Philine rio—. A lo mejor lo hago.

—Gracias por ayudarme con esto, Philine.

—De nada —dijo ella. Por desagradable que fuera el proceso, se le notaba que estaba feliz de poder hacer algo útil—. ¿Tenías que escoger el negro? Es tan severo.

—No lo escogí yo. Era lo único que había.

—Hum. —Empezó a escurrirme el agua desde las raíces hasta las puntas—. Quizá hayas reparado en que no te he preguntado por qué haces esto —dijo, mientras usaba los dedos para desenredarme con delicadeza los mechones mojados.

—Gracias.

—Sé que todas tenemos secretos que guardar.

Asentí con la cabeza y lo salpiqué todo de agua negruzca con mi melena colgante.

—¡No hagas eso! —protestó Philine mientras me la recogía en una húmeda cola de caballo. Se rio y se puso el dedo índice bajo la nariz, en una caricatura universalmente reconocida de Adolf Hitler—. *Heil!*

—¡Nunca! —exclamé.

—Háblanos sobre el muchacho —prosiguió Philine exagerando el acento alemán—. Cuéntanoslo todo.

Suspiré.

—¿Hannie? —La auténtica Philine había vuelto, y sentía auténtica curiosidad—. ¿Todavía lo ves?

Asentí cabeza abajo una vez más, y se rio.

—Estás enamorada de él.

—Creo que sí —contesté, aunque luego me sentí una traidora por dejar esa duda—. Sí. Nos queremos.

—¡Estás enamorada! —exclamó, dando palmadas flojas—. ¿Qué tiene de especial? —preguntó—. Nunca te gustó ninguno de los chicos de la facultad.

Eso era cierto.

—Bueno, no es como los chicos de la facultad —dije—. En absoluto. Es guapo, y es muy valiente... —Philine alzó una ceja, preocupada por mí. Me pasó una toalla y me envolví el pelo con ella, para luego incorporarme en la cama—. Me hace sentir como una persona nueva. Mejor.

—Bueno —comentó ella, con voz suave—, es verdad que ahora pareces diferente. Estás tan... —Agitó las manos como una prestidigitadora—. Y no es solo el pelo. Antes eras muy tímida, pero ahora eres muy valiente. Como un soldado.

Me reí, avergonzada, y empecé a peinarme. Mi pelo parecía una fregona empapada en melaza.

—Hablo en serio —dijo Philine—. Estoy orgullosa de ti. Y me alegro por ti, de que estés enamorada.

Sentí una opresión en el pecho y se me empañaron los ojos. Sonja se había marchado y allí estaba Philine, consumiéndose, desolada y sola, en mi dormitorio de la infancia. Si hubiera podido sacarlas del país, quizá me habría sentido heroica. Pero en esas circunstancias, no. Philine todavía no estaba a salvo, y Sonja... No, ellas eran las valientes. Y mis padres. El mero hecho de esconder allí a Philine los convertía en delincuentes. Me recompuse.

—Me ha enseñado mucho.

—Apuesto a que sí.

—¡Philine! —Nos echamos a reír las dos. Yo necesitaba a alguien con quien hablar y, a juzgar por el color que había subido a sus mejillas, por lo general cetrinas, ella también.

—Hay una pega —dije.

—¿A qué te refieres?

—Tiene... —Busqué la mejor manera de decirlo, la expresión menos chocante, pero al final opté por la sencillez, como había hecho él—. Está casado. Y tiene una hija. No lo descubrí hasta hace poco.

—Oh. —Philine mantuvo una contenida expresión de curiosidad, pero noté que estaba cavilando. ¿Debía reconocer ante ella que, a pesar de eso, seguíamos juntos? ¿Cambiaría eso su opinión de mí? ¿Llegaría incluso a…?

—Hannie —dijo ella con un suspiro—, estamos en guerra. —Se encogió de hombros.

—Sí —confirmé, esperanzada.

Paseó la mirada por el pequeño dormitorio y su única ventana con la cortina gruesa.

—Antes de esto, tal vez hubiera tenido otra reacción. Pero ahora… —Suspiró—. ¿Acaso importa?

Su ecuanimidad me sorprendió. Philine solía ver las cosas en blanco y negro, pero la guerra también la había cambiado a ella. Lo cambiaba todo.

—Bueno… —musité para ganar tiempo.

—Lo único que sé —prosiguió ella, mientras tiraba de un hilo suelto de la colcha que tenía debajo— es que si yo pudiera sentir lo mismo que tú… por quien fuera… —Se secó los ojos con la manga—. Haría lo mismo. No creo que estar sola sea noble o bueno. Si tienes una oportunidad de vivir el amor… —Volvió a secarse los ojos.

—Ay, Philine. —Me senté a su lado y la abracé. Sus finos huesos de pajarillo empezaron a temblar bajo mi contacto, y yo también lloré, por primera vez desde la desaparición de Sonja, y nos agarramos la una a la otra como náufragas sujetas a un salvavidas. El llanto era peligroso, como una ola en alta mar. En cuanto te dejabas llevar, podía arrastrarte al fondo para siempre.

—¿Chicas? —Con un suave golpecillo en la jamba, mi madre anunció su presencia. Parecía que acabase de oler algo podrido—. ¿Qué te ha pasado en el pelo?

—Philine me lo ha teñido —respondí mientras me levantaba para darle un beso en la mejilla—. Hola, mamá.

Me miró con cara de preocupación.

—Hum. —Me giró hacia un lado y hacia el otro para examinar el nuevo estilo desde todos los puntos de vista; luego sacudió la cabeza y suspiró—. Si crees que es lo mejor.

—Lo es —aseveré.

—Pues vale. —Me dio una palmadita en el brazo—. ¿Se sabe algo de Sonja? —preguntó.

—No.

Se nos acercó, se sentó en la cama junto a Philine y le pasó un brazo por la espalda. Casi me hizo llorar la ternura del momento. Se me llenó el corazón de gratitud y la sentí florecer, como el delicioso dolor del primer estiramiento en la cama a primera hora de la mañana. Jamás podría agradecer lo suficiente a mis padres lo que estaban haciendo por Philine; y Sonja; y por mí.

—Sé que es difícil —continuó mi madre—, pero tenemos que creer que Sonja está a salvo. No hay motivos para pensar lo contrario. —Había motivos de sobra, pero no lo dije—. Si os preocupáis es solo porque la queréis, y ella os quiere a vosotras también. Eso no ha cambiado.

—Lo sé —afirmé, intentando tragarme las lágrimas y separar mi horror por el destino de Sonja del caos de emociones que me inspiraban todos los demás elementos de mi extraña vida nueva: Jan, la guerra, el trabajo que hacíamos.

Mi madre entregó un pañuelo a Philine, que se sonó la nariz.

—Bueno, ¿qué te parece el conjunto de Philine? —preguntó—. La verdad es que estábamos quedándonos sin ropa.

—Le queda mejor a ella —respondí con sinceridad.

—A lo mejor nos metemos a modelo cuando esto acabe.
—Philine se rio, sorbiendo por la nariz.

—Yo no. Pienso comer todo lo que pueda en cuanto termine esta guerra —anuncié—. A lo mejor me convierto en la señora gorda de la feria.

—Ahora sí que sonáis como las chicas que conozco —dijo mi madre—. Hala, venga, recomponeos que hay que hacer la colada.

—¿Qué pasa aquí? —Mi padre estaba en el umbral, alto y robusto como un roble, con una sonrisa en la cara. Eché un vistazo al espejo del buró y vi mi nuevo reflejo, mi cara enmarcada por una línea entre rosa y negra, la piel irritada y reluciente. Me escocía el cuero cabelludo y parecía una loca, pero ya no era la joven del pelo rojo—. *Mijn kleine vos is weg* —dijo. «Mi pequeño zorro ha desaparecido».

—Hola, papá.

Le di un beso en la mejilla y él arrugó la nariz al oler el tinte.

—Hola, cariño. ¿Divirtiéndote un poco?

Asentí.

—¿Has oído lo de los americanos que han desembarcado en Francia? —preguntó, sin apartar la vista de mi pelo.

—Sí —respondí. Sabía que todos estaban esperando a ver si tenía información privilegiada sobre la tan esperada llegada de los aliados al continente, pero no era así y tampoco quería que nadie albergase esperanzas infundadas, yo incluida—. No sé nada.

Mi padre asintió.

—Bueno, tengo que irme —dije incómoda mientras recogía mis cosas—. Y, por el amor de Dios, no dejéis que Philine abra más la puerta.

Mi madre me lanzó una miradita por tomar el nombre del Señor en vano. Si ella supiera.

—¡No he abierto la puerta! —protestó Philine.

—No te preocupes por nosotros —dijo mi padre. Alzó la mano, pero luego decidió no revolverme el pelo recién teñido—. *Waar is mijn kleine vos?* —preguntó. «¿Dónde está mi pequeño zorro?».

—*Ik ben er nog, papa.* —«Todavía aquí».

Mi madre apartó la vista, con la cabeza gacha.

—Toma —me dijo Philine mientras me daba el pañuelo y las gafas—. No te olvides.

—No lo haré —aseguré.

Me acompañó a la planta de abajo y nos despedimos. Oí cerrarse la puerta de roble con un golpe y un familiar chirrido de bisagras metálicas; luego capté otro sonido: un estornudo de Philine, flojo como el de un ratón. Me afloraron lágrimas a los ojos. Años antes, en esa misma casita de ladrillo, mi padre sentado junto a la cama de mi hermana de doce años, acariciándole la espalda de pajarillo mientras ella tosía y tosía. Difteria. Mi padre besaba los hombros temblorosos de Annie y susurraba: «*Vier dingen laten zich niet verbergen: vuur, schurft, hoest, en liefde*». «Hay cuatro cosas que no pueden esconderse: el fuego, la sarna, la tos y el amor».

«Yo no tengo sarna», decía Annie.

«No —respondía mi padre—, pero siempre toses. Y te quiero».

Me sequé la cara y los dejé atrás.

Fui con la bici por la pequeña Van Dortstraat, notando la brisa en el pelo húmedo. Las casas de ladrillo amarillo, el lento canal, todo igual desde la infancia. Frené al final de la calle para dejar cruzar a una anciana, que me miró y luego se volvió para mirarme otra vez: era la señora Oosterdijk, que había vivido a dos casas de la mía desde que nací. Contempló mi pelo moreno y mis gafas, me miró de arriba abajo, arrugó la frente y siguió caminando. Ya no me conocía.

25

—¿Quién es esta, Mata Hari? — exclamó Jan riéndose al abrirme la puerta del RVV. Acarició un mechón de mi nuevo pelo moreno cuando entré.

—A Mata Hari le tendieron una trampa —dije con una carcajada. Giré para que viera el efecto completo—. ¿Qué te parece? Me lo ha teñido Philine.

—Muy guapa —comentó Jan, asintiendo con la cabeza—. Pareces francesa. Pero echo de menos tu pelo rojo.

—Oh, gracias a Dios —exclamó Hendrik, que me había visto desde la cocina—. Y estoy de acuerdo, pareces parisina.

—No quiero ser parisina —protesté. Había pasado todo el trayecto de vuelta pensando en Sonja—. Quiero volver al trabajo.

—Esa es nuestra chica —dijo Hendrik con una sonrisa.

—Vale, pues le toca Ragut —explicó Jan. Se refería al jefe de la policía de Zaandam, Willem Ragut, uno de los colaboracionistas más mortíferos de los Países Bajos. Había enviado a docenas de judíos neerlandeses a Westerbork, entre ellos a varios de sus vecinos. Los alemanes lo adoraban. Nosotros llevábamos mucho tiempo odiándolo, y Freddie había dedicado días y días enteros a rastrear sus movimientos y descubrir dónde era más probable encontrarlo a solas—. Freddie dice que tiene unos hábitos tan fijos que serviría para poner en hora un reloj.

—Hace mucho tiempo que es un objetivo —señaló Hendrik—. Nadie lo ha conseguido aún.

—Está preparada —dijo Jan, mirándome. Hendrik me había contado que Jan nunca había trabajado bien con nadie más.

Hendrik adoptó una expresión lúgubre.

—No digo esto para pararos los pies, pero anoche hubo otra masacre de Silbertanne. Más de una docena de miembros de la Resistencia fueron ejecutados ayer en Ámsterdam, delante de un piso franco cerca de la Oude Kerk.

Yo conocía uno de los pisos francos próximos a la Oude Kerk —la Iglesia Vieja— del barrio más antiguo de Ámsterdam, donde las casas estaban construidas en el interior de los propios muros gruesos del canal. Hasta hacía poco se habían demostrado muy útiles para esconder a judíos. Jan emitió un bajo silbido.

—Razón de más.

—Los alemanes parecen cada vez más resueltos —dijo Hendrik—. Y más eficaces. Silbertanne va extendiendo su alcance, célula a célula.

—¿Y qué? —preguntó Jan, mientras abría y cerraba los puños—. No vamos a cancelarlo.

—También corre el rumor de que un héroe desconocido intentó asesinar a Hitler ayer en el Frente Oriental. No tuvo éxito, al parecer. Pero podría ser eso lo que ha recrudecido esta última oleada de represalias.

Jan tensó la mandíbula, callado. Odiaba que le dijeran lo que tenía que hacer.

—¿A lo mejor quieres hablarlo con tu compañera? —sugirió Hendrik.

Jan me miró.

—Vamos a hacerlo.

Miré a Hendrik.

—Además —dijo este, con un carraspeo—, creo que ahora sabemos quiénes eran aquella pareja del Haarlemmerhout. Brasser también tenía algo de información sobre eso.

—El hombre era de las SS —recordé, por reiterar lo obvio.

—Sí —confirmó Hendrik, y Jan me miró atónito.

—¿Qué pasa? —le pregunté—. Truus lo descubrió.

—Ah —dijo.

—Según Brasser, uno de sus hombres tenía que reunirse con la pareja y esconderlos.

—¿Al cadáver de las SS? —interrumpió Jan.

Hendrik levantó la palma de la mano.

—Si me dejas. —Jan se calló—. El caballero en cuestión era un miembro de las SS apellidado Bakker. La mujer era una de las nuestras. Había logrado convencerlo de que cambiara de bando, y Bakker le estaba pasando toda clase de información sobre Silbertanne. Al parecer, los alemanes los interceptaron antes de que llegaran al punto de encuentro.

—Oh —exclamé. Aquella posibilidad no se me había ocurrido porque no parecía posible que un miembro de las SS desertara; era inaudito. Pero había que tener en cuenta que los periódicos que difundían la propaganda nazi jamás informarían de un caso así.

—También ha sido obra de Silbertanne —añadió Hendrik.

—¿Cómo se llamaba ella? —pregunté.

—Irma. Pero no era su nombre real.

Irma había estado haciendo mi trabajo, o por lo menos una versión de él: seducir a un miembro de las SS por encargo de la Resistencia. ¿O tal vez se hubiera enamorado de él de verdad? Costaba creerlo.

—¿Por qué dejarlos en el bosque? —pregunté—. ¿No prefieren colgar a los desertores de las farolas o algo así? Para asustar a los otros.

—Antes sí —observó Jan—, al principio de la guerra. —Miró a Hendrik asaltado por una idea nueva—. Ahora los esconden… porque hay demasiados desertores.

Hendrik asintió.

—Es malo para la moral.

—Eso es buena señal —comenté—. Están perdiendo la fe en la misión.

—Que les den por culo a todos —dijo Jan, pero con un tono ya menos amargo y más bravucón. Mi teoría quizá lo hubiera animado un poco—. Hannie, ¿sigues dispuesta a hacerlo?

Los titubeos de Hendrik me preocupaban. Casi seguro que habría represalias devastadoras por el asesinato de Ragut…, pero creía que, al final, salvaríamos más vidas de las que perderíamos. Eliminar a aquel hombre malvado podía suponer un verdadero espaldarazo a los esfuerzos de la Resistencia y, en realidad, si algún asesinato estaba justificado era aquel. Podíamos disuadirnos de llevar a cabo cualquier trabajo si nos empeñábamos, porque siempre habría víctimas inocentes, del mismo modo que, invariablemente, cometeríamos errores. Solo esperaba no ser yo quien los cometiera.

—Sí —contesté—, hagámoslo.

—Mañana, entonces —replicó Jan.

Asentí.

Hendrik nos miró con detenimiento durante unos instantes, tratando de interpretar nuestras expresiones.

—De acuerdo, adelante. Es cierto que hasta puede pillarles por sorpresa, viniendo tan seguido de las ejecuciones de la Oude Kerk. Pero tendréis que actuar con más cautela que nunca. Como jefe de policía, Ragut llevará un arma y es posible que cuente con un destacamento extra de seguridad, o sea que estad atentos.

—Sabemos qué hacer —dijo Jan, ya desde la entrada—. Vamos, Hannie.

—De acuerdo —se despidió Hendrik, que me guiñó un ojo—. Brindo por la joven del pelo negro.

A la mañana siguiente me desperté antes que Jan. Estaba tumbado junto a mí en la estrecha cama, profundamente dormido, desnudo y cálido. Vi subir y bajar su pecho, cuyo vello rubio reflejaba la fresca luz de la mañana con cada inhalación. Estiré la mano para tocarlo, pero me contuve. A veces tenía ganas de mirarlo sin más, imaginar cómo podrían ser las cosas para nosotros si no hubiera guerra, ni Resistencia. ¿Haríamos alguna vez cosas normales, como ir al cine o pasar un día en la playa? Costaba imaginarlo.

—¿Qué miras? —preguntó Jan, haciéndose el enfadado. Me atrajo hacia él y nos besamos. No era de los que se preocupan por si les huele el aliento o van despeinados por la mañana. Bien pensado, no se agobiaba por nada. Yo sabía que, por ejemplo, no perdía el tiempo dándole vueltas a si lo nuestro era solo cosa de la guerra. Salí de la cama y empecé a vestirme.

—¿Tienes prisa? —me preguntó, decepcionado.

—Un poco —respondí—. Hoy tenemos mucho que hacer.

—Sí —dijo él, bostezando—. Supongo que sí.

Estábamos a una hora en bici de Zaandam, y aproveché el trayecto para repasar el plan mentalmente. No conocía la ciudad tan bien como Jan, pero me había dibujado mapas. Los viejos molinos de aspas lentas de Zaandam aparecieron kilómetros antes de que llegáramos a los límites de la ciudad, bordeando el río. Aunque todavía giraban, las moliendas de grano que propulsaban estaban vacías, incluso en pleno verano. La guerra era mala para las cosechas.

Jan hizo un alto en una tranquila calle residencial de las afueras de Zaandam y yo paré a su lado. Era mediodía y el calor empezaba a apretar.

—Qué guapa —dijo Jan—. Tienes las mejillas rosas.

—Tú también.

—Vale, pues será como la otra vez —explicó, haciendo caso omiso del cumplido—. Tú vas primero y yo te sigo. No mires atrás, no des la vuelta y no pares. Estaré justo a tu espalda, como en el trabajo de Faber.

—Y como cuando liquidamos a Hendrik.

Sonrió.

—Exacto. Pero nada de vomitar, por favor.

—Entendido. —Asentí—. Vamos.

—Hannie —dijo Jan—. Hoy no vayas demasiado rápido. No podemos cometer errores. Y tenemos tiempo. —Echó un vistazo al sol, en el firmamento—. Un poco.

—No tengo prisa —aseguré—. ¿Estoy bien? —Llevaba un pañuelo sobre el pelo, aunque ya lo tuviera negro, y se me hacía raro notar las gafas en la cara.

—Estás hecha una mujer fatal —dijo él—, pero una muy mona. —Se agachó para besarme en la mejilla y una anciana que pasaba chasqueó la lengua al vernos, de manera que me besó con más ganas—. De acuerdo, mi pequeña *aanvalshond* —prosiguió, cuando la señora se hubo marchado—. Es hora de quitarte la correa.

Perro de ataque. En mi cabeza vi pastores alemanes desfilando con las patas curvas por delante del 99 de Euterpestraat. Quería saltarle a uno al cuello.

Para entonces conocía las dos maneras de liquidar a un nazi: a solas al amparo de la noche o en una calle llena de gente a pleno sol. Como primera tiradora, dependería de mí cancelar la operación si notaba algo raro. Eso lo controlaba yo, pero había sido Jan quien había creado el plan original, desde la ruta de huida hasta el momento del golpe en sí. A eso no se me había invitado. Cuando emboqué una calle más transitada, frené tan de golpe que Jan estuvo a punto de estrellarse contra mí.

—*Verdomme*, Hannie. ¿Qué pasa?

Me arranqué las gafas de la cara, con manos temblorosas.

—No veo —expliqué—. Están sucias. —Agarré el dobladillo de mi falda para limpiar las lentes.

—Dame eso —dijo Jan. Las alzó al sol y entonces, con dos certeros golpes de pulgar, hizo saltar los cristales directamente. Después me las devolvió—. ¿Qué tal ahora? Ya puedes ver.

—Vale —repliqué, demasiado nerviosa para charlar. Me puse las gafas, algo molesta al verlas tan mejoradas. Para cuando Ragut reparase en que no había lentes, estaría muerto.

—No te preocupes tanto, Hannie, sabemos lo que hacemos.

—Deja de decir mi nombre —siseé.

Se rio.

—Súbete a la bici, mujer. Ya podríamos haber terminado.

Empecé a pedalear otra vez, seguida de cerca por el traqueteo de las ruedas de madera de Jan.

Como jefe de policía, Ragut estaba rodeado a todas horas de sus subalternos, e incluso en su casa siempre había centinelas cerca. Tras consultarlo con Freddie, Jan había decidido aprovechar el ajetreo de una calle durante el día, cuando el caos de la multitud disimularía parte del jaleo que íbamos a armar. Ragut saldría de un edificio de oficinas del centro de la ciudad, donde tenía una reunión ordinaria. Conocíamos la dirección.

Sin embargo, las callejuelas de Zaandam eran mucho más estrechas de lo que había imaginado. Pronto nos vimos recorriendo el centro de un prieto laberinto entre edificios de dos y tres plantas que se alzaban como paredes a ambos lados, con pocos callejones y travesías que pudieran ofrecer una vía de escape de última hora. A medida que nos adentrábamos en el centro, nos encontramos la ciudad más transitada de lo que habíamos esperado, con grupillos de soldados alemanes malcarados pululando por dondequiera que mirase. Debían de haber instalado una base nueva por allí cerca. Me pregunté si eso había entrado en los planes de Jan.

Maniobré con la bicicleta entre los soldados y los compradores como una aguja atravesando seda y me descubrí llegando a la zona designada demasiado pronto. Bajé los pies al pavimento y paré. El punto exacto por el que en teoría iba a aparecer Ragut quedaba dos manzanas más adelante, pero los dos lados de la abarrotada callejuela estaban llenos de oficinas municipales, tiendas y una vieja iglesia de madera que estaba encajonada como una reliquia entre las construcciones más nuevas.

—Oye. —La rueda de la bicicleta de Jan rozó contra la mía cuando se detuvo a mi espalda—. Es ahí delante. —Por lo menos ya hablaba en susurros.

—Lo sé —dije—. Hay tanta gente que he pensado que era mejor que te esperase.

—No puedes hacer eso.

Un tirabuzón de enmarañado pelo rubio le cayó sobre la frente, cuya piel ya estaba bronceada por el sol del verano. En ocasiones la luz y la expresión de su rostro se unían en una visión que me dejaba paralizada.

—¿Me oyes, Hannie? Que no me esperes. El plan no funciona así.

—Lo sé —dije—. No te esperaré.

—Bien.

Por última vez me planteé preguntarle: «¿Estás seguro?», «¿Es buena idea hacerlo hoy?». Pero no tenía un buen motivo, solo una corazonada. Necesitábamos estar en nuestro destino dentro de los siguientes cuatro o cinco minutos si queríamos cruzarnos con Ragut. Incluso entre el gentío era capaz de distinguir el punto en el que podíamos acercarnos a la acera para efectuar nuestros disparos y luego salir pedaleando entre la muchedumbre. Respiré hondo y pisé el pedal con el pie derecho.

Jan me agarró del hombro.

—¿Qué es eso?

—¿El qué?

Era un sonido.

A nuestro alrededor, en todas direcciones, transeúntes, vendedores, estudiantes y familias hacían lo mismo que nosotros, volver la cabeza a un lado y a otro intentando localizar la fuente. Al principio era un gemido agudo, como el zumbido de un cable de alta tensión o una frecuencia de radio incorrecta. Sin embargo, a medida que ganaba en volumen, el ruido se volvía más grave, hasta convertirse en un rumor y, luego, un rugido.

—Bombarderos —susurró Jan.

Todo el mundo había pensado lo mismo, y el miedo recorrió la muchedumbre como una piedra lanzada a un estanque. Iba a estallar un auténtico pánico.

—Vamos —dijo, a la vez que tiraba de mí hacia el centro de la calle. El resto de la gente huía hacia los laterales. El camino por el centro estaba despejado como una pista de carreras.

—Jan, no —protesté, pero él me agarró de la parte superior del brazo, asiéndolo como un cepo de acero. Dolía; eso reclamó mi atención.

—Sigue adelante —dijo, y me miró a los ojos como si buscara algo en ellos: ¿seguía comprometida con la acción?

—¿Vamos a continuar con el plan de todas formas? —pregunté, atónita.

—¡Ve! —siseó a la vez que me empujaba hacia delante. Así que fui. Por un momento, pedaleando a solas por el centro de la céntrica calle, me sentí tan expuesta como una actriz encima del escenario. Pero Jan iba detrás de mí. No lo veía, pero sabía que estaba allí. Y en ese momento vi que había acertado al continuar. A pesar de la ausencia de cobertura, avanzábamos como fantasmas, invisibles entre el griterío de los vecinos, a los que solo preocupaba ponerse a cubierto bajo los puestos de fruta, dentro de las tiendas y en cualquier otro lugar donde pudieran esconderse de aquel ruido, que sonaba cada vez más fuerte; ya no era el despertar de un león dormido sino un motor de vapor que tronaba por encima de las nubes —todavía no los veíamos—, el fragor imposible a la par que familiar del objeto más pesado del mundo flotando por los aires y pregonando a gritos la destrucción.

Sentí un pinchazo en el estómago y me pregunté si me habrían pegado un tiro, de alguna manera, y luego comprendí que era solo un calambre; puro miedo. Obligué a mis ojos a enfocar el lugar designado y luego caí en la cuenta: en esas circunstancias, Ragut no saldría. Nadie lo haría. Aun así, justo cuando volvía la cabeza para gritarle a Jan, vi un destello plateado con el rabillo del ojo.

Era Ragut. El jefe de policía Willem Ragut salió a la calle con su uniforme de servicio para proteger al público. Sentí un asomo de respeto por él antes de recordar a todos los judíos a los que había enviado a la muerte, y también todos los miembros de la Resistencia. Que se jodiera Ragut.

Era alto, con un panzón como un tonel prensado por su uniforme de lana azul oscura y una absurda banda cruzada, como una especie de pequeño dictador hinchado; que, bien pensado, es lo que era. Alzó la vista cuando me acerqué con la bici y nuestras miradas se encontraron. Ojos azules neerlandeses, como los de Jan, como los de mi padre. Una chica, también con los ojos azul neerlandés, que pedaleaba hacia él. Curvó una comisura de la boca como si fuera a sonreír, incluso en mitad del caos y el aullido de los motores que teníamos ya tan cerca que sentía como si fueran a rozarnos con sus grandes panzas de acero, y le devolví la sonrisa, saqué la pistola del bolsillo derecho de la chaqueta y di un golpe de manillar para abalanzarme derecha hasta él, tan cerca que me llegó su olor a lana, espuma de afeitar y humo de puro y distinguí un goterón de mantequilla en su solapa, fruto de un descuido en el desayuno, y la brillantina que llevaba en el pelo. Rocé su uniforme con los nudillos cuando le clavé la pistola en la tripa y apreté el gatillo: ¡¡bang, bang!! El doblete, como Jan. Dos tiros y adiós.

Adelanté el cuerpo por encima del manillar para retirar la pistola, temerosa de que intentara arrebatármela, y me marché pedaleando, todavía bajo el chillido de los bombarderos y entre los gritos de las personas que nos rodeaban. ¿Oiría siquiera los disparos de seguimiento de Jan entre tanto jaleo? Sin embargo, entonces oí una detonación, y luego otra, y pude respirar. Jan había llegado justo detrás de mí. Sabía que no podía esperarlo, pero ansiaba por lo menos volverme para mirar. «No, ajústate al plan». Mantuve la vista puesta en la ruta de huida que me quedaba por delante. Cuando al fin tomé por una travesía estrecha, el rugido de los bombarderos comenzó a atenuarse. ¿Habían llegado a soltar alguna bomba? No había visto ninguna explosión, ni olía a humo.

Mientras seguía pedaleando, de vez en cuando llamaba la atención de alguien agazapado detrás de la ventana de alguna casa, que se preguntaba quién sería aquella loca del pañuelo y las gafas que paseaba en bicicleta en pleno bombardeo. Cuanto más me alejaba, más enmudecían los aviones, hasta que al fin quedó claro que no iban a lanzar las bombas sobre nosotros. Se llevaron su estruendo hacia el mar del Norte y desaparecieron. Ni siquiera había visto de quién eran: ¿alemanes? ¿Los estadounidenses por fin? ¿Los británicos que regresaban a casa? Me hacía preguntas para mantenerme concentrada. Seguí pedaleando. De momento, todo había salido a pedir de boca. Los bombarderos, a la hora de la verdad, habían ayudado.

Al cabo de diez minutos, siguiendo a rajatabla el horario, me hallaba en las afueras rurales de Zaandam, fuera de la zona de peligro. Avisté el destartalado cobertizo al borde de una granja que era el punto de encuentro que habíamos acordado para después del golpe. No había ni rastro de Jan a mi espalda todavía, pero no pasaba nada. Teníamos varias opciones de vías de escape. Yo había podido tirar por la más rápida, pero como Jan iba en la retaguardia y era más probable que lo siguieran, seguramente habría escogido una de las rutas menos obvias, que eran las que prefería, llenas de virajes bruscos y obstáculos que requerían pedalear con cuidado.

Abrí la puerta de madera del cobertizo. Dentro estaba oscuro, pero localicé una ventana con persiana que, al abrirla, dejó entrar un chorro cegador de luz veraniega vespertina. Cuando mis ojos se adaptaron, distinguí un par de taburetes para ordeñar, un amasijo de útiles de labranza y equipo variado en diversos estados de conservación. Era una cueva pequeña y agobiante, pero no pasaría allí mucho tiempo. Me senté con la espalda apoyada en la pared, dejándome caer, consciente de pronto de lo agotada que estaba.

Oí un ruido metálico en el caminito de tierra. Contuve la respiración y miré por un agujero en la puerta. Era el granjero propietario de aquella lechería. No debía entablar contacto ni con él ni con su familia, de modo que seguí observando. Me gustaba ver quién era aquella gente, los resistentes silenciosos que lo arriesgaban todo para ofrecernos cobijo. Mirándolo, nadie sospecharía que fuera un rebelde. Parecía un anciano cansado como cualquier otro, cargando con su mano sarmentosa un cubo de hojalata parcheado. Le di las gracias en silencio. Él abrió la cancela que daba al pasto de más allá y siguió caminando con cierta cojera, herencia quizá de la guerra anterior.

Me había preocupado tanto que Jan me siguiera que no me había parado a pensar si había alguien más. ¿No nos había visto nadie? ¿Era eso posible siquiera? ¿Acaso no habían oído los disparos? Los bombarderos…, sacudí la cabeza al recordarlos. No podríamos haber planificado una mejor o más ruidosa distracción. No veía la hora de contarle la anécdota a Hendrik cuando volviéramos. Y a Truus, aunque hacía una temporada que no la veía. Cerré los ojos y me permití algo que escaseaba más aún que los terrones de azúcar: un momento de satisfacción. Oía en mi cabeza la voz ronca de Jan, susurrando como hacía a veces cuando sabía que estaba desanimada: «Bien hecho, profesora». Ni siquiera le daría un puñetazo por decirlo.

«Ragut ha caído. Nadie te ha seguido. Estás a salvo en este cobertizo. Jan llegará pronto».

«Pronto».

26

Tendría que haber llegado diez minutos después de mí. Esperé otros treinta. Después, una hora. Para entonces estaba atardeciendo y en el interior del cobertizo hacía tanto calor que parecía un horno. Me puse en pie de un salto; tenía que ir a buscarlo. Probablemente me estuviera esperando en alguna parte, preocupado por mí. Llevé la bicicleta hasta las puertas del cobertizo, y entonces me detuve.

La única persona con la que en teoría debía comunicarme en las siguientes veinticuatro horas era Jan, a menos que Hendrik de algún modo se pusiera en contacto conmigo. Ese era el plan; ajustarse al plan. Era mucho más fácil seguir corriendo que quedarse quieta; esperar. Pero resultaba intolerable, no pensaba quedarme sin hacer nada, y... Paseé la mirada por el polvoriento cobertizo, más pequeño que la plataforma de un camión, apenas lo bastante amplio para tumbarse en el suelo. Aquella había sido la vida de Philine y Sonja durante más de un año. Enjauladas, atrapadas, sin otra cosa que hacer que esperar. Como todos los demás hombres, mujeres y niños que permanecían escondidos, un insoportable día tras otro, en armarios, trasteros y espacios más reducidos si cabe que aquel. Le había dicho a Philine que hacía falta coraje para quedarse quieta y esperar, y resultaba que yo no era lo bastante fuerte. ¿Y dónde demonios estaba Jan? Me dije que le concedería cinco minutos más. Entonces lo oí.

El suave crujido de unas ruedas de bicicleta sobre la hierba, y luego una queda llamada a la vacilante puerta del cobertizo. Exhalé. «Por fin, so cabrón». Quería matarlo y besarlo a la vez.

—Por fin —dije intentando disimular mi preocupación con sarcasmo mientras abría la puerta.

—Hannie.

Era una voz que hacía tiempo que no oía. Truus. Su sonrisa, si así podía llamarse, era una línea recta de presión entre los labios.

—Hey —saludó.

—¿Cómo me has encontrado? —pregunté.

—Hannie... —Se quedó en el umbral, una delgada silueta recortada por la luz del atardecer—. Lo siento mucho.

—¿Qué? ¿Por qué?

Entró y con ella dejó pasar una bocanada de aire fresco en el cobertizo.

—No sé cómo decir esto...

Busqué pistas en su expresión. Parecía enfadada.

—Jan se ha llevado un tiro, Hannie. Ha sido Ragut.

—¿Ragut? —Sonreí ante lo absurdo de la idea—. No, Truus. Nos lo hemos cargado.

—Sí, pero ha tenido tiempo de disparar a Jan antes de...

La miré fijamente. Se suponía que Truus no debía estar allí. No formaba parte del plan. Era imposible que supiera lo que estaba pasando.

—No, eso no es lo que ha sucedido —objeté. Yo había estado presente; ella, no. Pero en mi fuero interno sentía desmoronarse algo. En realidad no había presenciado nada de todo aquello. Pero, aun así, sabía lo que habíamos hecho—. Le hemos disparado —repetí.

—Hannie... —Dejó la frase en el aire—. ¿No has oído más disparos?

—Sí, pero ha sido Jan —dije, intentando reproducir la escena en mi cabeza.

Pero ella tenía razón; había oído dos disparos. Había dado por sentado que el segundo también lo había recibido Ragut.

—¿Cómo me has encontrado? —volví a preguntarle.

—Fui yo quien le habló a Jan de este sitio.

Por supuesto. Truus era la fontanera invisible del RVV, siempre aportando un último detalle para que el plan funcionara. Truus lo sabía todo.

—Cuéntame lo que has oído —le pedí.

Asintió.

—Alguien del RVV de Zaandam se ha puesto en contacto con Hendrik hace más o menos una hora y nos ha contado lo sucedido. Hendrik se ha ido a buscar a Jan y yo he venido a por ti.

Me explicó la historia, ensamblada a partir de testigos afines a la causa y una red de rumores de emergencia de la Resistencia. Después del paso de los bombarderos, la gente se había puesto a buscar indicios de destrucción y había visto a dos hombres, uno de ellos oficial de la policía, tumbados boca arriba junto a la acera. Se habían arremolinado en torno a ellos y habían pedido ayuda médica. Jan, que era el otro hombre postrado, había recuperado la consciencia, visto el revuelo y huido de la muchedumbre.

Esa versión explicaba todos los sonidos que había captado mientras me alejaba en la bicicleta. Un disparo, y luego otro acto seguido. Yo había dado por sentado que ambos habían sido de Jan, pero, según Truus lo contaba, el primero lo había efectuado Ragut. Yo ya estaba lejos, de modo que había disparado contra Jan, y este había respondido al fuego. Pero había fallado; un accidente. Podía pasarle a cualquiera. Incluso a Jan.

—¿Dónde está ahora? —Ya sentía el impacto de la respuesta, un maremoto que se me venía encima.

—Está malherido —respondió Truus—. Es grave.

Me flaquearon las piernas y Truus me agarró.

—Estoy bien. Estoy bien. —Me apoyé en la pared—. ¿Dónde está?

—No lo sé.

—Entonces ¿podría estar vivo?

Truus arrugó la frente.

—Es posible. Pero…

No probable. Igual que Sonja. Al mismo tiempo muertos y vivos, dependiendo de lo optimista que se sintiera una ese día.

—Ha salido malparado —dijo Truus—. Y, si los alemanes lo encuentran, será peor.

—Pero le han pegado un tiro. Necesita un médico. ¿Dónde está?

—No se ha puesto en contacto con ninguno de los médicos de la Resistencia —respondió Truus—. Hendrik estaba comprobando los hospitales cuando me he ido.

Respiré hondo para intentar calmarme. Teníamos que encontrarlo.

—Vale —dije—. Vamos.

Cuando llegamos al piso del RVV en Haarlem, estaba vacío. Me había permitido albergar esperanzas de que Jan pudiera ya estar allí, pero hasta Hendrik se había marchado.

—Espera —dijo Truus. En el centro de la mesa del comedor alguien había clavado un viejo cuchillo de cocina para enganchar una nota bajo la hoja mellada y cubierta de óxido. Escrito con la elegante caligrafía de Hendrik había un sencillo mensaje: «Hospital de Wilhelmina; Ámsterdam».

Conocía la clínica; se encontraba a apenas unas manzanas de la universidad. Había recogido algunas entregas para la enfermera Dekker cuando todavía era estudiante. Parecía otra vida.

Tragué el nudo que se estaba formando en mi garganta.

—No te preocupes, Hannie —dijo Truus—. Todavía no sabemos lo que ha pasado.

—No es eso. —Pero lo era.

—Venga, cogeremos el próximo tren.

Me dejó un pañuelo, me sacó a la calle casi a rastras y de algún modo logró que llegásemos a la estación de tren. De cuando en cuando notaba mojadas las mejillas, sin darme cuenta siquiera de que estaba llorando. Truus me apretaba la mano. Durante el breve trayecto a Ámsterdam, traté de recomponerme.

—Sé llegar al hospital —dije.

27

No recuerdo gran cosa del trayecto en tren. Sí recuerdo que, cada vez que oía un ruido repentino —el chasquido de un billete perforado o una ventana cerrada— me sonaba a disparo: bang, bang, bang. Volví a la vida mientras nos abríamos paso por las ajetreadas calles de Ámsterdam, llevada de la mano por Truus como una niña pequeña.

Era casi el día más largo del año, de manera que la oblicua y moribunda luz del sol duraba más de lo que parecía correcto. La penumbra del crepúsculo flotaba sobre la ciudad como una resaca. No pisaba Ámsterdam desde la última vez que Jan y yo habíamos buscado a Sonja, hacía por lo menos un mes. No había cambiado gran cosa. Aún había carteles de *Voor Joden Verboden* colgando de las puertas de los parques y los escaparates de las tiendas, y nadie miraba a nadie a la cara al cruzarse por la calle. No circulaban tranvías porque no había ni combustible ni vías: la gente había desenterrado las traviesas de madera para usarlas de leña el invierno anterior, junto con los elegantes olmos centenarios que antes jalonaban los canales. Por la calle, dentro de lo que cabe, había gente, ya que eran las vacaciones de verano. La llegada de los aliados al sur de los Países Bajos había insuflado un poco de esperanza a la población, y por las ventanas abiertas de los bloques de pisos de vez en cuando se oía a alguna familia pasándolo bien; toda una novedad. Había montañas de basura apestosa en el borde de la calle cada manzana o dos. Ámsterdam. La bella Ámsterdam.

No teníamos bicicleta, de manera que fuimos al trote. Al cabo de unos veinte minutos, ya ni sabía si estaba cansada. Cuando estuvimos cerca del hospital, aflojamos el paso. Al llegar a la esquina de Eerst Helmersstraat, me bajé de la acera, pero Truus volvió a subirme de un tirón.

—Espera —dijo, echando un vistazo al cruce—. No podemos ir a recepción como si tal cosa y preguntar por él.

Menos mal que una de las dos pensaba con claridad.

—Vamos —añadió, sin soltarme la mano, y cruzamos la calle hasta una cafetería cuya ventana daba al hospital.

—No llevo dinero —avisé.

—Yo sí.

Nos sentamos y me abaniqué con la mano.

—Un café, por favor —dijo Truus.

El camarero la miró a ella y luego a mí.

—¿Dos?

—Solo uno —respondí.

—Estas mesas son solo para clientes, señorita. —Carraspeó.

Me recordó al padre de Philine, algo nervioso, muy amante del orden. Lo último que había sabido del señor Polak era que se mudaba a otro piso y había prometido escribir. Philine no tenía noticias suyas desde hacía semanas.

—Tomaré un vaso de agua —dije.

El camarero se aclaró la garganta de nuevo.

—Clientes que paguen.

Truus le clavó una mirada de desprecio que no le había visto nunca. Rebuscó en su bolsillo, poniéndolo del revés para asegurarse de que no se le escapaba nada. Nadie estaba en el RVV por dinero, pero Truus y Freddie eran, con diferencia, las más pobres. Logró rescatar unos pocos céntimos, que depositó en la mesa con una palmada metálica.

—Un café y lo que alcance con esto —dijo.

El camarero se quedó quieto un momento.

—Por favor —rogó Truus—, significaría mucho para nosotras.

Alcé la vista, con los ojos rojos tras las gafas, que Truus había insistido en que me pusiera al salir del cobertizo, junto con el pañuelo. Sabía que parecía medio loca. El camarero suspiró, barrió con la mano las monedas de la mesa y volvió adentro.

Truus respiró hondo.

—*Verdomme*. —Maldijo entre dientes todo cuanto nos rodeaba, desde los soldados a los transeúntes de aspecto agotado. Teníamos una buena vista del hospital y su antigua entrada abovedada, sobre la que, por supuesto, ondeaba una bandera nazi—. Esperemos un poco aquí.

Asentí. No teníamos plan, de manera que observamos mientras la gente entraba y salía del hospital del otro lado de la calle: enfermeras de uniforme y ciudadanos de a pie ocupados en sus asuntos o con pacientes a los que visitar. Al pensar en Jan, sentía que se me retorcía el corazón de dolor. «Por favor, que viva».

—Es como una fortaleza —comentó Truus, que intentaba idear una manera de colarse en el enorme edificio de piedra sin ser detectadas. Parecía imposible.

—Lo construyeron durante las epidemias de peste medievales —dije. Me lo había contado la enfermera Dekker.

—¿El hospital?

Asentí.

—Una epidemia de peste me suena relajante.

—Ja, ja.

Volvió el camarero y puso dos cafés en la mesa.

—¿Para mí? —pregunté.

Su expresión irritada se dulcificó un poco.

—*Het ga je goed* —dijo enfurruñado. «Que estés bien».

—*Bedankt* —le agradecí, casi deshecha en lágrimas. Sorbí por la nariz. Él sonrió y nos dejó solas. Seguía quedando buena gente.

Nos tomamos el café lo más despacio posible. En un par de ocasiones pareció que Truus estaba a punto de decirme algo, pero luego se contenía y se quedaba callada. Yo solo tenía preguntas y sabía que Truus no disponía de respuestas, de manera que también guardé silencio.

—Mira —dijo ella por fin, y las dos oímos el aullido de una ambulancia improvisada —un viejo furgón de la policía— que se acercaba desde la dirección opuesta hacia la entrada del hospital. Cuando frenó para tomar la curva, forcé la vista para extraer cualquier información que pudiera del vehículo en movimiento, pero solo vi pasar un borrón por el arco de la entrada que luego desapareció en el patio interior. No distinguimos al conductor ni, mucho menos, al paciente que transportaba.

—Truus —pregunté—, ¿quién le ha dicho a Hendrik que Jan estaba aquí?

—Brasser o uno de los otros tipos de Zaandam, probablemente. Alguien del RVV.

—¿Cómo lo sabía?

Truus suspiró.

—Ya sabes cómo son estas cosas; todo rumores. Pero podría ser cierto.

—¿Por qué traerlo hasta Ámsterdam? ¿Por qué no llevarlo al hospital de Zaandam o el de Haarlem sin más?

—Si está en manos de la policía, querrán interrogarlo, a ser posible. Y todos los altos oficiales de las SS están en Ámsterdam.

—¿A qué te refieres con «a ser posible»?

Truus se limitó a mirarme.

—Vale.

No podían interrogar a un muerto. Aparté ese pensamiento. Dimos sorbos a nuestros cafés y luego mascamos los trozos de raíz de achicoria del fondo de la taza. El camarero no volvió a molestarnos. Cuanto más tiempo pasábamos sentadas en la cafetería, más predecible se volvía la escena de la entrada del hospital: gente que entraba y salía, alguna ambulancia que otra en cualquiera de los dos sentidos y nada en absoluto de información sobre la suerte de Jan o sobre si estábamos buscando siquiera en el lugar adecuado.

—No podemos quedarnos aquí toda la noche —dije—. La cafetería cerrará pronto, por el toque de queda.

—Lo sé —replicó Truus—. Pero no se me ocurre qué otra cosa hacer. —Pasó la punta del dedo por la escarcha del borde de su taza y lamió ese último reducto de sabor—. Supongo que podemos volver a Haarlem para ver si allí tienen noticias.

—No —le espeté. Partir de Ámsterdam sería como rendirse, renunciar a la esperanza—. ¿Tan terrible sería que fuésemos a la entrada principal y preguntásemos directamente? Puedo hacerme pasar por su… hermana. —No su esposa.

—No pueden verte en ninguna parte. Ni siquiera con ese pañuelo. Es demasiado arriesgado.

—Me teñí el pelo —dije, frustrada.

—Sí, y ha sido esa chica de pelo moreno la que ha disparado a Ragut, ¿recuerdas? Lo más probable es que la añadan directamente al boletín de la «joven del pelo rojo» en el cuartel general de la Gestapo.

—Bah —gruñí—, no soy la única mujer de por aquí. ¿Qué me dices de ti?

—Sí, bueno, yo no soy la que ha disparado al jefe de policía hoy mismo.

—Podría funcionar —insistí.

—Sé paciente. —Me dio una patadita en broma por debajo de la mesa y contraataqué a regañadientes. Volvimos a mirar hacia el hospital. El edificio en sí era tan enorme que ocupaba la práctica totalidad de la manzana, y la mayor parte se alzaba detrás de un antiguo muro de dos metros de altura. Había una puerta hacia el final de él. Sin centinelas.

—Mira —dije—. ¿Ves esa puertecita negra en aquel lateral? He visto a varias enfermeras que la usaban. Debe de ser una entrada secundaria.

—En lo que me he fijado yo es en que hay una zona de carga y descarga al final de la calle —replicó Truus señalando con la cabeza hacia una abertura, más ancha, en la pared, por la que pasaban los camiones de reparto—. A lo mejor podríamos probar por ahí. Hay menos movimiento.

—No sé yo —objeté—. O sea, ¿de qué tenemos más aspecto, de camioneras o de enfermeras?

Me miró y sonrió.

—Ahora mismo, lo que tú pareces con eso que llevas puesto es una especie de *babushka* rusa loca.

—Venga —dije—, no soporto seguir aquí sentada sin hacer nada.

—De acuerdo.

Recogimos nuestras cosas. Cuando apenas llevábamos un par de pasos, Truus encontró una moneda de veinticinco céntimos en la acera. Un tesoro. Estaba a punto de decirle que era un buen presagio, pero ella ya había dado media vuelta y estaba corriendo para dejar la moneda sobre el platito junto a su taza de café, para pagar el mío. Vio que la miraba.

—*Blijf altijd menselijk* —dijo a modo de explicación—. Es lo que siempre dice mi madre.

Blijf altijd menselijk. «No dejes de ser humana».

Dimos un par de vueltas a la manzana de enfrente del hospital en busca de cualquier cosa que pudiera causarnos problemas.

Un grupo de personas, algunas con uniforme de enfermeras, otras de paisano, se acercaron a la puerta negra. Truus y yo no tuvimos que hablar. Las dos cruzamos corriendo la calle al mismo tiempo y nos unimos a la cola del grupo. Fue fácil. Una vez dentro, el resto del grupo siguió caminando hacia el otro lado del patio mientras nosotras dos nos quedábamos atrás y luego nos ocultábamos en un estrecho hueco de la vieja pared de piedra. Era un principio. Por fin podíamos ver el edificio entero del hospital, con sus tres plantas de ventanas iluminadas, algunas con oficinas dentro y otras con pacientes.

—Tenemos que entrar ahí —susurré.

Truus suspiró.

—¿Y luego qué? Este sitio es enorme.

La estructura que nos quedaba justo enfrente estaba más iluminada todavía, porque era la zona de recepción del hospital. Mientras Truus hablaba, una falange de soldados de la Wehrmacht desfilaron por el vestíbulo de la planta baja, y sus cascos verdes redondeados reverberaron como escamas de reptil. Los posos ácidos del café se revolvieron en mi estómago.

—Tiene que estar aquí —susurré—. Mira cuántos soldados hay. —El nombre Jan Bonekamp era bien conocido para los alemanes, pero nunca habían dispuesto de una descripción física detallada de él. Capturarlo vivo supondría una enorme victoria para la *Aktion Silbertanne* y las SS en general. Lo mantendrían fuertemente vigilado.

—Hay soldados por toda esta ciudad —señaló Truus, lo cual también era cierto.

Esperamos otro minuto. Parecía reinar la rutina; la paz. No había más soldados a la vista.

—Iré a la recepción y preguntaré por un nombre al azar —susurró Truus—. Mientras ellos lo buscan, intentaré captar alguna señal de que ocurre algo fuera de lo ordinario. A ver si hay gente de las SS o más soldados. Tú quédate aquí y no pierdas de vista esa ventana. —Señaló el punto por el que habían pasado los soldados—. Si parece lo bastante seguro para que entres, me acercaré a la ventana y juntaré las manos como si rezara. Esa es la señal para que vengas conmigo. ¿Vale? Pero no a menos que te dé la señal.

Me moría de ganas de acompañarla, pero confiaba en Truus más que en nadie.

Empezó a cruzar la plaza enladrillada y el mosaico del centro, un icono del antiguo león neerlandés. Hundí los dedos en las grietas de la pared de piedra que tenía detrás, para sujetarme y no salir en pos de ella.

Truus llegó al edificio y estiró la mano hacia el picaporte metálico de la gran puerta de roble.

Una ronca voz masculina sonó un par de pasos a su derecha.

—¡Para! ¡Para! ¡Es una trampa!

Truus se giró de golpe hacia la voz.

—¡Vete de aquí! ¡Huye! —dijo el hombre, ya gritando. Sin parar de chillar, corrió hacia Truus, que retrocedió, a la vez que la gente del patio se dispersaba y yo me quedaba paralizada al reconocer al hombre que gritaba. Era Hendrik, que cruzaba por encima de los ladrillos con su traje marrón con chaleco y el mechón del flequillo ondeando, gritando a Truus a pleno pulmón, aquel hombre que no alzaba nunca la voz, ni siquiera cuando yo había intentado dispararle.

Truus no vaciló. Giró sobre sus talones y corrió de vuelta hacia mí, con los ojos muy abiertos y expresión aterrorizada. Entonces, desde dentro de los gruesos y antiguos muros del hospital, nos llegó un atronar de botas sobre los relucientes suelos de baldosa: los mismos soldados que acababan de pasar desfilando volvían ahora a la carrera.

No me quedó claro si ella los había visto.

—¡Vamos, vamos, vamos! —me gritó, a la vez que me agarraba de la manga y me arrastraba hacia el muro perimetral del patio. No había salida que yo pudiera ver, pero estaba cubierto de hiedra y nos pegamos a la pared, ocultas en ella.

En el centro del patio, Hendrik aflojó el paso y luego se volvió para dar la cara a la tropa de soldados con casco que seguían saliendo en tropel con los fusiles y las pistolas en la mano. Truus me agarró de la muñeca y tiró de mí hacia la puerta. Mientras la atravesábamos corriendo, me permití mirar hacia atrás una vez, con la esperanza de ver a Hendrik siguiéndonos. No era así. Sujeté a Truus para que parase.

Hendrik, inmóvil, se mantenía firme en el centro mismo del patio, con una pistola pequeña, negra y mate en cada mano. Los soldados de la vanguardia del pelotón aflojaron el paso, confusos al ver que no intentaba huir, lo que creó un atasco de soldados envalentonados que se chocaron unos con otros como fichas de dominó cayendo. Uno de los soldados gritó a Hendrik en un alemán gutural e histérico, con la voz tan alterada por la cólera que no comprendí lo que decía.

Entonces oí la voz inconfundiblemente suave de Hendrik que se elevaba por encima de todo, la especial elegancia que conservaba incluso en esas circunstancias, en el momento del terror.

—Caballeros, caballeros… —dijo con tono melódico—. Vamos a ver…, cerdos de mierda.

La tropa rugió pero se quedó inmóvil, uncida a una cadena de mando ausente. Hendrik esperaba como un pistolero, con las largas piernas separadas y las dos armas apuntando a los soldados, amartilladas y listas para disparar. Nunca le había visto decir palabrotas antes, ni comportarse de manera violenta. Qué valiente era. Parecía un duelo. Truus y yo observamos, agarradas la una a la otra.

Los dos bandos se miraron frente a frente, durante cinco segundos como mucho. Después, al final, la puerta de roble macizo volvió a abrirse, y un trío de nazis más entrados en años, en gabardina y casco brillante, salió al patio. Pero no se colocaron al frente del grupo, sino a un lado, protegidos de la línea de fuego de Hendrik por sus propios hombres.

Hendrik los vio y exhibió su hermosa sonrisa.

—Cobardes —dijo con calma, aprovechando que el jaleo había remitido.

En el patio reinaba el silencio salvo por el roce de los soldados que arrastraban los pies. Los tres oficiales departieron en voz baja; entonces uno dio una voz:

—*Ergebt euch...* —Se calló, carraspeó y luego escupió una bola de moco sobre los ladrillos—. *Ergebt euch friedlich* —continuó, con voz algo más grave. «Entréguese pacíficamente y le dejaremos vivir».

—No le oigo desde tan lejos —replicó Hendrik.

El nazi de voz fina habló de nuevo.

—Le dejaremos hablar con su camarada si se entrega ahora.

Hendrik resopló.

—Antes dígame el nombre del camarada.

Los tres nazis formaron corro de nuevo. Lugo habló un segundo, que tenía la voz grave y monótona.

—Jan Bonekamp.

Se me cortó la respiración. Truus me agarró contra su cuerpo y, de alguna manera, me sostuve derecha.

—Entonces, me dejarán que entre y hable con él —dijo Hendrik—. ¿Y luego qué?

Mientras terminaba la frase, dio un paso largo hacia la izquierda en un intento de que los altos oficiales quedaran a tiro de al menos una de sus pistolas. Cuando lo hizo, el pelotón de soldados y oficiales se agitó al unísono, como un banco de peces.

—No disparen —ladró el oficial. Fue con cuidado de no ponerse a la vista de Hendrik, pero estiró el cuello para echar un vistazo—. Bonekamp ha sido muy servicial —dijo—. Tal vez usted sea uno de los camaradas de los que nos ha hablado.

—No debe de ser él, entonces —repuso Hendrik—. Él nunca hablaría.

—*Ja?* —El oficial se volvió hacia sus compañeros y compartió con ellos una sonrisa, antes de devolver su atención a Hendrik—. *Jeder redet.* —«Todo el mundo habla».

Mi columna vertebral se convirtió en hielo.

Los soldados y sus oficiales prorrumpieron en murmullos. Hendrik se mantuvo firme, pero se diría que había encorvado un poco los hombros, como un muñeco de cuerda que emprendiera el camino de descenso.

Al amparo de las sombras del borde amurallado del patio, Truus se volvió hacia mí. Por un momento, me pregunté si me veía siquiera; me sentía fantasmal. Me flotaba la cabeza y me pitaban los oídos como después de las prácticas de tiro. Truus tenía una expresión horrorizada. Sabía que yo también.

—¿Me vais a obligar a abrirme paso a tiros entre vuestros hombres para llegar hasta vosotros? —gritó Hendrik, con la voz ya más cansada.

—Por favor, amigo mío —dijo el oficial—, ayudémonos mutuamente.

Hendrik sacudió la cabeza, asombrado.

—Acércate y dímelo otra vez.

El oficial suspiró.

—No puedo hacer…

—Porque eres un puto… —Buscó la palabra en alemán para que lo entendieran todos los soldados—. *Ein Feigling!* —Un cobarde. Hendrik sonrió.

Los soldados abrieron los ojos y Hendrik los señaló con su otra pistola, lo que les hizo saltar. El oficial se volvió hacia sus hombres, emitió una orden muda y estos volvieron a colocarse en formación, la primera línea tumbada boca abajo, estilo comando, la segunda de rodillas y el resto de pie, apuntando con el fusil por encima de la cabeza de los de delante, hasta formar un sólido muro de cañones de acero. Hendrik siguió provocándolos.

—Estos pobres desgraciados lo saben, además, ¿verdad, chicos? Salga aquí delante, *Kommandant*, y al menos máteme como un hombre. Esto del cien contra uno es patético, tiene que...

Con todas las armas de la formación apuntando al delgado Hendrik, con sus dos pistolas, que seguía gritando, la compañía entera disparó a la vez, un maremoto para pagar una sola cerilla encendida.

El cuerpo de Hendrik se contorsionó en una grotesca pirueta, moviendo los brazos al viento, con el esbelto torso ondeando por el impacto de los balazos, hasta que cayó sobre los ladrillos del patio como un fardo, entre espasmos. Un joven fusilero, entusiasmado, se adelantó desde el centro del pelotón y corrió hacia Hendrik, para levantarlo por las solapas como si alardeara de haber pescado un pez de tamaño récord. Miró hacia sus camaradas con una sonrisa y un resplandor depredador en los ojos: «Lo hemos cazado». El soldado alzó el cuerpo de Hendrik y se pasó sus brazos por el cuello como si se pusiera una mochila. Mientras lo hacía, capté el destello de la pequeña navaja de Hendrik, que rajó el cuello del soldado con su fina hoja plateada. El alemán se puso pálido a la vez que un géiser rojo brillante surcaba el cálido aire veraniego. Chilló y se llevó las manos a la garganta rajada. Hendrik se desplomó sobre las piedras como una manta pesada y empapada de sangre, con el cuchillo todavía sujeto.

Los soldados enloquecieron.

Invadieron el patio y corrieron hacia Hendrik. Truus me sacó a la calle por la pequeña puerta negra. Oímos gritos y disparos mientras corríamos. Igual que en aquella primera noche con el oficial Kohl en el callejón, Truus y yo recorrimos las calles a toda velocidad encadenadas por un terror cerval. Corrimos hacia la estación de tren, nuestra única vía para escapar de la ciudad.

Teníamos que marcharnos. Mientras corríamos, Truus iba volviendo la vista para comprobar si nos seguían. Yo ya no me fiaba de mí misma si miraba atrás. Mantenía los ojos centrados en el azul de la chaqueta de Truus y el pensamiento en intentar no tropezar. Aminoramos el paso al llegar a la estación, por miedo a llamar la atención. Truus me asió una vez más de la mano, y caminamos todo lo deprisa que pudimos hasta el andén, donde nos quedamos jadeando, sin hablar ni pensar. Solo respirando.

Cuando el tren llegó unos minutos más tarde, el vagón estaba vacío casi del todo, y encontramos asientos enfrentados en el lado más cercano a la ciudad. Cuando el tren empezó a avanzar por las vías, nos miramos fijamente. Había demasiado que decir y, en cualquier caso, allí no podíamos hablar. Las escasas luces parpadeantes de Ámsterdam fueron quedando atrás. Mis pensamientos alternaban entre el caos y la insensibilidad. Cerré los ojos. Pasaron unos minutos.

—Oye —dijo Truus, dándome un golpecito en la pierna—. ¿Estás despierta?

Asentí con los ojos cerrados.

—Es solo...

Abrí un ojo y la miré.

—Qué.

—Si saben tu nombre... —susurró.

Parpadeé y abrí del todo los ojos. No tuvo que terminar la frase; se lo leía en la cara.

—Irán a mi casa —dije.

—Tus padres.

—Y Philine.

Escudriñé la oscuridad del exterior, en busca de algún punto de referencia conocido, mientras urgía al tren a ir más deprisa.

—Antes tenemos que llegar allí. —Truus me apretó la mano. Empecé a calcular en silencio todas las consecuencias de que las SS descubrieran mi nombre.

—Podría haberles dado también el tuyo; y el de Freddie —dije.

Truus asintió, con expresión torva.

—Cuando lleguemos a Haarlem, yo iré a casa de mi madre y tú a la tuya. Podemos vernos después, en el piso franco que hay cerca de los mercados del centro.

—Vale.

El cansancio que sentía se había convertido en ardiente electricidad que me corría por las venas. Movía la rodilla arriba y abajo y daba golpecitos con los dedos, desesperada por llegar a nuestra parada. Se me apareció una visión de Hendrik empapado en sangre, muerto. La dejé de lado. «Vamos. Vamos. Vamos».

—No hagas ninguna tontería. —Truus me lanzó una mirada severa—. Espero que estés en el piso franco mucho antes del amanecer.

—Vale —dije otra vez, sin apenas escucharla. Sabía la casa a la que se refería.

—Espérame dos manzanas al oeste —añadió—, por si acaso.

La miré, confusa.

—¿Quién sabe qué más les ha contado? —explicó Truus con un encogimiento de hombros.

Sacudí la cabeza, asqueada.

—No soporto haber dejado allí a Hendrik. —Se secó los ojos y la envolví con un brazo, sin palabras.

Transcurrió un momento. Las dos pensábamos lo mismo.

—Jan podría seguir vivo —dijo Truus—. En el hospital.

—Lo sé. Y todavía hablando, joder.

28

El tren todavía no había parado cuando Truus y yo bajamos al andén y partimos en distintas direcciones. La casa de mis padres estaba a diez minutos en bicicleta por la ruta más directa, pero me obligué a dar un rodeo más seguro que me acercase a la casa por callejones y patios. Escalé una valla y luego me encaramé a un tejado con la esperanza de tener una mejor vista de mi calle. Como estábamos en mitad del verano todavía quedaba algo de luz al anochecer, de modo que tendría que ir con cuidado para que no me vieran.

Me aplasté contra la áspera ondulación del tejado. En un principio, no vi nada sospechoso. Ni sirenas, ni luces. Salté al suelo y empecé a trotar por los callejones traseros, trazando un avance en zigzag hacia mi casa. Los tres tenían que abandonarla con la mayor rapidez y discreción posibles. Podían quedarse en el piso franco con Truus y conmigo, por lo menos esa noche. Después ya pensaríamos algo.

Corrí por los huecos entre las casas y descubrí el camino secreto que llevaba de la residencia de los Dubbelman al invernadero del patio de atrás de la señora Snel, que vivía puerta con puerta con mis padres. Miré a través del cristal empañado y por encima de la valla, desde donde veía la ventana de la cocina. Alguna criaturilla me pasó corriendo por encima del pie en el invernadero y di un respingo. «Ve con cuidado». Me asomé de nuevo. La tranquilidad familiar de mi apacible y pequeño vecindario, que llevaba escuchando desde que nací.

Entonces oí un trueno.

Primero, a varias manzanas de distancia; luego más cerca: una hilera serpenteante de pesados vehículos militares se acercó por el ancho paseo y luego, para mi horror, tomó por mi callecita. No había sirenas, ni bocinazos ni gritos. Todavía no. Los camiones avanzaron y, cuando dos de ellos doblaron a la derecha por la calle perpendicular a la mía, salí con sigilo del invernadero y me dirigí a la puerta del jardín de la señora Snel, que daba a mi propio patio de atrás. Los camiones se hallaban a minutos de distancia. Corrí a la puerta de la cocina y, al mismo tiempo que tocaba el picaporte, oí unos gritos en el interior. Apreté el cuerpo contra el exterior de la casa y avancé a hurtadillas hasta la ventana de la cocina.

Mi madre estaba de espaldas a mí ante la puerta de atrás, mirando hacia la entrada principal. Di unos golpecitos con la uña en el cristal para llamar su atención. Lo oyó y se volvió a mirar, con un revoloteo de su larga melena rubia y plateada. Solo se la dejaba suelta de esa manera por la noche, para cepillársela. Parecía más joven; en ese momento vi en ella a mi hermana Annie.

Di otro golpecito. Miró hacia la ventana de encima del fregadero. «Estoy aquí, mamá. Estoy aquí». Sabía que no podía llamarla a voces, aunque quería. «Aquí mismo». Tic, tic. «Por favor». Le dio un tirón a la manga de mi padre y entonces sonó un fuerte golpe en la puerta de entrada que hizo que se sacudiera toda la casa. Mi padre agarró con fuerza a mi madre.

—*Aufmachen!* —ladró una voz desde el otro lado de la entrada. «Abran de inmediato».

«No abráis. No abráis». Los soldados echarían la puerta abajo aunque no lo hicieran, pero eso me daría unos segundos para idear un plan para poner a salvo a mis padres. Podía entrar corriendo en la casa y arrojarme ante ellos, como Hendrik; podía rodearla y abatir a tiros a uno o a lo mejor dos antes de que me mataran; podía crear una distracción en el patio de atrás; podía... Maldición. Ninguna de esas hipótesis acababa con la huida de mis padres.

—*Aufmachen!* —repitió la voz. Luego sonó una ráfaga de gritos en alemán, órdenes que se impartían.

Mi madre y mi padre esperaron juntos a unos pasos de la entrada, agarrados el uno al otro.

—Un momento, un momento —dijo mi padre mientras él y mi madre retrocedían centímetro a centímetro—. Un momentito de nada.

«Sí, retroceded hasta la cocina y salid corriendo conmigo. Por favor».

Tenía la mano encima del picaporte de la puerta de atrás cuando vi que la entrada se vencía hacia dentro, partida en tablones astillados de madera por la embestida de un ariete largo y negro. Luego los soldados irrumpieron por la puerta derribada y se repartieron por la sala; sus cascos oscuros relucían como un enjambre de insectos del Einsatzgruppen, y los relámpagos de la insignia de las SS centelleaban en sus uniformes de color gris verdoso. Se arremolinaron en torno a mis padres, apabullándolos a base de cuerpos, gritos y armas, y oí un chillido agudo: mi madre. Un sonido que no había oído nunca.

Los cascos chocaron unos con otros y con todos los muebles antiguos de la casa mientras separaban a mi padre de mi madre arrastrándolos en distintas direcciones, cuatro soldados por barba. El espejo del vestíbulo cayó y se hizo añicos contra el suelo, pisoteado por las botas que entraban en tropel, mientras las ametralladoras barrían todas las superficies y mandaban platos, tapetes, vasos y libros volando de un lado a otro de la sala.

Un oficial nazi alto con una máscara de gas colgada del cinturón se plantó en la entrada, supervisando el caos. Se adelantó, agarró a mi padre por el bíceps, le gritó y luego ordenó a sus hombres que subieran a la planta de arriba.

Arriba, no.

Philine.

Con la mano en el picaporte de la puerta de atrás, me detuve. La casa entera retumbaba con los pisotones de las botas de los soldados; sus gritos inundaban el aire de ruido y de gotitas de saliva que volaban en los haces de luz de las lámparas mientras ellos luchaban por acercarse a los prisioneros; las patas de las mesas chirriaban y se partían, los hombres gruñían en un delirio de destrucción, con movimientos espasmódicos y agitados, probablemente drogados con las pastillitas blancas que los alemanes empleaban para ayudarles a matar más deprisa.

Por la ventana entreví a mi madre, con la melena enmarañada y pegada a la cara, sentada en el sofá con la cabeza en las manos, llorando, inmovilizada por los soldados con los fusiles amartillados, mientras mi padre estaba rodeado en la entrada, todavía gritando acerca de los derechos humanos, pero, sobre todo, chillando: «¡Aafje! ¡Aafje!». No me quedó claro si mi madre lo oía.

Llegaron más soldados, que inundaron la casa y el jardín delantero y empezaron a rodear el edificio, más de dos docenas de ellos, armados y excitados. Podría entrar, pero nunca saldría. Oí el trueno de las botas en las escaleras y las puertas de los dormitorios abiertas de golpe, gritos, y luego más soldados que bajaban. No vi a Philine. Me quedé en el porche de atrás, paralizada. Veía a intervalos la cara roja de mi padre, el desgastado dobladillo del camisón de algodón blanco de mi madre rozando por el suelo, luego una bota de cuero negro pisando el borde y rasgando bajo la suela la tela suave y antigua. Se me revolvió el estómago y se me secó la garganta.

Oí que se rompían las ramas y el enrejado del lateral de la casa: los soldados se dirigían hacia la parte de atrás. Con una última mirada a la ventana de la cocina, volví a sortear la valla del patio de la señora Snel y eché a correr, a izquierda y derecha, atravesando el barrio hasta llegar a mi bicicleta. Los gritos y el jaleo de los acontecimientos del 60 de Van Dortstraat se desvanecieron a mi espalda mientras pedaleaba, aunque todavía destacaban las luces contra las casas oscuras de la calle. Entonces empezaron a sonar las sirenas. Los alemanes querían despertar al barrio entero, para que viera lo que les pasaba a las familias de las traidoras como Hannie Schaft.

Estaba a más de dos manzanas al oeste del piso franco cuando paré. Algo fallaba. Dejé la bici y me acerqué poco a poco a pie. La calle estaba tranquila y no había indicios de soldados, pero la acera de enfrente del bloque de pisos estaba llena de trastos: montones de ropa, muebles rotos, vajilla destrozada. Me oculté en las sombras y esperé, reacia a acercarme más. Pasaron unos cinco minutos antes de que oyera nada. Entonces sonó un suave traqueteo de metal contra metal calle abajo y supe que era Truus. El portaequipajes de su bici siempre se soltaba; conocía el sonido igual de bien que el tintineo de las llaves de mi padre cuando llegaba a casa del trabajo y las dejaba en la cómoda de roble junto a la entrada.

—Eh —la llamé con voz queda. Truus metió la mano en el bolsillo en el que llevaba la pistola—. Soy yo —dije, incapaz de pensar en algo mejor. Salí a la tenue luz para que me viera. Se acercó corriendo.

—¿Cómo están tus padres? —susurró.

—Las SS han llegado primero.

Esperó a que le contara más.

—No sé si se conformarán con arrestarlos o… —Me tragué un sollozo, incapaz de pronunciar el resto.

—Lo siento, Hannie. —Truus me pasó un brazo por los hombros. No dije nada—. ¿Qué ha pasado en el piso franco? —preguntó, con la vista puesta en el desastre de la acera.

—Ni idea. Acabo de llegar.

—Deben de haberlo registrado. —Exhaló de forma audible y dijo lo que ambas estábamos pensando—: Silbertanne. —Hizo una pausa—. ¿Qué pasa con tu amiga Philine?

Sacudí la cabeza.

—No lo sé. No he llegado a verla.

—A lo mejor ha huido antes de que llegaran.

—A lo mejor —repuse. Intentaba creerlo. ¿Primero desaparecía Sonja y ahora Philine? Sentí un dolor en el pecho, una opresión hiriente. Me costaba respirar.

—Si la hubieran encontrado allí, habría sido peor para tus padres. Es probable que escapara antes.

—Eso espero —susurré.

—Respira, Hannie.

Unas chiribitas negras nadaban en mi visión, de manera que apoyé las manos en las rodillas, cerré los ojos e intenté recomponerme. Truus me acarició la espalda y traté de frenar mis pensamientos. Solo entonces caí en la cuenta.

—Ay, Truus. ¿Qué me dices de tu madre? ¿Y Freddie?

—Están bien —respondió Truus—. Tendríamos que ir allí.

—No podemos —contesté—. Con el tiempo descubrirán dónde vive tu madre.

—Lo dudo —objetó Truus con convicción—. Si buscan su dirección, se encontrarán con un amarre vacío. Mi madre vive en un barco. Levó el ancla ayer a primera hora y se fue corriente abajo. La red la avisó con antelación.

Jamás se me había ocurrido la importancia estratégica de vivir en una casa flotante, y eso que era neerlandesa. Los alemanes no tendrían ni idea de dónde mirar.

—Aquí no podemos quedarnos —señaló Truus.

Arrancamos a correr a través de la ciudad, siguiendo una ruta serpenteante que atravesaba las calles más oscuras y desoladas, para evitar que nos vieran. Seguí a Truus e intenté despejar mi cabeza de todo lo que había presenciado en las últimas horas. Hendrik, mi querido, elegante y aguerrido Hendrik, estaba muerto. Pero mis padres y Philine seguían vivos, me dije. Truus, Freddie y su madre seguían vivas. Yo seguía viva, aunque me sintiera prácticamente muerta. Y esperaba que Jan siguiera vivo y en el hospital, también.

Porque quería matarlo yo misma.

29

La casa flotante de las Oversteegen había sido desplazada, con la ayuda de pértigas, hasta una apartada zona industrial de las afueras de Haarlem, donde acababa todo lo que viajaba a la deriva. La embarcación, larga y hundida, podría haber pasado por abandonada, flotando a ras del agua turbia como un cocodrilo, con la pintura negra descascarillada y descolorida. Ningún oficial nazi con aspiraciones requisaría jamás aquella humilde barcaza. Allí estaríamos a salvo.

Truus me ayudó a cruzar la estrecha pasarela para subir a la cubierta, a oscuras.

—Aquí —dijo, señalando un banco que recorría el lateral del barco. En cuanto me senté, me vine abajo. Empezó a sacudírseme el cuerpo, hasta el último músculo y hueso.

Jan.

Me castañeteaban los dientes.

Hendrik. Mi madre y mi padre.

Me abracé la cintura con las dos manos e intenté expulsar todo pensamiento de mi cabeza. Resultaba demasiado doloroso.

—Ay, Dios —susurré, y un gran sollozo ahogado se alzó de mi pecho. ¿Dónde estaba Philine? ¿Y la dulce Sonja? Las lágrimas se agolparon hasta que rompí a llorar y moquear, como si el horror de todo lo vivido me derritiera la cara entera. Me agarré con fuerza al banco, lo único estable.

Truus se sentó a mi lado y me frotó la espalda, pero sin decir nada, que era lo mejor que podía hacer. Me apoyé en ella, y absorbió los estremecimientos de mi cuerpo con el suyo, sosteniéndome en silencio. Nos mecimos juntas hasta que, al final, logró desprenderme del banco y llevarme bajo la cubierta, donde me arropó en una litera y luego se tumbó a mi lado, como si fuera un bebé que pudiera rodar y caer al suelo si me dejaban desatendida.

No podía parar de llorar: con la respiración entrecortada y sorbiendo por la nariz, enterraba la cara en la almohada para gritar en silencio. Las lágrimas, con el tiempo, se secaron, hasta que solo pude gemir quedamente. El agotamiento empezó a envolverme como unas alas blandas y suaves. Qué bendición: la inconsciencia. La gran nada, sin recuerdo de los muertos, imágenes de sangre y pistolas, y el retumbar, retumbar, retumbar de unas botas de cuero negro. Aún no estaba dormida, solo flotaba. Truus me acariciaba la espalda poco a poco, para convencer a mi respiración de que volviera a la normalidad.

Yo no sentía nada. Apenas estaba allí. Y, luego, me fui del todo.

Cuando desperté al día siguiente, estaba sola. Tumbada en la cómoda y cálida cabina, contemplé los paneles barnizados que tenía a menos de dos palmos por encima de la litera, siguiendo las espirales del grano de la madera como si contuvieran una respuesta y yo fuera a encontrarla. Por encima de mí oía los pasos sordos de unas personas sobre la cubierta y la música baja de sus voces apagadas. Cerré los ojos. Todo el mundo al que había intentado proteger se había esfumado de la noche a la mañana. Una tristeza asfixiante me cortó la respiración.

Las hermanas entraron y salieron de mi consciencia durante todo aquel día. Freddie con un vaso de agua que dejó en el estante para mí, Truus apartándome con delicadeza el pelo enmarañado de los ojos. Dormí, aunque mis pensamientos a veces me despabilaban de golpe con una descarga de miedo y luego remitían como la marea.

Al segundo día, desperté y me encontré a Truus sentada a mi lado en la cama.

—Hola —dijo.

—Hola —repetí con voz rasposa, porque era la primera vez que la usaba en mucho tiempo.

Truus me ayudó a levantarme, a lavarme en una bañera de metal con una tetera y a vestirme con ropa limpia de ella. Las hermanas de algún modo habían encontrado un huevo y lo hirvieron para mí, la primera fuente de alimento que consumía desde hacía unos días. La madre de Truus, Trijntje, orbitaba a nuestro alrededor de vez en cuando, con cara de preocupación, pero, al igual que la mía, se concentraba en las cuestiones prácticas. Puso ropa a tender al sol en la cubierta y pasé una hora viendo ondear mi blusa y mi falda con la brisa, como si fuera yo la que colgaba allí. Al cabo de un rato, Truus me ayudó a bajar y volver a la cama, que era el único sitio donde quería estar. Mil horas de sueño, eso era todo lo que deseaba. Eso, y un vacío en el que desaparecer para siempre. Cuando oí llegar a Truus en algún momento de aquella noche, su voz me sacó de la nada. Me incorporé sobre los codos y entreabrí los ojos.

Me tocó la mano. En la otra sostenía un cigarrillo todo lo lejos que le daba el brazo, para que no me viniera el humo.

—Se supone que aquí abajo no tengo que fumar —dijo con un encogimiento de hombros, y dio una calada—. ¿Estás bien?

—Creo que sí —grazné.

—Mi madre dice que mañana tenemos que obligarte a levantarte y ponerte a trabajar de nuevo. Ella cree, y estoy de acuerdo, que es lo único que hará que te mejores.

—Ja. —Un patético suspiro a modo de carcajada—. ¿Trabajar? —dije. ¿Que me mejorase? ¿Qué significaba eso siquiera? No estaba segura de tener fuerzas ni para sostener una taza de té.

Truus me acarició el pelo.

—Sé cómo te sientes —musitó.

Su familia estaba intacta. Una sacudida de rabia me saturó los sentidos: ¿qué pasaba con mi familia? El momento pasó. No podía mantenerme enfadada con Truus. Me dispuse a escuchar otra de sus pragmáticas charlas para animarme, pero no comentó nada. Estiró las piernas a mi lado, observando.

—¿Qué? —pregunté.

—Fue muy duro, Hannie. —Lo dijo así, en pretérito, como si lo peor ya hubiera pasado. ¿No se daba cuenta de que apenas acababa de empezar?—. Lo siento.

Asentí. Estaba demasiado débil para montar un contraargumento. Y, desde luego, para volver a trabajar. Tal vez no regresaría al trabajo nunca. Cerré los ojos.

Sin esperar a que le dijera nada, Truus empezó a hablar.

—Hendrik me contó que tenía un trabajo para mí —señaló con voz queda y calmada—. Pero habría niños de por medio.

Abrí los ojos.

—Siempre intentan que Freddie o yo nos ocupemos de los encargos con críos —prosiguió Truus—. A los niños les resulta más fácil tratar con una mujer, quizá; parece menos sospechoso. Sea como sea, la operación estaba planificada entera, una acción conjunta con una célula de Ámsterdam y otra de Dordrecht, que es adonde tenía que dirigirme yo, a unos cincuenta kilómetros de la frontera belga. Se trataba de una emergencia. Había que evacuar de Ámsterdam a doce niños judíos de inmediato. Y no había nadie más para ocuparse del trabajo. Me contaron que habría otra persona allí para ayudarme, de otra célula del RVV. De modo que dije que sí.

Se encendió un nuevo cigarrillo con la colilla del anterior y dio una profunda calada.

—Me dijeron que debía vestirme de enfermera alemana y fingir que me llevaba a una docena de niños enfermos de la ciudad a un hospital del campo. Me dieron un uniforme de enfermera de verdad, con su cofia blanca y todo. Hasta me pasaron un pañuelo con una esvástica. Lo primero que hice fue sonarme con él.

Sonreí un poco, intentando imaginarme a Truus de enfermera alemana. Ella siguió hablando.

—Me reuní con ellos en la estación central de Ámsterdam. Doce niños. La más pequeña era una niñita de a lo mejor tres años, con el pelo rizado castaño y unos grandes ojos marrones. Un bebé, en realidad, pero lo bastante mayor para caminar sola y, por lo tanto, peligrosa. Iba de la mano de una niña mayor que se llamaba Louise, que llevaba una larga trenza castaña colgando entre sus dos hombros flacos. Para serte sincera, yo no tenía mucha experiencia con niños. Sigo sin tenerla. Así que dejé a Louise a cargo de Rosie, la bebé.

»Los niños me tenían por una nazi. Lo notaba por cómo me miraban. ¿Sabes esa cara que ponen ahora los niños, como pequeños adultos tristes?

Asentí. Todas lo habíamos visto. Jóvenes que habían visto y sentido demasiado.

—Sea como fuere —prosiguió Truus—, subí a los niños al tren gritándoles como me imaginé que haría una enfermera nazi. El tren se puso en marcha, pero Rosie lloraba, y eso no podíamos consentirlo. No podíamos permitirnos molestar a nadie o llamar la atención. Estuve a punto de gritarle otra vez, pero entonces vi que Louise se quitaba el pañuelito que llevaba y hacía con él una especie de muñeca, atándole un cordel en el cuello para hacerla bailar en el regazo de Rosie y distraerla.

—¿Eran huérfanos? —pregunté—. ¿Dónde estaban sus padres?

—No tenía ni idea —respondió Truus—. ¿Cuándo era la última vez que habían visto a su familia? ¿Cuánto tiempo llevaban escondidos? ¿Adónde creían que iban? No lo sabía y nadie me lo dijo nunca. Ni siquiera sabría a quién preguntárselo.

—¿Alguien te paró o te hizo preguntas?

—Nos faltó un pelo un par de veces, pero tuvimos suerte. Llegamos a una pequeña aldea a orillas del Rin. Debíamos cruzarlo, y alguien se ocuparía de los niños al otro lado. Lo único que tenía era un mapa de ese pueblo en el que estábamos, cerca de Dordrecht, con un camino dibujado a través de un campo hasta la ribera del río. En el mapa, el campo estaba salpicado de circulitos. Eran minas terrestres. Les dije a los niños que siguieran mis pasos sin desviarse ni un centímetro, aunque no mencioné las minas.

»Encontré el agujero en la valla que había hecho para nosotros algún miembro de la Resistencia local. Era lo bastante ancho para los niños, pero, para cuando conseguí atravesarlo yo, sangraba por los brazos y las piernas, aunque no sentía nada; me daba demasiado miedo lo que nos esperaba delante.

Era la primera vez que mencionaba el miedo. Siguió narrando.

—Me tumbé en el suelo boca abajo con los niños y les di sus órdenes: «Nada de hablar, nada de reír, nada de toser; nada de ruido y punto. Y seguid mis instrucciones al pie de la letra». Desde el río llegaba una niebla que flotaba sobre el campo, de manera que, cuando pasaba un foco, lo iluminaba todo. No era fácil avanzar entre la hierba vieja, las rocas y las agujas que se clavaban en la piel, pero los niños estuvieron increíbles. A cada centímetro que avanzábamos me preparaba para oír un chasquido metálico o una explosión, pero me ajusté al mapa y, de algún modo, llegamos al otro lado.

»Repté hasta el río para ver si el agua ya estaba lo bastante baja. Para ser sincera, la verdad es que no sabía qué buscar. Así que tomé la decisión de cruzar. Se suponía que debía esperar a la señal de una luz intermitente desde el otro lado. Cuando apareciera, en teoría se apagarían los focos de nuestra sección durante cinco minutos, lo que me permitiría meter a los niños en los botes y cruzar.

»Fue entonces cuando descubrí que había dos botes. Para dos falsas enfermeras alemanas y doce niños. Pero claro, solo había una falsa enfermera: yo. Ni siquiera el mayor de los niños era lo bastante grande para manejar solo el otro bote.

»Entonces reparé en que habíamos llegado a la hora equivocada. El agua no estaba tan baja como debería. Y en todo el rato que llevábamos allí, todavía no había avistado una linterna, la de nuestro contacto, al otro lado. Me hallaba a meros minutos de perder cualquier control que pudiera tener sobre los críos. Si hablaban o se levantaban, nos detectarían al instante y nos tomarían prisioneros, o nos ametrallarían allí mismo en la playa. Teníamos que intentarlo.

—Dios mío, Truus —dije. Le puse la mano en el hombro, pero ella ni se dio cuenta y siguió hablando, como si estuviera en trance.

—«Subid al bote», les pedí a los niños, y empecé a auparlos y dejarlos dentro por el lado más bajo del casco. El niño más mayor, sin embargo, se quedó aparte. «No cabemos todos», dijo. «Deberíamos coger los dos botes». «Solo podemos llevar uno», le expliqué. «Date prisa».

»Se quedó atrás, contemplando el otro bote como si estuviera planteándose llevarlo a solas. Si lo hubiera hecho, no se lo habría impedido. Me hubiera resultado imposible. Al final, ayudó a un niño más pequeño a subirse y a mí a empujar el bote hasta aguas más profundas, y agarró el segundo juego de remos. Cuando estuvimos todos dentro, la embarcación estaba completamente sobrecargada y empezó a entrar agua por los lados. Ni siquiera habíamos salido hasta la corriente todavía.

»El chico se quedó con los remos agarrados mirando hacia la otra orilla del río, esperando otro foco como un perro que aguardara una patada. Los niños se acurrucaron juntos en el fondo del bote, mientras el chico y yo empezábamos a remar. Ya con las primeras paladas, los remos chirriaron contra los toletes, un ruido fuerte y penetrante. Se suponía que aquella debía ser una travesía secreta. Miré hacia atrás y vi al chico envolviendo el remo con su pañuelo para intentar amortiguar el sonido. Qué inteligente. Até a uno el pañuelo con la esvástica y luego busqué otra cosa, lo que fuera.

»"Dame eso", dije. Louise me miró. "¿Qué?". Sostenía a Rosie en su regazo como si fuera su propio bebé y esta, a su vez, abrazaba a la muñequita que Louise había hecho con su pañuelo. "La muñeca". No quería hacerlo, pero sabía que no había más remedio. "Oye, Rosie", le dijo canturreando a la pequeña. Le quitó la muñeca de entre los dedos regordetes, hizo un bailecillo con ella en el aire y luego me la lanzó.

»"¡Bebé!", exclamó Rosie. Era la primera palabra que le oía decir. Se puso a llorar.

»Destrocé la muñeca para envolverla alrededor del remo. Ya nos estábamos desviando de la playa de la otra orilla que era nuestro destino, y no paraba de colarse agua en el bote. El chico y yo arrancamos de nuevo a remar y las telas ayudaron a mitigar el ruido… durante unas seis paladas. Luego, cuando ya estábamos a medio camino, en el centro del río, los pañuelos se soltaron y volvió el chirrido. Rosie sollozaba, los demás niños empezaron también a llorar. Para entonces surcábamos aguas profundas y la corriente, que era cada vez más rápida, nos estaba arrastrando lejos de nuestro destino. Se encendió un nuevo foco que empezó a efectuar barridos.

»"¡Agachaos!", grité, y todos bajamos la cabeza. No sabía si nos habían visto, pero me enderecé de inmediato y empecé de nuevo a remar. El chico hizo lo mismo. La corriente era demasiado fuerte, pero ¿qué podía hacer? El agua helada empezó a salpicarnos, y dos hermanitos que había en el centro del bote empezaron a bramar. "¡Callaos!", les dije. Pero no hubo manera.

Agarré la mano de Truus. Me la imaginé con el uniforme puesto y los niños en el bote, empapados y gritando.

—Entonces todo se iluminó. Todos los focos de la orilla convergieron sobre nosotros. Éramos un blanco perfecto en el centro del río. La luz resultaba cegadora y los niños estaban aterrorizados.

»"¡Agachaos, agachaos!", grité. Empujé los remos de nuevo, dejando de lado por el momento el problema evidente de que remábamos hacia los focos. ¿Qué pasaría cuando llegásemos a esa orilla? A esas alturas ya no podríamos volver atrás; teníamos que ajustarnos al plan.

»Miré a mi espalda. El niño mayor de los remos estaba de pie. Llevaba un traje que debía de haber sido de su padre, porque le venía enorme. Todavía tenía un remo agarrado en cada mano y miraba hacia las luces. Los niños gritaban. Él seguía allí plantado como un santito judío, aureolado por los focos. Entonces les gritó. No me lo podía creer.

—¿Qué dijo?

Truus sonrió un poco.

—«¡Disparad, nazis de mierda!». —Hizo una pausa—. Durante un rato, no pasó nada. Entonces, con un ruido como de látigos diminutos, fiu, fiu, su cuerpecillo hizo un zigzag cuando las balas lo atravesaron de parte a parte. Se arqueó hacia atrás, igual que un pez cuando lo sacan con la caña, y desapareció en el río.

»Grité, pero no podía ir a ayudarle sin volcar el bote. Dio lo mismo. Todos los niños chillaban ya como locos, y las balas no cesaban. Al cabo de unos segundos, volcamos igualmente y nos fuimos todos al agua.

»Cuando salí a la superficie, vi las cabezas, los brazos y las piernas de los niños que se alejaban flotando llevados por la corriente. Si todavía gritaban, no los oía.

»Cuando se me metía la cabeza debajo del agua, oía cómo las balas me pasaban rozando incluso allí. Intenté nadar hacia los niños, hacia cualquiera de ellos, pero la primera a la que agarré ya estaba muerta, con un agujerito perfecto en la sien y los ojos en blanco. La solté y se alejó a la deriva. Di por sentado que me habían alcanzado, pero no sentía nada. La fuerza del agua me llevaba. Al cabo de un rato me descubrí cerca de la orilla del río de la que habíamos partido. Me puse de pie, miré a mi alrededor y volví a meterme en el agua caminando, intentando salvar a alguien, a quien fuera.

»Oí una voz. "¡Mamá! ¡Mamá!", gritó una niña. Creo que a lo mejor fue Louise. Pero estaba demasiado río abajo para alcanzarla, de manera que me tuve que quedar escuchando mientras la voz se volvía cada vez más tenue hasta desaparecer. Así la pierna de un niño que me pasó flotando por delante y lo arrastré a la orilla. Estaba muerto. Ahogado. Uno de los mayores. Volví a meterme en el río a seguir intentándolo. Oí un gorgoteo y vi un destello luminoso; estiré el brazo hacia él y descubrí que tenía en la mano el cuello de un jerseicito. Intenté mantener la cabeza fuera del agua mientras nadaba hacia la orilla y depositaba a la niña en la playa. Era Rosie. Se le oía un burbujeo en la garganta, así que la arrastré hasta el borde del campo de minas, donde podíamos ponernos mínimamente a cubierto, y luego empecé a subirle y bajarle los bracitos y a apretarle la barriga, intentando bombear fuera el agua. Había lanchas a motor, luces y gritos en alemán a mi espalda. Si quedaba algún niño más en el río, era demasiado tarde; no podía volver. En cuanto vi que Rosie seguía con vida, me la cargué a la espalda y regresé a rastras cruzando el campo de minas por la misma ruta por la que habíamos llegado, o eso esperaba. La ropa helada se me pegaba al cuerpo y me molestaba para reptar. Si topábamos con una mina, en fin…, casi esperaba que lo hiciéramos.

Miré a Truus, pero ella tenía la vista perdida en la nada, muy lejos de mí.

—Solo quería que aquello terminara. —Respiró hondo—. No sé ni cómo, logramos cruzar el campo. Empujé a Rosie al otro lado de la alambrada. Cojeaba, pero, milagrosamente, por lo demás parecía indemne. Busqué agujeros de bala en su cuerpo varias veces y luego eché a correr por la carretera llevándola en brazos. Como no tenía ni idea de qué hacer, cuando vi una casa corrí hacia ella. «Por favor, sed comprensivos», pensé. «Por favor no seáis colaboracionistas». Me estrellé contra la puerta y un granjero asomó la cabeza para echarnos un vistazo. Mi intención había sido dejar a Rosie en el zaguán, pero entonces me desmayé.

—Oh, Truus. —Le agarré la mano.

—Por suerte, el granjero y su esposa estaban de nuestro lado. Eran los que habían hecho el agujero en la valla. Tenían miedo, porque en teoría no debíamos estar en su casa, pero nos ayudaron. Me quedé un día o dos, recuperándome. Y prometieron que encontrarían un hogar seguro para Rosie. Luego me marché.

—¿Y? —pregunté, esperando el desenlace.

—¿Rosie? —Truus sacudió la cabeza—. No sé qué fue de ella. —Lo dijo con la sonrisa poco convencida de una filósofa—. Es verdad que, de vez en cuando, pienso en ella. Le pedí un pañuelo a la mujer del granjero y le hice una muñeca nueva antes de irme.

Truus dio una calada a su cigarrillo, con rostro inexpresivo.

—Así que decidí dejar de trabajar para la Resistencia —prosiguió—. Pensé que, en cualquier caso, me echarían. No había cumplido la tarea, solo había salvado a uno de doce críos. No había completado el trabajo. Era evidente que se me daba fatal.

Sin embargo, cuando volví a Haarlem, no me echaron. Le conté a Hendrik lo que había pasado y él solo se puso… triste. Aun así, me ofrecí a renunciar. Se rio de mí.

—Dios mío, Truus. ¿Cuándo fue esto?

—Hace un tiempo. En el cuarenta y uno, creo.

Hacía tres años.

—Le dije que no podía más, pero Hendrik no quiso saber nada. Nos encargó a Freddie y a mí unos cuantos trabajos más sencillos, para mantenernos activas. —Contempló el ascua de su cigarrillo, esperando a que le quemara la punta de los dedos. Cuando lo hizo, lo tiró al canal por el ojo de buey—. De manera que continué adelante. Porque… ¿qué otra cosa iba a hacer? —Se rio—. Los alemanes no se habían rendido. La guerra seguía en curso. Todo era aún una mierda. Probablemente hubiesen muerto otra docena de niños judíos a la vez que yo intentaba salvar a mi grupo. O sea que sí, continué adelante.

»Descubrí algo. Después de aquella noche, nada podía afectarme. En cualquier momento en el que me entraban ganas de rendirme o me asustaba, me bastaba con pensar en el bote y el agua. Porque nada podía ser peor que aquello, pero había sobrevivido. —Se estiró, saliendo de su ensueño—. También Rosie. Y tú también.

Guardé silencio durante varios minutos después de aquello, porque no sabía qué decir. No había pensado que fuese posible admirar más a Truus…, pero así era. Era tan estoica, tan serena en su quehacer habitual…, pero debajo de eso había una guerrera.

—Lo siento mucho, Truus —murmuré poniendo mi mano en la suya.

Le dio un afectuoso apretón y luego se encogió de hombros.

—Intento no pensar en ello. Sucedió. Y no paré. Y tú tampoco deberías. —Me miró con aquellos ojos azules de párpados caídos a los que nunca se les escapaba nada—. ¿Qué me dices? ¿Te he convencido?

Me quedé callada. Nada parecía adecuado.

—Hannie —añadió ella—, lo que Jan nos hizo a todos nosotros fue espantoso. Estuvo mal. Pero no eres la única que ha pasado por... —buscó una expresión adecuada— lo peor que puede suceder. Si aguantas lo bastante en este trabajo, con el tiempo ocurrirá lo peor. Es lo que te ha pasado ahora. De modo que no puedes parar. Ya sabes lo que Hendrik dice... decía, ¿verdad?

Negué con la cabeza.

—«En la Resistencia no se gana» —citó, imitando la melodiosa voz de locutor de radio de Hendrik—. Por lo menos en esta guerra. No es una lucha justa. Aunque también es cierto que solo hay una manera segura de perder y, a diferencia de todas las demás putadas de esta guerra, es algo que una puede controlar.

La miré, desconcertada.

—No les des nada.

Guardó silencio, esperando una respuesta. Tardé unos instantes más.

—Jan cantó —señalé.

—Así es.

Pensé en Philine, en Sonja y en mis amados padres, que habían confiado en mí, dondequiera que estuviesen. Maldito Jan Bonekamp.

—Vale —dije—. No pararé.

—No.

Suspiré.

—Y no les daré nada.

Truus sonrió, en esa ocasión con auténtico afecto.

—Bien. —Estiró los brazos, torció el cuello para hacer crujir las cervicales y suspiró—. Mañana empezamos de nuevo.

TERCERA PARTE

El Invierno del Hambre

1944-1945
Haarlem

30

Verano de 1944

Dormíamos en la casa flotante, bajo cubierta, arrulladas por las olas que lamían el casco por la noche. Siempre que despertaba, los recuerdos desfilaban veloces como el paisaje borroso visto desde un tren. Las detonaciones de los disparos a mi espalda mientras me alejaba en bici de casa de mis padres; las horas esperando a Jan; mis padres, separados a la fuerza por matones de las SS; el final de todo; la hilera serpenteante de camiones verde grisáceo; el fracaso; los transeúntes; la desesperanza; Philine; Jan Bonekamp. Era peor cuando cerraba los ojos. Sonja. Peor cuando intentaba pensar en otra cosa. Traición. El maldito Jan Bonekamp. Entonces intentaba volver a dormirme.

La noticia nos llegó por radio macuto a la mañana siguiente: Jan había muerto. También el jefe de policía Ragut. El disparo de Jan había matado a Ragut, pero él había recibido un tiro en el costado. Se cayó de la bicicleta e intentó correr. Al parecer, se la jugó entrando en una casa al azar, en busca de refugio, pero las dos ancianas hermanas que vivían allí llamaron a la policía. Con ella llegaron también las SS. Aquella vez no iba a esconderse bajo los tablones del suelo de la cocina. Transportaron a Jan en ambulancia al hospital de Wilhelmina, en Ámsterdam, para que los mandamases lo interrogaran, tal y como Truus había sospechado. Los divulgadores de los rumores afirmaban que a Jan lo torturaron allí, que los nazis se negaron a darle analgésicos, que agravaron sus heridas para obligarlo a hablar. Decían que al principio se negó. Después que alguien le había administrado algo que afirmaban que era un «suero de la verdad» y que una enfermera se hizo pasar por compañera de la Resistencia. Luego entró un alto oficial de las SS, apellidado Rühl. Fuera lo que fuese lo que hizo el tal Rühr, funcionó. Jan se lo contó todo: el RVV, el nombre de Hendrik, el mío y, posiblemente, también el de las Oversteegen. Todos los nombres, todos los golpes, todo lo que sabía. Y luego murió. Eso era lo que decían.

No me permití creerlo. ¿Torturas? ¿Una enfermera traidora? ¿Suero de la verdad? Eran cosas salidas de un tebeo. Tras rumiarlo durante unos cuantos días más, sin embargo, cambié de actitud. Daba lo mismo que los detalles fueran correctos; las consecuencias eran las mismas. Mi familia estaba desaparecida.

Yo era el motivo.

Jan había tenido que ver, pero nada de aquello habría sucedido si primero yo no hubiese puesto en peligro a todos los que me rodeaban. Tenía que encontrarlos. Si los perdía a los cinco, a Annie, a mis padres, a Philine y a Sonja…, lo perdería todo. Una esquina de mi corazón quería añadir un sexto nombre a la lista porque a él también lo había perdido, pero ese rincón blando tenía que encallecerse.

Me quedé tumbada mirando el techo, escuchando el batir de las aguas del canal contra los costados del barco. La traición es difícil de comprender del todo. Es un reconocimiento del absurdo, de Eso Que No Puede Suceder… y que luego sucede. Es como ver a alguien quitarse una máscara para revelar a la misma persona que siempre habías conocido, solo que algo más fea. De pronto, desconocida. Tal vez te rías al principio, pero no tarda en llegar el pánico.

Me creía preparada para algo así. Desde el día en que los nazis nos invadieron, el país entero había tenido que vérselas con la traición. La familia real neerlandesa había escapado a Inglaterra para esperar el fin de la guerra. Un porcentaje nada desdeñable de nuestros dirigentes electos habían optado por colaborar con los nazis. Las amistades entre vecinos se fueron resquebrajando cuando unos empezaron a delatar a otros. Y cuando te traicionaba la persona a la que amabas, tu fe en la especie empezaba a desmoronarse. En cuanto a mi fe en el amor… aún quería a Philine, Sonja y mis padres. Y sí, aún quería a Jan, pero en esos momentos no había nada que hacer al respecto, ninguna manera de expresarlo. Él no me pertenecía. Me quedé bajo las mantas todo el tiempo que pude.

Alrededor de las nueve de la mañana, Truus llamó a la puerta de mi camarote y luego pasó.

—Hora de levantarse.

Me hice la dormida, pero no la engañé.

—Tienes suerte —me advirtió—. Mi madre estaba a punto de entrar a despabilarte ella misma, pero le he dicho que me ocuparía yo. Soy mucho más delicada que ella.

Guardé silencio, con la esperanza de que se marchase. Transcurrieron unos segundos. No se fue.

—Hannie, hay trabajo que hacer.

—¿Jan os vendió a Freddie y a ti? —Sabía que su madre le contaba todos los rumores.

—No, que sepamos —respondió—. Pero si te hace sentir mejor, les dio a su… —Hizo una pausa—. Se lo contó todo.

—Te refieres a su esposa. —Decirlo en voz alta me causó auténtico dolor físico, como si tuviera el corazón suspendido en el pecho, pesado como un ladrillo.

—Lo sabías. —Alzó una ceja.

—Me lo contó —expliqué.

Abrió mucho los ojos; eso la pillaba de sorpresa.

—No sé, Truus —dije, sacudiendo la cabeza. El recuerdo de las palabras de Philine me animó—. Estamos en guerra.

Truus asintió.

Suspiré.

Se sentó en la cama a mi lado.

—Lo torturaron. Y él se lo contó todo. No les habló solo de ti.

—Lo sé —dije, tratando de aparentar serenidad.

—Te quería —añadió Truus en voz baja—. Hace mucho que conozco a Jan. Se lo noté, contigo estaba diferente. —Sonrió.

Luego se puso seria otra vez.

—No importa. Ya no importa.

Sacudí la cabeza, intentando desenmarañar la madeja de mentiras con las que había vivido durante el año anterior. Jan también había convivido con ellas. Por un brevísimo instante me permití imaginar a su esposa y su hija —¿sabrían ya que estaba muerto?—, pero resultaba demasiado abrumador. Hundí la cabeza en las manos y sollocé de nuevo. Truus me acarició el hombro y me besó la coronilla. Hice una pausa en mi llanto, respiré hondo y traté de volver al presente. Allí, en ese momento, en aquel barco. Estaba viva; él, no. Sí, aún lo quería. Y sabía que él también me había amado.

—Estoy bien —dije. Truus asintió.

Tembló la puerta. Alzamos la vista para ver a una versión mayor de Truus, pecosa y de mirada acerada, sonriente y dura. Me sequé los ojos y me soné, esperando no parecer demasiado patética.

—¿Qué, ya hemos llorado todo lo que teníamos que llorar? Bien. —En sus ojos centelleaba la ternura—. Levanta, muchacha. Va siendo hora de airear esas sábanas.

Veía en ella a sus dos hijas. El no andarse por las ramas, el pragmatismo. Retiró las mantas y me dejó a la vista como un insecto bajo una piedra alzada. Igual que el insecto, traté de arrastrarme debajo de nuevo.

—No, no —dijo ella, agarrándome del codo huesudo para levantarme—. Estamos a mediados de verano. Sal a que te dé un poco el aire. —Su contacto hizo que echara de menos a mi madre.

—Sí, señora Oversteegen —respondí.

Al oír eso, tanto ella como Truus se echaron a reír.

—No soy la directora de tu escuela. Llámame Trijntje.

—Perdón —dije—. Trijntje.

Irradiaba tanta autoridad que hubiese acatado cualquier orden que me diera. Puso los brazos en jarras.

—Freddie os espera a las dos en cubierta —anunció. Me dio en el trasero con una blanda almohada de plumas—. Y ahora sal ahí fuera. Toma un poco el sol.

Salí arrastrando los pies a la zona común. Cuando estaba a punto de subir por la escalerilla a la cubierta, noté la mano de Trijntje en el brazo.

—Lamento lo de tu familia y tus amigas, Hannie —dijo con voz dulce—. Lo lamento mucho.

Empezó a formarse un maremoto en mi interior y supe que, si hablaba, lloraría. Asentí con la cabeza.

—Recuerda —añadió, con los ojos luminosos de encallecida tenacidad—, *waar de wanhoop eindigt, begint de tactiek*.

«Donde termina la desesperación, comienza la táctica».

En la cubierta me senté entre Truus y Freddie, aturdida.

—«*Waar de wanhoop eindigt, begint de tactiek*» —dije.

Las dos hermanas se rieron.

—Has estado hablando con nuestra madre —adivinó Truus. Sonreí.

—Tiene mil proverbios —apuntó Freddie.

—Pero todos se reducen a lo mismo —dijo Truus, que se miró con Freddie como si quisiera confirmar en silencio de lo que se trataba—. Sigue adelante.

Freddie lo sopesó y, al cabo de un momento, asintió.

—Eso es, en pocas palabras. Sigue adelante, pase lo que pase.

—Esperad —objeté—. Pensaba que quería decir: «No dejes de ser humana».

—Sí —explicó Freddie—, pero eso viene a ser lo mismo.

Tenía la voz tan limpia, tan infantil. Solo tenía diecisiete años. Me alegraba de verla con nosotras. Sabía que Hendrik la respetaba; el trabajo de trasfondo que efectuaba como exploradora y recopiladora de inteligencia se había demostrado crucial para nuestras operaciones. Freddie era una soldado. Y allí estaba, sentada al sol del verano, con el pelo rubio suelto y secándose al sol, arqueando la espalda como una gatita indefensa. A lo mejor esa frescura y juventud era lo que habían visto en mí los integrantes del RVV cuando me uní. Ya no tenía ese aspecto.

Truus nos acercó una tabla cargada con el habitual y poco apetitoso surtido de lo que fuese que hubiera disponible en el centro de distribución el día anterior: una fina tostada gris que sabía a serrín, untada con falsa mantequilla elaborada con pasta de remolacha, más una descascarillada taza de líquido beige aguado para beber. Por lo menos estaba caliente. Me senté en el banco y orienté mi pálido rostro hacia el sol, como Freddie. El resplandor del otro lado de mis párpados purificó mis pensamientos con su fuego. Cada vez que me recorría una oleada de desesperación, el sol la evaporaba. Y eso era lo único que ansiaba, en realidad: insensibilidad.

—Te queda bien el pelo, Hannie —comentó Freddie, bondadosa.

—No es verdad —respondí lisa y llanamente, y todas nos reímos. Parecía una bruja—. Por el amor de Dios, ¿puedo tomarme mi té en paz? —pregunté con falsa y burlona irritación.

—En realidad, es solo agua caliente del canal —replicó Freddie, con otra carcajada. Fingí que la escupía.

—¿Le has echado ya un vistazo a mi bici? —preguntó Truus a su hermana.

—Sí, está bien. Solo era un tornillo suelto del cuadro. He arreglado la tuya mientras descansabas —me dijo Freddie—. He reparado la madera de la rueda de delante y he realineado tus frenos.

¿Había algo que aquellas Oversteegen no supieran hacer? En ese preciso instante, Trijntje subió desde la cubierta inferior y se acercó a nosotras con una sonrisa en la cara. Se alegraba de tener a sus hijas en casa.

—¿Tomando el sol, señoritas? —Trijntje nunca se sentaba. Hasta cuando se detuvo en la cubierta, sus manos, en vez de descansar, se pusieron a tensar la cuerda en la cual la colada tendida ondeaba como un velamen—. Hoy podéis reposar las tres, pero pronto habrá que volver al tajo, ¿eh?

Di por sentado que las tres pensábamos lo mismo: Hendrik estaba muerto; también lo estaba, a todos los efectos, nuestra célula. ¿Quién nos asignaría las misiones en adelante? Trijntje metió la mano por el escote de su blusa y sacó un trozo de papel, que entregó a Truus.

—Esta es su dirección —dijo con una sonrisa en la cara.

—¿La de quién? —preguntó Truus.

—Madame Sieval.

Miré a las dos hermanas, pero su rostro no expresaba nada.

—Tardaréis un poco en ocuparos de ella —dijo su madre, todavía concentrada en la ropa tendida—, de modo que será mejor que empecéis pronto. Entretanto, podéis hacer algo de utilidad encargándoos de unas cosas que tengo que repartir. No falta trabajo que hacer.

Truus y Freddie sonrieron, acostumbradas a aquello. «Donde termina la desesperación, comienza la táctica».

31

—Nunca sale de casa —dijo Freddie, sacudiendo la cabeza mientras se desplomaba en la silla situada delante de la mía en la cocina de techo bajo de la cubierta inferior.

Truus y yo llevábamos un rato esperando a que volviera de su misión final de vigilancia de la infame madame Sieval, una francesa que llevaba años viviendo en Haarlem y era conocida por delatar a sus vecinos y a cualquier otra persona de la que sospechara que era judía o que cobijaba a algún judío. Vivía sola, por lo que sabíamos, y pasaba casi todo el tiempo en su casa. Cuando salía, era con horarios irregulares e imposibles de predecir.

—Creo que deberíamos encontrar un blanco distinto —concluyó Freddie, sacudiendo sus trenzas rubias.

En una poética inversión de papeles, era yo quien me había convertido en una especie de *onderduiker* en casa de las Oversteegen, aunque me negaba a quedarme encerrada en la casa flotante. Las tres juntas habíamos robado una noche cartillas de racionamiento extra de un edificio municipal vacío y las habíamos repartido entre familias necesitadas, en su mayor parte personas que escondían a sus amigos y vecinos judíos. Comparado con lo que veníamos haciendo en el RVV, no era el trabajo más emocionante del mundo, pero Trijntje no quería ni escucharnos despotricar sobre lo aburrido que nos parecía.

—Esto también es resistencia —decía—, y es como la practica la mayoría de la gente. No hacen falta pistolas y bombas para ser una revolucionaria. Cuidar de las personas es el trabajo más revolucionario que hay.

Probablemente fue una suerte que nos viéramos obligadas a rebajar el ritmo. El impacto de haber perdido de golpe a Jan, mis padres y Philine me había dejado entumecida. Daba por sentado que eso volvería más fácil nuestro trabajo violento, una trayectoria recta de venganza alimentada por la rabia en lugar del miedo. La guerra tenía sentido cuando era un simple caso de ojo por ojo.

Sin embargo, por pura que fuese mi visión del trabajo de la Resistencia, la pesadumbre me nublaba el pensamiento. La única familia que me quedaba eran Truus y Freddie, y me descubrí siguiéndolas en un estado de embotamiento, deprimida e insensible. Truus empezaba a preocuparse.

—¿Tú qué opinas, Hannie? —Truus hacía eso cada vez más: instarme a participar en mi propia vida—. ¿Renunciamos a Sieval?

—Vale —dije, aunque no estaba pendiente de la conversación. De un tiempo a esa parte prefería dejar que Truus tomara las decisiones y limitarme a seguir su estela. No tenía fuerzas para imaginar nada que no fuera el siguiente paso: recoger mi bandolera, comprobar la pistola, guardar la pistola en la bandolera, ir en bicicleta a donde Truus me dijese. Me había convertido en esa clase de soldado; carne de cañón.

—¡Hannie! —exclamó ella dando una palmada delante de mis ojos, que estaban mirando a la nada.

—¿Qué? —Me encogí.

—Venga, que esto es serio. ¿Qué opinas de la valoración de Freddie?

—No estoy diciendo que tengáis que renunciar a Sieval —aclaró esta, que dejaba la tarea de manejarme en manos de su hermana—, pero no sé cómo vais a hacerlo sin colaros en su casa. Y, si hacéis eso, no sabéis qué os encontraréis allí.

—Quizá —dijo Truus—. Hoy iremos a echar un vistazo por nuestra cuenta. ¿De acuerdo, Hannie?

—Sí, claro —respondí—. ¿Alguien tiene tabaco?

—Deberías comer algo —replicó Truus, que había empezado a chincharme por mi falta de apetito, pero me dio un pitillo de todas formas.

—Estoy bien —aseguré, mientras me lo encendía y tosía como una foca ladradora. Me di unos puñetazos en el pecho para que se me pasara—. Obtengo todas las vitaminas que necesito del tabaco. —Me reí, pero no me acompañó ninguna de las dos. Vi desvanecerse la sonrisa del rostro de Truus—. ¿Qué pasa? —pregunté, y luego seguí la mirada de mi amiga hasta Trijntje, que estaba de pie en lo alto de la escalera con una carta en la mano. Reconocí el material de escritorio oficial de la red de la Resistencia: papel para borrador reutilizado tres veces que se sacaba de contrabando de las oficinas de la administración: el único papel para escribir que quedaba disponible. Las patas de gallo que rodeaban los ojos azules de Trijntje se relajaron; ya no sonreían.

—Noticias, Hannie —dijo, sosteniendo la nota en alto—, de Brasser.

Mis pies eran dos anclas que me impedían moverme del sitio. Si fueran buenas noticias, las habría soltado de inmediato. Permanecí inmóvil.

—¿De qué se trata?

Entonces Trijntje sonrió, pero era una réplica sin sangre de su habitual gesto natural.

—Tus padres están vivos, Hannie. —Oí las palabras, pero mantuve a distancia su significado, esperando el resto. Notaba los ojos de las tres mujeres clavados en mí, atentos a mi reacción.

—¿Y? —Tenía que haber un «y». O un «pero».

—Pero los tienen retenidos en Herzogenbusch —añadió con calma—, hasta que te entregues.

—¡Hannie! —Freddie corrió hacia mí. No tenía ni idea de por qué, hasta que al momento siguiente noté que me sostenía con su endeble cuerpecillo. Mis piernas se plegaron sobre sí mismas como cintas—. ¡Hannie! —repitió Freddie, mirándome a los ojos.

—Estoy bien —dije con un hilo de voz aguda. Me pitaban los oídos y sentía un zumbido como si hubiesen disparado una pistola demasiado cerca de mí. O contra mí. Mis padres estaban vivos… en Herzogenbusch, un campo de concentración nazi situado cien kilómetros al sur de Haarlem, cerca de la ciudad neerlandesa de Vught. Me senté donde había caído, agradecida a la solidez de los tablones de madera que tenía debajo, hasta que empecé a notar el sutil balanceo de la casa flotante mecida por el agua… Nada en el mundo era fijo o estable. Mis padres no estaban muertos, y eso era una buena noticia. Pero los tenían secuestrados a la espera de un rescate.

—Yo soy el rescate —dije en voz baja, sacudiendo la cabeza. En cuatro años de pesadillas, jamás había visto venir esa situación. Mi cabeza devanó todos los resultados posibles como si fueran finos hilos de seda, que se enmarañaron formando nudos y abriéndose en las puntas.

—¿Hannie? —preguntó Truus. Las tres mujeres se arremolinaban a mi alrededor, con caras tensas de preocupación—. Vamos abajo. Podemos ocuparnos de madame Sieval otro día.

Al oír su voz, recuperé la concentración. Como un faro en la oscuridad, el nombre de madame Sieval iluminó el camino adelante. ¿Conque mis padres estaban en un campo de concentración? Solo podía hacer una cosa: seguir adelante. La claridad de esa idea fue lo más parecido a la felicidad que había sentido en meses.

—No, lo haremos hoy —afirmé, mirando a Truus a los ojos, con la voz clara.

—¿Estás segura? —preguntó, con las cejas alzadas—. Si necesitas tiempo…

—No lo necesito —aseveré, sintiendo que me volvía el calor a las mejillas y remitía el tembleque de mis extremidades. Me puse en pie, ayudada de nuevo por Freddie. Ya lo veía todo claro—. Si me entrego a los alemanes —dije, mirando a Trijntje para que confirmase mis palabras—, no existe ninguna garantía de que eso vaya a ayudar a mis padres. —Mi anfitriona asintió—. Es posible que ya estén muertos. ¿Quién sabe cuándo escribió Brasser exactamente o lo fiable que era la información? —Trijntje cerró los ojos y asintió de nuevo.

De modo que estaba decidido. No había otra que seguir adelante. Contra viento y marea.

Madame Sieval vivía en Twijnderslaan, una callejuela situada entre el Frederikspark y el río Spaarne, en una zona relativamente bulliciosa de la ciudad. Su casa, como la de mis padres, estaba hecha de ladrillo y pegada a las dos vecinas. Eso dificultaba el acercarse sin ser vistas.

—Aparcad las bicis aquí —dijo Freddie, que había pasado días enteros en esa calle, observando. La seguimos hasta un angosto callejón entre dos edificios de la esquina. Desde allí nos quedaba a la vista la puerta de entrada de Sieval—. Espero que hayáis traído un libro, porque aquí se aburre una de lo lindo —añadió.

—Entendido —contestó Truus.

—Gracias por toda esa valiosísima información, por cierto —soltó Freddie.

—Gracias, canija —añadió Truus en tono de broma, y su hermana le dio un puñetazo en el hombro.

El hielo de mi corazón se derritió un poco al observarlas.

—Oye, conozco esta calle —comentó Truus después, mirando desde nuestro escondite—. ¿Recuerdas que allí antes vendían hielo, Freddie?

—Ya lo creo —dijo su hermana—. Me acuerdo de que cortaban unos bloques enormes delante de la entrada, para los grandes hoteles. Las esquirlas de hielo salían volando y nosotras nos lanzábamos a por ellas, las juntábamos y las chupábamos como si fueran caramelos.

Yo también me lo podía imaginar. La tienda estaba ya cerrada, pero recordaba a los proveedores con sus carretas cargadas de hielo, aislado con heno, y las enormes tenazas de hierro que usaban para levantar cada uno de los grandes bloques. Me gustaban aquellas esquirlas de hielo, sobre todo los días que hacía calor.

—Dios mío, Hannie —dijo Freddie—, estás sonriendo.

—¿Estaremos recuperando a la antigua Hannie? —preguntó Truus, con una sonrisa tierna. Estaba preocupada por mí, yo lo sabía.

Me encogí de hombros. La antigua Hannie era una chica inocente y demasiado confiada que creía disponer de cierto control sobre lo que sucedía en su vida y en la de otros. La nueva Hannie entendía que el control en sí era una ilusión.

—¿Hannie?

No había sido consciente de que resoplaba en voz alta.

—Perdón —dije.

Truus seguía esperando una respuesta.

—¿La antigua Hannie? —repetí. No tenía ganas de discutir con ella. Demasiado agotador—. Claro —dije, con la vista puesta en la pintura descascarillada del cartel de la tienda de hielo, cuya madera se había combado con los años—. Creo que los cascotes de la antigua Hannie todavía andan tirados por aquí en alguna parte.

—Nos sería muy útil —comentó Truus.

Útil era lo último que me sentía en aquel momento, pero estaba dispuesta a hacer acto de presencia, y sabía que Truus solo intentaba ser amable.

—Me encuentro bien, Truus. —Señalé con la cabeza la casa de Sieval—. Mira. —Las tres observamos que un hombre de mediana edad se acercaba a la puerta de Sieval y llamaba. Llevaba ropa de calle normal, no uniforme militar o de policía—. No es Krist el Falso, ¿verdad?

Krist el Falso era un policía local y un fanático fascista desde antes incluso de que estallara la guerra. Llevaba meses en la lista que teníamos en el RVV como objetivo clave. Krist fue nombrado jefe de la Kriminalpolizei, o Kripo, como se conocía a la Policía Criminal de las SS de los nazis, en cuanto empezó la ocupación. Eran, en pocas palabras, el cuerpo de detectives de los nazis. Krist era un maestro en su trabajo, famoso por sus redadas masivas de judíos y simpatizantes de estos: hasta veinticinco emboscadas en una noche. Arrestaba a los rabinos valientes y los pastores comprensivos; arrestaba a madres y niños aterrorizados. A todos los enviaban a Westerbork. Había sido un azote desde el principio de la guerra, y eran ciudadanos voluntarios como madame Sieval quienes hacían posible su trabajo. Mis dedos se cerraron con fuerza en torno a la pistola, que ya había pasado a mi bolsillo. Krist sería un nombre muy satisfactorio que tachar de nuestra lista.

—Ese no es Krist el Falso —dijo Freddie tajante—. He visto a Krist, ha pasado por aquí alguna vez, rodeado de seguridad, y no es él.

—¿A lo mejor es un policía de paisano? —sugerí, agarrando de nuevo la pistola, esperanzada.

—Relájate, fiera —dijo Truus, que me miró con cara de preocupación—. No disparamos a nadie que no podamos identificar.

—Sí, sí —repliqué. Empezaba a sentirme despierta por primera vez desde hacía semanas.

—Creo que va a entregar algo —observó Freddie. La puerta se abrió un resquicio, y el recién llegado deslizó un sobre por el hueco. La puerta se cerró y el hombre volvió a la calle—. Probablemente eso sea lo más emocionante que va a pasar hoy —añadió Freddie—, a juzgar por lo que he visto estas últimas semanas. Hacedme caso: esa mujer sabe que la vigilan.

—Nos vigilan a todos —señalé—. Ella no es especial.

—Ja —dijo Truus—. Ahí está: ¡la antigua Hannie!

No discutí. Nos pusimos todo lo cómodas que pudimos en el callejón, apoyadas en las paredes y fumando. Así pasamos las siguientes horas. Nos fuimos turnando para dar paseos por el barrio, atentas a cualquier novedad interesante. Nada. Buena parte del trabajo de la Resistencia era así, aparentemente inútil.

—Voy a dar una vuelta por el callejón de detrás de la casa de Sieval —dije por fin—. Es posible que ni siquiera esté en casa.

—Las chicas asintieron, y rodeé la manzana por el camino más largo. El patio de atrás de madame Sieval estaba completamente cercado por una valla, de manera que no había manera de espiarla a menos que me colara por la puerta de atrás, una idea poco aconsejable a plena luz del día. Seguí caminando por el callejón y volví a salir a Twijnderslaan a unas pocas casas de la vivienda de Sieval. Para entonces era media tarde y estaba hambrienta, desanimada y lista para marcharme. Eché un vistazo al otro lado de la calle para llamar la atención de Truus.

En ese preciso instante, la puerta del número 46 se movió sobre sus bisagras. Retrocedí hasta pegar la espalda a la casa vecina y amartillé mi pistola sin sacarla del bolsillo. Volví a mirar hacia las hermanas: Truus y Freddie también lo habían oído, y se agazaparon en el callejón del otro lado de la calle, mirándome. Me llevé un dedo a los labios a la vez que oíamos el chasquido del picaporte de madame Sieval, que empezó a girar. Truus buscó el punto de apoyo de la pared de ladrillo que tenía a un lado y apuntó con su pistola hacia el número 46. Pero yo estaba apenas a unos metros de la entrada; tendría mejor línea de tiro. Jan siempre había recalcado en mi adiestramiento que las ejecuciones eran un trabajo que era mejor efectuar a bocajarro. Yo no tenía formación de francotiradora y nuestras maltrechas armas de fuego no siempre eran precisas. Pero estaba lo bastante cerca. Truus y yo nos miramos; lo entendió.

Era la primera vez que echaba mano de mi pistola con la intención de usarla desde el día en que Jan y yo disparamos a Ragut. Me había preguntado cómo sería ese momento, si me fallarían los nervios, pero no me sentía tan cargada de energía desde lo de Ragut. No necesitaba ni más comida ni más descanso. Necesitaba algo fiero que hacer. Todo desaparecía en la distancia, las semanas de malestar e insensibilidad. Había encontrado mi foco. Apreté la espalda contra los frescos ladrillos del edificio y la pistola contra mi costado, oculta de cualquiera que pudiera pasar por la calle. Pero no había nadie a la vista. Las condiciones eran perfectas, como solía decir Jan. Maldito fuera.

Lo oímos a la vez: el chasquido metálico de un macizo cerrojo descorriéndose en la entrada del número 46. Entonces la puerta empezó a moverse. Al otro lado de la calle, Truus se preparó, con Freddie agazapada a su espalda. Ella también tenía pistola, pero en general Truus animaba a su hermana a limitarse a acciones menos violentas, a menos que fuera estrictamente necesario. Jan me había contado, con tono de aprobación, que Freddie había matado a un nazi cuando solo tenía quince años.

La puerta empezó a abrirse poco a poco, chirriando en los goznes. Truus levantó su pistola, apuntando con la mira, y yo hice lo mismo. Dispararíamos desde dos ángulos diferentes, cada una en un vértice de un triángulo del que madame Sieval era el tercero. Sería agradable no tener que disparar desde el asiento de una bicicleta en movimiento. Me sentía serena, tranquila, preparada para rematar la faena.

Vi una mano en el picaporte. Una mano de mujer, con el brazo y la muñeca ocultos por lo que parecía un abrigo de pieles, que no era algo que se viera por la calle todos los días. Me obligué a esperar a que quedara una mayor porción de su cuerpo a la vista, para disponer de un blanco mejor. Y para asegurarme de que no estaba rodeada por agentes de seguridad de la Kripo. Sería un suicidio intentar atacarles a todos.

Al cabo de otro instante, la parte superior del cuerpo de madame Sieval surgió de la puerta, e hizo rotar su permanentada cabeza hacia un lado y a otro, oteando la tranquila calle en busca de peligros. Aparentaba treinta y pocos años, con una cara delgada y cejas negras, altas y arqueadas, sobre unas mejillas espolvoreadas de blanco. Mi centro de gravedad se desplazó cuando cargué el peso en mi pie más adelantado. Coloqué el brazo derecho en posición y lo afiancé con el izquierdo. «Espera, espera…». Me obligué a ser paciente mientras aparecía el resto de su torso. Un blanco más grande. La puerta chirrió al abrirse un poco más, y salí disparada de mi escondite y eché a correr derecha hacia ella, con el brazo de la pistola estirado. Era un blanco fácil con su ridículo abrigo de piel, esa perra traidora que había despachado a docenas de familias a una muerte casi segura, y…, y… vi que iba con una niña pequeña de la mano.

Di dos zancadas que eran casi saltos y luego tiré el torso atrás como un caballo encabritado por una traca, a la vez que volvía la cabeza de golpe para localizar a Truus, que también había iniciado su ataque desde Twijnderslaan… pero no estaba segura de si veía a la niña desde ese ángulo. De algún modo, en los momentos finales antes de que ambas apretáramos el gatillo, nuestras miradas se encontraron y se clavaron la una en la otra, comunicándose algo fundamental y profundo; algo que iba más allá del lenguaje. Las dos giramos sobre nuestros talones y echamos a correr en direcciones opuestas, dejando a madame Sieval y su joven acompañante plantadas en la puerta, atónitas.

Corrí a ciegas, intentando distanciarme del desastre que había estado a punto de producirse, patinando con las finas suelas de cuero de mis zapatos de colegiala sobre los adoquines. Detuve la caída con una mano y volví a levantarme ya a la carrera. ¿Una niña pequeña? Freddie no había dicho nada de menores. Volé hasta el cruce con el ajetreado bulevar de Kleine Houtweg y me entremezclé con la multitud de compradores reunidos en la calle principal, por la que troté durante unas manzanas hasta estar segura de que nadie me seguía. Al avistar el puente que sorteaba el río Spaarne, me dirigí hacia el camino de sirga que discurría paralelo al cauce y desaparecí debajo del puente, descendiendo a la orilla enfangada para respirar. Un camión pasó traqueteando por encima de mi cabeza; el Spaarne me salpicaba y los pulmones me ardían, mientras mi cuerpo expulsaba el terror en forma de gélida transpiración. Dios. Una niña pequeña. Todavía veía su mano rosa y regordeta sostenida por la de madame Sieval. Me arrodillé en el barro y lloré; los sollozos me hacían estremecerme, moqueaba y sentía calambres en los músculos del estómago, porque estaba doblada, deshecha. En un momento dado se me acercó un adolescente, con cara de preocupación, pero me dejó en paz y di gracias por ello. No era la única que se echaba a llorar en público en los tiempos que corrían.

—Hola. —Alcé la vista al oír aquella voz dulce. Era Freddie. Un segundo más tarde, Truus apareció a su espalda con su bicicleta.

—¿Estáis bien? —pregunté.

Asintieron y Truus me pasó un pañuelo.

—Gracias. —Freddie me dio una palmadita en el hombro y su hermana me ayudó a levantarme; nos quedamos quietas allí un momento mientras me reponía.

—Bueno, le has dado un buen susto a madame Sieval —dijo Truus con una lánguida sonrisa—. Pero está bien. No nos ha visto nadie. —Me miró a los ojos.

—¿Quién era esa niña pequeña? —pregunté.

—No lo sé —contestó Freddie, con la voz preñada de desesperación, como si tuviera miedo de que no la creyera—. No la había visto nunca.

—No te preocupes —dije, apartando con delicadeza una de sus trenzas para ponerle la mano en el hombro. Bien mirado, ella también era una niña pequeña. Truus me dio un cigarrillo sin que se lo pidiera y lo acepté agradecida, para luego compartirlo con ella. Dio una calada y se lo pasó a Freddie. Contemplamos cómo pasaba el Spaarne hasta que el pitillo se acabó.

—Bueno —dijo Truus—, adiós a madame Sieval.

Asentí. No había la menor esperanza de pillarla por sorpresa otra vez en el futuro inmediato. Era una lástima; la perspectiva de eliminarla me había animado. Suspiré.

—¿Qué pasa? —preguntó Truus.

—Quizá no sea una «buena» persona —respondí—, pero al menos he logrado no disparar a una niña.

Truus sonrió comprensiva.

—No somos nazis.

—Algo es algo, supongo —dije, brindando con ella con su propio pañuelo mientras se lo devolvía—. Gracias.

Lo cogió con una expresión extraña en la cara, pensativa. Sin moverse del sitio, lo alisó contra su muslo, lo dobló, sacó algo del bolsillo, lo envolvió con un trozo de cuerda y me lo devolvió.

—Quédatelo. Un regalo.

Había anudado dos de las esquinas para formar unas manos y un trozo de cordel estaba enrollado para crear una cabeza. Era una muñeca casera. Nunca había visto a Truus encontrar tiempo para algo más frívolo que un pitillo. Tardé un momento en atar cabos. Se me poblaron de lágrimas las comisuras de los ojos mientras acunaba a la muñeca en la palma de mi mano. «No dejes de ser humana».

32

Finales de 1944

—Ahora sois guerrilleras —nos informó Trijntje.

Truus, Freddie y yo seguíamos considerándonos integrantes del RVV, pero en realidad ya no éramos una célula. Nos planteamos por un momento entablar contacto con otro grupo de la Resistencia, antes de decidir que preferíamos seguir trabajando por nuestra cuenta. Trijntje estaba al corriente de numerosas actividades que necesitaban nuestro apoyo, y nos traía información sobre potenciales objetivos. Actuábamos como miembros no oficiales de la Resistencia oficial.

—Además, somos chicas —dijo Freddie una noche en que estábamos sentadas delante de la estufa de leña de la casa flotante, repasando la ropa vieja que tenía guardada su madre para ver si había algo que pudiera rescatarse o aprovecharse para remendar otra prenda—. Si nos uniéramos a otro grupo, seguramente nos pondrían a fregar los platos o zurcir jerséis. —Ninguna estábamos dispuesta a correr ese riesgo.

—Esto es mejor —coincidió Truus—. No recibimos órdenes de nadie. Escogemos nuestras propias misiones. Nos mantenemos ocultas.

—No delatamos a nuestras amigas —remaché. A esas alturas, solo confiaba en mujeres apellidadas Oversteegen.

Empezaba a sentirme más integrada en el mundo con el paso de las semanas. Todas esperábamos en secreto que los aliados nos liberasen antes de Navidad. Habían llegado a la frontera belga en septiembre y, por un breve momento, el país entero desenrolló sus banderas naranjas y llegó a bailar por las calles…, pero fue solo un rumor de paz y los nazis lo acallaron al día siguiente. *Dolle Dinsdag*, lo llamamos. El Martes Loco. Los aliados pararon a la orilla del Rin y no habían avanzado desde entonces. Todas nos sentíamos un poco locas después de aquello.

A nadie se le había pasado por la cabeza que solo liberarían la mitad del país. Quienes permanecíamos en la zona ocupada nos sentíamos más aislados todavía al observar cómo a nuestro alrededor los alemanes fortificaban sus defensas.

La ansiedad por el hambre empezó a extenderse entre la población como una plaga, convirtiendo a vecinos antes generosos en acaparadores. Con la llegada del frío, se veía a menos gente por la calle. Estaban hibernando en sus casas y pisos, viviendo del racionamiento y tratando de no derrochar la energía que no tenían. Una noche, Trijntje nos sorprendió con tres galletas que había encontrado en alguna parte, y nos las repartimos entre las cuatro con una patata hervida para cenar. Para mí, acostarme con hambre todas las noches era una especie de combustible en sí mismo. Personalmente, no podía importar más comida a nuestro pequeño país, pero sí podía seguir matando nazis. Ya no me importaba expresarlo así. Como Hendrik solía decir, por cada nazi que eliminábamos, salvábamos a una docena de neerlandeses. Aunque hubiera sido uno solo, me habría bastado para reconciliarme con ello.

—Por fin tienes un poco de rosa en las mejillas —comentó Trijntje una mañana mientras la ayudaba a doblar la ropa—. Estás volviendo a la vida.

—Ahora hay incluso más que hacer —dije—, a la vista de que los soldados se están tomando libre el invierno.

Después de los intensos combates de las playas de Normandía en junio, una esperanzadora aglomeración de fuerzas aliadas se había abierto paso hacia el norte, rumbo a Alemania, poco a poco, brutalmente, durante todo el otoño. Llamaban a esa penosa ruta por el norte de Francia y Bélgica hasta el sur de los Países Bajos «la Carretera del Infierno». Sin embargo, coincidiendo con la llegada del invierno, la Carretera había terminado. Apenas cien kilómetros al sur de Ámsterdam, el ejército alemán les paró los pies ante el puente de Arnhem. Los soldados aliados se atrincheraron para pasar el invierno, acurrucados e infelices, disparando desde lejos a los alemanes siempre que surgía la oportunidad. Igual que nosotras.

Trijntje era más compasiva.

—¿Quién puede combatir con este frío? —Ya estaba siendo un invierno desacostumbradamente duro. Sacudió la cabeza—. Los alemanes nos lo pondrán más difícil todavía.

—Todo el mundo sabe que la moral de los nazis está por los suelos; casi asesinan a Hitler el verano pasado. —La idea me emocionaba—. A lo mejor se largan si les hacemos la vida imposible.

Trijntje me miró con una mezcla de amor maternal y la comprensión radical que da la experiencia de toda una vida sobre cómo son las cosas en realidad.

—Sí, me acuerdo —dijo. Solo los periódicos de la Resistencia habían publicado la noticia, y habíamos atesorado hasta la última pizca de información que habíamos podido encontrar sobre el intento de magnicidio. La bomba había detonado, pero, de alguna manera, Hitler salió ileso. De acuerdo con los boletines oficiales del partido nazi, aquello nunca había sucedido—. Sí, bueno —prosiguió Trijntje—, ¿oíste también que hace unos días el alto mando nazi ejecutó a cinco mil civiles como represalia?

—No —respondí. Cinco mil era... una locura. ¿Cómo se asesinaba a cinco mil personas? Lo único que podía imaginar era un terremoto o un maremoto. Una fuerza de la naturaleza, no el hombre.

—Hum —dijo Trijntje, con la vista fija en el trapo que estaba doblando—, cinco mil. Solo esperaban una excusa, ¿no? —Torció la boca en un gesto de repugnancia—. ¿Te crees que los animales que hicieron eso van a rendirse como si tal cosa esperando que todo salga bien? Intentarán matar hasta el último neerlandés antes de abandonar este país. Ya verás.

Trijntje rara vez permitía que su temperatura emocional pasara del fuego lento, de manera que aquel crudo vaticinio me preocupó. Ninguna hablábamos de ello, pero yo, al menos, siempre me lo andaba preguntando: ¿qué había sido de mis padres y Philine? ¿Y de Sonja? Y si los alemanes se estaban volviendo más crueles, ¿cómo les afectaría a ellos? ¿Les había afectado ya?

—¿Te encuentras bien, Hannie? —Trijntje me sonrió, mientras escrutaba mi cara—. Ve a buscar a las niñas y haced algo útil. Hará que os sintáis mejor.

—Tendríais que ocuparos de Hertz primero —dijo Freddie—. Es asqueroso. Y no creo que tenga ni idea de que es un objetivo.

Mientras caminábamos por una calle vacía cercana al viejo piso del RVV, agarró un jirón de un cartel de propaganda nazi pegado a una pared de ladrillo y arrancó una larga tira. El póster ondeó y luego cayó a la acera. Un acto de resistencia.

—Hagámoslo esta noche —propuse, mirando a Truus.

—¿Qué pasa, temes que algún otro grupo de la Resistencia se lo vaya a cargar primero? —Se rio.

—A lo mejor —dije.

—¿Y qué tendría de malo? Un nazi menos.

—Pero es que podríamos hacerlo ahora mismo. —La mera idea me emocionaba.

—¿Y qué me dices de hacerlo bien? —Truus empezaba a irritarse con mi fervor combativo, por no hablar de mi apetito por la violencia—. No eres la única que lucha en esta guerra, ¿sabes? —Parecía inquieta. Era la misma charla que le daba Hendrik a Jan: «Frena un poco».

—Mañana haré un reconocimiento —propuso Freddie.

—Vale —contestamos las dos.

Después de que Freddie espiara durante una semana, Truus por fin dio su brazo a torcer.

—Lo haremos esta noche —dijo—. Estate lista a las cinco. —Me invadió la emoción.

Una hora antes de nuestra partida, empecé a elaborar mi disfraz para la velada. Los alemanes seguían buscando a la joven del pelo rojo, pero, por suerte, mi cabello aún conservaba el tinte negro. Ya tenía más cuidado cuando iba de incógnito en público: me aseguraba no solo de llevar bien el pelo, sino también la ropa y el maquillaje, y me tomaba tiempo para oscurecerme las cejas y las pestañas con el neceser satinado de maquillaje que Sonja había dejado en mi casa. Había empezado a disfrutar con la transformación, con la brocha del colorete y el pintalabios rojo. El vestido azul me seguía valiendo, aunque suelto, de manera que me puse eso y un par de zapatos de tacón de cuero pasados de moda que había encontrado en el baúl de los recuerdos de Trijntje y que parecían llevar allí desde la década de 1920. Al mirar mi reflejo, reparé en unas manchas de sangre desteñidas en el canesú y la falda, pero pasaban por suciedad normal y corriente. La verdad era que ya nadie estaba elegante, y toda la ropa parecía hecha harapos. Aun con sus inquietantes manchurrones pardos, seguía siendo mi vestido más bonito.

—Dios bendito, Hannie, ¿estás lista de una vez? —Truus asomó medio cuerpo por la puerta y miró cómo me maquillaba. Eran casi las cinco. Mi amiga aprobaba que me disfrazase (lo exigía, de hecho), pero tenía escasa tolerancia con la vanidad. Yo lo sabía y no me importaba. La vanidad me hacía sentir fuerte. Pensé en la expresión que había leído una vez en un libro infantil sobre indios y vaqueros: «pintura de guerra».

—Casi —dije, mientras acariciaba la punta de mis pestañas rubias rojizas con el delicado cepillo del rímel.

—Llegaremos tarde. Y si se hace demasiado tarde, tendremos que…

—¡Truus! —Me tembló la mano e intenté no pestañear. Todavía era una aficionada en aquello—. Dame un minuto.

Gruñó.

—Estás enredando.

—No es verdad. Esto probablemente sea lo más difícil que vaya a hacer en toda la noche.

—Sí —dijo riendo—, ya lo veo. Venga.

Admiraba el pragmatismo de Truus, pero a veces me sacaba de quicio; todo era blanco o negro.

—Mira, Truus, podríamos morir esta noche, ¿no? O sea que déjame un segundito más para hacer esto bien —dije. No quería intentar explicarle lo que estaba haciendo porque no lo entendería. Terminé con el ojo derecho y doblé las pestañas hacia arriba con la punta de los dedos para curvarlas un poco, algo que había aprendido mirando a Sonja, allá en su dormitorio de Ámsterdam.

—Estás bien —comentó Truus.

—¿Solo bien? —repliqué para chincharla, girando para revelar la gloria de mi labor—. Si tengo que morir esta noche, Truus, moriré preciosa. —Le guiñé un ojo, y el rímel húmedo hizo que se me pegara el párpado—. Maldita sea.

—¡Ja! —Truus se rio de mí—. No mueras ahora; salimos en cinco minutos.

Truus, Freddie y yo tomamos la ruta larga con nuestras bicicletas para evitar los controles y llegamos a la calle donde vivía el oficial Hertz justo antes del toque de queda. Ya estaba oscuro, y nuestro aliento se veía blanco en el aire húmedo y gélido. Hacía ya tiempo que pasábamos frío a todas horas, pero al menos los montones de basura de todas las esquinas no olían tan mal.

La vida de Hertz era aburrida y predecible. Conocíamos todos sus movimientos; siempre eran los mismos. Iba directo a casa después del trabajo y volvía por la mañana. La única potencial complicación era su novia neerlandesa. A veces estaba en su casa y a veces no. Truus y yo lo hablamos durante cinco minutos antes de decidir que también le dispararíamos a ella, si era necesario. Otra traidora.

Truus miró al otro lado de la calle e hizo un gesto decidido con la cabeza.

—Despejado. Freddie acaba de hacer la señal. —Busqué a Freddie con la mirada, pero era invisible. Nuestra arma secreta. Truus y yo empezamos a caminar hacia la casa de ladrillo con tejado a dos aguas que Hertz le había robado a alguna desafortunada familia de Haarlem. Fuimos con cuidado de charlar sin alzar la voz, como jovencitas normales, un par de amigas que habían salido a tomar el aire antes del toque de queda.

—Aquí es —dijo Truus.

Sólida y recia como las demás casas de la manzana, de aquella emanaba un hálito amenazador ahora que sabíamos quién vivía dentro.

—Ocúpate tú de hablar —añadió Truus—, ya que te has puesto todo eso. —Señaló mi cara pintada—. Estás guapa. Eso le gustará.

—¿Cómo lo sabes? —pregunté.

—¿No les gusta a todos los hombres?

No le faltaba razón.

Llamé a la puerta. Aquella no era una operación sigilosa, y en eso radicaba parte de su fuerza. Nadie esperaba que una asesina llamase educadamente a su puerta. Oí la voz grave de un hombre y luego el registro, más agudo, de una mujer. Alguien miró primero por la mirilla y luego quitó el cerrojo. Una mujer asomó la cabeza.

—*Wie bent u?* —«¿Quién eres tú?».

Su voz neerlandesa me puso la piel de gallina. Era atractiva de un modo explosivo: pelo rubio, ojos azules, busto generoso. No podía llevarme más que unos pocos años, observé. Nuestras infancias no debían de haber sido tan diferentes. La misma ciudad, el mismo país. Podría haber ido a la misma escuela que yo. ¿Le había encantado ver que Hitler se adueñaba del país o sencillamente había tomado una serie de pequeñas decisiones que habían desembocado en su cohabitación con un nazi? Caí en la cuenta de que no me importaba, porque daba lo mismo. Estaba allí.

—*Wat wilt u?* —preguntó otra vez. «¿Qué quieres?».

Parecía llamativamente bien alimentada. Lustrosa, con las mejillas rechonchas. Unos pechos turgentes que se marcaban bajo su jersey suave y limpio, sin agujeros de polilla, quemaduras o mangas raídas. Cualquier atisbo residual de compasión que pudiera quedarme se evaporó como por ensalmo.

—*Ja*, hola —dije con voz animada y enérgica—. Traemos un mensaje para el oficial Hertz. Es acerca del transporte de alimentos procedentes de Friesland. —Era una fórmula que usábamos mucho en el RVV. Hendrik decía que era lo bastante específica para sonar legítima pero lo bastante vaga para pasar por un malentendido. Aguardé una respuesta.

La rubia esperó un momento, y sentí que me bajaba un hormigueo de suspense por la columna vertebral. Miró de reojo a Truus y luego me examinó a mí de arriba abajo, deteniéndose al final en mi cara. Su mirada no expresaba reconocimiento, sino un

«¿Quién es esta mujer emperifollada que pregunta por mi novio?». Resopló por la nariz.

—*Een momentje* —dijo, y luego cerró la puerta.

Truus me dio un codazo, emocionada. Por el momento, todo iba bien. Volvimos a oír dos voces, esta vez en alemán.

—¿Qué dice? —preguntó Truus.

—Algo sobre que no quiere que lo molesten después del trabajo, creo.

Estábamos a punto de descubrirlo.

Unos pasos pesados se acercaron a la puerta, que volvió a abrirse. Un hombre corpulento, de más de metro ochenta de alto, con carrillos de mastín. Su expresión pasó de la irritación a una repulsiva curiosidad en cuanto nos vio. Me pregunté si su novia seguía en el recibidor.

La puerta se abría hacia dentro, y tuvo que hacerse a un lado para acomodar algo que yo no había visto desde hacía mucho tiempo: un barrigón redondo. El destello metálico de la hebilla de su cinturón apenas resultaba visible bajo aquella panza sobresaliente. Además, se estaba limpiando de los labios un trozo de comida a la vez que empezaba a hablar. Nuestra comida. Cualquier cosa que estuvieran cenando se la habían robado al pueblo neerlandés. Se me hizo la boca agua, a mi pesar. Agarré con fuerza la pistola, que todavía estaba en el bolsillo de mi abrigo.

—*Ja?* —preguntó, con voz bronca, a la par que guasona. Un hombre acostumbrado a salirse con la suya—. ¿Cuál es ese mensaje tan importante que tengo que interrumpir mi cena?

Capté un mínimo movimiento de Truus y, al cabo de un instante, tenía nuestras dos pistolas ante la cara. En el preciso instante en que apretaba el gatillo, observé un chispazo de comprensión en sus ojos acuosos: «Conque así es cómo pasa».

Disparamos en tándem, las dos apuntando a la cabeza. ¡¡Bang!! ¡¡Bang!!

Giré sobre mis talones, me agaché para esquivar las salpicaduras y corrí hacia mi bicicleta. Truus hizo lo propio en dirección a la suya. Todo estuvo en calma durante unos instantes, y luego oí un alarido.

—¡Socorro! ¡Que alguien me ayude! —chilló la mujer. Truus y yo partimos en direcciones opuestas. La voz desapareció detrás de nosotras.

Diez minutos más tarde, nos encontramos a la orilla del cercano río Spaarne. Estaba plano como la seda negra en la oscuridad de la noche, y el silencio era tan absoluto que lo único que oía eran los latidos desbocados de mi corazón. Me sentía mareada, pero eso pasaba mucho últimamente.

—¿Estáis bien? —Freddie sacó la cabeza desde detrás de un árbol. Asentimos—. Bien.

Luego Freddie se sentó en la hierba húmeda y señaló el jersey de Truus, donde unas manchas oscuras moteaban el tejido a la altura del hombro. Freddie le indicó por gestos que se las limpiara, pero su hermana no le hizo caso y en lugar de eso me miró fijamente a mí. ¿Era yo una de esas personas que sufrían una herida gravísima y no se daban cuenta? Había visto a un hombre así una vez en Ámsterdam, que iba caminando como si tal cosa por la acera, la mar de tranquilo, aunque el lado izquierdo de su cuero cabelludo, oreja incluida, le colgaba hasta el hombro como un trapo mojado. No parecía consciente de ello. Truus se me acercó, se lamió la base del pulgar y luego me la pasó por el hueco entre el labio y la nariz, para frotar algo en un gesto que era brusco y tierno al mismo tiempo.

—Bigote de sangre —explicó—. Está echando a perder tu maquillaje. —Una sonrisa le curvó la comisura de la boca—. Ahora estás guapa otra vez.

—Gracias —dije, comprobando el carmín en un espejito de bolsillo rajado—. ¿Truus?

—¿Sí?

—¿Son imaginaciones mías, o has gritado «¡Asesino!» cuando le hemos…, ya sabes…? —«Disparado».

—Me ha parecido un detalle. —Miró hacia el canal y su sonrisa se esfumó—. Quería que supiese por qué.

—Lo sabía —dijo Freddie.

—Bueno, pues ahora su novia lo sabe también —replicó Truus.

No diría que las tres fuésemos felices en aquel momento, exactamente. Pero estábamos satisfechas. Permanecimos en silencio, mirando pasar el agua. Todos los árboles que antes cubrían las orillas habían sido talados para hacer leña, de manera que la ristra de tocones parecía una sucesión de piedras pasaderas que llevaban al mar. El paisaje helado era bello, pero desolado.

Freddie fue la primera en hablar.

—¿Hannie?

—¿Sí?

—Se te notan las raíces. Quería decírtelo antes.

—Vale —repuse. Rara vez me miraba en el espejo, de manera que agradecía la información—. Me ocuparé de arreglarlo.

Permanecimos allí, pensando y fumando.

—¿Qué creéis que pasará —preguntó Freddie, con la vista todavía puesta en el agua— después de la guerra?

—¿Desfiles? —respondió Truus—. Y esperemos que algo de comida.

—No, me refiero a nosotras. ¿Qué será de nosotras?

Truus miró a su hermana pequeña.

—¿A qué te refieres?

—Bueno, ¿volveremos a nuestra vida normal y punto? ¿Las clases y todo eso? —Era fácil olvidar que Freddie todavía no había acabado ni siquiera el instituto.

—No creo que volvamos a la normalidad —dijo Truus—. Pero será bueno. Te darán una medalla. Por valor y lealtad a tu país. —Tocó a Freddie en el hombro—. Seguro que eres la más joven en recibirla.

—Si me dan una a mí, a vosotras dos os toca una seguro —replicó Freddie—. Harán un desfile en honor de las tres. Las chicas del RVV.

—Posaremos al lado mismo de la reina —añadió Truus con una risilla—. Con nuestras medallas puestas, saludando a nuestros entregados admiradores. —Freddie se rio al oír eso—. ¿Tú qué crees, Hannie? —Truus me miró.

La conversación me hacía sentir incómoda. No sabía qué decir. No confiaba en mí misma si hablaba.

—¡La joven del pelo rojo! —Freddie susurró imitando el clamor de una multitud—. Serás una heroína, sin duda.

Negué con la cabeza.

—¿No me digas que volverás adonde estabas y serás una aburrida abogada después de todo esto? —preguntó Freddie.

Sonreí.

—No, no lo creo. —No tenía una respuesta para ellas, pero no quería asustar a Freddie—. ¿Una abogada sosa y estirada? No creo que eso sea ya posible —dije. Se rieron.

No les conté que, cuando intentaba imaginarme la vida después de la guerra, veía las banderas y fanfarrias, veía a la reina y hasta veía a Truus y Freddie, pero yo no estaba con ellas.

33

Invierno de 1944

La cocina de Trijntje tenía dos fogones. Uno era la tradicional estufa de hierro que normalmente se pasaba encendida todo el día, para calentar la casa y cocinar. Su uso había quedado ahora relegado a una vez al día para calentar el salón, dada la grave escasez de carbón y leña. Esperábamos a que se formara escarcha en el interior de las ventanas antes de quemar precioso combustible: cachos de madera rescatados de edificios demolidos o dejados por la corriente a las orillas del canal y puestos a secar al tenue sol invernal. Para hacer la comida usábamos una especie de hornillo de acampada improvisado por la mañosa Freddie, que no era más que una lata grande que podía calentarse con algo de combustible para cocinar, si lo había, aunque era más habitual tirar de un montón de viejos libros de contabilidad que habían descubierto en un bloque de oficinas abandonado: años de cifras y ecuaciones anotadas a mano que se disolvían en humo para calentar nuestras magras comidas.

—Mmm, chocolate caliente —dijo Truus inhalando el vapor de la humeante agua caliente, sin nada, que había en su taza. Freddie cerró los ojos y se lo imaginó también.

—Querré un poco más de nata montada en el mío, gracias —dijo con una sonrisa en su rostro demacrado. Con su cara en forma de corazón y sus ojos almendrados, Freddie siempre había parecido una pequeña ninfa de los bosques, pero más todavía ahora que tenía la barbilla puntiaguda, los pómulos marcados y la curva de sus mofletes aniñados aplanada por la malnutrición. Fantasear sobre lo que preferiríamos estar comiendo ocupaba una buena parte de nuestro tiempo libre.

—*Poffertjes* —dijo Truus—. Dios, me comería una sartenada entera.

Todas nos relamimos pensando en las esponjosas tortitas de trigo sarraceno que en aquella época del año normalmente podían encontrarse en puestecitos de toda la ciudad y que se servían con azúcar y mermelada…, aunque no ese año.

—*Pannenkoeken* —aporté yo—, con manzana y sirope.

Las hermanas asintieron con entusiasmo, imaginando las finas y delicadas crepes.

—Ñam, ñam —dijo Freddie, y luego tuvo un ataque de tos. Truus y yo nos miramos por encima de su cabeza agachada: Freddie tosía a todas horas desde hacía un tiempo. Claro, que lo mismo podía decirse de la mayoría de la gente.

Trijntje estaba ante el fregadero, preparando remolachas para la cena, un largo proceso que pasaba por cortar en rodajas, triturar, hervir y a veces fermentar el duro tubérculo blanco hasta reducirlo a una pulpa que, con la ayuda de una cebolla y unas especias, podía considerarse comida.

—El hambre endulza hasta las alubias crudas —recitó. Mi madre decía lo mismo—. Podría ser peor —añadió—. Podrían ser bulbos de tulipán.

—Venga ya —dijo Truus, pero su madre hablaba en serio.

—No, es verdad —explicó—. La señora Hondius dice que el otro día hizo un estofado con ellos y quedaron bastante buenos con un poco de curri. Pero me desaconsejó el crocus. Demasiado fibroso. —Sacudió la cabeza ante aquella idea y se metió el pulgar en la boca para apretar un clavo de olor contra la muela que llevaba semanas doliéndole. Hasta encontrar clavo era ya una aventura.

Truus, Freddie y yo nos miramos y Freddie se encogió de hombros mientras se secaba la boca tras el acceso de tos.

—Yo vi a un niño mascando hierba ayer junto al canal —comentó.

—No hagáis eso —advirtió Trijntje—. Da dolor de barriga.

—No te preocupes, nunca estaré tan hambrienta.

—Venga, vamos —dije, tratando de aportar mi granito de arena en pro de la moral del grupo, alzando mi taza humeante como si propusiera un brindis—. ¿Qué hacemos a continuación?

Truus subió los pies a una silla, sin mucha pinta de tener prisa por actuar.

—A lo mejor tendríamos que esperar a ver si antes hacen las redadas de Navidad.

Las redadas de Navidad. Por la red de la Resistencia circulaban toda clase de rumores, planes que nos llegaban a través de Trijntje. Todos tenían que ver con la *Aktion Silbertanne*: redadas de «indeseables» (vagabundos, gitanos, homosexuales, cualquiera cuya pinta no les gustase), mayor hostigamiento en los controles, un supuesto arresto masivo de *onderduikers* en alguna fecha de las vacaciones de invierno. Sin embargo, ¿en qué difería realmente todo aquello de cualquier otro momento de los últimos cuatro años? Yo siempre había apreciado el sentido de la cautela de Truus, pero empezaba a costarme preocuparme tanto como ella por las amenazas de la Silbertanne. ¿De manera que responderían con violencia a nuestra violencia? No era nada nuevo. Tener una misión —alguien a quien rastrear y abatir, hasta un paquete de cartillas de racionamiento que entregar a una familia necesitada— me ayudaba a distraerme de la interminable, dolorosa y machacona monotonía del hambre crónica.

Truus me despertó zarandeándome a la mañana siguiente antes de que saliera el sol.

—Ven —me dijo.

Era impropio de ella, o de cualquiera de nosotras, despertarse temprano en los tiempos que corrían. Permanecíamos en la cama el máximo de tiempo posible, tanto para mantener el calor como para conservar energías.

—¿Adónde vamos?

—Tú levanta —dijo ella—. Te llevo yo.

Me subí de paquete en su bicicleta y me abracé a ella, apoyando la cabeza en su espalda.

—Será mejor que valga la pena —dije, tratando de despejarme en la penumbra invernal matutina. Las mañanas eran oscuras en aquella época del año. Todo lo era, excepto la blanca nieve.

Viajamos durante diez minutos antes de que parase.

—Allí mismo —anunció—. Quédate en la bici.

Habíamos llegado a un típico barrio residencial de Haarlem, formado en su mayor parte por apartamentos y viviendas unifamiliares para familias jóvenes. Eran más o menos las seis de la mañana y las calles estaban vacías. Los alemanes ya solo permitían dos horas de gas para calefacción al día, de manera que la gente esperaba dentro de casa a que hiciera un poco menos de frío antes de salir a la calle. Aun así, al otro lado de la calzada, un grupo de unas dos docenas de personas apiñadas por familias temblaban envueltas en abrigos y mantas, delante de una hilera de ocho casas pequeñas. Algunas de las personas iban descalzas. Unos soldados de la Wehrmacht los mantenían apelotonados, con los fusiles en ristre.

—¿Qué pasa aquí?

—Freddie oyó que tal vez habría alguna clase de represalia esta mañana. Silbertanne.

Noté que las manos me empezaban a hormiguear y me agarré con más fuerza a Truus, diciéndome que era solo para mantenerme en calor. Todas estábamos al corriente de las represalias, pero nunca las había visto con mis propios ojos. Un pánico indefinido empezó a zumbar en mi cerebro, una sensación que llevaba mucho sin experimentar. Pero no había nada que hacer.

Unos gritos guturales perforaron el silencio de la mañana. Un grupo de soldados alemanes marcharon hacia las ocho casitas y sus inquilinos desahuciados. Los soldados llevaban los fusiles planos contra la espalda; los habían sustituido por antorchas encendidas y latas de queroseno. En cuestión de segundos, cada una de las casitas era pasto de unas llamas naranjas que danzaban en el aire gris de la mañana, que reverberaba con las ondas de calor que iban emanando de las estructuras a medida que los soldados rociaban la parte de atrás de las viviendas con más combustible.

El grupo de desahuciados se apiñó más todavía, algunos de ellos sollozando. Los niños bramaban. Un comandante gritó algo y las lamentaciones se acallaron. Observé cómo un vecino calle abajo se asomaba a su entrada para ver qué pasaba. En cuanto vio a los soldados, se refugió dentro enseguida, pero ellos también lo habían visto y marcharon hasta su puerta, para obligarlo a salir en calcetines para presenciar el espectáculo.

—Cabrones —masculló Truus.

—¿Por qué esta pobre gente? —pregunté.

—No hay motivo. Es totalmente al azar. Solo quieren hacérselo pagar a alguien.

Truus escupió en el suelo y su cuerpo, pegado al mío, vibró de tensión. Aquella gente estaba pagando por lo que nosotras habíamos hecho. O intentado hacer. Y llevábamos haciendo los últimos dos años.

Otro transeúnte llegó a la calle y se quedó quieto al ver la escena. Los soldados corrieron hacia él y lo plantaron junto al vecino en calcetines. Querían que hubiese el máximo número de testigos posible. Usando los fusiles, los hombres separaron a los varones de las mujeres. Luego a los niños de sus madres. Al ver eso, las mujeres empezaron a chillar y revolverse, y los soldados se abalanzaron sobre ellas con porras y puños. Los hombres hicieron ademán de defender a sus esposas e hijos, pero los soldados los detuvieron a punta de fusil.

—Meted a las mujeres en el furgón —ordenó el *Kommandant*, y los soldados forcejearon con las señoras para subirlas a la parte trasera de uno de sus odiados furgones de transporte, tras lo cual cerraron las puertas para dejarlas encerradas. Desde las dos ventanillas de la parte de atrás, las mujeres apretaron la cara contra el cristal, todavía gritando. Los costados del vehículo retumbaban con sus golpes.

»Sacad a ese —mandó entonces el *Kommandant*, y señaló a un hombre de pelo castaño vestido con una bata de franela. Aparentaba unos treinta años. El oficial se volvió hacia el grupo de niños, en el que había desde bebés hasta adolescentes—. ¿Cuáles de estos son tuyos?

El hombre se echó a temblar y se le demudaron las facciones.

—No —contestó.

—Dímelo o los fusilo a todos —amenazó el *Kommandant* con tono razonable.

—No —repitió el hombre.

El golpeteo del interior del furgón cobró volumen, como los timbales de una orquesta.

—No.

—Muy bien —dijo el *Kommandant*, que acto seguido alzó la pistola con el brazo recto y cerró un ojo para apuntar.

—¡Espere! —gritó el hombre, revolviéndose para zafarse de los soldados que lo sujetaban—. ¡Daniel! ¡Maria! —chilló, la voz terrible de un padre impotente.

Un soldado separó a dos niños del grupo a empujones. Daniel era un muchacho delgaducho de unos trece años. Maria parecía algo más joven. Los dos temblaban con los ojos relucientes de miedo, y sus dientes castañeteaban por culpa del aire gélido.

—Id con vuestro padre —ordenó el *Kommandant*, y los niños corrieron hacia el hombre, sollozando. Los soldados lo soltaron, y él acogió a sus hijos en sus brazos, arrodillándose en la acera para sujetarlos contra sí.

Cuando lo hizo, los soldados empezaron a retroceder. El calor que irradiaban las casas en llamas flotaba hacia ellos y hacía ondear la fina ropa y el pelo del trío como una brisa veraniega. Cuando los soldados estuvieron a unos pocos metros, el *Kommandant* volvió a hablar.

—Fuego.

Los soldados alzaron sus armas y dispararon contra el padre y sus dos hijos, a los que redujeron a una pila de cadáveres sanguinolentos en cuestión de segundos.

La furia hizo que el furgón se tambaleara sobre sus ruedas. El grupo de hombres de la acera luchó por liberarse, y vi que un soldado golpeaba a uno de los maridos con la culata de su fusil hasta dejarle la cara goteando rojo. Los niños restantes gritaban y sollozaban.

—Siguiente —dijo el *Kommandant*, y un soldado sacó a empujones a otro hombre. A medida que le tocaba el turno a cada hombre, este se debatía tratando de decidir qué hacer. ¿Señalar a sus hijos? ¿Señalar a los de otro? El sonido que salía del furgón era como algo surgido de las simas más profundas del infierno. Daba igual lo que hicieran los hombres; todo el mundo iba a acabar fusilado de una manera u otra. Al final, solo quedaron un hombre y dos niños, un chico de unos siete años y una niña unos años mayor. Hermanos. Estaban paralizados, sin siquiera llorar ya; aturdidos. El *Kommandant* caminó hacia ellos.

—¿Este es vuestro padre? —les preguntó con voz suave.

La niña mayor asintió.

—Traedlo.

El hombre corrió hacia los niños, pero sin perder de vista en ningún momento al *Kommandant* y los soldados, aterrorizado, interponiendo su cuerpo entre las armas y sus hijos.

—Chis —chistó el *Kommandant* cuando el niño empezó a gimotear—. No llores, pequeño. Necesito que hagas un trabajo muy especial. ¿Podrás hacerlo por mí?

El niño se estremeció. La cara interior de las perneras de sus pantalones se oscureció de orina.

—Necesito que le digas a tu padre y tu madre, y a tu hermana, esta niña tan mayor que tenemos aquí, que deben trabajar para proteger este país, ¿vale? Para mantenerlo libre de alimañas, gitanos, judíos, amantes de los judíos, la Resistencia y cualquiera que obstaculice el avance del progreso. Eso no es tan difícil de hacer, ¿verdad?

El niño guardó silencio. Todos los demás, también. Hasta las madres del furgón.

El *Kommandant* alzó la vista.

—Este es nuestro mensaje, ¿eh? —Miró a los dos recién llegados de la acera que habían sido seleccionados como testigos. Tenían la cara arrasada de lágrimas y roja de cólera—. Contádselo a vuestros amigos —dijo el *Kommandant* a aquellos dos hombres—. Nosotros no hemos matado a estas personas. Han sido los judíos que se esconden en vuestros armarios; los amantes de los judíos que creen que esas alimañas merecen más que vuestros neerlandeses de pro. La Resistencia, cobardes que se esconden en las sombras, ellos son los responsables de esto. Nosotros solo intentamos mantener la paz.

Giró sobre los talones hacia el hombre y los niños, que se encogieron.

—Tranquilos, tranquilos —dijo. Se llevó la mano al bolsillo de la pechera del uniforme, sacó dos caramelos envueltos en celofán y se los lanzó al niño y la niña, que los dejaron caer a sus pies—. Lo siento, papá —le dijo al padre—. Solo hay para los niños.

Les hizo un gesto con la cabeza a sus soldados, que volvieron a colocarse en formación, en ordenada fila de a tres.

—*Auf Wiedersehen* —gritó mientras se subía a la parte delantera del furgón, donde se reinició el golpeteo. Alzó un brazo para hacer un saludo—. *Heil Hitler.*

—*Heil Hitler* —gritaron los soldados.

El furgón que transportaba a las mujeres se alejó traqueteando, zarandeado sobre su chasis por el trauma de las madres angustiadas atrapadas en su interior. Los dos testigos corrieron hacia el hombre y sus hijos, que seguían arrodillados en la acera. Cuando el furgón dobló la esquina, el niño y la niña recogieron los caramelos y se los metieron en la boca. Estaban muertos de hambre.

—Aguanta la bici —dijo Truus. Agarré el manillar y ella corrió hacia el lateral del edificio para vomitar en un cubo de basura que había en la acera. Luego se dobló por la cintura, con los codos en las rodillas, sufriendo arcadas pero sin sacar nada. No llevaba suficiente comida dentro para devolverla. Se limpió la boca con la manga y me miró, como si esperase que me uniera a ella.

Sin embargo, yo me quedé sujetando el manillar con manos temblorosas, sintiéndome tan en blanco como un montón de nieve. ¿Lamentaba el ataque a Hertz? No. Seguía odiando a aquel criminal. ¿Hertz, Faber y Kohl? No, no me arrepentía. ¿Me sentía culpable por hacer un trabajo que causaba la muerte de personas inocentes como las que habían sufrido delante de mí? No. Y, a veces, sí. Era algo maligno y absurdo.

Pero también lo era todo lo demás.

Vi arder aquellas casas. La calle debía de haber formado parte antaño de un barrio bonito, con olmos en las aceras. Ahora no solo habían cortado de raíz todos los imponentes árboles que daban sombra, sino también bastantes de las casas. Allí probablemente antes vivían judíos, y ahora habían desaparecido; y con ellos, no solo los muebles, sino también hasta el último tablón, viga, vigueta y balaustre, arrancados para hacer leña. Como el resto de nosotros, las casas no sobrevivirían al invierno. La ciudad misma agonizaba.

—A lo mejor no tendríamos que haber venido —dijo Truus.

—No —repliqué—. Es bueno que hayamos venido. —Las palabras se escaparon de mis labios como una confesión—. Somos el público que ellos esperaban.

—Que les jodan —exclamó Truus, maniobrando con la bici para salir del hueco en el que estábamos escondidas.

—Para —dije—. Escucha.

Desde la esquina por la que se había marchado el furgón, lo oímos de nuevo. Regresando. Nos volvimos a meter en nuestro escondrijo. El furgón se detuvo delante del hombre y sus hijos, y de él sacaron a empujones a una mujer, que corrió a unirse a ellos, sollozando. Agarró a los niños de las manos y empezó a correr calle abajo, alejándose del incendio, seguida de cerca por su marido.

El *Kommandant* se apeó de la parte delantera del furgón, se plantó con las piernas separadas y apuntó al tambaleante cuarteto con la misma calma que si estuviera haciendo prácticas de tiro. ¡¡Bang!! La madre se desplomó en la acera. Sus hijos se echaron sobre ella, aullando y tratando de revivirla. El padre también. ¡¡Bang!! El *Kommandant* sujetó la pistola con ambas manos. ¡Bang! ¡Bang! ¡Bang! Cesó todo movimiento. El interior del furgón quedó en silencio. El *Kommandant* le hizo un gesto al soldado, subió de nuevo al vehículo y se alejó. Los dos testigos, exánimes, se apoyaron el uno en el otro, observando la partida.

Truus tenía una mano sobre la boca.

—Hannie —dijo.

Yo estaba apretando con fuerza la muñeca hecha con un pañuelo que me había regalado, aplastada contra la palma de mi mano.

—Truus.

Tenía la cara pálida como el hielo. Las lágrimas resbalaban por sus mejillas pecosas.

—No podemos parar, Truus —dije, buscando su mano con la mía—. Ellos no lo harán.

34

21 de marzo de 1945

La masacre de la *Aktion Silbertanne* pendía sobre nosotras como una colcha de plomo, agobiándonos, como era su intención. Freddie me llevó una agusanada manzana silvestre para animarme, tras cortarle las partes más repugnantes. No me sentía triste, exactamente; solo embotada. Hasta los soldados alemanes, que sobrevivían a base de la comida robada de los lanzamientos aéreos aliados, parecían haber perdido parte de su ferocidad. ¿Seguía preguntándome por mis padres, Philine y Sonja? Por supuesto. Pero estaba tan cansada...

De otras partes de Europa llegaban buenas noticias: los soldados aliados entraban en pueblos y ciudades neerlandeses al sur de nosotras y se llevaban a los nazis en camiones a la cárcel. Pero en nuestra ciudad, no. Allí, con cada día que pasaba el aire se volvía más frío, las raciones más pequeñas y los asesinatos y secuestros de ciudadanos más numerosos que el día anterior. Lo llamamos el Invierno del Hambre.

Muchos creían que la ocupación terminaría el día menos pensado. Pero ¿qué traería el final de la guerra? ¿Comida, tal vez? No tenía energía para imaginarlo.

Freddie y Truus me dieron otra charla, diciéndome que necesitaba mantenerme activa, distraerme.

—Vale —repuse—, haré lo que sea. ¿Quién es el objetivo?

—No hay objetivo —corrigió Truus. En mi estado, no se fiaba de encargarme uno de nuestros trabajos habituales—. Reparte unos diarios, haz el favor.

—Claro.

De manera que, a la mañana siguiente, me subí a la bicicleta y fui hasta el punto de entrega, donde encontré la pila de periódicos clandestinos que debía repartir. El viejo *De Waarheid. La Verdad.* Metí los diarios en mi bandolera y seguí mi camino. Había hecho aquellas entregas mil veces y Truus tenía razón; era un trabajo útil. Tragué unas cuantas bocanadas de aire fresco. Repartos. Como en los viejos tiempos, cuando trabajaba para la enfermera Dekker. Aunque pareciese que había transcurrido una eternidad, hacía menos de tres años.

En la calle hacía mucho frío, pero un juguetón atisbo de la primavera proporcionaba a la tarde una bienvenida frescura. Los rayos oblicuos de sol que zigzagueaban entre los edificios de las orillas del canal parecían más cálidos, más potentes ese día que el anterior. Las golondrinas surcaban el aire, rozando la superficie del agua para después remontar el vuelo de nuevo en alegres arcos. Era un alivio ver que no todos los seres vivos lo pasaban tan mal. Decidí caminar con la bici en vez de pedalear, solo para admirar su vuelo.

El canal de Jan Gijzen era ancho y plano. Por él navegaban unas pocas embarcaciones, pero por lo demás reinaba la placidez. Se oía un rumor de camiones militares a lo lejos. Las gaviotas.

Entonces ladró un perro. No se veían muchos de un tiempo a esa parte. Seguí el sonido y vi a un pequeño chucho blanco y negro, lanudo como un mocho, plantado en el techo de una casa flotante amarrada cerca de la base del puente de Jan Gijzen. El perro, como los pájaros, no sabía que estaba en guerra.

—*Koest, koest* —dijo una voz de mujer. «Calla».

La puerta de la cabina chirrió y una mujer de la edad de mi madre la abrió de par en par y salió de espaldas, tirando de algo pesado: una arrugada anciana —su madre, cabía suponer— que iba envuelta en colchas caseras y sentada en una silla de caña como un hato de leña. La hija dio un último tirón a la silla, que salió de golpe por la estrecha entrada de la cabina, y las dos mujeres casi acabaron amontonadas en la cubierta del barco, pero de algún modo la joven logró enderezar la endeble silla en el último momento y terminaron bien, zarandeándose y riéndose de ellas mismas. La anciana alzó la cara hacia la tenue luz solar como si surgiera de una larga hibernación, como una vieja osa gris. La hija la colocó mirando hacia el sol y el perro saltó del techo de la cabina a la cubierta, y luego al regazo de la madre, que lo acunó como si fuera una muñeca. El animal movió la cola y le lamió la cara.

—¡Oh, Ralf! —exclamó ella, con una carcajada.

Me reí. El sonido me sobresaltó.

Estaba caminando en paralelo a la casa flotante en ese momento y, al oírme, la madre y la hija me saludaron con la mano. El perrito me ladró, y todas nos reímos. Les devolví el saludo. Ralf volvió a ladrar. La hija se metió en la cabina y la madre se recostó en su trono de mimbre. No podía parar de mirarlas, fascinada por aquella exótica normalidad.

La hija volvió a salir de la cabina, en esa ocasión con dos tazas de té en la mano. ¿Siempre habían sido el mismo trío, madre, hija y perro, o antes había habido un marido, un padre, un hijo? ¿Cómo habían sobrevivido a la comida cada vez más escasa, el frío del invierno, el agua que entraba en el barco?

—Disculpe, señorita, ¿está...?

Estaba tan pendiente de aquellas dos mujeres que había

avanzado con la bici hasta los sacos terreros situados en el borde de la rampa que subía al puente.

—Perdón —dije a la cola de gente que ya se había formado para superar el control. A esas alturas, había uno en cada puente. Retrocedí con la bici y me puse al final de la cola, detrás de una docena más de personas. Era un proceso largo, porque los soldados del control exigían la documentación, fingían examinarla, soltaban el consabido comentario grosero y luego pasaban al siguiente ciudadano. Me subí las gafas falsas en la nariz y me ajusté el pañuelo que llevaba a la cabeza. Suspiré. Seguía odiando hacer cola.

El perro volvió a ladrar, y quienes estábamos en la parte de atrás de la fila observamos cómo la hija recogía un palo y luego lo tiraba al canal. El perrillo corrió al techo de la cabina y se lanzó al agua, para luego regresar nadando con el palo entre los dientes, que formaban una sonrisa ancha y serrada. Todos los que hacíamos cola nos echamos a reír, y el centinela del final miró en nuestra dirección.

La mujer y el perro siguieron jugando, el animal encantado de zambullirse en las gélidas aguas y la madre y la hija alabándolo cada vez que regresaba, para luego reírse y ahuyentarlo cada vez que se sacudía el pelaje a sus pies.

—*Was ist los?* —El guardia se apartó de su puesto y recorrió la cola hasta tener a la vista el canal. En el barco, las mujeres, ajenas al movimiento, siguieron lanzando el palo. Los que hacíamos cola nos callamos. Volví a oír el chapoteo del perro al saltar al agua.

Entonces vimos que el guardia le hacía señas a tres soldados que haraganeaban en el puente y luego les gritó unas órdenes. Los hombres caminaron hasta el centro del puente y tomaron posiciones en el lado más cercano a la casa flotante, la madre, la hija y el perro. Los soldados se arrodillaron a la vez y apoyaron el cañón del fusil en el bajo parapeto de piedra. Oí los gritos ahogados de la gente que me rodeaba antes de comprender lo que estaba pasando.

¡Bang! ¡Bang! ¡Bang!

Luego, risas de los soldados.

Estaban disparando al perro en el agua.

¡Bang! ¡Bang! ¡Bang!

A mi alrededor oí expresiones de furia y repugnancia mientras mirábamos a los soldados intentar acertar al perrito, que nadaba entre las balas que silbaban en torno a su cabeza mojada, con los ojos, que era lo único que asomaba por encima de la superficie, desorbitados de miedo. Se formó el principio de un grito en nuestras gargantas, pero nos lo tragamos enseguida, plegando la furia sobre sí misma y reabsorbiéndola en nuestro cuerpo. La noté en la boca del estómago, ácida.

Vi las caras de las personas que me rodeaban retorcerse de asco y luego recomponerse en máscaras de rabia muda. Al final, un niño pequeño que estaba detrás de mí prorrumpió en ahogados sollozos. La muchedumbre canalizó nuestras emociones hacia él al tiempo que su madre intentaba acallar el sonido, envolviendo al muchacho con su abrigo para que los alemanes no se irritasen. Disparaban a lo que fuera.

Dos hombres y un niño del otro extremo de la cola decidieron marcharse, renunciar a su sitio en la fila, alejarse corriendo del puente y volver por donde habían venido. Valía más cruzar por otro punto o renunciar del todo a pasar al otro lado ese día. Dejar la cola era arriesgado, porque hacía que parecieras sospechoso; los soldados a veces corrían detrás de ti. Sin embargo, no hicieron caso de aquel par de hombres y el niño. Fila arriba y abajo la gente respiró hondo, una brisa de alivio.

Allí plantada me estaba costando cada vez más respirar. Transcurridos cinco años, la ocupación nazi había logrado controlar todos los aspectos de nuestra vida, desde los alimentos que comíamos hasta los periódicos que leíamos, pasando por la educación que abandonábamos. Aun así, lo que veía en aquella cola era el principio del fin. Porque si los nazis conseguían controlar nuestra vida interna, dictar nuestros sentimientos y nuestras respuestas humanas a la crueldad, la injusticia y la avaricia…, aunque perdieran la guerra, ganarían. Bastaba vernos a todos allí plantados fingiendo que era normal que tres hombres adultos disparasen a un pobre perrito indefenso.

No era normal. No debía serlo.

La madre y la hija no paraban de gritarles desde el barco a los soldados que parasen, furiosas, con las caras resplandecientes de ira. El guardia que estaba al mando del puente se asomó al borde y las mujeres callaron. El perro seguía nadando, y el chapoteo de sus patas y sus agudos gañidos pasaron a ser lo que más se oía. Todos contemplamos a los soldados, confiando en que ya darían por terminado el ejercicio, pero el jefe asintió con la cabeza y volvieron a disparar. Un diáfano quejido canino atravesó el aire, y todos miramos para ver que el animal seguía nadando, pero ya más despacio, y en círculos.

—Basta —me oí decir.

Quienes me rodeaban asintieron y murmuraron palabras de apoyo a la vez que, por instinto, se apartaban de mí: «No va con nosotros».

Los soldados pararon de disparar y el guardia arrugó la frente. El resto de mis paisanos fueron formando una fila ordenada otra vez. Yo, no. Estaba clavada en el sitio, unos pasos a un lado de la cola, mirando cómo la hija corría a la orilla, se adentraba en el agua oscura y sacaba al perrito blanquinegro. Temblando y chorreando agua, parecía un visón, resbaladizo y flaco. Un reguerillo de sangre roja descendía por la camisa de la mujer en el punto en que lo tenía apretado contra su cuerpo, y el perrito gañía y le lamía la cara, meneando todo el cuerpo. Lo perdí de vista cuando la mujer y el hijo que tenía detrás tiraron de mí hacia la cola. Iba a perder mi sitio. Alcé la vista y entonces fue cuando la vi, al otro lado de la calle, en mi lado del puente: Truus.

Nuestras miradas se encontraron y empezó a hacerme señas como una loca, como si llevara un tiempo tratando de llamar mi atención. Alcé la mano para hacerle saber que la había visto y luego levanté un dedo para indicarle que tardaría un minuto en llegar a ella; luego empecé a darle la vuelta a la bici. A los dos hombres y el niño no los habían parado.

—*Fräulein?*

Era el guardia que estaba al mando. Caminó hacia mí y sus rasgos fueron cobrando nitidez a medida que se acercaba. La barbilla partida hacía que le costara afeitarse en ese punto. Sombra de barba. Ojos del color de un charco sucio. Delgado, con los hombros hundidos hacia dentro. Había dado por sentado que era viejo, pero tal vez tuviera veinticuatro años. Mi edad.

—*Entschuldigen Sie, bitte* —dije, haciendo el esfuerzo extra de ser educada en alemán. «Disculpe, por favor».

Una mano en mi bicicleta.

—*Warten Sie, bitte.* —«Pare, por favor». Él también era educado.

Miré de reojo a Truus, que todavía me esperaba al otro lado de la calle. Entrecerró los ojos; parecía inquieta, con las manos en las caderas.

—*Fräulein.*

Me volví de nuevo hacia él.

—¿Sí?

—Los papeles, por favor.

35

Me pregunté cuánto tiempo llevaba Truus allí, mirándome. Y por qué.

El guardia llevaba en las manos el fusil negro parecido a un palo que los soldados alemanes lucían últimamente, tan tosco que parecía un arma dibujada por un niño, barato pero mortífero, sobre todo a ese alcance. Los oficiales se pavoneaban junto al quiosco como si creyeran estar ganando la guerra con su mera presencia allí. Pero los soldados no eran tan ingenuos. Por tristes que estuviéramos todos, nosotros también habíamos oído los rumores: llegaban los aliados. Por fin. Durante la última semana y media, había cruzado por el puente de Jan Gijzen sin que los soldados me echasen prácticamente ni una ojeada, porque estaban ocupados chismorreando entre ellos.

Esa tarde, no.

—*Guten Abend* —repetí. Saludarles en alemán solía ser una buena forma de limar asperezas, pero aquel guardia flacucho no se dejó engatusar. Trazó un arco con el largo fusil para indicarme que me diera la vuelta y así verme la cara desde todos los ángulos. Él también se volvió. Pómulos marcados, ojos oscuros y la expresión de un anciano que ha visto demasiado. ¿Qué captó en mi cara? ¿Miedo? ¿Furia? ¿Hambre? Ojalá percibiera odio, también.

—*Ihre Ausweis, Fräulein* —dijo con voz inexpresiva.

Metí la mano en el bolsillo del abrigo para sacar el carnet de identidad. Me recordé que debía echar un vistazo al nombre ante de entregarlo, por si acaso me hacían preguntas. Había quemado mi documento auténtico hacía dos años, el día en que me uní al RVV.

Sin embargo, cuando busqué a tientas la tarjeta en el bolsillo, no la encontré.

—*Mach schon* —dijo el soldado, cambiando el pie de apoyo porque las botas le apretaban. «Dese prisa».

Eso llamó la atención del siguiente soldado, un hombre con una cortina de pelo oscuro y grasiento alisado sobre el cráneo como una herida. Se acercó con paso tranquilo para curiosear.

—*Was ist los?* —preguntó.

Lo que pasaba era que yo estaba buscando en todos mis bolsillos y todavía no encontraba nada.

—*Warten Sie, bitte* —dije. «Esperen».

Aceitoso alzó una ceja.

—No es usted alemana —señaló.

—No —contesté.

«Pero llevo los últimos cuatro años practicando el idioma con vosotros, so cabrones».

—Lo encontraré —dije, echando mano de la bandolera de cuero que llevaba cruzada por el hombro.

—¡Quieta! —Aceitoso alzó la pistola. Pómulos lo vio y también levantó su fusil.

Alcé las manos, sin perder la calma. Algo que empieza mal no siempre tiene por qué terminar igual.

—Solo quiero sacar mi carnet de identidad, como me ha pedido —dije.

Pómulos asintió para indicarme que siguiera adelante, pero, cuando alcé la tapa de la bandolera, Aceitoso me agarró con fuerza de la muñeca.

—Mira tú en el bolso —le indicó a Pómulos.

Se me cortó de golpe la respiración. Tragué saliva, con las rodillas paralizadas.

Me sentía como si presenciara la escena desde algún punto de las alturas, flotando sobre mí misma como una nube. Llevaba una pistola en el bolso. Si la tenía encima, solía evitar los controles, pero me habían dejado pasar muchas veces, y ese era el riesgo que siempre asumíamos cuando llevábamos armas. Como me había dicho Jan —maldito fuera— una vez: «La pistola solo funciona si la llevas». Él la llevaba encima a diario y dormía con ella debajo de la almohada. Bah, a la mierda Jan.

Aceitoso me agarró las manos y las colocó las dos en el manillar de la bicicleta.

—No se mueva —me dijo.

No podía en cualquier caso. Me apoyé en el manillar y miré hacia el suelo. No veía lo que ellos veían, solo sentía menearse mi cuerpo adelante y atrás con los tirones de Pómulos, que abrió la tapa, metió la mano y se puso a revolver.

No podía respirar, pero lo intenté. ¿Estaba Truus contemplando la escena?

—¿Es estudiante? —me preguntó Aceitoso mientras Pómulos seguía hurgando.

Negué con la cabeza.

—¿Está casada?

Repetí la negativa. A Truus le encantaba tomarme el pelo por lo parlanchina que podía llegar a ser con los soldados cuando intentaba sonsacarles información, pero en aquel momento estaba sin habla. Tenía ganas de vomitar. Eché un vistazo rápido a mi espalda. Toda la gente que hacía cola detrás de mí se había desvanecido como por arte de magia en la ciudad en cuanto los soldados se habían distraído. Yo hubiera hecho lo mismo. Gracias a Dios que iba yo sola y no con Truus. Una vez más, una distancia de unos pocos metros marcaba la diferencia. Truus estaba a salvo. Respiré hondo. Miré a Aceitoso desde debajo de mis pestañas con rímel y me pasé la lengua por los labios cortados. Probablemente no había estado más fea en mi vida. Hecha una bruja, decía Truus. En fin, qué se le iba a hacer.

—*Wie heißen Sie?* —le pregunté. Me temblaba la voz. «¿Cómo se llama?».

—*Hält die Klappe!* —ordenó con un siseo y dio un paso hacia mí; me encogí.

«Sí, ya me callo». Volví a dirigir la vista al suelo. Dios, los odiaba.

—Mira, periódicos —dijo Pómulos, y creí captar un deje de alivio en su voz. Solo periódicos.

—Dámelos —mandó Aceitoso, con la voz ya más tranquila. Una sonrisa trazó una recta de lado a lado en su cara de uve. Pómulos se relajó por primera vez desde el principio del incidente. Enderezó la espalda.

—*De Waarheid* —dijo Aceitoso, leyendo el nombre del periódico.

Significaba lo mismo en alemán que en neerlandés: «La Verdad». Lo dijo como si fuera un chiste de una sola palabra.

Guardé silencio mientras carámbanos de sudor me resbalaban poco a poco por la barriga y la espalda. Ya había empezado a temblar. Mantuve la boca cerrada. «No montes una escena», me dije. Demasiado tarde. Yo era la escena.

Aceitoso me agarró por el cuello del abrigo y me acercó tanto a su cara que pude distinguir el profundo surco que cada púa del peine le había dejado en el pelo engominado aquella mañana. Reconocí el olor dulzón y rancio del laboratorio de química de mi instituto: formol. Carraspeó como si fuera un personaje importante.

—Puta. Escoria. Comunista. De. La. Resistencia. —Lo dijo entre dientes, acercándome un poco más con cada palabra. Tenía algo podrido en la boca. Una gota de saliva caliente me aterrizo en la mejilla, y no podía limpiármela. Tenía ganas acumuladas de decirle aquello a alguien, de manera que lo repitió—: Escoria. De. La. Resistencia.

—¿La Resistencia? —preguntó alguien. Era una nueva voz, menos agresiva—. *Mal sehen* —añadió la voz. «Veamos».

Un oficial de las SS caminó hacia nosotros desde el otro lado del puente. Otra cara estrecha, jibarizada en su caso por una gorra de oficial ridículamente grande.

—*Guten Abend* —saludó Gorraza, a la vez que escrutaba mis ojos, mi cara y mi pelo. No con demasiada atención, esperé. El tinte barato empezaba a irse, y el rojo pronto empezaría a asomar. Pero había que fijarse mucho. Freddie me lo aplicaba desde la desaparición de Philine; se había ofrecido a repasarlo unos días antes, pero le di largas por miedo al frío que se pasaba con el pelo mojado al hacerlo.

—¿Cómo se llama, señorita?

Respiré y oí silbar el aliento al atravesar mi pecho neumónico.

—Johanna Elderkamp —dije con voz pausada. «Por favor, Dios, que lleve solo el carnet de Elderkamp y no un sobre lleno de incriminatorios documentos falsos». Por lo general era cuidadosa al comprobar esa clase de detalles, pero últimamente pensaba menos claro y me faltaban las fuerzas para preocuparme tanto por las precauciones.

Gorraza dio un paso atrás para verme mejor.

—Y bien, ¿qué es todo esto?

Llevaba puesto mi disfraz, pero cualquier encanto natural que pudiera haber poseído había desaparecido hacía tiempo. La falda me colgaba desde los huesos de las caderas, sostenida por un trozo de cordel, y hacía una semana que no me bañaba. Llevaba el pelo teñido grasiento y recogido en una cola de caballo y unas feas gafas postizas.

Me encogí de hombros y sonreí.

—Un malentendido —contesté.

—Es de la Resistencia, señor —dijo Aceitoso—. La iba a arrestar.

Gorraza apretó los labios delgados. Parecía preocupado. No hostil.

—¿La han registrado? —preguntó.

—Llevaba esto —dijo Aceitoso, señalando el ejemplar de *Waarheid* que estaba tirado en el suelo. Gorraza asintió. Distribuir ese diario era un delito grave, pero no era nada comparado con ser sorprendida con una pistola, y aún no la habían encontrado. Todavía podían soltarme.

—¿Algo más?

«No. Por favor». No podía respirar.

—*Nichts Besonderes* —dijo Pómulos. «No gran cosa».

Gorraza le hizo un gesto con la cabeza, y Pómulos volvió a hundir la mano en mi bolso y se puso a sacar objetos uno por uno y dejarlos caer al suelo, enumerándolos sobre la marcha.

—Un pañuelo, más periódicos, un espejo...

Al fondo mismo de la cartera había una bufanda azul y blanca que mi madre me había tejido. Y envuelta en esa bufanda estaba la pequeña pistola negra que Jan me había regalado hacía ya mucho. Estaba cargada, por supuesto.

—*Bitte, Offizier...* —le imploré. «Por favor».

—SS-Sturmbahnführer Lages —dijo él, regalándome su nombre—. Willy Lages.

Lo había oído antes. Willy Lages era tristemente famoso, un cabecilla de la *Aktion Silbertanne*. Me daban ganas de estrangular ese cuello flaco, hacerle daño. En lugar de eso, le dediqué una mirada cuya intención era decir: «Venga, amigo, los dos sabemos que esto es ridículo. Venga, por favor».

—¿Adónde la llevará? —le preguntó al soldado.

De modo que me arrestaban. ¿Estaba Truus presenciando todo aquello? Sabía que sí, y eso hacía que me sintiera peor. Conocía la agonía de la impotencia.

—La comisaría de Van Gijzen, señor.

—Llévenla a Ripperdastraat —ordenó el oficial—. Espérenme para interrogarla.

—Pero si es de la Resistencia…

—Freuler —dijo Lages sin alzar la voz.

—Señor. —Los músculos de la mandíbula de Aceitoso/Freuler se tensaron.

—Freuler —repitió Lages.

El aludido abrió los ojos como platos.

—¿Señor?

—Llévenla a Ripperdastraat.

—Sí, señor. —Freuler puso la espalda muy recta y lanzó la mano hacia arriba en un fervoroso *Heil Hitler*. Pómulos se apresuró a imitarle. Ripperdastraat: los nazis se habían adueñado de los grandes almacenes de tres plantas situados en esa calle para albergar el cuartel general en Haarlem del Sicherheitsdienst, el SD. Por lo tanto, *Aktion Silbertanne*. Esa era su obra.

Con todo, podría haber sido peor. Por lo menos no me llevaban a Ámsterdam. Todavía podía encontrar una manera de salir de aquella si me llevaban a Ripperdastraat. Estaba bastante segura de que allí ni siquiera tenían una cárcel de verdad. La tensión de mi cuello y mi espalda remitió por unos instantes.

—*Vielen Dank* —le dije a Lages en alemán, tratando de transmitir mi gratitud.

Él me echó un vistazo con rostro inescrutable, y luego se dirigió a Freuler:

—Espérenme.

—Sí, señor.

Pómulos me agarró la parte de arriba del brazo como un cepo, rodeándola por completo. Un furgón negro ya esperaba al borde del canal. Esos putos furgones. Me llevó hasta allí, me empujó adentro y las puertas de acero se cerraron con un sonoro estrépito metálico. Me puse en pie con la ayuda de las manos y miré por la ranura de la ventanilla, pero solo podía ver una porción de lo que sucedía fuera. Pasaban soldados de un lado a otro, intentando parecer ocupados, y los oficiales hablaban entre ellos. Pómulos alardeaba sobre su captura de un miembro de la Resistencia. Todo el mundo estaba emocionado. Una ráfaga de viento procedente del canal levantó los bordes del ejemplar tirado de *De Waarheid*, y las páginas alzaron el vuelo, se separaron y flotaron por el aire del atardecer.

—*Fang es!* —ladró Lages, y los soldados echaron a correr, persiguiendo las hojas de papel a la deriva como niños detrás de los globos de una fiesta, desesperados pero entretenidos.

—Joder. —Uno tropezó con algo que había en el suelo y estuvo a punto de caerse al canal.

Mi bolso.

Le dio una patada hacia el agua. Respiré. «Mándalo al canal de una patada», le insté en silencio. Había visto a los soldados alemanes tirar montones de cosas a nuestros canales: bicicletas robadas, mochilas de estudiantes, los unos a los otros. «Mándalo al canal de una patada». Podían fusilarte por transportar periódicos de la Resistencia, lo sabía. Pero una pistola era mucho peor.

Por supuesto, podían fusilarte por cualquier cosa. O por nada.

«Para».

¿Qué es peor que ser fusilada? Se me revolvió el estómago y me obligué a rechazar la pregunta. En el RVV no hablábamos demasiado de tortura, pero sí lo suficiente para saberlo.

«Manda el bolso al canal de una patada. Patéalo».

El motor del furgón se encendió con un rugido, y las paredes de acero se estremecieron.

«Al canal de una patada. Por favor, por favor, por favor».

Agarré con la punta de los dedos el afilado filo de la ventanilla, el estrecho rectángulo de visión que se deslizaba conforme nos movíamos. El furgón se detuvo y vi que Lages volvía caminando a su puesto. Bien. «Retoma tu nivel normal de terror, cabronazo».

Entonces Lages se detuvo y miró al soldado que había tropezado.

—*Was ist das?* —preguntó.

—¿Señor?

Lages señaló el bolso que el hombre tenía a los pies.

—Llévese también eso —ordenó. El soldado recogió la bandolera—. Métalo en el furgón.

El soldado desapareció de mi línea de visión y oí que la puerta del copiloto del furgón se abría y luego se volvía a cerrar. El motor se puso en marcha de nuevo y avanzamos.

Fue entonces cuando por fin la vi. Estaba de pie apoyada en un edificio a una manzana del puente, contemplando toda la escena. Truus. Su cara exhausta y pecosa presentaba la desapasionada máscara de la Resistencia, pero para entonces yo conocía ese rostro mejor que el mío. Su expresión confirmaba lo que yo ya había sospechado. Me desplomé en el suelo del furgón, agarrándome a una juntura combada de la pared de metal mientras dábamos tumbos sobre adoquines, ladrillos y más puentes de camino al interrogatorio. Aquello estaba sucediendo de verdad. Me había pasado los últimos años imaginando que me pillaban con las manos en la masa, me delataban o me arrestaban, y había imaginado miles de maneras de negar las acusaciones, desviar la atención y efectuar una huida. Pero nunca había pensado que me prenderían por algo tan... insignificante. ¿Llevar *De Waarheid* en un control rutinario? Qué estúpida. Me forcé a respirar hondo, cerrar los ojos y reducirme a cero. A concentrarme. En el resto de Europa, los alemanes retrocedían, desesperados. No pasaría mucho tiempo antes de que eso sucediera allí. Podía aguantar.

Había cometido un error. Había caminado hasta un control como si supiera cómo se iban a desarrollar las cosas. Me había comportado con chulería, distraída, igual que Jan. En fin, mierda para Jan y mierda para mí.

Me habían pillado. Siempre había sido una posibilidad. Y sabía por qué.

—*De Waarheid* —susurré, para nadie.

La Verdad.

CUARTA PARTE

Las dunas

Marzo-abril, 1945
Haarlem, Ámsterdam, Bloemendaal

36

Llevo una hora sentada en este cuartito, dos horas, quizá solo diez minutos. Por lo menos ya no estoy en el furgón. Debemos de encontrarnos en el sótano, cerca de la sala de la caldera, porque oigo un siseo distante y unos golpes algo más cerca. Espero que sea una caldera.

Tres soldados me han traído aquí abajo, me han sentado en esta silla lisa metálica de cara a un escritorio de madera vacío con las manos esposadas a la espalda. Después dos de ellos se han ido y el otro sigue apostado junto a la puerta, con uno de esos largos fusiles apoyado en el hombro. Se está fumando un cigarrillo de liar y yo sigo con la mirada las volutas de humo que se elevan y desaparecen.

Me pregunto si Truus sabe dónde estoy. Podría suponer que estoy en Ámsterdam, en el cuartel general de las SS. Freddie lo averiguará. Descubrirán dónde estoy y… eso es todo. Siendo realistas, no van a sacarme de aquí de escondidas. Eso no pasa nunca.

Por otro lado, los aliados ya han llegado a Colonia; están en Alemania, por el amor de Dios. Se están haciendo planes para la posguerra. Si yo fuera alemana, me preocuparía más eso que la Resistencia neerlandesa. Pero ya no intento ponerme en su pellejo.

—*Heil Hitler* —dice el soldado, tirando su pitillo al suelo y saludando cuando se abre la puerta y por ella entra el oficial de las SS del puente, llevando una gruesa pila de documentos y ficheros de papel manila. Gorraza. Willy Lages.

—*Heil Hitler* —contesta, a la vez que avista el cigarrillo que todavía humea en el suelo de linóleo verde. Asiente, y el soldado lo recoge y sigue fumando. Se vuelve hacia mí y sonríe—. *Heil Hitler* —me saluda.

No respondo nada.

—*Ja, ja* —dice mientras deja los documentos encima de la mesa y se sienta al lado de ellos, mirándome con cara de curiosidad. Se le ve relajado, casi amable. Decido imitar su estado de ánimo.

—¿Puede ayudarme con estas? —pregunto, indicando las esposas a mi espalda.

Hace una pausa e interpreto su expresión. Sorpresa, desconfianza, perplejidad. Le hace una seña con la cabeza al soldado, que se acerca y abre las esposas.

—Gracias —digo. Con naturalidad. Me recoloco en la silla con un femenino cruce de piernas y trato de imaginarme que estoy mona, aunque sé que no es el caso. Todavía puedo actuar como si lo estuviera, de todas formas. La mitad de mi cabeza va acelerada por el pánico, y la otra mitad va frenada al máximo, tratando de tomar decisiones lógicas.

Lages se quita su enorme gorra, la deja en el escritorio y se pasa la mano por la calvicie incipiente. Rondará los cuarenta años. Su pelo moreno todavía cubre parte del cráneo, y las cejas también son oscuras. Hasta los ojos lo son, como botones negros. Su nariz termina en una punta curvada hacia abajo; tiene los dientes torcidos. No lo reclutaron por su apostura.

—Soy el SS-Sturmbahnführer Lages —dice, por si lo había olvidado. Les encanta recitar sus largos y estúpidos títulos. Se inclina hacia mí y me toca la mejilla. Su dedo frío me alza con delicadeza la barbilla para que lo mire—. Podemos ser amigos, ¿verdad? Puede llamarme Willy.

Quiero morderle la mano, romperle el brazo, matarlo a pisotones. Me quedo callada.

—Necesito hacerle unas preguntas. Y en cuanto acabemos con ellas, siempre que me diga la verdad, podremos seguir siendo amigos. A lo mejor hasta trabajar juntos, ¿eh?

—Claro —digo.

«Vete a la mierda», pienso.

—Bien —replica, y por un momento parece contento de verdad—. Pues bien, hemos registrado su bolso. Y hemos encontrado su carnet de identidad. —Lo sostiene en alto al decirlo.

Me encojo de hombros. A lo mejor un soldado raso ha registrado la bandolera y no le ha hablado a Lages de la pistola todavía. Esto llevaría un rumbo muy distinto si lo supiera.

—En su foto está bastante diferente de ahora.

Lo sé. No he tenido ocasión de sacarme una foto nueva con el pelo moreno. A pesar de que la imagen es en blanco y negro, es posible que los tonos de gris sugieran otra cosa. Lager saca una pitillera de plata de un bolsillo interior de su uniforme de lana y, con unos golpecitos, extrae un cigarrillo, que luego le pide por señas al soldado que le encienda. Da una larga calada y vuelve a apoyarse en el escritorio, relajado, mirándome sin más.

—Venga, vamos, *Schatz*. —Oh, vaya, ahora soy su «cariño»—. ¿Cuál es tu verdadero nombre?

Sonrío. ¿Mi verdadero nombre? Eso no tiene mucho que ver con el motivo de mi presencia allí, pero le dejaré que me siga llamando cariño. Me quedo callada.

—¿Qué es tan gracioso? —pregunta.

Permanezco callada. El soldado de la esquina carraspea. Mi silencio les resulta embarazoso.

—Basta que nos digas cómo te llamas, bonita —repite Lager, con voz algo más fría—. Es lo único que nos interesa.

—Johanna Elderkamp —contesto.

—¡No! —grita y da un palmetazo en la mesa. Doy un respingo. El soldado también—. Sabemos quién eres —dice, y se levanta y da los tres pasos que lo separan de mí.

Se inclina hasta pegar su cara a la mía, mejilla contra mejilla recién afeitada. Se ha lavado antes de venir a verme.

—No capturamos a muchas chicas de la Resistencia hoy en día —prosigue—. Ya no. Están en casa, cuidando de los bebés, cuidando a su madre y su padre. Pero tú no, ¿eh?

Sigo callada. Me miro las manos sobre el regazo, con los dedos entrelazados como en el juego que Annie y yo teníamos de pequeñas: «Aquí está la iglesia, aquí el campanario, abre las puertas y aquí está todo el…».

—Dime tu nombre —me grita a la cara, agarrándome los hombros. Aparto la vista. ¿Cuántas veces piensan escupirme hoy estos capullos? Me deja con un zarandeo y camina hasta la otra punta de la habitación para recomponerse. El soldado le enciende otro cigarrillo, y le da dos caladas profundas antes de volverse de nuevo hacia mí. No está sucumbiendo a mis encantos, pero tampoco me ha sacado nada de información.

Esa es mi única meta ahora mismo: no decir nada. No darles nada. Ni siquiera mi nombre.

—¿Te apetece algo de beber? —me pregunta, de nuevo con voz melosa—. ¿Un café? ¿Un té? ¿Un vaso de agua?

No respondo.

—Anton, dos cafés —le dice al soldado, que asiente y sale al pasillo.

—Veamos. —El oficial Lages se sienta de nuevo ante mí, apoyado en el escritorio. Tiene las esposas al lado, abiertas. Me pregunto… Me incorporo en la silla, pero no efectúo ningún movimiento súbito. Parece confiar en mí, sin motivo. Cruzo las piernas en la otra dirección. Estamos solos los dos. Me pica la punta de los dedos, y agarro el asiento de la silla, esperando antes de hacer ningún movimiento. Tengo que ser inteligente.

—Por fin solos —dice él. Por asqueroso que sea, Lages no es ni por asomo tan repugnante como muchos de los otros oficiales nazis con los que me he encontrado. Dudo que intente meterme mano por debajo de la falda, por ejemplo. Parece creer de verdad que compartimos alguna clase de conexión, que de algún modo le agradezco su interés en mí—. Ha sido una guerra larga, ¿sabes? Pensaba que a estas alturas estaría de vuelta en Braunschweig. Mi esposa también. —Alza la vista hacia mí—. Sí, estoy casado. ¿Sorprendida?

¿Por qué iba a sorprenderme? Todo hombre horrible encuentra alguna insensata que se casa con él, por lo que he podido ver. Guardo silencio.

—Era agente de policía antes de la guerra —dice, como si yo quisiera conocer más detalles de su vida—. Mis tres hermanos todavía trabajan en el oficio, como hacía mi padre. Trabajo duro. En la construcción. Yo, no. —Se da unos golpecitos en la sien, bajo su reluciente cráneo—. Tenía cerebro para ello. Quedé primero en los exámenes de la policía. Me hicieron oficial y luego me trajeron aquí.

—¿Le gusta estar aquí? —pregunto.

Asiente. Cuando hablo, se pone contento. Como si estuviera haciendo progresos.

—Está bien. Echo de menos mi casa, por supuesto. A mi esposa.

—¿Hijos?

Baja las cejas oscuras.

—No hemos tenido esa suerte. Todavía no.

Me imagino su vida familiar, solo con la señora Lages. Veo una habitación estrecha y silenciosa.

—Pero nunca se sabe —añade. Cuando sonríe está incluso más feo.

—Sí —digo. «Por favor, Dios, no traigas ningún niño a esa horrible habitación».

—¿Qué me dices de ti? —Me mira otra vez—. ¿No estás casada? ¿No tienes hijos?

Casi me río. ¿Yo, madre? Hace un año que no me viene la regla. Niego con la cabeza.

—¿Por qué no? —pregunta.

«Porque he estado demasiado ocupada intentando pegarle un tiro en la cabeza a todos los cabrones como tú, por eso. Porque cuando dedicas todo tu tiempo a odiar cosas, maldecir a personas y planear asesinatos no piensas en maneras de crear vida. Permaneces concentrada en maneras de ponerle fin. Porque nunca he tenido un novio de verdad, en mis veinticuatro años. Ni siquiera Jan Bonekamp».

Sacudo la cabeza, con la mirada en el suelo.

—La guerra —respondo—. Ya sabe.

—*Ja, ja.* —Asiente—. ¿Pero no ha habido romances de guerra? ¿Una muchacha joven como tú? —A lo mejor cree que todavía soy una adolescente. A la gente le pasa a menudo.

Niego con la cabeza. Como si fuese a compartir un solo detalle de mi vida real con él.

Se abre la puerta y entra Anton con una bandeja de metal. La deja en el escritorio.

—Yo lo tomo con dos de azúcar y crema —dice Lager. Es como una frase de una película; no tiene nada que ver con la realidad. Ya no queda azúcar ni crema líquida en ninguna parte—. ¿Tú?

—Tres de azúcar y crema —respondo, como si pidiera mi diadema de diamantes. Luego observo atónita cómo Anton se vuelve hacia la bandeja y sus decantadores para preparar nuestras tacitas de café con sus respectivos terrones de azúcar y un chorro generoso de algo que, en efecto, parece crema o por lo menos leche. Asombroso. Se me llena la boca de saliva, como a un perro muerto de hambre. Lager me pasa la taza y, cuando saboreo el café dulce y cremoso, siento como si me hubieran inyectado una especie de droga milagrosa. El placer de los sabores y las texturas me recorre el cuerpo en ondas de placer. Café de verdad, azúcar de verdad, crema de verdad. A lo mejor no le habían dado a Jan el «suero de la verdad». Quizá fuera solo café con crema.

Pero podría estar envenenado. Paro de beber.

Lages se toma el suyo y no pasa nada. Apuro el mío también. No me han envenenado; Lages todavía necesita algo de mí.

—Estos pequeños placeres, ¿eh? Incluso aquí abajo. —Señala las cuatro paredes que nos rodean. Fijarse en ellas parece recordarle la tarea que tiene entre manos—. Pues bien. Sabemos que eres una chica de la Resistencia, porque repartes esos periódicos clandestinos.

No digo nada.

—Da lo mismo —prosigue—. A lo que voy es a que ya sabemos unas cuantas cosas el uno del otro, así que deja que te explique algo. ¿Qué estamos, a marzo? Casi primavera. Soy un hombre ocupado, no puedo pasarme horas interrogando a todas las chicas guapas que traemos. ¿De qué serviría? Tenemos terroristas de los que preocuparnos. Pero a veces una chica como tú puede ayudarnos con los criminales de verdad. Anton lo sabe...

Mira al centinela, que asiente.

—Este puede ser un arreglo útil para los dos —continúa—. Una chica como tú nos proporciona un poco de información sobre las cosas que sabe: nombres, direcciones, tal vez algún plan que otro sobre el que hayas oído hablar, hasta rumores. Aceptamos los rumores. Si nos ayudas con eso, yo te ayudaré a salir de aquí. Ninguno de tus amiguitos de la Resistencia sabrá nunca que has hablado. Tú vuelves a tu mundo, y yo al mío. Y juntos ayudamos a librar a este pequeño país de su elemento criminal, ¿eh? Juntos.

No digo nada. Pero me alivia que por fin vaya al grano. Los preliminares me estaban volviendo loca.

—¿Anton? —Le hace un gesto con la cabeza, y el guardia sale de la habitación. Todos mis músculos se tensan. Me he preparado hace mucho para la posibilidad de una violación. Pero Anton solo sale fuera un momento y, cuando regresa, lo hace con mi bandolera. Es obvio que dentro todavía quedan unas cuantas cosas. La deja en la mesa, donde emite un ruido sordo pero contundente. Y yo que pensaba que estos cabrones eran concienzudos. La combinación del café, el azúcar y el conocimiento de que mi fiel pistola está a apenas unos centímetros de distancia me revive. La emoción de una posibilidad me recorre la columna, como un animal salvaje que planeara escapar de la jaula. Los dedos me arden de ganas de tocar el arma.

—Anton sabe cómo lo hacemos —prosigue Lages—. No son muchas preguntas, solo unas pocas, y todos contentos. ¿Podemos estar de acuerdo en eso, *Schatz*? —Me sonríe.

«Claro, cariño». Lo miro con expresión neutral. No hostil, solo impertérrita. Si Anton sale de la habitación una vez más, puedo hacerlo. Coger la pistola, disparar a Lages y salir a tiros del edificio. Sé que puedo.

—¿Te has acabado el café?

—Gracias —digo. Mientras le entrego mi delicado conjunto de taza y platito de loza fina, me agarra de la muñeca y la retuerce. La porcelana sale volando y se hace añicos contra el suelo con un tintineo cristalino. Anton está quieto como una estatua. Ha visto eso antes.

Lages se inclina hacia mí y me susurra al oído.

—Hemos encontrado la pistola.

«Maldición».

Se pone en pie, mete la mano en el bolso y la saca. Mi pistola. El choque de su dura culata metálica contra la mesa de madera es el primer sonido familiar que escucho desde hace horas. Tan pequeña y baqueteada que parece un juguete infantil. Da lo mismo. Esa pistola ha matado a media docena de nazis. Puede matar a más.

—Tu. Nombre —dice Lages, casi arrancándome la piel de la muñeca con la fuerza que hace. Su voz ya no transmite amabilidad ni calma. Es un mandato grave y llano.

No respondo.

—Dime tu puto nombre.

Tiene la cara tan cerca de la mía que me giro para evitar tocársela con los labios. Aprieta la mejilla contra la mía y me retuerce la muñeca con más fuerza. Siento que una blanda fibra de músculo del brazo izquierdo se desgaja y salta como una descarga eléctrica bajo su mano, y empiezo a notar un hormigueo en los dedos. Aprieto la mandíbula y cierro los ojos. No digas nada. Me lagrimean los ojos.

—Anton —ordena él. El guardia le releva agarrando mi dolorida muñeca y me dobla el brazo para colocarla a mi espalda y esposarla a la otra. Después me las sitúan ambas debajo de tal modo que acabo sentada sobre mis manos esposadas y tengo que encorvarme para no dislocarme los brazos. Aunque sospecho que ya es tarde para el izquierdo.

Los dos se plantan por encima de mí.

—Sujétala así —ordena Lages. Anton me pone las manos en los hombros, apretándome contra la silla desde atrás, y entonces Lages me agarra por la oreja y me obliga a mirar a sus ojos oscuros.

—Dime tu puto nombre.

—Elderkamp —respondo entre dientes. Me da una bofetada en toda la cara. Es lo primero que tiene sentido desde que hemos entrado en esta sala. Así es como se supone que tienen que suceder las cosas, tal y como las había imaginado: yo le planto cara y él me pega. Eso lo entiendo.

Me agarra un puñado de pelo y se prepara para golpearme de nuevo. Luego hace un alto.

—Mírame —dice.

Lo miro de lado y hacia arriba. No me da miedo mirarlo a sus ojos de comadreja. «Que te jodan».

Me pasa un pulgar sudoroso por la mejilla y lo levanta embadurnado de rímel. Lo frota contra mi ojo y yo lo cierro; me aplasta el párpado con el dedo.

—Mira esto —le dice a Anton, con el pulgar manchado de negro en alto.

—*Die Hure* —comenta Anton. «Puta».

—Sí —coincide Lages—, pero no es solo el maquillaje. Mira.

Con Anton todavía sujetándome, noto que Lages me agarra el cráneo con sus largos dedos y, por un momento, me hace gracia. ¿Acaso este idiota piensa que me lo puede aplastar con las manos desnudas?

Pero no es eso lo que pretende.

—Mira esto —dice, obligándome a bajar la cabeza hasta las rodillas de tal modo que me quedo mirando el linóleo, mientras me separa y peina el pelo con los dedos como si fuese una maestra brusca buscando piojos. Sigue durante un rato, separando mechones de pelo a tirones—. Está teñida —confirma—. Tinte negro.

—*Die Hure* —repite Anton.

«Los hombres como vosotros necesitan putas».

—Más que eso —dice Lages, con la voz de repente aguda, casi atolondrada—. Va disfrazada. Y mira. —Con un tirón brusco me arranca un mechón de pelo de la raíz y me estremezco, pensando en el retazo de carne sanguinolenta que se habrá llevado con él. Me duele el cuero cabelludo, una sensación nauseabunda que es a la vez húmeda y ardiente—. ¿Ves esto? ¿Lo ves? —Lages da un paso atrás para sostener su trofeo a la luz.

Tanto Anton como yo seguimos su mirada, perplejos.

El oficial Lages acerca el pelo a luz y desprende escamas del tinte negro barato con la uña. La expresión de su cara es beatífica, iluminada. Camina hasta sus papeles, deja el mechón de pelo en la mesa y hojea las páginas de anotaciones burocráticas, encabezadas todas por nítidas esvásticas negras como un ejército de arañas. Lee algo, luego me mira otra vez como si quisiera comprobar un detalle y después sigue leyendo. Anton me sujeta por los hombros. Al final, Lages vuelve a levantar el mechón de pelo. Lo acaricia, peinándolo con sus dedos huesudos mientras sonríe.

—¿Sabes a quién tenemos aquí, Anton? —dice, mientras ensancha su mueca hasta formar una complacida sonrisa de dientes grises—. Esta, creo, es *das Mädchen mit den roten Haaren*.

La joven del pelo rojo.

—*Lieber Gott!* —El pasmo de Anton es sincero.

Lages se ríe y le da una palmada en la espalda.

—¡Acabas de servirle un café a la joven del pelo rojo, *mein Lieber Junge*!

Después me mira como si fuera una cerda premiada que hubiera criado para la feria, sosteniendo el mechón de pelo como una cinta azul de ganadora. Casi parece agradecido; feliz.

—¿Sabes que fue Herr Führer en persona quien emitió el comunicado sobre ti? —dice, radiante. Como si debiera sentirme honrada. Y la verdad es que es un honor haber contribuido de cualquier manera a hacer que los días malditos de Hitler sean un poco más molestos—. Nos dice que eres un mal ejemplo para las mujeres de todas partes.

Sonrío.

—Pues bien, joven del pelo rojo —prosigue—. Dime cómo te llamas.

Siento un reguero de algo frío sobre la ceja. Sangre.

—Johanna Elderkamp —respondo.

Me espero un guantazo en la cara, pero Lages se limita a reír.

—No, mi pequeña puta de la Resistencia —dice—. Te llamas Hannie Schaft.

Solo tengo un pensamiento: «Que te jodan, Jan Bonekamp». Todas las veces que me he imaginado este interrogatorio y lo he ensayado en mi cabeza, no he dicho nada, no he revelado ningún nombre. Y eso es lo que haré. Me cago en todo. Sí, me llamo Hannie Schaft, pero eso puedo negárselo.

—Esto es…, esto es… —Parece sinceramente abrumado por la alegría. No puedo ser la primera pieza que se ha cobrado, pero cualquiera lo diría—. Este es un gran día para el Reich —dice, y mira de reojo a su esbirro—. Y para ti, Anton. Mencionaré tu nombre en el informe.

—Señor —dice el guardia, sonriente.

Sostengo la mirada de Lages, intentando llegar al fondo de la oscuridad de sus ojos, sin conseguirlo.

—De esto no nos olvidaremos, ¿eh, Hannie Schaft?

Se me acerca otra vez y siento sus finos labios fruncidos sobre mi mejilla. Estrello mi cráneo contra el suyo y él retrocede dando un traspié, lagrimeando y riendo.

—Nunca te han besado, ¿eh? —Me mira con compasión—. No me sorprende. No es tan guapa como la pintan, ¿verdad?

Anton se ríe.

—No te pongas triste, preciosa —prosigue Lages—. Todos somos un poco más feos de un tiempo a esta parte.

Le escupo, pero es patético; tengo la boca seca como el polvo. Él se ríe y devuelve su atención al papeleo; escribe unas notas en un formulario y lo firma con un floreo. Después se vuelve hacia mí.

—Anton te acompañará. —Mira el reloj y sacude la cabeza—. Espero ansioso el momento de hablar contigo mañana, *Schatz*. A lo mejor entonces recibo ese beso.

—*Varken* —le espeto. «Cerdo». Quizá no conozca la palabra neerlandesa.

Arruga la frente. Mi pistola sigue en la mesa. Me lanzo hacia ella y Anton me agarra del cuello de la blusa, me tira al suelo y me inmoviliza allí con una rodilla en la espalda.

—Llévatela —le dice Lages a Anton—. Mantenla esposada y no hagas ninguna tontería.

—*Ja* —dice Anton—. ¿Tercera planta?

—No —responde Lages mientras ordena los papeles y vuelve a guardarlos en un sobre de papel marrón con su inevitable esvástica negra estampada, que también entrega al guardia.

—Amstelveenseweg —dice—. Ámsterdam.

37

Nunca he creído en el destino, pero la sensación que tengo en la parte de atrás de este furgón se parece a una atracción gravitatoria hacia mi sino. De algún modo, sabía que al final acabaría en la prisión de Amstelveenseweg.

Todos lo sabíamos. La prisión de Amstelveenseweg es una casa del terror, o eso tenemos entendido los miembros de la Resistencia, los judíos y los ciudadanos de a pie. Salas de tortura, interrogadores adiestrados en extraernos información con métodos demasiado espantosos para contemplarlos. Yo los he contemplado, por supuesto. Cuerpos contorsionados durante horas o días hasta que la sangre deja de circular. Palizas. Quemaduras con cigarrillos. Y todos los instrumentos medievales de tortura que una pueda imaginar.

Me pregunto qué estará haciendo Truus. ¿Sabe dónde estoy? ¿Creen que hablaré?

No lo haré.

El furgón por fin se detiene. Estamos en mitad de la noche, parados al ralentí en alguna clase de control de carretera. Oigo las voces apagadas del conductor y alguien más, pero no distingo lo que dicen. Luego el furgón da media vuelta y recorremos un par de manzanas más. Entonces vuelve a parar. La noche es oscura como boca de lobo, a excepción de una lámpara solitaria que cuelga encima de una puerta frente a mí, cuando me sacan del furgón, todavía esposada. El edificio es mucho más grande de lo que me esperaba.

—Muévete —ordena Anton, que me empuja hacia la luz. Llegamos ante un soldado que monta guardia delante de las puertas metálicas. Parece una fortaleza medieval con sus altos muros de piedra gris.

—¿Es ella? —Un soldado me mira de arriba abajo—. Pero tiene el pelo moreno —dice, decepcionado.

—Va teñida —explica Anton con chulería, como si fuese él quien lo ha descubierto—. Es una puta disfrazada.

—La veo muy pequeña —comenta el otro.

Anton se encoge de hombros.

—Tenía una pistola.

Por lo que sé, mi pequeña pistola sigue tirada en aquella mesa de madera de la sala de interrogatorios de Haarlem. Me siento como si hubiera dejado atrás una extremidad.

—Los guardias se ocuparán de ella —dice el otro, y Anton me empuja hacia delante, a los brazos de dos soldados recién llegados. Antes de que se me lleven, Anton me da un golpecito en el hombro.

—¿Un besito, *Mädchen mit den roten Haar*? —pregunta con una sonrisa.

—Vete a la mierda.

Todos los soldados se ríen.

Me llevan por un laberinto de pasillos fríos y escaleras hacia arriba; doblamos esquinas, más escaleras y, por fin, una especie de pasarela que desemboca en una espaciosa tiniebla que debe de ser el atrio central de la cárcel. Espero a que el guardia abra mi celda. Su llavero tintinea en el silencio de la noche, pero no diría que reina la paz. De la oscuridad central llega una corriente húmeda que me hace estremecerme. No recuerdo la última vez que comí. Los guardias me agarran más fuerte, como si intentara escapar. Pero no; no tendría sentido.

—Linterna —dice el soldado de las llaves, y uno de los otros se la pasa. La enciende, y un pequeño círculo de luz nos ilumina a los cuatro en la penumbra. Gruesas paredes de piedra gris negruzca a un lado, una barandilla de acero en el otro. La celda no está limitada por barrotes sino empotrada en los mismos bloques ciclópeos de piedra. Una puerta metálica es la única vía de entrada y salida. La única manera de ver el interior es un ventanuco situado en la parte más alta de la puerta, por encima de mi cabeza. El guardia enfoca con la linterna el exterior, y veo algo más: una pizarra de colegial colgada de un gancho. En ella está garabateada una palabra con la misma tipografía germánica medieval que usan para los carteles de «Prohibida la entrada a judíos»: *Mörderin*.

«Asesina».

Me enorgullezco. Me estaban esperando.

Me meten a empujones en la celda y se toman su tiempo para quitarme las esposas. El cuartito tiene más o menos el mismo tamaño que la parte trasera del furgón. No hay más ventana que la que da al pasillo. Un camastro de metal con una manta de lana apolillada y un cubo de metal en una esquina. Esta celda es un simple moridero.

Los guardias se han callado. Este sitio es demasiado lúgubre para el habitual cachondeo que impide que se vuelvan locos en un lugar como este. Me dejan en el centro de la celda y echan el cerrojo nada más salir, sin mediar palabra.

Espero de pie a que mis ojos se acostumbren a esta negrura. Entretanto, toman las riendas mis oídos, que hacen un barrido de los alrededores en busca de sonidos. Lo oigo todo: un goteo de agua en el pasillo, un correteo de ratas o ratones contra las piedras, el fuelle de mis pulmones al respirar, una voz de mujer.

—¿La joven del pelo rojo?

Me quedó callada, preguntándome si he imaginado el susurro. Luego lo vuelvo a oír; más alto.

—¿Eres tú?

—¿Quién habla? —replico también susurrando.

—Una amiga —dice—. *Verzet*.

«Resistencia».

Me acerco a la puerta.

—No —dice al oír mis pasos—. Por aquí. En el suelo, junto a la pared. Escucha de dónde viene mi voz.

Lo hago y la sigo hasta el camastro de metal. Lo aparto y noto una corriente de aire cerca del suelo, donde un agujero rectangular del tamaño de un paquete de tabaco proporciona un conducto de aire entre celdas. Es un desagüe. Ahora la oigo.

—Estoy aquí —digo, deseando tener un cigarrillo.

—Hemos visto el cartel de tu puerta —explica la voz, queda pero emocionada—. La gente ha empezado a hablar. ¿De verdad eres tú? ¿Hannie Schaft?

Después de años en la Resistencia, todavía me asombra el poder del rumor, la fuerza imparable del chismorreo y su capacidad para colarse en todas partes, incluso a través de los muros de una prisión. Solo hace unas horas que Lages me arrancó los pelos rojos en Haarlem, pero esa es la velocidad a la que viajan los rumores. Ha llegado aquí antes que yo. No sé quién es esta mujer, y es bien posible que se trate de una espía, una compañera de cárcel falsa que quiere tirarme de la lengua, pero da lo mismo.

No pienso hablar con nadie. Lo tengo planeado. Cómo sustraerme hasta no dejar nada que rascar. He empezado a hacerlo en el puente y ahora pienso seguir. Ya no soy la joven del pelo rojo ni Hannie Schaft, ni siquiera Johanna Elderkamp. Soy otra

Mörderin cualquiera y estoy aquí para afrontar mi destino con el resto de supuestas asesinas.

—¿Lo eres? —pregunta la voz de nuevo.

—¿Por qué estás tú aquí? —susurro. La única manera de no desvelar nada de mí misma es no desvelar nada de mí misma. Ni siquiera a esta prisionera anónima.

—Soy médico —me contesta, y añade—: Trataba a judíos.

—Oh.

—¿Te han hecho daño? —pregunta—. ¿Te han torturado?

—Estoy bien —aseguro. Intento mover el brazo izquierdo y hago una mueca por el dolor que lo recorre desde el hombro hasta la muñeca. Meto la mano en la cinturilla de la falda para impedir que se mueva. Me sigue doliendo. Tengo las muñecas ensangrentadas por culpa de las esposas y la presión de sentarme sobre ellas.

—¿Qué te han hecho?

—Nada —digo—. Me han hecho unas preguntas, nada más.

—¿No te han torturado?

No quiero hablar del tema.

—Me han retorcido el brazo bastante fuerte y me han hecho sentarme encima de las manos. No lo llamaría tortura. —Si no lo reconozco como tortura ni lo temo como tal, será solo un incordio que tengo que soportar.

—¡Oh! —Un grito ahogado procedente de la otra celda—. Debes de tenerlos preocupados.

—¿A qué te refieres?

—Por eso lo hacen —explica ella—. Así, si escapas, pueden darle el cojín del asiento a los sabuesos, para que te encuentren por el olor.

Me desplomo en el camastro y tuerzo la muñeca para estirarla. No quiero ni pensar en cómo huelo. Cierro los ojos y me concentro en calmar mis pensamientos. No voy a escaparme.

—Ah —respondo.

—Tania —dice ella—. Me llamo Tania Rusman.

—Puedes llamarme M.

—¿Solo M?

—*Mörderin.* —Sonrío para mis adentros. Hasta en la sala de interrogatorios del sótano del cuartel general del SD en Haarlem están preocupados por mi fuga. Incluso aquí, en esta fortaleza de piedra, los pongo nerviosos. Bien. Venir aquí me lo ha dejado mucho más claro de lo que lo había tenido nunca. Aprieto la muñeca que Truus hizo con un pañuelo y que llevo enterrada en el bolsillo, mi amuleto de la buena suerte.

Me tienen miedo.

38

Llevo unos días en esta celda. Veo pasar la luz del sol por encima del muro de piedra que hay delante del ventanuco de mi puerta, de manera que, aunque dentro siempre esté oscuro, sé si es de día o de noche.

Estoy sorprendida. Pensaba que tendrían prisa por interrogarme, dada la velocidad a la que avanzan los últimos compases de esta guerra. Sin embargo, aquí todos los guardias todavía parecen creer que Alemania está más fuerte que nunca. La Sociedad de Radiodifusión del Reich de Hitler no informa sobre las victorias aliadas.

Hablé del tema con mi vecina, Tania la doctora, el segundo día que pasé aquí.

—Ya han perdido, ¿sabes?

—¿Quiénes? —preguntó ella.

—Los alemanes. Los aliados han llegado a Alemania.

Guardé silencio durante unos instantes.

—Entonces ¿por qué todavía estamos aquí?

—Supongo que están esperando a que sea oficial. Que se firmen los tratados.

—¿Eso lo sabe todo el mundo?

Era una buena pregunta. El chasco de la falsa liberación aliada del septiembre pasado todavía estaba fresco dentro de todo neerlandés. No queríamos exponernos a semejante revés una vez más. Y, aun así, las noticias que llegaban por Radio Oranje y por todas las fuentes de la Resistencia eran un caudal continuo de derrotas alemanas y soldados en retirada.

—El Ejército Rojo marcha hacia Berlín —le dije a Tania—. Churchill, Roosevelt y Stalin ya han decidido cómo se dividirán Europa cuando esto acabe.

—¿De verdad?

—Sí —repuse. En circunstancias normales intentaba no infundir esperanzas a nadie sobre el esfuerzo bélico, y a mí menos que a nadie, pero quería ofrecerle algo a aquella mujer sufriente—. ¿Cuánto tiempo llevas aquí? —susurré.

—Más de un año.

Intenté imaginármelo. No pude.

—Se acerca el final —dije, tratando de creerlo. La esperanza podía resultar útil ahí dentro—. La cuestión es cuándo.

—Bueno, aquí dentro no lo sabe nadie —replicó ella—. En este sitio, todo va siempre a peor.

Aparte de la falta de luz de mi celda, el espacio en sí es inmundo. Huele a sudor y excrementos humanos, y el suelo y las paredes están recubiertos de una película granulosa que siempre parece ligeramente húmeda. La tos que tenía al llegar está empeorando. Cada vez que respiro, sé que estoy inhalando el veneno de este lugar. Intento no arañarme con nada oxidado. Los tosidos y estornudos de las demás prisioneras me hacen saber que no estoy sola en la enfermedad. De manera que esta es mi estrategia: ganar tiempo, ganar tiempo y ganar tiempo, devorar el tiempo hasta que sea demasiado tarde, lleguen los aliados y liberen el país, la ciudad y esta puta cárcel. Será el día menos pensado. Solo pido no morir de tisis antes de que termine la guerra.

39

No he dado más de unos pocos pasos consecutivos desde que me arrastraron a la celda hace cuatro días, de modo que el trayecto hasta la sala de interrogatorios me resulta complicado, incluso con la ayuda de un guardia a cada lado. Pero es mi primera oportunidad de ver la cárcel a la luz del día, de manera que, mientras avanzamos, intento fijarme en todo.

Entonces es cuando empiezan los susurros. Las cabezas que se vuelven y el arrastrarse de pies.

«Hannie. Hannie».

Los ojos de centenares de mujeres, que me observan desde todos los ángulos. Siento su mirada colectiva en mí como si caminara por un tramo de sol en un día de invierno.

«Hannie. *Het meisje met het rode haar*».

La joven del pelo rojo.

La arrugada reclusa morena alza el puño desde su celda.

—*Verzet*.

Pienso hacerlo.

Es un alivio que me depositen en una dura silla de madera en este cuartucho desagradable. Después de mi celda oscura, cualquier cambio es a mejor. Estamos en una oficina con un escritorio, una librería y unos cuantos elementos enmarcados en las paredes. Una especie de proclama nazi con una *Reichsadler*, el águila nazi, estampada en dorado; un sentimental paisaje alpino con montañas, abetos y nieve; un retrato de familia: marido, mujer, un niño pequeño, todos mirando a cámara sin tener ni idea de lo que les depara el futuro. Ninguno lo sabemos nunca.

—*Heil Hitler* —dice una voz a mi espalda.

Los dos soldados que están a mi lado saludan.

El hombre rodea la silla para mirarme.

—Bah. —Se apoya en el escritorio y me examina visualmente de la cabeza a los pies, como podría inspeccionar mi madre un pescado en el mercado antes de comprarlo—. No es lo que me esperaba.

Casi me río. Es un hombre de treinta y tantos años, con un pelo rubio, unos ojos azules y un mentón fuerte que le confieren la apariencia de un anodino hombre de negocios en un anuncio de maletines.

—Me llamo Emil Rühl, oficial del Sicherheitsdienst —se presenta. Es alemán—. ¿Quién eres tú?

Miro al suelo.

—Hannie Schaft, ¿no? —Sonríe como si se estuviera reuniendo con una vieja amiga—. Ya las has oído ahí fuera; todas lo saben.

Guardo silencio.

—Venga, Hannie. No hace falta seguir con este juego. Se acabó. Puedes relajarte. Y estoy seguro de que necesitas un descanso, porque has estado muy ocupada. —Hace un alto—. Por lo menos, eso es lo que me contó tu novio, Jan Bonekamp.

Un acceso de náusea destruye mi compostura y me doblo por la mitad, para vomitar. No quiero que me vean reaccionar a nada, pero detener esto escapa a mi poder. Tengo el estómago vacío, de manera que toso, hago una arcada y aprovecho la oportunidad para escupir en el suelo.

Rühl hace una mueca, da un paso atrás y continúa:

—Supongo que es más preciso decir que habló con la enfermera. Lo habías oído, ¿no? Bonekamp no quería hablar con nosotros, no hasta que le llevamos una enfermera que se hizo pasar por ti.

Trago saliva con fuerza.

—No se te parecía mucho, porque no es fácil encontrar a una enfermera pelirroja con tan poca antelación, pero eso a Bonekamp no pareció importarle. A lo mejor no veía demasiado bien a esas alturas. Es posible; estaba muy malherido. Pero en cuanto empezó a oír tus, o mejor dicho sus, preguntas, nos lo contó todo. —Me miró desde arriba—. ¿Lo sabías?

Aprieto los dientes. Duele el doble viniendo de Rühl.

—Tranquila, no pasa nada. Oírlo no puede ser fácil. —Se inclina hacia delante—. Perdona, pero esto tengo que verlo con mis propios ojos.

Tengo las manos esposadas a la espalda, y me quedo inmóvil mientras él inspecciona el nacimiento de mi melena y me arranca unos cuantos pelos. Con delicadeza, no como Lages. Los sostiene a la luz.

—Encended otra luz —les ordena a los soldados que montan guardia a mi lado.

—No hay más luces, señor.

Se inclina hacia la lamparita del escritorio para ver mejor.

—Maldita sea. ¿De quién es esta mierda de oficina, si puede saberse?

—¿Señor?

—Sacadla afuera.

Los soldados me levantan por los brazos y me llevan a pulso hasta la pasarela, a la vista de las celdas. Todas las presas se vuelven para mirar. El atrio central está cubierto por una cúpula con tragaluces, de manera que entra mucha luz natural. Los guardias tienden mi cuerpo sobre la barandilla para que le dé el sol en una incómoda maniobra, y Rühl intenta examinarme el cuero cabelludo sin perder del todo la dignidad. Yo pataleo y sacudo la cabeza para ponerle las cosas difíciles, y las presas empiezan a reír. Primero, solo unas pocas, pero luego el sonido se extiende como la pólvora hasta que la cárcel entera se llena del sonido oscuro y salvaje de unas carcajadas amargas. Carcajadas de mujer.

Rühl se pone rojo. Lo sé porque está justo a mi lado. Me mira con cara de pocos amigos y luego retrocede y se endereza. Los guardias me bajan de la barandilla. Las mujeres vitorean.

—Lavadla —les dice a los guardias—. Quitadle ese tinte del pelo. Luego me la traéis otra vez.

Gira sobre sus talones y desaparece por el pasillo interior mientras las mujeres no paran de gritarle. Cuando se va, los vítores cambian.

Ahora entonan mi nombre.

«Hannie».

«Hannie».

«Hannie».

Aunque estoy agotada, una corriente de alegría recorre mi cuerpo. Por fin he llegado al único sitio donde la Resistencia supera en número a los nazis y sus miserables colaboradores.

Amo a estas mujeres. Y siento su amor por mí.

40

Estos últimos días han sido difíciles.

Me lavaron el pelo, lo que supuso llevarme a una espaciosa zona alicatada de duchas. Allí había unas trabajadoras que me contemplaron con recelo y hasta miedo, susurrando a mi paso. Pero me dejaron en paz y pude desvestirme y lavarme sola. Me coloqué bajo el chorro de agua helada y dejé que me empapase, temblando, viendo cómo las liendres desaparecían por el desagüe. Me habían dado alguna clase de disolvente para que me lo pusiera. El producto se llevó el negro por delante y me quemó la piel, tanto que me dejó verdugones rojos en el nacimiento del pelo, el cuero cabelludo y los hombros. Pero el tinte se fue y para mí fue un alivio. Nunca había llegado a sentirme yo misma con ese color.

Me llevaron a una celda diferente. Confinamiento solitario en una parte más tranquila de la cárcel. Es igual de asquerosa. Una minúscula ranura a modo de ventana interior y, por lo demás, una oscuridad absoluta. Al principio no me importó; estaba tan exhausta que lo único que hice fue dormir. No tengo ni idea de durante cuánto tiempo. Me desperté temblando de frío y aporreé la puerta pidiendo una manta. No vino nadie. No tenía a Tania para charlar.

Luego apareció alguien, tiró adentro una manta y me dijo que volverían a por mí al cabo de una hora para el siguiente interrogatorio.

Transcurrió otro día.

Traen comida dos veces al día: una especie de sopa de patata aguada y un pan tan harinoso que se desmigaja en cuanto lo toco. Me lo como todo. Necesito reponer fuerzas.

Alguien vino y me dijo que regresarían al cabo de seis horas para llevarme al interrogatorio. Después volvieron a los diez minutos y me dijeron que nos íbamos ya.

Si se creen que van a hundirme desorientándome con el tiempo, pueden esperar sentados.

En esta ocasión me llevan a una sala distinta, no el acogedor despacho de la otra vez. Esto es un gran almacén situado en el sótano, con suelos y paredes pelados, una mesa y unas pocas sillas sin cojín. Unas bombillas enjauladas cuelgan de las vigas del techo. En el centro de la sala el suelo forma una leve pendiente que termina en un gigantesco desagüe.

Emil Rühl me espera sentado a la mesa, sonriendo.

—Mucho mejor con el pelo rojo —comenta mientras camina hacia mí. Yo estoy de pie y con las manos esposadas a la espalda. Se detiene a unos centímetros de mi cara—. Vale, empecemos por tu nombre.

Guardo silencio.

Rühl sonríe. Se vuelve hacia los guardias que hay en la sala como si quisiera hacer una broma y luego invierte el giro de golpe y me da una bofetada en la cara. Lleva guantes de cuero.

—Nombre, por favor.

Me quedo callada. Me da otro bofetón. En la otra mejilla.

—Nombre.

Silencio.

—Te das cuenta de que sabemos tu nombre porque tu amante, Jan Bonekamp, nos lo dijo, ¿no? Aun así, necesitamos que lo digas tú.

No digo nada.

¡Plaf!

—Nombre.

Silencio.

¡Plaf!

Insiste hasta que mi cara pierde la sensibilidad. Noto sabor a sangre en la boca. Casi sabe a comida; la saboreo.

Irritado, Rühl camina hasta la pared y le da un manotazo.

—Aquí —les dice a los guardias—, traedla aquí.

Me llevan hasta donde indica y él me empotra la cara contra el punto de la pared que ha elegido, que queda unos centímetros por debajo de mi nariz. Doblo un poco las rodillas para hacer contacto.

—Listo —señala. Se vuelve hacia los guardias—. Haced que se quede así, pegada a la pared, hasta que os diga su nombre. Y cuando lo haga, id a buscarme. —Cierra de un portazo al marcharse.

En cuanto lo hace, me enderezo e intento estirar la espalda. Un guardia me vuelve a colocar en la misma posición a la fuerza y me obliga a flexionar las rodillas.

—Ya lo has oído —indica—. Quédate así.

De modo que así me quedo, o lo intento, durante horas. Los músculos de los muslos empiezan a quemarme y luego se me agarrotan. Se me duermen los pies. Empiezo a sufrir espasmos en los músculos de la espalda. Y lo peor es que es una puta estupidez. Pegarme la nariz a la pared como a una colegiala traviesa. Esa furia me ayuda a aguantar durante otra hora o así. Los guardias se aburren, aunque se relevan de vez en cuando. En un momento dado me despierto después de haberme desmayado y caído al suelo. Me levantan de un tirón y me vuelven a poner en el sitio. Al final, tras lo que se me antojan días, aunque deben de haber sido horas, me devuelven a rastras a mi celda solitaria.

Les reconozco el mérito de haber encontrado un método de tortura que no deja cicatrices visibles. Esto irá a peor.

41

Abril de 1945

Hoy he tenido visita.

Los guardias me dejaron en paz por una noche. Me quedé tumbada en el camastro del suelo y me hice un masaje en las piernas a la vez que intentaba estirar todos los músculos de la espalda y el cuello. Me sentía como si me hubieran retorcido el cuerpo en un torno de banco. Al cabo de un rato se abrió la puerta, entraron dos guardias y me levantaron del suelo a la fuerza.

—Puedo caminar —dije, apartándoles las manos. Se encogieron, sorprendidos. Hacía días que no hablaba. Y me dejaron caminar por la cárcel sin ayuda.

Sucedió lo mismo que la otra vez. En cuanto salí de la celda, los susurros recorrieron la prisión como el agua cuando encuentra un camino pendiente abajo. En cuestión de minutos, el atrio se llenó de voces que gritaban: «Hannie. Hannie. Hannie». Las mujeres golpeaban los barrotes de sus celdas con las tazas y cualquier objeto de metal que pudieran encontrar. Armaban tanto ruido que me daban ganas de taparme las orejas, pero me limité a sonreír y permanecer en silencio. Eso hizo que las mujeres gritaran más fuerte todavía. Sentí un fugaz asomo de alegría, imaginando cómo debían de odiar aquello los alemanes.

Me acompañaron hasta una habitación oscura con una hilera de mesas al fondo. Había tres muchachas pegadas a la pared, de cara a las mesas, con pinta de estar asustadas y pasándolo mal. Al verme, algo destelló en sus ojos. Se miraron entre ellas y, sin hablar, parecieron confirmar mi identidad. Cuando los guardias me pusieron en fila junto a ellas, sonrieron y se hicieron a un lado para dejarme sitio. Medíamos todas más o menos lo mismo. Dos chicas tenían el pelo castaño, y una era rubia. Eran presas; lo notaba por lo delgadas que estaban y lo sucias que iban. La morena que tenía al lado extendió los dedos y tocó los míos. Solidaridad.

Entonces se abrió la puerta y entró una mujer, escoltada por dos guardias. Una civil. Destacaba no solo por ser una rubia con mucho busto, sino porque iba limpia y olía bien. Venía de fuera. Yo solo llevo aquí un par de semanas, pero todo lo que queda al otro lado de los muros de la prisión ya me parece otro planeta. Su lado de la habitación estaba tan oscuro que no pude distinguir sus facciones.

—Si ve a la mujer que disparó a su prometido, basta que la señale —dijo una voz que reconocí como la de Emil Rühl.

La mujer se acercó al otro lado de la mesa. Dejó el bolso y apoyó las manos en la superficie, examinándonos.

—Es esa —dijo con la voz temblorosa y quebradiza—. Esa de ahí.

—¿Cuál, señorita?

Cuando se colocó bajo el haz de luz de la lámpara, la reconocí. Era la rubia, la novia neerlandesa de Hertz, la mujer que no podía parar de chillar después de que Truus y yo lo matáramos a tiros en su recibidor. Sonreí por dentro, recordando que Truus me había limpiado el bigote de sangre más tarde. Parecía que hiciese una vida entera de aquello. La novia llevaba colorete en la cara y las uñas pintadas. Cuando se acercó, irradiaba cobardía como si fuera calor. Observé cómo se rascaba una mano con la otra sin darse cuenta, arrancándose la costra que le cubría las cutículas. Se acercó hasta casi tocarme y me llegó el olor de los polvos que se había puesto y vi los pegotes que le formaban en los pliegues de la boca y los ojos.

—Esta —precisó. El aliento le olía a leche agria y se me hizo la boca agua—. Pero tenía el pelo diferente.

—Lo llevaba teñido de negro —explicó Rühl, complacido con el rumbo que llevaba aquello.

—Ah —dijo la rubia. Dio un paso atrás y miró al resto de chicas de la ronda de reconocimiento—. ¿Su amiga está aquí?

—¿Por qué, también la ve? —preguntó Rühl.

—No —contestó la rubia, que volvió a señalarme—. Solo a ella.

Precisé toda mi fuerza de voluntad para no arrancarle la punta del dedo de un bocado. Me pasé la lengua por los labios y ella retiró la mano de sopetón, meneando los rechonchos dedos blancos.

Rühl la guio de vuelta a la mesa. Sentí una oleada de alivio procedente de las otras tres chicas de la fila. Las miré de reojo y ellas me observaron a mí, comunicándome con los ojos emociones encontradas, intentando apoyarme a la vez que daban gracias al destino por salvarlas aquella vez. Sonreí y me correspondieron. A la mayoría le faltaba por lo menos un diente.

—¡Silencio! —gritó Rühl al vernos, pero no habíamos hablado.

Las chicas empezaron a reír con nerviosismo.

—¡Hacedlas callar! —ordenó Rühl, y los soldados dieron un paso hacia nosotras. Las muchachas callaron de nuevo.

—¿Ha confesado? —preguntó la rubia.

Rühl carraspeó y empezó a mover papeles.

—Confesará, confesará. Y ahora que ha efectuado una identificación —le dijo a la rubia—, necesito que firme esta documentación.

—¿No ha confesado? —La rubia parecía molesta—. ¿Qué les ha contado?

—No se preocupe por eso, *Fräulein* —dijo Rühl—. Si hace el favor de rellenar esto.

—¿Quién se cree que es? —preguntó la rubia, con voz cada vez más alta. Volvió a mirarme—. ¿Por qué no les cuentas lo que hiciste? Parecías simpática cuando abrí la puerta y luego...

—Tienes suerte de estar viva, zorra amante de los nazis. —No había sido mi intención decirlo. Me salió sin pensar.

—¿Qué? —La novia puso una cara como si la hubiera abofeteado—. ¿Habla conmigo?

—¿Cómo has dicho? —preguntó Rühl, retándome a repetirlo.

Me limité a sonreír. Las tres chicas de mi lado soltaron una risilla.

—¡Callaos! —gritó él.

—No puede consentirle que me hable así —protestó la rubia. La miré, y lo único que pude ver fue a las docenas de familias judías y miembros de la Resistencia que su novio había deportado para que los matasen. Todo lo que llevaba, desde los zapatos de charol hasta el perfume, estaba pagado con dinero obtenido de cazar a judíos como Sonja y Philine.

—Jódete —dije. Las chicas resoplaron.

Dio una boqueada y se volvió hacia Rühl, tal y como los colaboracionistas siempre hacían con los nazis en busca de ayuda.

—No puede decirme eso.

Rühl se me echó encima y me agarró la barbilla.

—Cállate. Ya.

Me empujó la cabeza hacia atrás y me la golpeé contra la pared. Las chicas emitieron gritos ahogados. Sentí que me salía un chichón en la nuca. Me dolía, pero estaba satisfecha. La expresión de la cara del nazi me daba todo lo que anhelaba. No había sacado nada de mí. Le había dejado como un memo delante de aquellas mujeres. Con eso me conformaba por el momento.

—Lleváoslas de vuelta a la oficina —les dijo a los guardias—. Y a ella —me señaló, pero reparé en que se refrenaba de llamarme por mi nombre— metedla otra vez en aislamiento.

Mientras los guardias me sacaban de la sala, crucé una mirada con la rubia. Los ojos se le encendieron de cólera ante mi insolencia. Le guiñé un ojo. Me lanzó el bolso, pero me agaché y alcanzó a un guardia, que se apresuró a recogerlo del suelo mugriento.

—Sacadla de aquí —ordenó Rühl.

Cuando salí a la pasarela con los guardias, la prisión de nuevo prorrumpió en vítores.

42

Pasé más de una semana en aislamiento después de aquello. Algunos días se olvidaban de darme de comer, aunque resulta difícil saberlo con seguridad cuando siempre está oscuro. Anoche creí oír a alguien y luego caí en la cuenta de que era mi propia voz, susurrando en alto los pensamientos que me pasaban por la cabeza. Intento limitar esos pensamientos a lo más básico: comida y agua. Para pasar el rato, imagino el banquete que me daré cuando esto termine. Faisán asado, patatas al horno, compota de cereza, vino tinto, hogazas de pan blanco. Una jarra de blanca leche fresca, mantequilla amarilla goteando de un bollo de azúcar calentito. Helado. Chocolate. Un cigarrillo.

Me duele estar sentada o tumbada en esta dura estera, ya que he perdido casi toda la grasa de mi cuerpo. Si me siento sobre el trasero me duele la cadera; los omoplatos y los codos se me resienten si me estiro. Pero estar de pie requiere energía.

—Levanta, Hannie. Levanta, preciosa. —Es Hendrik.

—Intento dormir —protesto.

—Levanta, levanta, levanta —insiste con su sonsonete.

—Buf —exclamo mientras me incorporo hasta quedar sentada.

—Venga —insiste él—, ya casi estamos.

Usando la pared como punto de apoyo, me pongo en pie, con las rodillas temblorosas.

—¿Contento?

—Contento —dice él. Luego desaparece. Hendrik ha estado haciéndome visitas de esta clase los últimos días, un elegante ángel que intenta mantenerme despabilada. La única manera que tengo de saber que en realidad no está allí es que, si estuviera, me invitaría a tabaco. Pero no puede, porque está muerto.

Me encantaría un pitillo.

—¿Un pitillo? —Calzan la puerta de mi celda para dejarla abierta y un guardia se planta en el umbral. El ascua de su cigarrillo encendido es el primer atisbo de luz que veo desde hace días.

Intento levantarme, y el soldado se acerca a mí y me lo pasa, pero me tiemblan tanto las manos que no puedo sostenerlo. Él se quita el suyo de la boca y lo lleva hasta la mía para que le dé una calada. Inhalo, disfruto de un momento de éxtasis y luego empiezo a toser con tanta virulencia que tengo que sentarme otra vez.

—Llegarán dentro de unos minutos —dice el guardia. Cuando cierra la puerta, veo que ya han trasladado mi pizarra a esta celda. Todavía pone lo mismo: «Asesina».

No llegan al cabo de unos minutos, por supuesto. Pasan doce horas, quizá un día, antes de que se abra de nuevo la puerta y entren dos guardias para sacarme.

—Puaj —dice uno de ellos. Sé que apesto, aunque yo ya no me huelo. No he usado mucho el cubo, ya que no he comido casi nada, pero mi celda pequeña y viciada debe de apestar de todas formas.

Pasamos por la misma rutina: la procesión a través de la cárcel, los vítores de las mujeres, los guardias cada vez más mosqueados. Justo antes de que me bajen de nuevo al sótano, cruzo una mirada rápida con una presa. La expresión de su cara revela lo espantosa que debe de ser mi apariencia. Es algo que ya sé, aunque haga un mes que no veo un espejo. Noto cómo mi cuerpo se desmorona sobre sí mismo. En los últimos días ha aparecido una suave pelusilla en mis mofletes, algo que he visto en personas que se mueren de hambre. Un último intento del cuerpo para mantenerse en calor.

Una vez más en el almacén subterráneo. Está Emil Rühl, junto con otros tres miembros del SD; no son guardias de la cárcel.

—Aquí tenemos a nuestra actriz principal —dice Rühl, que me mira como si yo fuera a presentarme.

Ya he decidido no soltar prenda. Esta vez, ni guasas ni nada. Es la manera más sencilla de pasar el trago y estoy demasiado perturbada por el agotamiento para hacer otra cosa. En cuanto me siento, noto que se me caen los párpados. Podría dormirme allí mismo; me apetece.

—No, no —dice él, mientras me levanta la barbilla—. Caballeros, les presento a Hannie Schaft. Para cuando terminen ustedes con ella, habrá reconocido eso y mucho más. —Se vuelve de nuevo hacia mí—. Te dejo en sus manos, querida. Estos chicos tienen adiestramiento especial en *verschärfte Vernehmung*, ¿eh?

Interrogatorio avanzado. Eso no lo había oído nunca. Los «chicos» —hombres de veintitantos años— asienten pero no sonríen.

—Sé buena chica, Hannie. Cuanto antes cooperes, antes terminará todo esto y podremos ser amigos. —Rühl camina hasta la puerta—. *Heil Hitler* —dice, y hace el saludo.

—*Heil Hitler* —responden los soldados y guardias.

Rühl se marcha. Dos guardias se plantan a mi lado. Los tres tipos del SD se sitúan al otro lado de la mesa.

—Pueden marcharse —dice uno de los hombres del SD—. Esperen fuera.

—¿La esposamos? —pregunta un guardia. Estoy sentada en la silla, sin atar. No tengo fuerzas para levantarme, y mucho menos escapar.

—No, déjenla y punto —dice el hombre. Los guardias se miran y salen de la sala. La puerta se cierra a su espalda.

—¿Cómo te llamas? —pregunta uno de los hombres del SD. Es alto, con el pelo moreno reluciente y unas cejas como brochazos de pintura negra.

No digo nada.

Moreno hace una seña con la cabeza y uno de los otros, el que parece más joven, rodea la mesa hasta mí.

—Dame la mano —ordena.

No hago nada.

Se agacha para verme la cara.

—Estoy hablando contigo. Pon la mano en la mesa.

Alzo la vista para mirarlo y me quedo helada. Los dos lo estamos. Conozco a este hombre; este chico.

—Tom —susurro.

Abre mucho los ojos y da un paso atrás.

—¿Qué ha dicho? —pregunta Moreno.

—Nada —responde Tom.

Sigo mirándolo. ¿De verdad puede ser él? Tom. Nunca llegué a saber ni siquiera su apellido, y eso que fue el primer chico al que besé. Un beso torpe, horrible.

—Hola, Tom —susurro. No puedo hablar más alto, si no lo haría. «Pedazo de mierda colaboracionista».

—¿Qué está diciendo? —Moreno empieza a cabrearse.

—Nada —repite Tom, que me agarra la mano derecha y la coloca en la superficie de la mesa cuadrada metálica. Parece la mano de un esqueleto, articulada y blanca.

—¿La conoces? —pregunta Moreno. Una acusación.

—Es una loca —dice Tom—. Estoy listo.

El tercer hombre del SD bordea la mesa hacia mí. Tom me

sujeta el brazo y me aprieta la mano contra el tablero. Le hace una seña con la cabeza al tercero, un hombre más bajo y rechoncho con pecas.

Pecoso deja en la mesa un estuche de cuero, de la longitud y anchura aproximadas de un antebrazo. Abre la cremallera y lo despliega; parece contener instrumental quirúrgico de algún tipo. Con el rabillo del ojo veo un surtido de relucientes instrumentos plateados: bisturíes, pinzas, una lupa, tijeras, agujas.

Estoy como un conejo, agitada y nerviosa. Se me ha pasado el agotamiento, y miro a aquellos tres hombres y me pregunto si habría alguna posibilidad de llevármelos por delante de alguna manera. Pero, por supuesto, es imposible, y además hay dos guardias fuera. Aun así, no tengo por qué ponérselo tan fácil, sea esto lo que sea.

Intento levantarme de la silla, pero, con su brazo ya encima del mío, Tom me obliga a sentarme con facilidad. Eso le insufla confianza, y sonríe orgulloso.

—Átala a la silla —dice.

—Vamos, Tommy —le suelto, jadeando por culpa de mi breve esfuerzo—. Me conoces.

Pecoso lo mira, confundido.

—Hazlo —ordena Tom, sin dejar de inmovilizarme el brazo contra la mesa. Apenas me resisto; no tengo fuerzas para ello. Pecoso se encoge de hombros y saca del estuche unos cuantos instrumentos plateados brillantes. Después de colocarlos sobre la mesa —tijeras, pinzas y un bisturí— mira a Moreno en busca de una señal. Este asiente.

Los tres observamos mientras Pecoso me pone un pincho largo, estrecho y afilado en el borde superior de la uña del dedo índice. Es como un punzón picahielo en miniatura, pero afilado de forma estratégica. Después, usando un martillo plateado igual de diminuto, empieza a clavármelo debajo de la uña. Tap, tap, tap.

El dolor es increíble. Me oigo boquear, siento que se me corta la respiración porque todas y cada una de las células de mi cuerpo están de repente concentradas en mi dedo y la agónica sensación de la carne blanda destrozada por el afilado acero. Debe cesar, de inmediato. Pero no cesa. Tap, tap, tap. Empeora, y mi uña se parte por la mitad a lo largo; mana sangre de la blanda base rosa. Si la miro, es peor. Aparto la cara.

Tap, tap, tap.

Le da tres golpecitos más, y la uña se parte por completo, abierta como una puerta. Pecoso mira a Tom y Moreno.

Tom tiene la cara del blanco azulado de la porcelana de Delft. Se le han formado burbujitas de sudor en el labio de arriba. Lo miro, pero aparta la vista. Moreno hace un gesto con la cabeza a Pecoso, que deja el martillito y el pincho y coge las pinzas.

—¿Cómo te llamas? —dice Moreno.

—Ya lo sabes —susurro.

Pecoso engancha una mitad de la uña con las pinzas y estira. Grito; no puedo evitarlo. Mana sangre a chorro de mi dedo. La media uña reposa en la mesa junto a mi mano. Tom parece a punto de desmayarse.

—¿Cómo? —pregunta de nuevo Moreno.

Niego con la cabeza, y Pecoso me arranca la otra mitad. Chillo una vez más, revolviéndome en el asiento, sujeta por Pecoso y Tom.

—Dinos tu nombre y pararemos —explica Pecoso, como si simplemente hubiese entendido mal la pregunta.

—Tommy —susurro.

Él no me recuerda ni a mí ni mi nombre. Es probable que besara a un montón de gente en los bailes de la facultad. Yo, no.

—Tom —susurro de nuevo.

—¿Qué pasa aquí? —pregunta Moreno, que se inclina por encima de la mesa y mira a Tom—. ¿Os conocéis?

—No, está loca —asevera él.

—Tommy —susurro una vez más.

Moreno echa el cuerpo hacia atrás.

—Si la conoces, puedes verificar su nombre. ¿Esta es Hannie Schaft?

Tom mira a su alrededor, buscando ayuda.

—No lo sé —responde—. ¿Cómo voy a saberlo? —Mira a Pecoso—. Ve por la siguiente.

Gratificante. Tom ha decidido que es peor admitir que conoce a la Asesina que ser útil e identificarla. *Todavía me tienen miedo.* Pecoso mira a Moreno, que asiente. Y atacan el siguiente dedo. Y el otro.

Sigo gritando hasta que me desmayo. Me despiertan a bofetones. Entre dedo y dedo, intento hacer mella en Tom. *¿Por qué no le preguntaría el apellido, al menos?* No sé cuánto tiempo dura esto. ¿Minutos? ¿Horas? Al final, me esposan las manos a la silla y Pecoso recoge su estuche, no sin antes limpiar cada instrumento con un pañuelo de lino blanco como la nieve y dejarlo luego en su sitio. Se marchan sin decir nada.

—Adiós, Tommy —susurro. No me hace caso.

Entran los guardias y se quedan parados nada más traspasar el umbral. La única iluminación de la sala corre a cuenta de la lamparita de la mesa, que me enmarca a mí y al escritorio en un círculo bien definido de luz. Estoy desplomada en la silla, con la barbilla hundida en el pecho. Apenas estoy consciente, pero sí lo bastante despierta para sentirme el pulso en la punta de los cuatro dedos largos de mi mano derecha. Cada latido es una agonía, un aluvión de sensibilidad que inunda la punta en carne viva de los dedos. Oigo el suave gotear de la sangre en el suelo de cemento.

Y encima de la mesa, iluminadas como un actor bajo su foco, hay ocho pedazos irregulares de uña, como cuernos de algún diminuto animal, pulposos y rojos en el extremo en el que conectaban con la carne. Un pegajoso charco de sangre negra se extiende por debajo de ellos.

Es curioso que algo tan pequeño pueda doler tanto, pienso.
A lo mejor no era Tom, pienso.
Luego la oscuridad. Por fin.

43

Ese mismo día continúan con las uñas de la mano izquierda. Esta vez me desmayo antes de que lleguen al meñique.

44

Despierto en una celda nueva. En realidad, mi antigua celda. Antes incluso de abrir los ojos, intuyo que hay personas cerca. A pesar de las paredes de piedra de un palmo y medio, capto el murmullo de unas voces de mujer.

—¿Tania? —digo.

—Oh, Hannie —responde ella, como si llevara esperando todo este tiempo para oírme hablar otra vez—. ¿Estás bien?

Intento responder, pero no me sale nada. Tengo la boca seca como la arena. Lanzo el brazo hacia fuera para ver si han dejado una jarra de agua en mi celda y, al hacerlo, el dolor atroz de mis dedos ensangrentados vuelve como una riada y me despabila de golpe.

—Ay.

—¿Qué te hicieron? —pregunta Tania.

Necesito unos instantes para recobrarme antes de poder hablar. Me da tiempo de pensar en la respuesta. Cualquier cosa que le diga a Tania se repetirá de una celda a otra, entre susurros.

—Estoy bien —contesto—. No les he dado nada.

Oigo lo que suena como un suave aplauso.

—Hannie, te queremos —susurra Tania y luego se para, porque le entra una tos fea. Se recompone—. Mantente fuerte.

—Yo también os quiero. —Mi voz es apenas audible—. *Vuur, schurft, hoest, en liefde.*

—¿Cómo dices? —susurra Tania

El fuego, la sarna, la tos y el amor.

Ese mismo día, más tarde, se abre la puerta de mi celda y los guardias me sacan a rastras otra vez. Me dejan tirada en el suelo de la enfermería, el mismo sitio donde me duché hace unas semanas.

—Lavadla —dice uno de ellos.

Las asistentas se reúnen a mi alrededor y me aúpan a un camastro de lona. Pierdo y recobro la consciencia a ratos mientras las siento tocarme, tantearme y bañarme con esponjas y trapos. Parece demasiado gentil para ser real. Cuando despierto, se acaba la gentileza.

—Ya vale, vámonos. —Con un brazo al cuello de cada uno, los guardias me sacan afuera.

Afuera. Por primera vez en un mes, quizá. El sol me hace entrecerrar los ojos, su calor resulta casi doloroso. Cuando entramos en el patio central, oigo que se acalla la charla y el resto de ruidos de fondo. A través del lagrimeo, veo que han despejado un espacio contra una pared de ladrillo. Los guardias me arrastran hacia allí. A cada lado hay docenas de presas de pie, observando. Van sucísimas y están flacas como palillos, y se dan la mano y susurran entre ellas cuando paso. Oigo el nombre «Hannie Schaft» aquí y allá, y algún que otro «*Verzet*» susurrado.

Resistir, resistir. Eso pretendo. Sigue siendo mi único plan. No darles nada.

—Ponte de pie aquí, contra la pared —dice un guardia, que me empuja.

Sé lo que es esto porque lo he visto en las películas. Una ejecución. Un pelotón de fusilamiento. Notó los ladrillos rojos calientes contra la espalda. Alzó la mano para apartarme el pelo de los ojos y el patio entero se calla. Mi mano. Las asistentas de la enfermería me han vendado los dedos, pero la sangre ya ha traspasado y tengo la palma entera empapada de sangre roja que desciende por mi antebrazo y mancha la manga de mi blusa antes blanca. Bajo la mano y siento de nuevo el palpitar de mi corazón en la punta de los dedos, doloridas. Saco el pañuelo del bolsillo de mi falda y aprieto el puño de la mano derecha, para intentar detener el latido. No es un simple pañuelo, sin embargo. Es la muñeca. Aplastada, arrugada, sucia y manchada, pero es la muñequita de pañuelo que me dio Truus. Los guardias me dejaron conservarla cuando entré; al fin y al cabo, solo es un paño viejo. Se han deshecho los nudos de las esquinas y el cordel que rodeaba el cuello, también. No parece más que un raído cuadrado de tela, pero en realidad no es eso. Es Truus, Freddie, Hendrik, hasta Jan. Es mis padres, Philine, Sonja. Es Rosie. Louise le hizo una muñeca, y ella sobrevivió. Truus me hizo una muñeca a mí… y aquí sigo. No me dejaré vencer. El pañuelo ya ha pasado del blanco sucio a un rojo sangre brillante.

—¡En pie! —repite el guardia, y enderezo la columna. Ya aclimatada al sol de la tarde, veo a las presas de pie detrás de los guardias, con expresiones de angustia y emoción. Y, justo delante de mí, veo a media docena de soldados uniformados de la Wehrmacht, de pie en posición de firmes formando un semicírculo, con los fusiles al costado.

—*Achtung!* —grita una voz. Es Rühl. Los soldados entrechocan los talones—. *Heil Hitler.*

—*Heil Hitler* —repiten los soldados con un saludo.

—Hannie Schaft —dice Rühl, y su voz retumba en todo el

patio—. Te hemos dado varias oportunidades; ahora tienes la última. Sabemos que eres una criminal que has intentado destruir las esperanzas y los sueños de la gente trabajadora de los Países Bajos. Has herido, ¡matado!, a personas inocentes. Entre ellas, a compatriotas tuyos neerlandeses. Sí, es verdad.

Pasea la mirada por el patio, asintiendo, como si esperase que las presas se pongan de su lado. Ellas guardan silencio.

—Lo único que queremos es que admitas quién eres y lo que has hecho. No es pedir demasiado. Verás, es lo que tenemos que hacer si queremos servir a la causa de la justicia. Debemos asegurarnos de no culpar de un crimen a la persona equivocada. Eso sería injusto. El Tercer Reich es un régimen basado en la ley, señorita Schaft. Nadie está por encima de la ley.

—Emil —digo—. Suena francés.

Rühl me mira, enfurecido por mi insolencia.

—¿Cómo dice, señorita Schaft?

No tengo energías para repetirlo.

—En fin, ¿tienes algo más que decir? Esta es tu última oportunidad.

Alzo la cabeza. Los soldados miran a lo lejos, como si yo no estuviera allí. Sus caras no son más que máscaras de carne. Si algo parecen es estreñidos. Eso me hace sonreír.

—Ya está bien —zanja Rühl, que luego dirige su voz a los soldados—. *Achtung!*

Entrechocan los talones.

—¡Apunten!

Los soldados alzan los fusiles con la culata en el hombro, todos apuntados a mí. Se me revuelven las tripas vacías. Si no estuviera tan deshidratada, me haría pis encima. Las presas se tapan la boca, los ojos, las orejas. Oigo que alguien llora. Me recuerdo que debo respirar. No logro inhalar más que un sorbito de aire, pero basta para recordarme que sigo viva. Que no les he dado nada. Ni siquiera mi nombre.

—¿Alfred? —dice Rühl.

¡Clic!

Silencio.

Un correteo. Gritos ahogados.

Abro los ojos. En el centro del pelotón de fusilamiento hay un hombre con una gran cámara de fotos. ¡Clic! Me saca otra.

—Para nuestros archivos —explica Rühl, que me mira con una sonrisa enfermiza. Le sostengo la mirada—. La próxima vez dispararemos con las armas.

Sonrío. Estrujo la muñeca de Rosie. Caen gotas de sangre a las piedras junto mis pies.

Las mujeres vitorean.

45

15 de abril de 1945

No tengo ni idea de qué hora o siquiera qué día es. Abrazo la mugrienta muñeca de pañuelo contra mi pecho y escucho los sonidos que se cuelan por mi ventanuco; a veces oigo el estridente y familiar tintineo de un timbre de bicicleta procedente de la calle. A apenas cien metros de distancia, al otro lado del muro, la gente camina con libertad. Es una cuestión de centímetros, de meros palmos. Aun así, sé que estoy en el lado correcto.

Se abre la puerta y los guardias dejan en el suelo una bandeja de comida.

—Come deprisa, te vienes con nosotros.

Engullo una sustancia marrón y viscosa y me llevan una vez más a través de la cárcel. Las presas me jalean. Estoy demasiado cansada para corresponder de ninguna manera. Pronto me encuentro en el silencioso interior del edificio, tan alejada de las reclusas que podríamos encontrarnos en un edificio de oficinas normal y corriente si no fuera por los barrotes de las ventanas. Mi viejo amigo Emil Rühl está sentado ante un ancho escritorio de teca. Me sientan en una silla con cojín, al otro lado. Es lo más blando que he tocado en mucho tiempo. En mi vida, tal vez. No estoy acostumbrada a sensaciones tan agradables.

—Mírate —dice él, sacudiendo la cabeza. Su pena parece sincera—. Espera.

Se agacha y rebusca en un cajón del escritorio. Hay dos guardias conmigo, pero a ninguno le preocupa que me abalance sobre Rühl. Apenas tengo energías suficientes para imaginarlo.

—Toma —dice Rühl, y me entrega un espejito redondo con el marco y el mango de ébano.

Lo agarro con torpeza por culpa de mis dedos vendados —observo cómo se aparta al verlos— y coloco el espejo delante de mi cara.

Tardo un momento.

Luego la reconozco. Una imagen me devuelve la mirada desde el cristal. Una humana, eso es lo primero que pienso cuando veo mi reflejo. El hambre ha borrado no solo las blandas facciones y la personalidad, sino incluso mi sexo. Podría ser hombre o mujer. Podría ser joven o vieja. Soy una cara en un cuerpo, y como aún estoy viva puedo mirarme. Me enorgullezco de eso.

—¿En qué fecha estamos? —pregunto con un hilo de voz. Intento alisarme el pelo apelmazado.

Rühl casi salta de la silla. No me ha oído pronunciar más de unas pocas palabras, nunca.

—¿Qué has dicho?

—Fecha. —Estoy demasiado cansada.

Echa un vistazo al calendario de su escritorio, uno de los miles de objetos personalizados con la llamativa esvástica negra. Siempre me llaman la atención.

—Quince de abril —dice él, con el dedo puesto en el cuadrado de la página, como si esperase que le llevara la contraria. Pero yo ya no pienso en Emil Rühl. Si es el quince de abril, llevo aquí más de un mes.

¿Por qué no ha terminado la guerra? ¿Dónde están los aliados? Andan por ahí fuera en algún sitio, perdidos como mis padres, Sonja y Philine.

Tuerzo el cuello para mirar por la ventana a la calle amsterdamesa de abajo, pero el ángulo no me lo permite. Solo se ve el cielo, que está azul. Un pájaro pasa por delante de la ventana —un gorrión— y desaparece. El gorrión en el salón. Hice una presentación sobre él en noveno. Un gorrión huye volando de una oscura tormenta y se cuela en el majestuoso salón de un rey, lleno de luz y calor, y luego sale volando de nuevo a la oscuridad y el frío. Y eso es la vida del hombre, un breve periodo de luz entre la oscuridad de la muerte y la no existencia. Eso fue lo que escribí, por lo menos.

—¿... un interés especial para ti? —pregunta Rühl. Me he perdido el principio. Estaba divagando.

—¿Qué?

Rühl bufa. Le he ofendido. Sea lo que sea lo que vemos desde la limitada perspectiva de nuestra breve estancia en la tierra, volando a través del salón iluminado, no revela nada sobre lo que viene después o antes.

—¿De qué estás hablando? —Rühl me mira ceñudo.

—De nada. —No me había dado cuenta de que hablaba en voz alta. En el cielo azul, intento imaginar una flota de aviones de la RAF surcando el firmamento, anunciando el fin de todo esto. «Bombardeadnos y punto», pienso. «Arrasad esta cárcel. Bombardeadme». Pero no hay aviones en el cielo. Solo pájaros.

—Yo estuve allí con Jan Bonekamp, ¿sabes? —dice Rühl—. En el hospital.

Le miro. Quiero que siga hablando, pero me niego a preguntar.

No puede contenerse:

—Presencié su final, sus últimas palabras.

Hace una pausa para calibrar mi reacción. Si la tengo, no hay nada que pueda hacer para disimularla, pero descubro que estoy demasiado exhausta para expresar emociones.

—Ni te mencionó.

—Que te jodan.

Uno de los soldados carraspea y Rühl se pone rojo como un tomate.

—Escúchame, putilla, podría haberte hecho matar hace semanas. Aquí muchos lo hubiesen preferido. Di por sentado que podíamos cooperar, ayudarnos mutuamente. Pero no me has ayudado en absoluto.

Lo miro hablar, sin más. El pensamiento se me va de nuevo al gorrión, a la libertad del vuelo. Después a Jan. ¿Creen que me sorprende? No sé qué reacción se espera de mí. ¿Sentirme honrada? ¿Horrorizada? ¿Desconsolada? Ya he sobrevivido a todo eso.

—Tienes hoy y mañana para pensártelo. Esta es tu última oportunidad, Hannie. No le rompas el corazón a tus padres, ¿eh? —Alzo la vista—. Oh, sí, están vivos todavía. De momento.

El corazón me palpita tan fuerte en el pecho que me duele. ¿Mis padres siguen vivos? ¿Qué hay de Philine? Quiero preguntarlo, pero es inútil.

—No es demasiado tarde para hacer lo correcto. Como hizo tu queridísimo Bonekamp.

Mi queridísimo Bonekamp. Es verdad que lo amaba. Estaba enamorada de él; ¿es lo mismo? Creo que él me amaba… como amaba muchas cosas: de manera descuidada.

—¿Qué pasa? —Rühl me está mirando.

No he hablado en voz alta, o no lo creo. «No les rompas el corazón a tus padres. Siguen vivos. A lo mejor. A lo mejor si yo… No. No seas tonta, Hannie. Está mintiendo».

Justo antes de que llegue la oscuridad, veo el cielo azul detrás de Rühl, y tengo la esperanza de volver a ver el gorrión.

—Hannie, Hannie, ¿estás ahí?

Está tan oscuro que debe de ser de noche. Tal vez han pasado días, tal vez horas. No lo sé. La voz de Tania me llega por el desagüe tan flojita que apenas la oigo.

—¿Hannie?

—Tania —susurro.

—¿Estás bien?

Hoy me han llevado a la sala del sótano, me han dejado las manos esposadas atrás y me han atado las esposas a una soga que habían pasado por un gancho del techo; luego alguien ha empezado a tirar de la cuerda desde detrás de mí, levantándome los brazos cada vez más hasta dislocarme los hombros; luego se me han roto los codos.

Ya de vuelta en mi celda, recuerdo un fogonazo de dolor atroz cuando alguien me ha vuelto a colocar los huesos en su sitio. Tengo los hombros hinchados y negros de moratones. Llevo todos los dedos envueltos en gasas menos los pulgares. Los veo, rosas y sanos al final de mis brazos, y me asombra que una parte de mi cuerpo pueda seguir funcionando así de bien, cuando a apenas unos centímetros, otra parte, la punta de los demás dedos, se pudre y marchita. No les he dado nada. Ni siquiera mi nombre.

—Estoy bien —le digo a Tania—. Estoy bien.

46

17 de abril de 1945

—Vamos.

Unos guardias me están poniendo en pie. Recorro la cárcel tambaleándome, derramándome desde sus brazos como el musgo de un árbol. El sonido de las reclusas esta mañana es terrorífico. Lo que empieza como un griterío —«¡Hannie!»— se disuelve en susurros, alaridos furiosos y abucheos dirigidos a los guardias, a los que arrojan objetos a su paso. Creen que estoy muerta. No recuerdo la última vez que comí o bebí nada. Pero no estoy muerta. Sigo viva.

Entonces una joven estira el brazo entre los barrotes de su celda justo por delante de mí. Me toca el borde de la manga y, cuando sus uñas se enganchan en el tejido, nuestras miradas se encuentran.

—¿Hannie Schaft? —pregunta.

Los guardias se me llevan, pero me giro para mirarla.

—Chis —le digo.

Ella grita con todas sus fuerzas:

—*Lang leve Hannie Schaft!*

«Larga vida a Hannie Schaft».

Las presas enloquecen. Los vítores recorren la cárcel como una riada, ahogando todo lo demás.

Lang leve Hannie Schaft.

Lang leve Hannie Schaft.

Lang leve Hannie Schaft.

La fortaleza de piedra entera retumba con la voz de las mujeres, que aúllan, gritan y odian a estos cabrones nazis y se agarran a la vida, y las quiero. Y, mientras me sacan a rastras, echo la cabeza atrás y grito. No son palabras, solo unos sonidos tan primitivos que me asustan. Como un animal herido, que es lo que soy. Ellas responden chillando también. Las amo.

Me tiran a la parte de atrás de un furgón, jadeante. Mi viejo amigo el furgón negro. Les encanta meter mujeres en ellos. A través de la ventanilla interior veo ponerse al volante a un conductor rubio, acompañado por otro guardia anónimo. Emil Rühl sale del edificio. Por supuesto que está presente; no querría perderse esto. Tras él sale un hombre alto y desgarbado con la cara arrugada como un topo: es mi otro viejo amigo, el SS-Sturmbahnführer Willy Lages, del puente de Jan Gijzen. Él y Rühl se dedican sendos *Heil Hitlers*, charlan un ratito, se vuelven a saludar y luego Lages se sube al furgón. Rühl se queda atrás. El motor ruge, las ruedas giran y veo empequeñecerse los grises muros de piedra de la prisión de Amstelveenseweg por la minúscula ventanilla. Luego me desmayo.

Despierto en mitad de una ciudad. Veo edificios altos por la ventanilla y oigo hablar a gente fuera. La puerta del copiloto de la cabina se abre y se nos une un hombre nuevo. Tras él veo el cartel pintado de rojiblanco de la *bakkerij* de Vink Haarlem. Yo compraba tartaletas de manzana aquí. ¿Por qué estamos en Haarlem? No me pueden estar llevando a casa.

¿Me llevan a casa?

Truus. ¿Qué estará haciendo Truus ahora mismo?

¿Por qué estamos en Haarlem?

Entonces las puertas traseras del furgón se abren de par en par y el hombre nuevo se asoma dentro, me ve desplomada contra la pared de la zona de carga y lanza algo a mi derecha. Las puertas se cierran de golpe con un estrépito metálico.

Es una pala.

No me llevan a casa.

Entre Ámsterdam y Haarlem, he dormido. Me caería si intentase correr a alguna parte, pero mi cerebro está vivo y despierto por primera vez en semanas. El furgón sigue circulando y el ruido del motor y las ruedas sobre la calzada irregular lo amalgama todo en un rugido neutro. Bueno para pensar.

No me llevan a casa.

Ya no estamos en la ciudad. El furgón se detiene en muy raras ocasiones y atraviesa los cruces sin miramientos. Fuera hay poco ruido. Me aúpo hasta la ventanilla y veo campos, algunos sembrados, otros en barbecho. Me recuerda a los pícnics con Truus y Freddie.

Truus, Freddie y Trijntje. Las Oversteegen están vivas.

¿Mis padres? Vivos, decido esperar.

¿Philine y Sonja? Vivas, decido esperar.

Hendrik está muerto. Heroicamente.

Jan está muerto. Jan… Cierro los ojos cuando pienso en él y mi corazón titila. Siempre lo hace al recordar cómo me hacía sentir. Doy la bienvenida al dolor de echarlo de menos; es lo único que me queda. Peor que este pesar solo sería no haberlo sentido nunca.

Pronto estaré muerta.

A lo mejor la pequeña Rosie está viva. Aún es muy joven. Yo me siento tan vieja… ¿Se es vieja a los veinticuatro? Quizá no, pero ya no soy joven.

El cielo azul que veo por la ventanilla tiene el mismo azul que vi desde el despacho de Rühl. Porque es el mismo cielo. Puedo ver la cárcel, oír la voz de Tania por el desagüe, sentir, en los huesos, los rugidos de ánimo de las reclusas; siento rasgarse la tela de mi manga cuando la mujer estira el brazo. «¿Hannie?»

Por primera vez desde que ocurrió, pienso en la primera vez que maté. El oficial Kohl, en el callejón. Antes tenía miedo de revivirlo, pero ahora quiero. Todos morimos. Pero aquella noche fui útil.

Todavía puedo ser útil.

Todavía puedo resistir.

El furgón traquetea y me deslizo hasta el suelo metálico ondulado; se abren las puertas de atrás.

—Fuera. —Alguien agarra la pala.

Salgo a rastras del furgón. Al principio, lo único que veo son los altos arbustos espinosos que nos rodean, más altos que yo. Los otros dos hombres rodean el vehículo. El SS-Sturmbahnführer Lages le hace una seña con la cabeza al hombre de la pala.

—Vamos —dice el nuevo, tirándome del codo. Me encojo ante el contacto y me adelanto a él de un brinco. Me deja abrir la marcha. No tengo ni idea de dónde estamos ni adónde vamos.

Y entonces caigo en la cuenta. Voy descalza y siento el paso de la maleza a un sendero arenoso. Hay arena por todas partes, blanca y calentada por el sol. Vine una vez aquí con Jan. Estamos en las dunas gigantes que hay a orillas del mar del Norte. Echo de menos mi pistola. Tropiezo y Lages me grita.

—No pares de caminar —dice—. Sigue el sendero.

Lo sigo. No es fácil. La arena resbala y estoy débil. El glorioso calor del sol y la brisa marina son abrumadores, como una droga. Podría sufrir una sobredosis en cualquier momento.

Me caigo.

—Levanta.

Me levanto. Doy unos pasos. Me vuelvo a caer. Me río.

—Cállate y camina.

Lo intento, pero no puedo parar de reír, una risa etérea y hueca que tiene más de viento que de fonación. Veo a Annie presenciando todo esto y riendo también. Es absurdo. ¿Cómo he llegado aquí, a las dunas, muerta de hambre, desafiante? ¿Cómo ha llegado ella?

—¿Annie? —digo.

—*Hallo*, Jopie. —La preciosa sonrisa de mi hermana. Todavía tiene doce años. Yo no tengo edad. El tiempo se deshace a mi alrededor; lo noto. El tiempo se está frenando, se arrastra, luego da un salto adelante. No es una flecha, sino un remolino.

Entonces oigo algo, quizá un insecto o incluso un gorrión, que me pasa zumbando junto al oído. Una detonación lejana. Me he caído otra vez. Intento levantarme ayudándome con las manos y siento algo en la oreja. Lo toco y está caliente, pegajoso. Me pongo en pie y me observo la mano, pintada de rojo. La veo correr por mi hombro izquierdo: sangre roja. Busco en el bolsillo la muñeca. Se levantan pistolas cuando la saco.

—No es nada, solo un pañuelo —dice uno de ellos. Me presiono la sien con él. Truus aún está aquí, en cierto sentido. Ayudándome, como siempre. Ayudándome a no perder la humanidad.

El hombre de la pala baja la pistola. Parece asustado. ¿De qué?

Ah. La sangre. La mano, roja, me gotea. No tiene muy buena puntería.

Annie y yo nos reímos. No me llevan a casa, ¿verdad? Annie me sonríe. Siempre ha tenido una sonrisa preciosa. Todo el mundo lo decía cuando murió. Se parecía a mi madre.

Vuelvo la cabeza para mirar a estos tres, que están plantados detrás de mí, en fila como niños pequeños jugando a pistoleros. ¿Por qué estoy sentada en la arena? «Resiste». Haciendo fuerza con las manos me levanto, aunque me bamboleo. Estos hombres tontos y sus armas. Algo los aterroriza.

—Disparo mejor que vosotros —digo. Es verdad.

Lages gruñe y saca su pistola, echando espumarajos por la boca. Grita algo, pero no oigo su voz. Los dedos le tiemblan en el gatillo.

No tengo miedo. Planto cara. No les doy nada. Ni siquiera mi nombre.

Un ruido enorme, como un trueno.

¡¡Bang!!

La muñeca manchada de sangre cae revoloteando a la arena.

Dos gorriones, volando en círculo. Una abeja.

No les doy nada.

El mar, batiendo.

El cielo.

Ni siquiera mi nombre.

EPÍLOGO

A Hannie Schaft la sacaron de la cárcel de Amstelveenseweg el 17 de abril de 1945 y la llevaron a las dunas cercanas a Bloemendaal, a unos veinte kilómetros de Ámsterdam. De acuerdo con sus captores, la obligaron a caminar por delante de ellos mientras se adentraban en el arenal. Después le disparó por la espalda el soldado alemán Mattheus Schmitz. La bala le arañó la cabeza y la hizo caer al suelo. Ella se levantó, se volvió de cara a sus ejecutores y les gritó: «¡Disparo mejor que vosotros!». En ese momento, el colaboracionista y policía neerlandés Maarten Kuiper alzó su ametralladora y la mató a balazos. (La mayor parte de lo que sabemos sobre los últimos momentos de Hannie procede de Kuiper, a quien interrogaron después de la guerra). Enterraron a Hannie Schaft en una tumba poco profunda entre las dunas, donde sepultaron a muchos miembros de la Resistencia en ubicaciones sin marcar, con la esperanza de que los olvidaran.

Trece días más tarde, el 30 de abril de 1945, Adolf Hitler se suicidó en Alemania y, una semana después de aquello, el Tercer Reich alemán presentó su rendición incondicional a las potencias aliadas. Los Países Bajos fueron liberados por fin el 5 de mayo de

1945. En los meses posteriores, de las dunas se recuperaron centenares de cadáveres de combatientes de la Resistencia asesinados. Hannie fue enterrada dentro de un ataúd envuelto con la bandera en el Cementerio Nacional del Honor el 27 de noviembre de 1945, en una ceremonia a la que asistieron la reina Guillermina de los Países Bajos y un público de centenares de personas. Entre los 422 combatientes de la Resistencia encontrados en las dunas, Hannie Schaft fue la única mujer.

Además de los seis oficiales nazis alemanes y colaboracionistas neerlandeses confirmados que mató, Hannie (y Truus y Freddie) efectuaron docenas de peligrosos transportes de armas por todo el país, sobre todo en bicicleta. Junto con Jan Bonekamp, Hannie se coló en el ayuntamiento de Krommenie y confiscó documentos útiles para la Resistencia, además de asaltar una importante planta química en Ámsterdam. En 1944, Hannie, haciéndose pasar por Johanna Elderkamp, logró infiltrarse en un complejo de acceso muy restringido de instalaciones de cohetes alemanes V-1 y V-2 situado en la costa neerlandesa, cuyos ataques habían estado devastando el sur de Inglaterra. Hannie dibujó mapas detallados que llegaron a manos de la Real Fuerza Aérea Británica (la RAF), que los usó para enviar trescientos bombarderos en sucesivas misiones exitosas a lo largo de 1944, con lo que destruyeron la capacidad alemana de lanzar cohetes desde la costa. Poco antes de su captura, Hannie y Truus se negaron a poner una bomba en unos populares grandes almacenes amsterdameses, alegando que saldrían heridos demasiados civiles. También se les ofreció la oportunidad de secuestrar a los hijos del Reichskommissar Arthur Seyss-Inquart, un encargo que las dos rechazaron. «No somos como los nazis —dijo Hannie en su momento—. Los de la Resistencia no matamos niños». Ninguno de los dos planes fue ejecutado nunca.

Tras su muerte, la reina Guillermina en un principio alabó la figura de Hannie Schaft como «Símbolo de la Resistencia», y se le concedió a título póstumo la Cruz Neerlandesa de Resistencia. El general Dwight D. Eisenhower, comandante supremo de las fuerzas aliadas, concedió a Schaft una medalla de la libertad estadounidense póstuma. Sin embargo, para cuando comenzó la Guerra Fría, la conexión de Hannie con el RVV, que sobre el papel era comunista, llevó al gobierno neerlandés a prohibir cualquier monumento que la conmemorase. En 1951, el gobierno expulsó de su tumba a diez mil personas que habían acudido a conmemorar su muerte con la ayuda de las fuerzas armadas y tanques. Tras la caída de la Unión Soviética a principios de la década de 1990, su reputación se fue rehabilitando poco a poco.

Hoy en día, la lápida de Hannie Schaft en el Cementerio de los Héroes reza:

> JANNETJE JOHANNA SCHAFT
> 16 sept. 1920-17 abril 1945
> Zij diende
> [Sirvió]

Los padres de Hannie, Aafje Talea (Vrijer) Schaft y Pieter Schaft, fueron internados en el campo de concentración de Herzogenbusch, cerca de la ciudad neerlandesa de Vught, hasta casi el final de la guerra, cuando se les permitió regresar a su hogar de Haarlem. Cuando se declaró la paz el 5 de mayo de 1945, los padres de Hannie dieron por sentado que la pondrían en libertad. El 21 de mayo, se les informó de que su hija había sido ejecutada, a pesar del acuerdo de los alemanes con los aliados según el cual se debían cancelar todas las ejecuciones semanas antes. Los Schaft siguieron viviendo en Haarlem después de la guerra.

Philine Rosa Polak Lachman (1921-2018) sobrevivió a la guerra, gracias a la ayuda de la amiga de su familia Marie Korts, una alemana que había emigrado a los Países Bajos después de la Primera Guerra Mundial y había trabajado de asistenta para los

Polak durante toda la infancia de Philine. (La madre de Philine nunca había llegado a recuperarse del brote de gripe española de 1919 y sucumbió a la tuberculosis en 1923, cuando su hija tenía dos años). Marie odiaba el régimen nazi y se puso en contacto con Philine por medio de la red de la Resistencia, que apareció en el hogar de los Schaft para rescatarla la noche en que arrestaron a los padres de Hannie. (Esto hace inevitable preguntarse por qué se quedaron los Schaft. Tal vez permanecieron en su casa creyendo que estaban a salvo, ahora que ya no escondían a *onderduikers*, pero es difícil saberlo a ciencia cierta). Llevaron a Philine de vuelta a Ámsterdam, donde pasó el Invierno del Hambre intentando sobrevivir en un piso franco construido en 1667, sin electricidad ni calefacción. «Pensé en tirarme al canal —dijo más tarde—. La muerte convivía con nosotros todo el tiempo; no había futuro. No existía». Philine fue trasladada de refugio en refugio, hasta que una noche no hubo un lugar seguro donde enviarla. Marie Korts una vez más acudió a su rescate. Forzada en ese momento a trabajar para la familia de un oficial alemán de las SS, esa noche ya tarde la metió a escondidas en su cocina, donde permanecieron en silencio, conscientes de que si alguien de la familia las descubría ambas serían fusiladas. Lograron sobrevivir a aquella noche.

Para el día de la liberación, el 5 de mayo, Philine estaba tan frágil que apenas pudo celebrarlo. «Estábamos muy hambrientas, débiles y agotadas. No puedo decir que sintiera mucha emoción; estaba demasiado mal. Como la mayoría de la gente». También le ponía nerviosa volver a ver a sus viejos vecinos, los que no eran judíos. «Pensaba que dirían: "Ya están aquí estos malditos judíos otra vez. ¿Por qué no los mataron a todos?" —recordó—. Porque, después de que te digan tantas veces que eres una *untermensch* [en alemán, «subhumano»], en parte acaba calando». Vestida con los pantalones y las camisas de su padre desaparecido, que le venían grandes, porque su ropa ya no daba para más, Philine se aventuró a reincorporarse a la vida pública por primera vez en tres años. En la plaza Dam habían retirado la esvástica y «había tropas aliadas, tropas canadienses en la plaza. Al primer soldado aliado que vi le pedí que me firmara un autógrafo en el carnet de identidad, y era de Winnipeg. Nunca había visto antes a un soldado aliado, y los recibimos con gran alegría».

La alegría de Philine se desvaneció cuando intentó reencontrarse con Hannie, tras entablar contacto por fin con Truus. (Hannie les había hablado a sus queridas amigas la una de la otra antes de morir, y Truus, Freddie y Philine permanecieron en contacto durante toda la vida a través de su apoyo a la Fundación Nacional Neerlandesa Hannie Schaft). «Truus y yo pasamos el primer día libre después de la guerra delante de la cárcel de Ámsterdam con flores rojas —recordó—, esperando a recibirla cuando saliera. Pero no salió porque no estaba allí».

Poco después, Philine también se enteró de que su padre, David Polak (1885-1943), había muerto en el campo de concentración de Sobibor, en Polonia, poco después de que Philine se fuera de casa para vivir con los Schaft. Doce miembros más de la familia extensa Polak también fueron asesinados en campos de concentración.

Philine decidió emigrar a Estados Unidos para reunirse con su hermano, Jaap Polak (más tarde conocido como Jack Vanderpol), en el Hospital General Walter Reed de Washington, DC. Él había escapado de los Países Bajos antes de la guerra, se había alistado en el ejército estadounidense y había sido herido de gravedad en la batalla de las Ardenas. Una vez en Washington, Philine conoció a otro superviviente del Holocausto, Erwin J. Lachman, anterior residente berlinés, con el que se casó y tuvo dos hijos.

Philine no perdió el compromiso con los ideales de los derechos humanos y la justicia que compartía con Hannie. Trabajó como subasesora general para el Fondo Monetario Internacional, donde ascendió hasta convertirse en la mujer con el cargo más alto en el escalafón del FMI. Gracias a los esfuerzos de Philine,

Marie Korts fue reconocida por el Centro Mundial de Conmemoración de la Shoá Yad Vashem como Justa de las Naciones en 1992. Marie se quedó en Ámsterdam después de la guerra, y Philine la visitó allí muchas veces durante su vida.

Aunque de joven no hablaba mucho de sus experiencias durante la guerra, en años posteriores Philine empezó a sentir que era importante compartir lo que había sucedido, sobre todo en respuesta a quienes negaban la realidad del Holocausto. «Antes de la guerra no me interesaba por la política —le contó a un entrevistador—, porque mi padre [tampoco se interesaba]. Después de la guerra descubrí que no puedo permitirme no interesarme por la política, porque fue la política lo que nos mató». Philine aportó extensas entrevistas de historia oral a la Fundación de la Shoá, y habló en la sexagésima conmemoración del aniversario de la muerte de Hannie Schaft en Haarlem en 2005. Ya de mayor, cuando cumplía años, a Philine le gustaba decir: «¡Se esforzaron mucho por matarme, pero sigo aquí!».

En 2017, a los noventa y seis años de edad, Philine reflexionaba sobre su vida: «La manera en la que he intentado vivir mi vida es el "Tikkun Olam" —escribió—. Eso significa hacer el mundo mejor. ¡Es lo único que sé decir en hebreo! Para mí ha significado intentar no decir nunca nada que pueda causar dolor a la otra persona o le pueda hacer daño mental o materialmente». Incluso de nonagenaria, Philine conservaba un recuerdo vívido y visceral de su experiencia en la guerra: «Por supuesto, tuve que llevar una estrella amarilla —recordaba—. Eso es algo que una se pone, pero nunca se puede quitar».

Philine R. Lachman murió en Maryland en 2018, querida y cuidada por sus hijos y nietos, a la edad de noventa y siete años.

Sonja Antoinette Frenk (1920-1943) no escapó a Estados Unidos. La descubrieron y traicionaron en Lyon, Francia, donde fue capturada y enviada al campo de concentración de Auschwitz, en la Polonia ocupada. Fue asesinada el 23 de noviembre de 1943. Al poco de que Sonja partiera de Ámsterdam con Hannie Schaft, su padre, Willem Frenk (1891-1943) murió en el campo de concentración de Sobibor, igual que el padre de Philine. La madre de Sonja, Esther Engelina Blok Frenk (1891-1980) sobrevivió a la guerra y con el tiempo volvió a casarse.

Después de ver a Hannie arrestada en el puente de Jan Gijzen el 21 de marzo de 1945, Truus Menger-Oversteegen (1923-2016) se aferró a la esperanza de que su amiga siguiera viva. Las fuentes de la Resistencia la dirigieron a la prisión amsterdamesa de Amstelveenseweg. Truus fue a la cárcel, vestida una vez más de enfermera alemana, pidiendo visitar a Hannie Schaft. Al comprobar su lista, el guardia le mostró a Truus que el nombre «J. Schaft» había sido tachado, lo que indicaba una ejecución. Truus se desmayó al oír la noticia y cayó al suelo… y dos revólveres se le salieron de los bolsillos. Por suerte, recobró la consciencia enseguida y nadie descubrió sus armas. Confiando en que tal vez solo hubieran trasladado a Hannie a otra ubicación, siguió creyendo que seguía viva. Al igual que Philine, Truus recordaba el día en que fue a buscarla a la cárcel de Amstelveenseweg, después de la liberación. Vieron a todos los reclusos salir y reunirse con sus familias, hasta que no salió nadie más. Ella y Philine regalaron el ramo de tulipanes rojos a la última mujer que abandonó la prisión.

Truus se casó con Pieter Menger, un compañero de la Resistencia al que había conocido durante la guerra, cuando les asignaron la misión de volar una presa. Contrajeron matrimonio después del armisticio y tuvieron cuatro hijos; a la primogénita le pusieron Hannie. Truus se convirtió en una pintora, escultora y activista de los derechos humanos de talla mundial, y trabajó para combatir el racismo, el sexismo y todas las formas de injusticia. Se implicó en el movimiento antiapartheid de la década de 1980 y trabajó codo con codo con el Congreso Nacional Africano (ANC) y sus líderes, Nelson Mandela y Oliver Tambo, además de fundar un orfanato en Soweto para niños con discapacidades. En 1967, el Centro Mundial de Conmemoración de la Shoá Yad Vashem la reconoció como Justa de las Naciones. Con ocasión de su septuagésimo quinto cumpleaños, la reina Beatriz de Países Bajos la nombró oficial de la Orden de Orange-Nassau por su caballerosidad.

Las experiencias de Truus en la guerra definieron el resto de su vida; tanto ella como Freddie sufrieron pesadillas y depresión en las décadas posteriores. «Soy una persona traumatizada», contó en una entrevista. Sin embargo, encontró maneras de seguir adelante: a través de su arte, de su activismo y visitando centenares de escuelas, con los años, para hablar a los niños sobre los peligros de la intolerancia. «Les pregunto a los niños qué hubiesen hecho ellos —dijo—. Las respuestas a menudo son reconfortantes». En un colegio le preguntaron si, después de todo lo que había visto, todavía podía creer en Dios. «No me criaron como creyente, de manera que podrías preguntar si creo en la humanidad —respondió—. Creo en la bondad del hombre». Truus creó la Fundación Hannie Schaft en 1996 y siguió siendo una activista contra el fascismo y la injusticia hasta su muerte en 2016 a la edad de noventa y dos años.

Freddie Nanda Dekker-Oversteegen (6 de septiembre de 1925-5 de septiembre de 2018) se casó con Jan Dekker, tuvo tres hijos y volvió a la vida civil después de la guerra. Como a su hermana, la atormentaban los recuerdos de la Resistencia, que les dejaron a ambas secuelas psicológicas para toda la vida. Setenta años después del final de la guerra, por fin se concedió a las hermanas Oversteegen la Cruz de la Movilización de Guerra por sus servicios en la Resistencia. En entrevistas que concedió en etapas posteriores de su vida, preguntaron a Freddie cuántos nazis había matado. Se negó a decirlo. «No pienso decir la cifra de personas a las que disparé —contestaba—. Era una soldado. Una niña soldado, pero soldado a fin de cuentas. Nunca se le debe preguntar a un soldado cuántas personas ha matado». Freddie ocupó cargos en la junta directiva de la Fundación Hannie Schaft y conservó su compromiso con las causas antifascistas hasta su muerte en 2018.

Johannes (Jan) Lambertus Bonekamp (19 de mayo de 1914-21 de junio de 1944) fue recordado por sus camaradas de la Resistencia, incluidas Hannie, Truus y Freddie, como un gran héroe. Saltó a la palestra como combatiente de la Resistencia después de organizar una huelga en la acerería de Hoogovens en la que trabajaba en 1943. Era famoso entre sus compañeros por su dedicación a la causa de la Resistencia, además de por su coraje y atrevimiento. Jan efectuaba ejecuciones, sabotajes y cualquier otra misión que se le encomendara, incluido un intento valeroso pero condenado al fracaso de liberar a los presos políticos de la infame cárcel amsterdamesa de Weteringschans, donde Ana Frank y su familia serían encarcelados más tarde. Después de recibir un balazo durante el ataque contra Ragut en compañía de Hannie, Jan fue llevado a un hospital bajo custodia alemana. Según el Kriminalsekretär nazi Emil Rühl, que lo interrogó, mientras Jan yacía agonizando víctima de un dolor atroz, los nazis le aseguraron que eran compañeros de la Resistencia y que transmitirían un mensaje a sus camaradas, y fue entonces cuando él les dio el nombre y la dirección de Hannie Schaft, entre otros. Dejó mujer y una hija pequeña.

Los restos de Jan fueron recuperados después de la guerra y las hermanas Oversteegen solicitaron que fuera enterrado en el Cementerio Nacional del Honor junto a Hannie, pero en lugar de eso la familia Bonekamp prefirió darle sepultura en la parcela familiar del cementerio de Westerbegraafplaats, en su localidad natal de IJmuiden, que acoge una ceremonia anual de conmemoración organizada por la Sociedad Jan Bonekamp. Dos monumentos, uno para Jan y otro para Hannie, fueron erigidos en el centro de Zaandam, en el lugar del ataque contra Ragut. Durante años,

Truus y Freddie rindieron homenajes regulares a la valentía de Jan en las festividades de la liberación neerlandesa del 5 de mayo.

Hannie quedó destrozada por la muerte de Jan. «Intentaré salvar alguno de los cascotes de la que era antes, pero es probable que eso ya no sea posible», escribió en una carta en los meses posteriores. «No guardes una mala opinión de mi amigo [Jan]; se comportó con gallardía. Solo cabe esperar que haya más gente como él. Fue uno de los mejores hombres que he conocido nunca. Recuérdalo».

Willy Paul Franz Lages (1901-1971) fue el jefe alemán (SS-Sturmbahnführer) del Sicherheitsdienst (SD) en Ámsterdam durante la Segunda Guerra Mundial. También fue el director de la Zentralstelle für jüdische Auswanderung (Oficina Central para la Emigración Judía) del gobierno de ocupación, el departamento nazi responsable de deportar a los judíos neerlandeses a campos de concentración fuera del país. En el desempeño de ese cargo, autorizó la deportación y asesinato de decenas de miles de judíos neerlandeses, incluidos Ana Frank y su familia.

Willy Lages fue arrestado después de la guerra y acusado de crímenes contra la humanidad, entre ellos el asesinato de centenares de ciudadanos neerlandeses. Fue juzgado en Núremberg y condenado a cadena perpetua. En 1966 fue puesto en libertad por motivos humanitarios, a causa de una enfermedad, y se le permitió regresar a Alemania Occidental. Una vez allí, recibió tratamiento médico y murió en 1971.

Emil Rühl (1904-desconocido) fue el Kriminalsekretär (secretario principal de investigación criminal) de la policía secreta amsterdamesa del régimen ocupante nazi, o Gestapo. Fue juzgado y condenado por su participación en ejecuciones ilegales, los asesinatos cometidos como parte de su *Aktion Silbertanne* contra la Resistencia, que él dirigía, además de por el maltrato a los presos a su cuidado y la tortura de judíos neerlandeses; también se sabía que había torturado con ahogamientos simulados a prisioneros franceses. Rühl fue condenado a dieciocho años de cárcel, pero puesto en libertad cuando había cumplido siete, en 1956.

Maarten Kuiper (1898-1948), el hombre que efectuó los disparos mortales contra Hannie Schaft, era un agente de policía neerlandés, miembro del fascista Partido Nacional Socialista Neerlandés (NSB) desde antes de la ocupación nazi. Bajo el régimen nazi se alistó en el Sicherheitsdienst (SD) y se convirtió en un afamado «cazador de judíos», que recibía ocho florines (unos veinte dólares de la época) a cambio de cada persona judía que entregaba a los nazis. Kuiper participó en la *Aktion Silbertanne* y, al igual que Willy Lages, estuvo implicado en el arresto y deportación de Ana Frank y su familia en Ámsterdam en 1944. Fue arrestado y juzgado por crímenes contra la humanidad. Lo declararon culpable de haber mandado a centenares de judíos neerlandeses a su muerte en campos de concentración, además del asesinato directo de diecisiete judíos y miembros de la Resistencia. Fue ejecutado el 30 de agosto de 1948 en Fort Bijlmer, Países Bajos.

Antes de que Adolf Hitler se suicidara en abril de 1945, ascendió a Arthur Seyss-Inquart a Reichsminister de Asuntos Exteriores, en sustitución de Joachim von Ribbentrop. Seyss-Inquart intentó escapar de la justicia huyendo de los Países Bajos al terminar la guerra, probablemente rumbo a Sudamérica como muchos de sus camaradas nazis. Sin embargo, solo llegó hasta Hamburgo, Alemania, antes de que lo detuvieran el 7 de mayo de 1945.

Fue un recluta aliado llamado Norman Miller, un joven soldado de infantería de los Royal Welch Fusiliers al que ese día habían asignado controlar el tráfico, quien reconoció al recién nombrado ministro del Tercer Reich durante un control de tráfico de rutina. Miller (nombre de nacimiento: Norbert Müller) era un judío alemán nacido en Núremberg en 1924, al que habían enviado a Inglaterra por su seguridad como parte del programa británico de Kindertransport (gracias al cual diez mil niños judíos fueron evacuados de la Europa ocupada por los nazis). Miller era huérfano; su familia entera —el padre, Sebald, la madre, Laura, y su hermana, Susanne— habían sido asesinados en el campo de concentración de Jungfernhof, en Letonia, el 26 de marzo de 1942. En cuanto reconoció a Seyss-Inquart, Norman Miller arrestó en el acto al gerifalte nazi, con lo que se aseguró de que afrontara la justicia por sus crímenes en el Tribunal Militar Internacional de después de la guerra.

Arthur Seyss-Inquart se las vio con ese tribunal en Núremberg en 1946, y fue acusado de conspiración para cometer crímenes contra la paz; de planificar, iniciar y librar guerras de agresión; de crímenes de guerra; y de crímenes contra la humanidad. A lo largo de todo el juicio, Seyss-Inquart insistió en que «su conciencia estaba tranquila», a pesar del genocidio y la hambruna que había hecho caer sobre los habitantes de los Países Bajos. Sentía un profundo rencor por haberse visto obligado a rendirse.

Ya en diciembre de 1944, el comandante supremo Dwight D. Eisenhower y la Fuerza Expedicionaria Aliada (SHAEF) sentían una profunda preocupación por los «neerlandeses hambrientos», que estaban subsistiendo con menos de mil calorías al día. El comandante Eisenhower advirtió a Seyss-Inquart que, para evitar «muertes por inanición a una escala considerable … por puras razones humanitarias debe hacerse algo de inmediato». Aun así, el Reichsminister se hizo de rogar. Entretanto, grandes segmentos de su ejército empezaron a huir hacia Alemania poniendo en práctica una política de tierra quemada, robando y destruyendo recursos neerlandeses en su retirada, algo que se prolongó durante meses.

El 23 de abril de 1945, Eisenhower mandó un mensaje al alto mando alemán en el que advertía que eran «directamente responsables» de la «gente que muere de hambre en Holanda … y si [Seyss-Inquart] incumple en este respecto sus claras obligaciones y su deber humanitario, él y todos los miembros responsables de su mando serán considerados por mí violadores de las leyes de la guerra que deberán afrontar las consecuencias inequívocas de sus actos». Para entonces, los historiadores calculan que una cifra próxima a los veinte mil civiles neerlandeses habían muerto de inanición durante el Invierno del Hambre.

Aun así, Seyss-Inquart siguió dando largas.

Finalmente, el día del suicidio de Adolf Hitler, el 30 de abril de 1945, el jefe del Estado Mayor de la SHAEF, el general Walter Bedell Smith, se reunió con Seyss-Inquart, furioso por verse obligado a negociar una distribución de emergencia de alimentos con «uno de los peores criminales de guerra». Después de recordarle al Reichsminister que la guerra pronto terminaría, habló con franqueza: «No podemos aceptar la liberación de cadáveres», advirtió.

A regañadientes, Seyss-Inquart accedió a abrir unas pocas líneas de suministro para permitir la entrada de alimentos en los Países Bajos ocupados.

«Bueno, en cualquier caso —dijo un asqueado Smith—, usted será fusilado».

«Eso me deja frío», replicó Seyss-Inquart.

«Sí que le dejará», coincidió Smith.

Arthur Seyss-Inquart fue declarado culpable de crímenes de guerra y crímenes contra la humanidad y ejecutado por ahorcamiento en la prisión de Núremberg el 16 de octubre de 1946, a la edad de cincuenta y cuatro años.

Nota de la autora

Aunque Hannie Schaft murió antes del final de la guerra, muchos de sus compañeros combatientes de la Resistencia sobrevivieron. Ellos se aseguraron de que el legado de Hannie no cayera en el olvido, escribiendo sus propias memorias y testificando en tribunales y entrevistas durante toda su vida. Existe, sin embargo, una laguna en el material escrito: la voz de la propia Hannie Schaft. Solo escribió unas pocas cartas y no concedió entrevistas porque proteger su identidad resultaba crucial para su trabajo en la Resistencia. Lo que queda de la voz de Hannie son las conversaciones que recuerdan sus amigos y familiares y una docena, más o menos, de fotografías, además de los recuerdos de sus captores nazis, que fueron los últimos en verla viva.

Por este motivo, he escogido contar esta historia usando algunas de las herramientas de la ficción para recrear conversaciones y monólogos internos que den vida a la humanidad de su historia. Se han cambiado varios nombres, y algunos de los personajes y las escenas de la novela son una amalgama basada en más de una persona o historia real. Todos los personajes destacados de *La joven del pelo rojo* están inspirados en personas reales, con la excepción de la enfermera Bettine Dekker y Hendrik Oostdijk. El personaje de la enfermera Dekker tiene como modelo a las incontables mujeres neerlandesas de los sectores de la enfermería y los cuidados infantiles cuya compasión, planificación estratégica y puro valor salvaron la vida de miles de personas judías, en especial niños, durante la Segunda Guerra Mundial. El personaje de Hendrik Oostdijk está basado en los muchos hombres neerlandeses valientes que dejaron a sus familias y profesiones y sacrificaron su vida para luchar contra los nazis por sus compatriotas. El nombre del verdadero comandante de la célula del RVV en Haarlem era Frans van der Wiel, y fue él quien reclutó a Truus y Freddie como combatientes de la Resistencia cuando solo tenían dieciséis y catorce años (tras obtener el permiso de su madre, Trijntje). Frans van der Wiel sobrevivió a la guerra.

Estoy agradecida al personal y los recursos de las siguientes instituciones neerlandesas por su ayuda cuando investigaba para este libro: Nationaal Archief (Archivo Nacional) de los Países Bajos; Instituto NIOD para los estudios de la Guerra, el Holocausto y el Genocidio; la Casa Museo de Ana Frank; el Verzetsmuseum (Museo de la Resistencia); el Centro Nacional de Conmemoración del Holocausto del Hollandsche Schouwburg; el Museo Histórico Judío de Ámsterdam; y el Museo de Haarlem.

Obtuve más documentación de los Archivos Nacionales del Reino Unido, el Imperial War Museum de Londres, el Archivo de los Royal Welch Fusiliers del Museo de Wrexham (Gales), la Colección de los Juicios de Núremberg de la facultad de Derecho de Yale, el Archivo Visual de la Fundación de la Shoá de la Universidad del Sur de California, el Museo de la Memoria del Holocausto de Estados Unidos y el Centro Mundial de Conmemoración de la Shoá Yad Vashem (Israel).

Para quienes estén interesados en profundizar en la lectura sobre la experiencia neerlandesa en la Segunda Guerra Mundial, existen muchas crónicas excelentes de primera mano. Truus Menger-Oversteegen escribió una maravillosa autobiografía titulada *Toen Niet Nu Niet Nooit* («Ni entonces ni ahora ni nunca»), que resultó valiosísima para mi investigación. *El diario de Ana Frank* es bien conocido, pero otras memorias importantes son *Una vida conmocionada: diario 1941-1943* y *El corazón pensante de los barracones: cartas*, de Etty Hillesum; *El diario de Edith*, de Edith Velmans; y *Steal a Pencil for Me: Love Letters from Camp Bergen-Belsen and Westerbork*, de Jaap Polak (sin parentesco con Philine) e Ina Soep; todas son conmovedoras memorias personales de la vida cotidiana neerlandesa bajo la ocupación nazi. *Five Years of Occupation: The Resistance of the Dutch Against Hitler Terrorism and Nazi Robbery*, de J. J. Boolen, fue publicado en una imprenta de la Resistencia antes de que la guerra terminase y ofrece una crónica detallada de las atrocidades nazis. Invito a quien quiera más recomendaciones de lecturas sobre la historia de los Países Bajos durante la Segunda Guerra Mundial a que visite buzzyjackson.com.

Tuve la gran suerte de ser bien acogida por las familias de Truus y Freddie Oversteegen, la familia de Philine Polak Lachman y los parientes de otros supervivientes neerlandeses de la Segunda Guerra Mundial en Haarlem y Estados Unidos. Les estoy profundamente agradecida por confiarme sus recuerdos y espero haber logrado plasmar en estas páginas una parte de la extraordinaria fuerza, valentía y resuelta integridad moral de Hannie, Philine, Sonja, Truus, Freddie y Trijntje, que fue lo que me inspiró en un primer momento a compartir su historia. Son mis heroínas.

Agradecimientos

En los Países Bajos hay escuelas, calles y premios que llevan el nombre de Hannie Schaft, pero hasta que visité el Verzetsmuseum (Museo de la Resistencia) de Ámsterdam en invierno de 2016 yo nunca había oído hablar de ella. Desde entonces, muchos colegas y amigos me han ayudado a entender la vida de Hannie y la historia en general de la experiencia neerlandesa durante la Segunda Guerra Mundial, y estoy agradecida a su sabiduría y generosidad.

Me gustaría dar las gracias a las siguientes personas de Ámsterdam, Haarlem y Zaandam por su ayuda cuando investigaba la historia de Hannie: en primer lugar, Dawn Skorczsewski, quien me presentó a Hannie y la historia del Holocausto neerlandés, además de a Jan-Erik Dubbelman, Erik Gerritsma, Dienke G. Hondius, Katinka Kenter, Lewis Kirshner, Diederik Oostdijk, Greet y Luuk Plekker, Esther Shaya, Bettine Siertsema, Frances Walker, Matt, Emma y Lucy Lynch, y Star.

Tuve la suerte de escribir parte de este libro en The Mount (Lenox, Massachusetts) gracias al programa Edith Wharton de estancias para escritores. Estoy por siempre agradecida a Jackson Kirshner, Ruth Baum, Jackson Hall, Jon A. Jackson, Devin Jackson,

Keith Hall, Ben Kirshner, Delight and Paul Dodyk, los Kiryk, los Schulz, los Kirshner, los Meschery, los Lewon, Gary Morris, Michelle Theall, Amy Thompson, Hannah Nordhaus, Radha Marcum, Haven Iverson, Rachel Odell Walker, Rachel Weaver, Teri Carlson, Dianna Chiow, Heather Havrilesky, Stephanie Kelsey, Sarah Sentilles y Edith y Hester Velmans, además de a Gav Bell y Drea Knufken por su apoyo a este libro desde el principio.

Esta novela no existiría sin la visión de las extraordinarias mujeres de la Agencia Friedrich: las benevolentes fuerzas de la naturaleza Molly Friedrich y Lucy Carson, junto con Hannah Brattesani, Heather Carr y Marin Takikawa. Un agradecimiento adicional para las agudas publicistas Hilary Zaitz Michael y Nicole Weinroth de William Morris Endeavor.

A mis compañeros del Equipo Hannie en Dutton, Michael Joseph y el universo extendido de Penguin Random House: Jason Booher, Claire Bowron, Lexy Cassola, Patricia Clark, Mary Beth Constant, Alice Dalrymple, Caspian Dennis, Feico Deutekom, Maxine Hitchcock, Kaitlin Kall, Chris Lin, John Parsley, Emily Van Blanken, Amanda Walker y, por encima de todos, mis brillantes y generosas editoras Jillian Taylor y Maya Ziv: estoy tan agradecida por vuestra fe en Hannie y vuestro apoyo y asombrosa gentileza. Gracias por ser el ejército secreto que hay detrás de este libro.

A Benjamin Whitmer, mi asesor para todo lo artístico y lo balístico: gracias por la caldera y la pala.

Por último, un agradecimiento sincero a Tessa Lachman, Katinka Kenter y las familias de Truus y Freddie Oversteegen y Philine Polak Lachman. Siento una gran humildad al ofrecer un testimonio de sus vidas extraordinarias. Con ese ánimo, me gustaría ceder la última palabra a la indomable Trijntje Oversteegen, madre de Truus y Freddie:

Blijf menselijk.
No dejéis de ser humanos.

xo Buzzy Jackson

Notas

Epígrafes

p. 9 «Durante cinco años me senté a su lado en clase»: entrevista a Cornelius Mol de Ton Kors, Archivo 248-A2452— Schaft, Hannie, Instituto NIOD para los estudios de la Guerra, el Holocausto y el Genocidio, Ámsterdam.

p. 9 «Siento mucho respeto por los pacifistas»: Hannie Schaft, «Gente a la que admiro», Archivo 248-A2452—Schaft, Hannie, Instituto NIOD para los estudios de la Guerra, el Holocausto y el Genocidio, Ámsterdam, 1935.

p. 9 «Íbamos a crear una especie de ejército secreto»: Freddie Oversteegen en Noor Spanjer, «This 90-Year-Old Lady Seduced and Killed Nazis as a Teenager», *Vice*, 11 de mayo de 2016, <https://www.vice.com/en/article/dp5a8y/teenager-nazi-armed-resistance-netherlands-876>.

Capítulo 24

p. 297 «Un miembro del Partido Fascista Neerlandés»: «Salvajismo», *Haarlemsche Courant*, 15 de junio de 1944, 2, en los fondos de los Archivos de Holanda del Norte, Países

Bajos, <https://nha.courant.nu/issue/HC/19440615/edition/2/page/2?query=>.

Epílogo

p. 485 «¡Disparo mejor que vosotros!»: entrevista y notas de Ton Kors, Archivo 248-A2452 — Schaft, Hannie, Instituto NIOD para los estudios de la Guerra, el Holocausto y el Genocidio, Ámsterdam.

p. 486 «No somos como los nazis»: Hannie Schaft en Truus Menger, *Not Then Not Now Not Ever*, trad. al inglés de Rita Gircour (Ámsterdam: Nederland Tolerant — Max Drukker Foundation, 1998), p. 178.

p. 488 «Pensé en tirarme al canal»: citas de Philine Lachman repartidas a lo largo de la entrevista «Oral History Interview with Philine Lachman-Polak», realizada el 3 de enero de 1995, número de acceso 1995.A.0577, RG-50.179.0001, The Jeff and Toby Herr Oral History Archive, USC Shoah Archive, y United States Holocaust Memorial Museum, Washington, DC, <https://collections.ushmm.org/search/catalog/irn512184>.

p. 492 «Soy una persona traumatizada»: Truus Menger-Oversteegen, entrevista de Natascha van Weezel y Anet Bleich, «Interview Truus Menger», 7 de agosto de 2013, *Natascha's Wondere Wereld,* <https://nataschavanweezel.blogspot.com/search?q=truus>.

p. 492 «No pienso decir la cifra de personas a las que disparé»: Freddie (Oversteegen) Dekker en Sophie Poldermans, «The Remarkable Story of Three Teenage Girls Who Seduced and Killed Traitors During WW II», revista *Bust*, verano de 2021, <https://bust.com/feminism/198335-teenage-nazi-killers.html>.

p. 493 «Intentaré salvar alguno de los cascotes de la que era»: Hannie Schaft en Sophie Poldermans, *Seducing and Killing*

*Nazis: Hannie, Truus and Freddie: Dutch Resistance He-
roines of WWII*, trad. al inglés de Gallagher Translations
(SWW Press, 2019), p. 72.

p. 495 Fue un recluta aliado llamado Norman Miller: «Sixth' Men
on the Air», *The Flash* (Anglesey y Caernarvon, Gales),
número 3, 10 de diciembre de 1945, The Royal Welch Fusiliers.

p. 496 para evitar «muertes por inanición a una escala considerable»: Dwight D. Eisenhower, Walter Bedell Smith y Arthur
Seyss-Inquart citados en Harry L. Coles y Albert K. Wein-
berg, «Piecemeal Liberation of the Netherlands Amid Se-
rious Civilian Distress», en *Civil Affairs: Soldiers Become
Governors* (Washington, DC: Center of Military History
United States Army, 1964), pp. 831-834.

«Para viajar lejos no hay mejor nave que un libro».

Emily Dickinson

Gracias por tu lectura de este libro.

En **penguinlibros.club** encontrarás las mejores
recomendaciones de lectura.

Únete a nuestra comunidad y viaja con nosotros.

penguinlibros.club